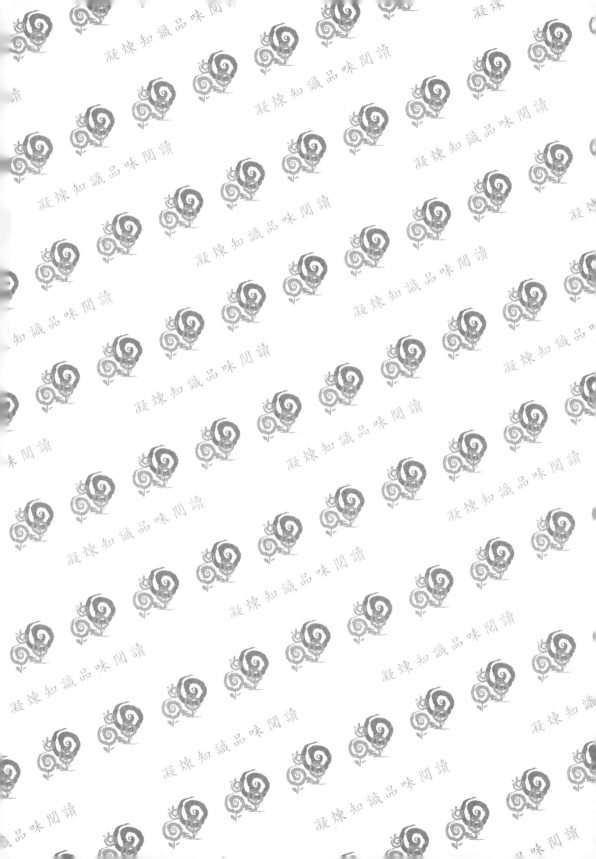

唐詩的樂園意識 修訂版

歐麗娟 著

五南圖書出版公司 印行

序 言

　　直面逼視「存在」的虛無，應該是某一類的少數人無可避免的生命課題，不因柴米油鹽而忽略，拒絕名利權位的遮蔽，衵露在空幻的本質中，碰觸不到具體的邊界，也就注定要爲此而嘔心苦思，以求破迷解悟，尋得此心的安頓。

　　至於虛無的根由，既來自浮世的顚倒、人間的錯謬，更源於生命無常的本質。此身何歸，樂園安在？雖說萬法唯心，樂園不假外求，但「心」又是什麼？一念可以涵攝大千，卻又能夠墮入地獄，動盪起伏、造次顚沛之際，總難免在煎熬翻擾中輪廓不清，遑論那無盡的虛空，更是失重懸宕的恐怖。所爲何來之悲，在所難釋。

　　二十年前，我選擇透過對古人的探索間接尋求答案，發現哲人的叩問、凡夫的茫惑，既是代代不息的永恆之謎，敏感多情的詩人更難以豁免，每一位風姿獨具的大唐詩人都提供了專屬的闡釋。只是，即使穎慧非凡者證得了若干解悟，仍然不脫牽絆，與笨重的人間世藕斷絲連。情與悟，空與有，畢竟離合辯證。

　　例如莊子雖有鼓盆而歌之超脫，無用之爲大用之逍遙，穿天入地、收放自如，在齊物的境界裡消融了時間與空間的範疇，也泯除了人我與物我的界限，但何嘗眞能一無「汲汲然唯恐其似己也」的悲憫？翱翔於九萬里天際的大鵬鳥一掃萬千窒礙、無限茫昧的空闊，卻終究不曾一無反顧地縱身飛去，反而再三回望人間、駐足俗世，頻頻回顧塵土的匍匐顚躓，欲飛還休，願捨猶存，點滴言說凌空飄落，讓地心引力凝結成撲朔奧妙的寓言、重言、卮言，莫非都根植於一念之

仁，又何曾稍減於鞠躬盡瘁的大雅君子？

「我的翅膀可以在高空中飛翔，也可以落在大地上保護我的子女」，說的是巴斯特納克（Boris Leonidovic Pasternak, 1890-1960）筆下的齊瓦哥醫生，也是李白、王維與杜甫。若說李白展現的是大鵬衝天、直奔蒼冥的磅礴激昂，即使墜落都不失壯烈震撼，杜甫則是情願斂羽低首，為護衛眾生不惜放棄高飛，甚至讓一雙巨翼因為負擔過重而千瘡百孔。而深水靜流的王維，在毫無煙火氣的淡泊中，實內蘊著「一生幾許傷心事，不向空門何處銷」的苦痛，其曲折椎心毫不亞於「春蠶到死絲方盡，蠟炬成灰淚始乾」的李商隱，又豈能因凡眼難見而錯評為「無情」？習慣於強度、彩度的心眼，愛尚繽紛炫麗的感性本能，本就難以洞澈那來自深度、廣度的沉靜與宏大，於是池塘漣漪勝過於風平浪靜，七色彩虹凌駕於純白日光，雍容優雅的盛唐風光也就淪為俗豔甜膩的廣告圖像了。

至於折翼、無翅者，或者無奈地困守煙塵，或者憤激地走向偏鋒，既有前進無路的絕望枯槁，亦釀造了世紀末的華麗。中晚唐的時代氛圍展演出末日景觀，星辰跌落到泥濘裡，春花結出死亡的果實，夕陽為黑暗鑲上金邊，萬神殿滴下快樂的眼淚，變調的樂園折射了病態的嫣紅，細看則是鏽跡斑斑。聰慧悲觀的感傷詩人固執地只凝視殘破的天堂，因為一粒沙而視線模糊，費力捕捉錯綜陸離的返照迴光。

人間沒有樂園。人間也處處是樂園。一朵花裡可以存在天堂，一粒沙中可以映現世界，那既是花與沙的本質，卻更是觀花人、摩沙者的投影。英國詩人佛雷迪克・朗布里奇（Frederick Langbridge, 1849-1922）於〈不滅之詩〉中說：

　　兩個囚犯從同一個鐵窗向外眺望，一個看到的是泥
　　濘，一個看到的是星辰。

歸根究柢，要看到泥濘還是星辰，都是自己的選擇。倘若能兼容泥濘與星辰的同時俱在，並且不因星光閃爍而暈眩，也期待著泥濘可能會長出花朵，那麼飛翔與蟄伏、仰望與俯視，都可以十分充盈美好。

　　只不過，有了這般的答案並不等於就此釋然。生命走過，步履維艱、困思瀝血的軌跡隱約在目，在雪泥鴻爪之間探測生命的過往，那震顫動盪呼之欲出，卻總是如蒙紗、似隔膜，終究還是得重蹈覆轍、親歷冷暖，才能從「知道」到「體悟」，而這時，也到了「一任階前，點滴到天明」的無言境界。於是，這本二十年前的舊作，仍然見證著同樣的叩問與求索，沒有過時。原來文學研究的價值，並不只是提出學術上的創見，留給象牙塔裏的同行參考，更是對生命給予前所未有的體證，讓人重新觀看、重新理解，而古人、今人也就在歷史中重新聯結，千里嬋娟，共看明月皆如此。

歐麗娟

於臺北　2017年10月23日

目　次

第一章

緒　論

第一節　「樂園」研究之價值與研究取徑

　　詩人是靈心銳感的文學家，對世界與人生採取的是感受、觀照與品味的參與角度，迥異於學者面對現象界時所以進行綜合歸納的理論性思辯，以及政治社會等實務家切就現實需要而擘畫經營的企圖，因此多以流連光景、徘徊哀思的情感表露為滿足。義大利學者維科（Giambattista Vico, 1668-1744）曾說：「詩人們首先憑凡俗智慧感受到的有多少，後來哲學家們憑玄奧智慧來理解的也就有多少，所以詩人們可以說就是人類的感官，而哲學家們就是人類的理智。」①這樣一種只在「凡俗智慧」的層次上將人類的感官潛能發展到極致的詩人，雖然並不如哲學家一般，窮盡人類的理性能力而開拓出理解與思想建構上的玄奧智慧，但深刻的感受能力卻透過敏銳的直覺，不僅可以洞徹人類內在心靈的處境與時代環境的氛圍，並且進一步經由藝術形式與意象運用而更加彰顯出來，所以分析心理學家榮格（Carl G. Jung, 1885-1961）曾經表示：偉大的藝術家是賦有「原始靈視」的人，「原始靈視係指對於原始類型的特殊敏感性而言，是以久遠意象表達事象的能力；它能使藝術家將『內在精神世界』的經驗透過藝術形式而付諸『外在世界』表現。榮格聲明，藝術家也是人──『集體人』；同時，詩人的作品亦必然能夠迎合他所處的社會之精神需要。」②因此，從唐詩中觀測唐代人們面對生存時「內在精神世界」

---

① 〔義〕維科著，朱光潛譯：《新科學》（北京：商務印書館，1989年6月），卷2〈前言〉，頁172。

② 〔瑞士〕榮格：《追尋靈魂的現代人》（*Modern Man in Search of a Soul*），1933。本段引文出於〔美〕李達三著，蔡源煌譯：〈神話的文學研究〉，收入古添洪、陳慧樺主編：《從比較神話到文學》（臺北：東大圖書公司，1993年10月），頁289。

的樣態，確然是一個極佳的研究範疇。

　　而自古到今人類心靈深處一直深植沉埋而不絕如縷的樂園意識，無疑提供了一個最有力、最具有代表性的切入角度與觀察途徑，讓我們得以深入探索詩人透過藝術的形式而付諸外在世界的「內在精神世界」。

　　因為「樂園」是人類心中蘊藏著的，對某種足以超越現實的理想世界與理想生存處境的想像與實踐的結果，對樂園的追尋，無疑是包括詩歌在內的文學藝術中普遍引起關注的重要主題，甚至是激發文學創作的根本動力，此種追尋（quest）是如此的重要，以致於佛萊（Northrop Frye, 1912-1991）認為：「一切的文學類型，很可能是從『追尋神話』伸延出來的。」[③]因此，我們觀察作為詩歌表現之基型時，可以注意到一個明顯的事實，亦即對樂園的描寫與對樂園的嚮往與追尋，乃是其中最突出的一類，故英國波得京女士（Maud Bodkin, 1875-1967）在其所著的《詩的基型諸貌》（*Archetypal Patterns in Poertry*）一書中，特別標示了「樂園─冥府（或天堂和地獄）基型」（the archetype of Paradise-Hades, or of heaven and hell），以一整個專章的篇幅運用此一基型對許多西方文學作品加以研究，正顯示出樂園主題的重要性。此外，波得京還指出這樣的基型除了表現在特殊群體的神話傳說中，同時也傳達了宇宙經驗的感受特

---

③ 引自〔美〕衛姆塞特（William Kurtz Wimsatt）、布魯克斯（Cleanth Brooks）合著，顏元叔譯：《西洋文學批評史》（臺北：志文出版社，1982年3月），第31章，頁653。

性。④可見「樂園意識」在文學中所開顯的價值，在於它既具備了個人與團體獨具的個別意義，又兼具了人類心靈共有的普遍意義，實是吾人可藉以深入探討唐詩的一大途徑。

　　事實上，在人類的生存處境裡，除了要適應現實以求取生存的機會，而發揮遠禍避害的生物本能之外，還蘊涵著一種更高的精神衝動，能夠促使他向未知挑戰，也激發他向超越當下現實環境的世界展開追尋。而這些追尋所展現的內涵與模式，往往是積澱於人類心靈的歷史中，經過時代的演變過程，一方面在具體內容上有所增減損益，另一方面卻能夠超越世代的交替變遷，而凝化出一個穩定不移的特定型態，反映了人類心靈的固有傾向，而成爲無數次同一經驗的沉澱物，並留存在潛意識中形成了種種的心理「基型」。將此一由榮格發展出來的心理學說進一步應用在詩歌的研究上，檢討在詩歌裡諸種基型的表現，我們可以發現「這些基型在詩中或其他藝術中具有特殊的情感意義（emotional significance），它們是不受時間限制的象徵符號，在人類心靈史上做無盡的循環。」⑤而追尋理想世界的樂園意識自然也呈現出這種不斷再現、重演的基型面貌，當我們進行唐詩的研究時，「基型」的概念提供了一個分梳的憑藉，幫助我們在龐雜的詩料裡歸納出一些重要的論述範疇，而使唐詩中某些樂園意識的輪廓

---

④ Bodkin 指出：“Thus, the patterns we have called the Rebirth and Paradise-Hades arche-types, while finding expression in myths and legends of particular communities, could also be felt as characterizing the flow, or texture, of universal experience.”見 Maud Bodkin: *Archetypal Patterns In Poetry: Psychological Studies of Imagination* (London: Oxford University Press, 1934), p. 315。

⑤ 〔美〕赫曼（Steven E. Hyman）：〈波得京和心理學的批評〉，引自施淑女：《九歌天問二招的成立背景與楚辭文學精神的探討》（臺北：國立臺灣大學文學院，1969年），頁102-103。

顯得更爲清晰。

　　除了基型所提供的理論幫助以外，本書論述的基礎主要是把重心放在某些特定的主題或類型上，以之爲探討的範疇。亦即擇取某些特定的題材、某些爲眾多詩人普遍關注的意象，透過不同的作者之手卻表達出共同目的的樂園主題，並不完全遷就時間（即時期）的限制，而將同類詩歌依類相從，著重在整個共同主題構成特質的闡發，以展現這些主要樂園型態的深層內蘊，達到易於掌握的優點。

　　其次，有關樂園的具體內容乃是會隨著文化與時代的差別而有所增減損益的，基型乃至於類型都只能提供理論的框架和某些抽象的概念，至於唐詩中所蘊涵的樂園意識，其具體內容與實質表現，卻有待我們確切地落實在唐詩的土壤上耕耘，才能充分彰顯出來。在這裡，我們就遭遇到一個取材上的問題，對唐詩進行周全而細膩的分析固然是首要的目標，但是，除了以唐詩爲探討的範圍之外，究竟是否應該進一步包含其他諸如筆記小說、文章雜談的記載，以及社會環境的因素在內？而除了重要之樂園類型的抉發之外，是否也應該配合時代來闡述主題的流變情形？

　　針對第一個問題，本書的作法是：雖然樂園意識的萌生與發揚的確有其社會文化的背景，從社群生活的土壤中抽芽，而在人們的共同意識或集體潛意識裡成長，形成了一股社會心理的一般趨勢。其茂生的枝葉向四面八方生長，在各種文化記錄上留下或顯或隱的痕跡，文學創作的領域當然也不例外，「正像地質學家可以憑借岩石上的擦痕而判斷冰川的曾經存在一樣，我們也可以依據人類心靈上的『擦痕』──作品中所表現出的某些作家審美意識上的某些共同特徵，判斷某種社會心理作爲社會精神環境的存在，並分析它給予作家審美

意識的影響。」⑥但那些造成心靈「擦痕」的社會心理和文化背景固然是孕育個人意識的搖籃，卻不能取作品而代之，更不能成爲作品唯一或優先的解釋。雖然說作品乃詩人之個別主體與社會文化之共同群體互動的結果，但令我們感興趣的，卻是透過詩人的創作所展現的感受、省思與詮釋，所展現的某一個人的人格特質、某項事件的特殊風貌，乃至於超越了個人與事件的普遍心靈和共同視野。因此爲免於牽連過廣，導致龐雜枝蔓、廓清不易，我們將分析焦點集中在唐代詩歌的範疇，並以作品本身的解讀爲主，亦即由美學的、思想意義的角度進行詮釋，而捨棄文化史的探討方式，把其他的文字記錄視爲詩歌分析時的輔助，是詩歌內容本身出現罅隙時彌縫的零件，因此只作爲詮釋分析上的非必要證據。

　　就第二個問題來說，是否要在主題的探討中加入時代性的因素，應該是根據樂園主題本身的特質來決定。屬於不受時間影響的主題，即超越分期而統一爲論，以免對某些貫穿其間歷時不變的穩定想法形成干擾，並支撐起共同的意識內容與普遍的概念架構；但若具有流變的現象而能顯豁唐詩中整個樂園意識的演變者，則可以隨時代階段之不同來進行動態的描述，以掌握意識內涵與時俱變的內在理路。後者乃是爲了要兼顧某一主題的重要性和豐富性，以及因來自於個別詩人之殊異所導致的不同詮釋，能較全面地增進其表現力度與多面風格，故也適度採取歷時性的探討，有如主題學的運用⑦，因此就整體

---

⑥ 引自許鵬：《中介的探索》（北京：中國人民大學出版社，1992年），第4章，頁62。

⑦ 所謂「主題學」，陳鵬翔指出：「主題學是比較文學中的一部門，而普通一般主題研究則是任何文學作品許多層面中一個層面的研究；主題學探索的是相同主題（包含套語、意象和母題等）在不同時代以及不同的作家手中的處理，據以了解時代的特徵和作家的『用意』（in-tention）。」陳鵬翔：〈主題學研究與中國文學〉，收入陳鵬翔編：《主題學研究論文集》（臺北：東大圖書公司，1983年11月），頁15。

言之，在方法論上，是透過定點上的橫斷（synchronic）與歷史上的縱貫（diachronic）的交互運用，而清楚說明某一個類型的全貌。[8]

此外，在就唐詩本身來鉤稽索隱其中蘊涵的樂園思想時，這些主題本身雖然各有其關心的重點與表現的特質，但若將彼此之間聯繫起來，卻大略可以展現出整個唐詩樂園意識由聖而俗、由信仰到崩解的轉變脈絡，此點參見下面第四節有關本書架構之建立的部分，及第八章結語的綜述更可明曉。就此而言，桃花源因為是唐詩裡十分顯要的樂園主題，不但運用者甚眾，展現了分歧的指涉，且因隨著初、盛、中、晚等不同的分期所表現的差異和內涵上的轉變，恰恰是唐詩中樂園意識由聖而俗、由信仰到崩解之過程的縮影，因此才採取斷代的討論框架，以兼顧其間不斷在消長變化的思潮，可以說是共時性的「主題」研究與歷時性的「主題學」研究交互運用的典型成果。

第二節　「樂園」內涵的釐清

一、「樂園」的界定與意義

樂園既是文學研究中如此重要的主題，在運用此一語詞時，自必須對其指涉先有清楚的了解。以西方相應的語詞 paradise 來說，「樂園」本身即具有紛歧的意涵：此字最初為源於伊朗（of Iranian

---

[8] 此種「透過定點上的橫斷與歷史發展上的縱貫的交互作用來說明問題全貌」的作法，乃近代學術研究對於語言文學或其他文化現象的研究討論都具有的一項方法論上的特點，見蔡英俊主編：《中國文化新論·文學篇二：意象的流變》（臺北：聯經出版事業公司，1982年9月），〈導言〉，頁1。

origin）之波斯文 pardes 的希臘字 paradeisos，意指「封圍的庭園、花園、果園、樂園」（enclosed park, garden, orchard, paradise）等義，演變至今，「樂園」一詞有時可視爲「天國」（heaven）的同義詞，爲義人死後靈魂享有永恆福祉的場所；有時特別指具有受讚許之條件（favorable conditions）、特殊之機會（special opportunities）或豐富之某種事物（abundance of something）等特徵的地方；有時則特指一個極樂之地（a place of bliss），一個至高幸福或無上喜悅的區域（a region of supreme felicity or delight），或指一種幸福的狀態；而有時也指一個愉悅的花園，特別是一個東方的庭園。⑨

以上這些對於樂園的解釋，表面上是形形色色、似乎各有所偏，但推究其實，卻在根本上具有某些共通的性質，綜合言之，可以歸納出幾點要素：其一，樂園是不易到達的。它可能是超越現世之上，如死後靈魂的居處；可能是遠離現實生活的陌生之地，如其中一個解釋特別指出是「東方的庭園」；也可能是現世難以企及的極樂至福之所，因爲人生總是不如意事十之八九。無論具體落實的對象爲何，其爲「不易達到」的本質則一，故以須具有「受讚許之條件」和「特殊之機會」爲特徵。其二，樂園是豐饒而愉悅的。具有此一性質的地方多半是以生機流轉、美麗怡人而物產充裕的自然園地爲背景，不論是庭園、果園或花園，都描繪出一幅綠意盎然、花果繽紛的圖像，身處在青樹流泉之間，自然身心舒放、閒適和諧，往往洋溢著田園牧歌式的氣息，和豐收富足的喜悅，西方《聖經》中所許諾的流

---

⑨ 以上有關「paradise」一詞的西方定義，乃參考G. & C. Merriam Company編：《韋氏英文大辭典》（*Webster's Third International Dictionary*）（Mass.：G. & C. Merriam Company，1961年），頁1636。此外，《大英百科全書》與《大美百科全書》的說明與此類同。

奶與蜜的乾淨地正是此一性質的另一表現，故以具有「豐富之某種事物」爲特徵。其三，樂園是一個封閉而具有選擇性的小世界。例如「天國」之獲准進入者必得是正直公義之人，即所謂的「選民」（chosen people），且定須在視聽言動的生命結束之後才能進入它狹窄的門檻；至高幸福與無上喜悅等極樂感受更非人人所得享有，何況所謂的「園」者，意即「設有藩籬之處」[10]，以劃分明確的內外之別，因此具有相當之封閉性和選擇性只爲掌握了「受贊許之條件」或「特殊之機會」的人而開放。就此點而言，本項特色又與第一項所言「樂園是不易到達」的要素互爲表裡，可以彼此相通。

　　樂園的第四項重要特色，在於它抽離了時間性而使死亡的憂怖消泯不存，樂園中「沒有死亡，死亡只是在犯罪之後才進入世界」。[11]人類對死亡的意識，除了它令人駭懼的醜陋和所帶來的斷喪虛無之驚疑外，更重要的是透過「死亡乃時間運作之結果」的認知，而產生了遠較死亡陰影爲深沉的流動之時間感。的確，時間和空間是構成宇宙的先驗條件，也是一切存有物存在的基本要素，人類一切的理解和感受活動，都必須在時、空的基礎上才有發展的可能，但也正因爲如此，「人類不得不在一定時空的意識中約束自己，從而失去了精神的

---

[10] 此乃中西共通的定義，如前文所引對「樂園」的解釋中冠有「enclosed」的形容詞，而《詩經·秦風·駟驖》毛詩序「園囿之樂」句下孔穎達疏云：「有蕃曰園，有牆曰囿。」蕃（通「藩」與「樊」）與牆皆以別內外者也。漢·毛亨傳，漢·鄭玄箋，唐·孔穎達等正義：《詩經》，《十三經注疏》（臺北：藝文印書館，1985年12月），頁234。又《周禮·天官·太宰》中「二曰園圃，毓草木」句下，鄭玄注亦云：「樹果蓏曰圃；園，其樊也。」可見圃之四周設藩籬者，則謂之園。漢·鄭玄注，唐·賈公彥疏：《周禮》，卷2，《十三經注疏》，頁30。

[11] 見聖經神學辭典編譯委員會譯：《聖經神學辭典》（臺北：光啓出版社，1984年1月），「樂園」條，頁64。

自由」[12]，如死亡的陰影、幻滅的必然性，以及種種消長變化的不確定感，這是時間所帶來的恐懼；離別的悲苦、遙遠難及的無奈，以及由距離所引發的陌生和遺忘，這是空間所帶來的壓迫，而一旦自覺到世界萬物都不能自外於時間和空間所構成的存在格局時，人，也就失去了渾沌未鑿時最完整的幸福。因此，唯有當「人類在未意識到（一切存在的基本形式是空間和時間）這一點時，是自由的，所以能夠在無限的時空中任情率性地遨遊。那是原始先民的神話時代。」[13]於是從「後神話時代」才展開歷史的人們，也只有託諸想像，懷抱著無限的企慕嚮往之情，在文學中構築一個無始無終、足供自由徜徉的寄寓之所，來爲飽受拘限的現實尋找一條出路。如此一來，一則如前文所抽繹的結果，「樂園」大多是位於人力所不易到達的封閉的小世界，懸隔絕世、渺茫難及的空間意識特別強烈；同時，我們也往往可以在樂園文學中看到樂園的另一項特質，那就是時間感的泯除不存，將死亡的陰影和時代遞嬗的滄桑變化都隔絕在外，而讓遺世的樂園充滿明朗、靜定的氛圍。

　　既然在「樂園」之中是時間凍結的靜止狀態，於是對應著時間靜止於完美時刻而來的人事安排，也傾向於維持著既定的、和諧的、不變的、井然有則的原有秩序；且因爲此一樂園的人事結構是出自人們內心對理想世界的投射，展現了「止於至善」的終極價值，因此整個樂園就會沉浸在已完成的至福至善之中，而缺乏更上一層樓的積極的動力，相形之下，樂園的存在似乎就易於呈現出「靜態性、懷舊、消

---

[12] 引自董乃斌：《李商隱的心靈世界》（上海：上海古籍出版社，1992年12月），下編第2章，頁139。

[13] 董乃斌：《李商隱的心靈世界》，下編第2章，頁139。

極、出世、及強調放任、無爲、獨善其身的心態」⑭，既然已止於至善，因此樂園的最大努力，不過就是維持現狀，保存舊有的風貌，根本毋須在理想和現實之間掙扎，也不必求新求變，爲了一個當前所缺少的某種希望而積極奮鬥；更因爲樂園是一個人際關係和諧、穩定的秩序體現，置身其間的個人只要各安其位，就能確保樂園和諧與穩定的秩序，再無憂思天下、關懷大我的必要，因此所謂靜態、懷舊、消極、出世，和放任、無爲、獨善其身的特性，與其說是樂園設計的基礎性條件，不如說是樂園思想在形成的同時便自我決定的必然結果。

二、樂園與烏托邦

　　相對於「樂園」此一術語，還有一個常被使用、並造成意義混淆的另一個代稱理想世界的名詞──「烏托邦」。其形成的歷史雖不如「樂園」一詞之久，但在使用上的紛歧複雜程度卻也不遑多讓。此字本爲英國政治家及作家湯瑪斯・摩爾爵士（Sir Tomas More, 1480-1535）所創，西元1516年摩爾出版了以「Utopia」爲書名的一部作品，書中描繪一個有著理想之法律與社會條件的想像國度，而饒具深意的是，「Utopia」一詞乃由希臘文的 ou（意即「不」或「沒有」，相當於英文之 not 或 no）和 topos（意即地方，相當於英文之 place）組合而成，這個由後人重組新創的合成字 outopos 指的就是「烏有鄉」，一個不存在的地方。經過四百多年來的使用，「烏托邦」一詞的意涵已幾乎到了難以定義的地步，它可以指想像上的、無

---

⑭ 引自張惠娟：〈樂園神話與烏托邦──兼論中國烏托邦文學的認定問題〉，《中外文學》第
　　15卷第3期（1986年8月），頁84。

限遙遠的地方，如島嶼、鄉村、區域或場所等處；還常常主要用來指在法律、政府和社會條件方面具有理想之完美的地方、城邦或狀態；也可以指一種特別是為了社會進步但卻不切實際、並且通常是理想到難以達成的計畫（an impractical and usually impossibly ideal schema especially for social improvement）。⑮

　　從上述幾條解釋中，我們可以注意到烏托邦固然和樂園一樣，都具有設定在遙不可及、而出於想像的性質，但烏托邦卻遠較樂園為世俗化和實用化，設計的重點偏向於政治、律法和種種社會條件（如工人較易於找到合適的工作）等社群或團體於公共生活之所需的層面，因此具備了更濃厚的現實色彩。但所謂「具備了更濃厚的現實色彩」，指的並不是它正面地如實反映現狀，而僅為現實圖樣的摹本；恰好相反，它的現實色彩或世俗性質是從負面產生的，是因為時代社會之有所不足的缺憾，才激發了對更高、更完美的理想社會的追求，因而在「互補」的意義上，烏托邦與現實界就更有緊密相連的關係。如此一來其特性就比較傾向於「動態性、前瞻、積極、入世、及強調政治、社會的傾向」。⑯正因為「烏托邦的基本風貌，是『動態』（dynamic）的——一個理想與現實交織、美好與醜惡交融所構築的一個活潑的園地。此亦為何以摩森（Gary Saul Morson）強調烏托邦乃『門檻』的藝術（a threshold art）。」而「烏托邦作家於描述

---

⑮ 以上有關「烏托邦」語源學的解說和詞語的詮釋，乃參看G. & C. Merriam Company編：《韋氏英文大辭典》（*Webster's Third International Dictionary*），頁2525。另有一說法指「烏托邦」一詞為摩爾之好友伊拉斯謨斯（Erasmus）所創，且其詞亦有「好地方」（eutopia）之意，見張惠娟：〈樂園神話與烏托邦——兼論中國烏托邦文學的認定問題〉，《中外文學》第15卷第3期，頁79。

⑯ 引自張惠娟：〈樂園神話與烏托邦——兼論中國烏托邦文學的認定問題〉，《中外文學》第15卷第3期，頁84。

心目中的理想國時，能同時正視『現實』的一切缺失，希冀藉由『虛構』來引領『現實』踏出舊門檻，以致兩者終融合爲一。」[17]如此表現於烏托邦文學上的，則是「期待與計畫」，是對未來的前瞻性投影，因而展露出當前現實與未來理想彼此之間的對立、並互相辯證的「雙重視野」。由於烏托邦乃根源於現實面或世俗界所產生，於是維繫現實生活和社會生活必不可缺的政治秩序和典章制度，也就無法避免地成爲烏托邦世界的一個重要內涵，此一特點甚至足以做爲「烏托邦」與「樂園」這兩種理想世界的主要分野。

個別闡釋了烏托邦與樂園這兩種理想世界的主要典型之後，我們了解到兩者間可據以區分的差異，大略是：樂園是對整個現實界徹底的摒棄和否定，而且具有較傾向於個人主義生命實踐的特質，因此所構築的理想世界突出個人性適意自足的一面，如悠閒從容、豐饒愉悅和抽離時間感的自在逍遙，而表現出靜態、消極、懷舊、出世，以及放任無爲、獨善其身的特色；而烏托邦則是對現實界的提升與彌補，因此具有較傾向於群體主義社會實踐的性質，所建立的理想世界便彰顯群體性安和樂利的一面，如政治律法、典章制度和社會秩序的高明健全，而表現出動態、積極、前瞻、入世、以及自律、有爲、兼善天下的特色。如果說樂園是一個封閉而具有選擇性的小天地，那麼，烏托邦便是一個開放而人人可登堂入室的大社會；如果說樂園之潔淨、美麗、晴朗與現實之汙濁、醜惡、陰晦是從兩個極端並列並置的對照面，屬於共時性的對比（synchronically），則烏托邦之健全、智慧和進步乃是改造現實之殘缺、愚昧和落伍的未來藍圖，屬於前後有序的貫時性關係（diachronically）。此外還有一個本質性的差異存

---

[17] 兩段引文出自張惠娟：〈樂園神話與烏托邦——兼論中國烏托邦文學的認定問題〉，《中外文學》第15卷第3期，頁81。

在於兩者之間，亦即樂園往往是在失落之後才特別眞切而突顯，所謂「唯一眞實的樂園是人們失去的樂園」[18]，因此樂園所代表的黃金歲月常常是一去不返，而以追憶的筆調和過去式的時態來呈現；然而烏托邦卻永遠是尚未到達的光明世界，「其一貫主題幾乎皆爲將來而非過去，其所言者非爲以往的進展，而爲未來的進步——無歇止的躍進與高昇，直至人類完成其無可名狀的使命。」[19]因此其時間觀念是直線往前、不可逆轉的，而烏托邦所寄託的美麗新世界，便多以引領的筆調和未來式或進行式的時態來表達。

三、西方樂園思想的源流概述

從第一小節之分析，可知「樂園」是不易到達的、豐饒而愉悅的、封閉而具有選擇性的、沒有死亡和時間感的小世界，以此定義繩諸中西方的文學創作，我們可以發現到凡與樂園主題有關的作品，大率不離乎此一界定之外。唐代詩歌中「樂園」思想的展現詳待稍後再論，先以西方的宗教信仰、小說藝術中之犖犖大者而言，最早的「伊甸園」（Eden）神話形成了源遠流長、影響深鉅的樂園傳統，可以說是西方樂園型態的基型建構，在亞當和夏娃「墮落」之前，他們所居住的這個「圍起來的花園」（hortus conclusus）是一個天眞純樸、無憂無慮的地方，有人與人的和諧團結，有自由享用園中果實的

---

[18] 見〔法〕安德烈・莫羅亞（Ardré Maurois）：〈序〉，〔法〕馬歇爾・普魯斯特（Marcel Proust）著，李恒基等譯：《追憶似水年華》（臺北：聯經出版事業公司，1992年），頁7。

[19] 此乃貝拉米（Edward Bellamy）所著《百年一覺》（*Looking Backward : 2000-1987*）一書之前言，引自張惠娟：〈樂園神話與烏托邦——兼論中國烏托邦文學的認定問題〉，《中外文學》第15卷第3期，頁83。

豐饒，死亡也並不存在；但一旦被驅逐出境，伊甸園也就成為具有羞恥心和罪惡感的人類永遠無法回歸的樂土，成為潛藏在人心深處終究難以化解的鄉愁所在。

除了此一出於基督教義的樂園傳統之外，西方的樂園思想還有另一個重要源頭，亦即由希臘羅馬古典文化中史詩創作所展現者：荷馬史詩《奧德賽》（Odyssey）中描寫了一個對後世影響極大的艾克依魯（Alcinous）花園，其中有多種茂生纍纍、四季結實的果樹，還有兩道清泉和終年祥和的西風，可見樂土的意念在荷馬身上已經大致完備；維吉爾在其史詩《伊尼亞德》（Aeneid）中不但提到了「至樂之土」（Elysium），更由對此一至樂之土的敘述，演變出一個表示「可愛美好快樂之地」的術語「locus amoenus」，用以指稱理想化的自然，而成為西洋文學中一個反覆運用的題旨。約略到了中世紀末期，出於《聖經》傳統的 hortus conclusus（圍起來的花園）和來自希臘羅馬史詩傳統的 locus amoenus（可愛美好快樂之地）便被交摻地應用著：樂土是一個大的花園，花園是一個小的樂土，達到了「兩個樂園的合一」。[20]

此外，中世紀流傳甚廣的民間傳說「安樂鄉」（Land of Cockayne），也是樂園意識一個有力的顯現，故事「略言其地珍饈醇酒豐饒、生活安適悠閒，一切俗事喧囂既與之無涉，時空的遞嬗亦不具任何意義」[21]，此處我們看到了「超越時空遞嬗」的此一特點確然

---

[20] 本段對史詩中發展而來的樂園傳統，及其與《聖經》開創者發生合流的情形，乃參考葉維廉：〈美感意識意義成變的理路〉，《歷史、傳釋與美學》（臺北：東大圖書公司，2002年8月）。

[21] 張惠娟：〈樂園神話與烏托邦──兼論中國烏托邦文學的認定問題〉，《中外文學》第15卷第3期，頁81-82。

成為構築安樂地的重要條件。後來到了十七世紀時，密爾頓（John Milton, 1608-1674）所著的《失樂園》（*Paradise Lost*）一書，更是影響甚鉅的一部相關著作，其中以濃厚的基督教象徵和希臘史詩的敘述手法，處理天地的創造、宇宙的秩序、墮落的責任等主題，並在亞當與夏娃攜手走出伊甸園之後，上帝展示了人類的將來和最後的救贖，可視為樂園題材的另一宏闊展現。

第三節　先唐樂園型態之回顧

如前一節所見，「樂園」與「烏托邦」乃是判分為二而各有理論依據的西方概念，兩個術語所代表的含義與各自的特色已十分明朗，有其不容混淆之處，然而一旦運用於中國詩歌的探討時，就不免發生削足適履的問題，或將因遷就定義而產生了取材上的偏頗，使唐詩中重要的理想世界型態無法以較全面的面貌展現。尤其唐詩中所反映的理想世界觀乃是前有所承，在整個中國文化的發展中醞釀、發展出來的，因此必須在自己的表達範疇裡取得論述的基礎，才不至於導致「橫向移植」時所發生的尷尬問題。由此一立場出發，在進入唐詩的範疇之前，此處將進行先唐文學中重要的樂園主題的回溯，一以明唐詩之前承而知其源流，一以據之彰顯中國式的理想世界的追求型態，而提供一套適用於中國文學的理論依據。

中國文學自西周發端以降，至唐朝創立時已有一千多年的歷史。但在溯察最初的樂園思想之時，也必須在文學範疇以外的神話領域和思想領域裡尋找有關樂園的敘述，才能充分了解中國式樂園思考的內容與模式，並完整地勾勒出樂園主題從文化發展的源頭向下演變的過程，以形成一個具有根源性而前後傳承的系統。於是大部分保留

了邃初未鑿之神話記載的《山海經》，便成為我們探討先唐樂園意識
的首要典籍。

《山海經》中留下了許多「遠國異人」的記錄[22]，但是除了長臂
國、羽民國、一目國、貫胸國、交脛國等奇特的地方和殊異的人物之
外，更重要的是與樂園有關的種種金玉美石、奇禽異木和怪魚奇獸，
其中一些往往在服食之餘，便能達成人類心中某種基本的欲望和原始
的夢想，單單在〈中山經〉中就記載了「服之媚于人」的蕎草、「食
之不愚」的薗草、「服之不忘」的櫹木、「服者不妒」的栯木、「服
之不惑」的蒙木、「服之不憂」的鬼草、「服者不寒」的薊柏、「服
者不怒」的帝休木、「食者無蠱疾，可以禦兵」的鯑魚、以及「食者
無大疾，可以已腫」的三足龜等，反應了初民追求健康、安定情緒的
願望。當此種追求安適健康的願望再進一步擴大化，則產生了四種層
面有別、向度亦相異的結果，在分述之前，先錄其相關記載於下：

- 瑳丘，爰有遺玉、青馬、視肉、楊柳、甘柤、甘
  華，百果所生。在東海，兩山夾丘，上有樹木。一
  曰嗟丘，一曰百果所在，在堯葬東。（〈海外東
  經〉）

- 有載民之國。帝舜生無淫，降載處，是謂巫載民。
  巫載民朌姓，食穀，不績不經，服也；不稼不穡，
  食也。爰有歌舞之鳥，鸞鳥自歌，鳳鳥自舞。爰有
  百獸，相群爰處。百穀所聚。（〈大荒南經〉）

- 沃之野，鳳鳥之卵是食，甘露是飲。凡其所欲，其

---

[22] 西漢・劉秀：〈上《山海經》表〉，收入袁珂注：《山海經校注》（臺北：里仁書局，1982
年8月），附錄，頁447。

味盡存。爰有甘華、甘柤、白柳、視肉、三騅、璇
瑰、瑤碧、白木、琅玕、白丹、青丹，多白鐵。鸞
鳳自歌，鳳鳥自舞。爰有百獸，相群是處，是謂沃
之野。（〈大荒西經〉）

- 西南黑水之閒，有都廣之野，后稷葬焉。爰有膏
  菽、膏稻、膏黍、膏稷，百穀自生，冬夏播琴
  （種）。鸞鳥自歌，鳳鳥自儛，靈壽實華，草木所
  聚。爰有百獸，相群爰處。此草也，冬夏不死。
  （〈海內經〉）

從以上諸條的內容，我們可以清楚地抉發出四種構成樂園的條件或特
色：

　　一、這些名為「䖂丘」、「載民之國」、「沃之野」和「都廣之
野」的樂園，都具備豐饒的物資與富裕的生存條件，足以使人毋須
爲生活而受苦勞役、而歷盡煩憂。試觀其中所謂「百果所生」、「百
穀所聚」、「百穀自生」、「凡其所欲，其味盡存」的描寫，已是唾
手可得的豐饒；而於菽、稻、黍、稷各個品物上再加一「膏」字，更
呈現出十足滋肥滿溢的飽實充盈、流脂可掬，不勞費力營生便自足有
餘，因此可以「不績不經，服也」，可以「不稼不穡，食也」，充
分建立了一個隨心所欲又衣食不虞匱乏的物質環境，與西方《聖經》
中天主所許諾的重獲之樂園十分類似：「肥美的土地，有溪流，有
泉水，……那地方，出產小麥、大麥、葡萄、無花果和石榴；那地
方出產橄欖、油和蜂蜜；那地方食糧充裕。」[23]袁珂稱《山海經》中

---

[23] 見聖經神學辭典編譯委員會譯：《聖經神學辭典》，「大地」條，頁76。

此數條記載爲「人間樂園的記敘」，並推測此種人間樂園的形成，「表現了當時一部分小有產者，在政治和經濟的劇烈變化中，受到震播，生活發生困難，頭腦裡產生的天真爛漫的幻想：希望逃避冷酷可怕的現實，到幻想中的樂園去，過一種易於謀生的快樂無憂的幸福生活。」[24]這種解釋探測到這些記載中物資豐饒自足的部分面相，以及構設樂園時的某種基本心態，但若將它們和西方文學、宗教中所提出的「被許諾的重獲之樂園」類型相比較，我們發現：雖然稱之爲「人間樂園」，但其實應視之爲已失落不可得而有待復尋的神話樂園，似較符合其本質。

二、還可注意的是，這種物資豐足、衣食無憂的原始樂園，不但奠基於大自然源源不絕的供給，同時其背景也往往是鸞歌鳳舞、百獸群處的交融和諧的狀態，由此而傳達出人心深處所隱藏著的，與萬物融合爲一、和諧共處的理想。人與其他生物解除了互相獵食的緊張關係，融入一片交好親睦的存在氛圍，而沒有猜防、懼避、殺戮和血腥。上引文中所謂的「爰有百獸，相群爰處」（〈大荒南經〉、〈海內經〉）和「爰有百獸，相群是處」（〈大荒西經〉），都是此中和諧境界的描寫，也符合西方《聖經》中所描述的：在恢復的樂園生活中，充滿了「大自然之奇妙的繁殖；普遍的和平，這不只是人與人之間，而也是人與大自然，與禽獸之間的和平。」[25]

三、〈海外東經〉提到的「視肉」，具有一種再生不息的特質，郭璞注云：「聚肉，形如牛肝，有兩目也；食之無盡，尋復更生如故。」而郝懿行注引《神異經》曰：「南方有獸，名無損之獸。人

[24] 見袁珂：〈略論《山海經》的神話〉，袁珂注：《山海經校注》，頁536。
[25] 見聖經神學辭典編譯委員會譯：《聖經神學辭典》，「樂園」條，頁64。

割取其肉不病，肉復自復。」[26]可見其生命力之暢旺強韌，能夠更生無損。此物除了顯示出對源源不絕之豐饒物資的追求外，其中還蘊涵了一種無盡的生命觀，意欲突破死亡的局限而產生對長生的期望；而此處表達得尚稱隱微的此種意念，到了其他篇章就十分明確，如〈海外南經〉有「不死民」，〈大荒南經〉有「不死之國」，〈大荒西經〉也記載「三面之人不死」，隨之而來的則有「不死之藥」（〈海內西經〉），可據之達到長生久視的目的。這可以說是樂園之形成最原始的動力之一。

四、除了上述三項比較側重於「自然」層面的條件之外，我們還可以注意到「人文」因素的作用亦在其中。試看〈海外東經〉中百果所生的「蹉丘」，乃位於「堯葬東」之地；〈大荒南經〉裡過著不績不稼、與百獸相群爰處之生活的巫載民，則是「帝舜生」的直系子孫；而〈海內經〉中膏黍遍長、百穀自生的都廣之野，其地乃有「后稷葬焉」，可見這些原始樂園又與堯、舜、后稷等創制文明的先聖先王有所關聯。此中所透露的訊息，不啻是告訴我們：第一，人文世界裡道德化成的極致，可以通向自然天成的樂土；而烏托邦的引領者在完成功業之後，便成爲樂園中永恆的居民，與至善至美的樂園結合爲一。這點證明了「烏托邦的極致即是樂園」的論述，也就是追尋烏托邦時進行改革現實的動態過程，其最後的目的便足以達到某種靜止於完美、所謂「止於至善」的終極境界（另參下一節所述）。第二，在中國有關理想世界的思維裡，樂園有時不免與烏托邦重疊，彼此有所交會融通。這或許是來自儒家思想的影響。

前三個特點，可謂完全符合樂園的條件，神話世界之爲人心深

㉖ 見袁珂注：《山海經校注》，頁204。

層的反映也由此再次得證；而第四個特點則反映出一個樂園與烏托邦交融的現象，並啓發一種由「烏托邦」通向「樂園」之發展脈絡的認識，有助於這兩種概念的釐清。

此外，在《山海經》中，還曾出現了具有「宇宙山」（the Cosmic Mountain）之性質的崑崙山，可以說是先秦神話中影響後世極鉅的一個樂園意象。在相關的描寫中，以〈海內西經〉和《淮南子‧地形訓》中的記載較爲詳盡而符合樂園意義：

• 海內昆侖之虛，在西北，帝之下都。昆侖之虛，方八百里，高萬仞。上有木禾，長五尋，大五圍。面有九井，以玉爲檻。面有九門，門有開明獸守之，百神之所在。在八隅之巖，赤水之際，非仁羿莫能上岡之巖。……開明北有視肉、珠樹、文玉樹、玗琪樹、不死樹。鳳皇、鸞鳥皆戴戚。又有離朱、木禾、柏樹、甘水、聖木曼兌。（《山海經‧海內西經》）

• 昆侖之丘，或上倍之，是謂涼風之山，登之而不死；或上倍之，是謂縣圃，登之乃靈，能使風雨；或上倍之，乃維上天，登之乃神，是謂太帝之居。（《淮南子‧地形訓》）

這樣一個高懸而神聖的所在，綜合了前述物資豐饒、鸞鳳和祥、長生不死等三大樂園條件，而且明確地成爲「百神所在」的「帝之下都」，更可以此爲據點而一層層翻上，到達縣圃（亦可作「玄圃」）之靈地，而最終竟得以「上天」臻至「太帝之居」，完成宇宙山「地

天通」㉗的功能。與崑崙類似的神山，還有《莊子‧逍遙遊》中的「藐姑射之山」：「藐姑射之山，有神人居焉，肌膚若冰雪，綽約若處子。不食五穀，吸風飲露，乘雲氣，御飛龍，而遊乎四海之外。」這些神山都屬於與俗界對立的聖地，也都屬於樂園的典型構設。

　　不過，以崑崙爲代表所提供的樂園構設，除了成爲後世仙境傳說的藍本之外，在先秦時代便已曾引發屈原在理想挫敗之後的熱烈嚮往；而從《山海經》的神話領域轉入詩歌文學的範疇時，除了屬於北方文學的《詩經》之外，便以屬於南方文學的《楚辭》所發展的樂園主題最爲重要，因此必須加以鉤稽略述。

　　如前所言，在《楚辭》中所發展的虛幻玄奇的樂園型態裡，「崑崙」是最不可忽視的一項；雖然在〈天問〉一篇所提出的一百七十二個疑問，其中有關神話世界與不死之所等屬於樂園的部分便有九問㉘，但我們仍不妨以崑崙爲彰顯《楚辭》中樂園追尋型態的代表。施淑女指出：「在可信的屈原創作裏，直接提到崑崙山共有三次，一在〈離騷〉，其他兩次分別在〈涉江〉和〈悲回風〉。」㉙茲引其文如下：

- 何離心之可同兮，吾將遠逝以自疏。邅吾道夫崑崙
  兮，路脩遠以周流。揚雲霓之晻藹兮，鳴玉鸞之
  啾啾。朝發軔於天津兮，夕余至乎西極。（〈離
  騷〉）

㉗　《國語‧楚語》云：「絕地天通。」春秋‧左丘明著，上海師範大學古籍整理組校點：《國語》（臺北：里仁書局，1981年12月），卷18〈楚語下〉，頁562。

㉘　見施淑女：《九歌天問二招的成立背景與楚辭文學精神的探討》，頁41。

㉙　施淑女：《九歌天問二招的成立背景與楚辭文學精神的探討》，頁101。

- 世溷濁而莫余知兮，吾方高馳而不顧。駕青虬兮驂白螭，吾與重華遊兮瑤之圃。登崑崙兮食玉英，與天地兮同壽，與日月兮同光。（〈九章·涉江〉）

- 寧溘死而流亡兮，不忍爲此之常愁。……愁悄悄之常悲兮，翩冥冥之不可娛。凌大波而流風兮，託彭咸之所居。……依風穴以自息兮，忽傾寤以嬋媛。馮崑崙以瞰霧兮，隱岷山以清江。（〈九章·悲回風〉）

試觀三處所述，明顯可見屈原乃是在幻滅於現實，而欲掙扎離棄濁世之際，一種試圖爲苦悶的靈魂尋找出路的努力。之所以如此解釋，是因爲屈原在整個《楚辭》之中，開展的是一種「往而不返」的情感模式，繆鉞指出：「詩以情爲主，故詩人皆深於哀樂，然同爲深於哀樂，而又有兩種殊異之方式，一爲入而能出，一爲往而不返，入而能出者超曠，往而不返者纏綿，莊子與屈原恰好爲此兩種詩人之代表。」[30] 情深而一往不返的屈原，「用情專壹，沉綿深曲，……其心境之鬱結，不能排遣，故卒至於自沉。」[31] 是故此一崑崙樂園的追尋，表現的並非悠游天際而聯翩高翔的仙姿逸想，而是對現實界愛恨交織又無可奈何之餘，一種「從人的弱小的無力感而想飛躍向某種超人的東西的悲痛底嘆息」[32]，因而染上濃厚的悲劇色彩。

---

[30] 見繆鉞：〈論李義山詩〉，《詩詞散論》（臺北：臺灣開明書局，1979年3月），頁57。

[31] 見繆鉞：〈論李義山詩〉，《詩詞散論》，頁58。

[32] 引自〔日〕萩原朔太郎著，徐復觀譯：《詩的原理》（臺北：臺灣學生書局，1989年），頁149。

　　在這樣的了解基礎上，我們發現到固然《楚辭》中一再出現超現實的光輝，也充滿對解脫俗世之鄙吝，而獲取安寧、平靜的樂土以為安身立命之所的追求，但《楚辭》對後世影響最深的，還是在它開展了一個變調的樂園，除了圍繞在神山周遭的惡水[33]，以及遠隔的距離，使得屈原單單在〈離騷〉一篇中即不斷發出「路漫漫其修遠兮，吾將上下以求索」、「路修遠以多艱兮，騰眾車使徑待」之類徒勞追尋的感嘆之外，屈原更特別在〈九歌〉中以重筆濃彩描寫了幽冥的山鬼、國殤，塑造出一種感傷的、迷人而充滿幻滅感的境界。[34]因之《楚辭》除了塑造崑崙山之類神話的樂園之外，還與眾不同地打開了變調樂園的一扇門，山鬼倩美、湘魂有情，原本只合在陰界暗域潛在活動的鬼物，卻成為詩人寄託理想、追求美感的重要意象，從為人所避棄的負面存在而浮顯為構設另類樂園的正面主角，形成了一股不容忽視的樂園別流，對中晚唐的樂園意識發生了深遠的影響。

　　相對於南方文學之幻奇與浪漫，在中國最早的一部詩歌總集《詩經》中，務實現世的北方文學則展現出樸拙的樂園意識，著重的是既不超升於天外、也不潛遁於陰界的人世間，而作為抒情的主體，其喜怒哀樂之所繫都和眼前立足的人、事、地密切相關。就在這樣的文化孕育之下，《詩經》中出現了與「樂園」在表面上極為肖似的一個詞──「樂土」。《國風・魏風・碩鼠》云：

　　碩鼠碩鼠，無食我黍！三歲貫女，莫我肯顧。逝將去

[33]《山海經・大荒西經》記載：「赤水之後，黑水之前，有大山名曰崑崙之丘。……其下有弱水之淵環之。」

[34] 施淑女認為：「〈九歌〉影響《楚辭》成為感傷的文學，就因它在精神上供給作者們那樣迷人而充滿幻滅感的境界的緣故。」見施淑女：《九歌天問二招的成立背景與楚辭文學精神的探討》，頁94。

女，適彼樂土。樂土樂土，爰得我所。

碩鼠碩鼠，無食我麥！三歲貫女，莫我肯德。逝將去
女，適彼樂國。樂國樂國，爰得我直。

碩鼠碩鼠，無食我苗！三歲貫女，莫我肯勞。逝將去
女，適彼樂郊。樂郊樂郊，誰之永號。

《詩序》謂：「碩鼠，刺重斂也。國人刺其君重斂，蠶食於民，不脩其政，貪而畏人，若大鼠也。」全詩以「碩鼠」比喻貪得無厭而橫征聚斂的貪官暴君，發抒在苛政煎逼之下小民哀哀無告的慘痛心聲，所謂「無食我黍」、「無食我麥」、「無食我苗」的呼告，正是因為征斂之急有如孟子所說的「率獸食人」[35]，因此只有在坐困絕境、孤陷無助的絕望中逼顯出對一個超脫現實之樂土的幻想和嚮往。

詩中的「樂土」、「樂國」和「樂郊」為彼此對等、可互相替換的同義詞，鄭玄箋云：「樂土，有德之國。」[36]朱熹亦謂：「樂土，有道之國也。……民困於貪殘之政，故託言大鼠害己而去之也。……既往樂郊，則無復有害己者。」[37]在那個人民純樸地依附於黃土而踏實生存的時代，做為「中國歷史的黎明期」，原始宗教的轉化帶來了人文精神的躍動，而導致一種對現實生活和人生價值的人文的肯

---

[35] 《孟子·梁惠王章句上》云：「庖有肥肉，廄有肥馬；民有飢色，野有餓莩，此率獸而食人也。」宋·朱熹著：《四書章句集注》（臺北：大安出版社，2013年8月），頁284。

[36] 見漢·毛亨傳，漢·鄭玄箋，唐·孔穎達等正義：《詩經》，《十三經注疏》，頁211。

[37] 宋·朱熹：《詩集傳》（臺北：藝文印書館，1974年4月），卷5，頁261-262。

定 [38]，因此看待世界的著眼點主要是從現實生活的層面出發，即使是對一個更好世界的嚮往和追求，也與現實生活之所需和人文道德之期待密切相關，所謂樂土、樂國和樂郊便是一處免於苛政貪殘之害，而提供較佳之政治環境和社會條件的所在。這種基本的需求和單純的期望，使得〈碩鼠〉中的樂土，呈現的是較近於「烏托邦」的性質，而且是一個素樸的、簡化的烏托邦，其中對發自人性考量之主觀政治道德的倚重，遠比對設計精密複雜之客觀政治制度的自覺要來得深切顯明，可以說是「中國式烏托邦」的雛型，具有中國文化中「德治」理想之色彩；而所謂「適彼樂土」、「適彼樂國」、「適彼樂郊」的嚮往表現，與其說是對於未來一種爭取或追求之行動的宣告，倒不如說是出於無力改變現實的無奈，所採取的退避遠離的消極幻想。就退避遠離現實的此一性質而言，〈碩鼠〉中的樂土又帶有一般定義下「樂園」的特色。這種既兼有「烏托邦」政治社會屬性，又具備「樂園」之退避遠離色彩的模稜性，一方面是來自於「文本」本身敘述的簡化，因此不易確指其主要傾向；另一方面更重要的，應是自周初人文精神發揚之後，受到了注重現實生活和道德要求之正統文化的影響，同時在專制體制之下又缺乏有效抗衡力量的結果。

　　這種從現實界之門檻跨出，寄望更合理之待遇和更安適之生活的幻想，可以說是基於政治體系的不健全而產生。而「逝將去女」一句所意味的離棄此一飽受侵害剝削之苦的地方，其具體作法究係追求一有道有德之國，以改善現實處境，如鄭玄、朱熹等後世儒者之詮釋；或是索性高蹈遠舉，退避於世外，其實以平民百姓的立場而言兩者都

---

[38] 有關《詩經》時代原始宗教之轉化與人文精神之發揚躍動，詳參徐復觀：《中國人性論史・先秦篇》（臺北：臺灣商務印書館，1969年），第2章〈周初宗教中人文精神的躍動〉、第3章〈以禮為中心的人文世紀之出現，及宗教之人文化〉。

有所不能。唯有當後代知識階層擴大並深入民間，於是知識分子或是積極從事政治改革、兼濟天下以淑世安民，或是消極退避隱逸山林，以遂性樂命、獨善其身，這兩種對立的方法才會真正明朗化。但《詩經》時代所提出來的「樂土」觀念，雖然簡單而素樸，卻標示出中國式樂園具有濃厚之現實性和政治基礎的這一面特色，對日後文學中樂園意識的形成也發揮了典範式的作用。

事實上，除了神話與詩歌文學的領域之外，先秦思想界中諸子也提供了重要性並不稍減的樂園描寫，又因為哲人在單純的描寫之上，還為之賦予較深刻的理論詮釋，因此反而成為省察中國文化裡有關樂園思維的得力憑藉。其中《莊子》是《山海經》之外，保存較多原始神話材料的先秦諸子典籍，雖然所擷取採用的神話傳說已經過文學的修飾和哲學的改造，使字裡行間增添無比靈動幻奇的魅力，而不復其原始風貌，但仍提供了符合樂園定義的表述。如其〈馬蹄篇〉所載：

> 故至德之世，……山無蹊隧，澤無舟梁；萬物群生，連屬其鄉；禽獸成群，草木遂長。是故禽獸可係羈而遊，鳥鵲之巢可攀援而窺。夫至德之世，同與禽獸居，族與萬物並。

其中萬物和諧的景象與《山海經》中「百獸相群是處」的嚮往即是相通的，而莊子稱這樣的世界為「至德之世」，除了是一種復歸原始樂園的心理表現之外，更重要的是透過自然萬物和諧共處的方式來傳達「道」的理想。

對莊子而言，欲達到樂園的境地，最重要的是一種對「道」的存在的體驗，以其作品中最意象化的象喻說法來形容之，即是〈應帝王〉篇末所提出的無面目之渾沌神話，所謂：「人皆有七竅以視聽食

息，此獨無有，嘗試鑿之。日鑿一竅，七日而渾沌死。」其中的「七竅」表達的是產生各種成見之機心，造成種種好惡判斷之偏頗，而「渾沌」則代表了破除分殊偏執之機心的超越境界，也就是「道」的境界；以〈天地篇〉所用的術語來說，此一境界則是「純白」，所謂「機心存於胸中，則純白不備」，可知「純白」與「渾沌」乃是內在脈絡可以相通的對應語；而「機心」便是七竅之鑿，導致渾沌之死與純白之喪失的動因。莊子在〈齊物論〉曾指出：「道未始有封，言未始有常，爲是而有畛也。」可見所謂的道本是無始無終、寬廣無限而將天下一體包容的，但是因爲有了「爲是」的心態，即人們各爲其是、各持己見的機心或立場，由此才產生種種分歧的畛域，隨之造成了七竅之分與萬物之別，而道也失去渾融如一的最高狀態。故〈齊物論〉又說「道隱於小成」，凡有所成就、有所建樹，則必然也同時造成自我的局限，而隱蔽了道的整體，因此「其成也，毀也」，成與毀乃是相依並存的，只有在「凡物無成與毀」的時候才能「復通爲一」，恢復到無分別、無成毀的道的混同境界。這時便需要透過「爲是不用而寓諸庸」的功夫，也就是放棄「爲是」的偏私執著，而以「因是」（各因其是而不非其所不是）的態度，託諸更高的齊物的智慧，如此才能眞正超越而取得心靈的逍遙，這就是莊子所開闢的樂園的一個面相。

而這樣渾融一體的理想，除了〈齊物論〉所提供的功夫或途徑之外，經由〈大宗師〉所謂「墮枝體，黜聰明，離形去知，同於大通，此謂坐忘」以及「魚相忘乎江湖，人相忘乎道術」的「忘」的步驟也能達到。如同〈天地篇〉所說的「機心存於胸中，則純白不備」，唯有透過「忘機」，才能恢復「純白無雜」之道的境界，領略到「天地與我並生，而萬物與我爲一」（〈齊物論〉）的胸懷，使「純白」的道體依然全備，「渾沌」也不會因爲鑿出了七竅而死亡。我們可

以發現：無論是「爲是不用而寓諸庸」的方法，或是「坐忘」、「忘機」、「相忘乎江湖道術」的修養，其終極歸趨都隱隱然導向於一種神祕的混同主義，且以之爲企及樂園後的終極狀態。

　　除了莊子之外，先秦諸子中對日後的中國文化發生重大影響的學說，無疑還有儒家一派，而儒家也對理想世界的規畫提出了重要的藍圖。與道家思想恰恰形成對照與互補的是：相對於道家偏向於個人主義的、無爲忘機的特色，儒家所開展的則是以全部的存在爲對象的群體主義，對現實界中種種失序的現象所採取的，也是與道家截然不同的積極介入、主動而全力安排歸屬的立場，以達到「仁政」的理想。《禮記・禮運篇》所謂的大同世界實是中國式烏托邦構想的重要依據，所謂：「選賢與能，講信修睦，故人不獨親其親，不獨子其子，使老有所終，壯有所用，幼有所長，矜寡孤獨廢疾者，皆有所養，男有分，女有歸。貨惡其棄於地也，不必藏於己；力惡其不出於身也，不必爲己。是故謀閉而不興，盜竊亂賊而不作，故外戶而不閉，是謂大同。」其中的人倫秩序與社會結構都因各適其位的安排而達到和諧安定的理想。而仁政的基礎在於不虞匱缺的物質條件，就經濟生活之所需而言，《孟子・梁惠王上》對富庶的物質需求，也提出了完善的規畫：「五畝之宅，樹之以桑，五十者可以衣帛矣；雞豚狗彘之畜，無失其時，七十者可以食肉矣；百畝之田，勿奪其時，八口之家，可以無飢矣。……老者衣帛食肉，黎民不飢不寒，然而不王者，未之有也。」[39]

　　可見儒家是從社會群體之福祉爲其學說中心與努力目標，而較接近於所謂「烏托邦」範疇的思想體系。但是，這些政治、經濟的理想

---

[39] 《孟子・梁惠王章句上》，宋・朱熹：《四書章句集注》，頁282。

規畫，其實踐的關鍵端賴在於身爲權力與道德之終極表現的「聖王」身上，借助「聖君賢相」之政治機制的運作，透過崇高道德的保證，遂使帝王的專權被導向仁政的最大實現。這一套經由「內聖外王」的理路而發展出治國平天下的理想，在先秦之後儒家思想躋登爲整個文化的主流，而深入於知識階級的意識底層時，也對傳統知識分子自覺地或潛意識地發揮支配性的影響，無論是直接的傳承、間接的濡染，或是與之正面抗衡，其結果都免不了以儒家思想爲對應座標，而成爲各種文化內容詮釋的基礎。於是古之三皇五帝，尤其是以「堯舜」爲代表的聖君便成爲儒家學者極力稱道的典範，而遠古之羲皇氏、大庭氏等所展示的淳樸民風，也成爲後世儒者嚮往的「美好的過去」。

從先秦的時代斷限向歷史的下游順流而去，在到達唐朝之前，還有長達八百多年的漢魏六朝在中段橫亙著。在這段歷史中，樂園的構設依然持續進行而與時俱進，除了踵繼前人的部分之外，此處我們只略提其中最重要而醒目的樂園型態，分爲四個向度來發展：

一、佛教東傳，打開了對蓮池佛國之樂園的追求。

二、道家世俗化以後所形成的道教，展開了超越生死與塵寰的仙境許諾。

三、較晚的詩人陶淵明於東晉末年所塑造的桃花源理想世界。

四、以山林、田園之型態出現的大自然成爲士人遊賞或歸隱的重要去處，因此具備了審美之意趣與樂園之象徵。

前兩項的佛教與道教都屬於宗教的系統，各有其嚴密而複雜的理論和儀式，此處不擬詳述。應加以點明的，乃是《山海經》中的「崑

崙」，《莊子》書中所載的「帝鄉」[40]與《楚辭》所謂的「玄圃」，明顯地都是一種樂園式的構想，其中花木暢旺、居人千歲不老，又處於夐絕難至的世外之地，於此期便被整合進入道教仙境的樂園系統之中；再加上秦漢之時才顯著流傳的蓬萊、方丈、瀛洲之類海外神山的信仰，仙境的樂園系統便更加龐大，對後世的影響也更加深遠。這是除了相關的宗教術語之外，與詩歌意象較有關係的部分。

至於陶淵明所開創的桃花源理想世界，則由於時代較晚，不但繼承了特屬於中國文化中之所以產生樂園思想一貫的現實要素，如「秋熟靡王稅」便和《詩經·魏風·碩鼠》裡的「無食我黍」有一脈相承的關係，都是出於對苛政的反動；最重要的是他發展出樂園的創建上更為複雜精密的條件，除了「無機心」乃是取得樂園入門之資格的關鍵之外，源中居人的存在感受與對外界時空的強烈自外之意，再加上整個經歷所展開的「誤入──遊歷──復歸失敗」的結構，影響都十分深遠。因為對後來的唐代詩人影響甚鉅，成為唐詩中最常見、也最具表現力的樂園主題之一，因此我們留待第六章再加詳論。

此處欲加詳述的六朝時期樂園主題，為以上所列的第四項。大自然是生命孕育的源頭，也是大化流轉、萬有紛呈的廣大舞臺。盧梭（Jean-Jacques Rousseau, 1712-1778）曾經表示如此之看法：大自然是善良之母，是擁抱一切的莫測高深的偉人，是事物的宇宙系，是幸福與愉悅的泉源。[41]而中國古人所面對的自然，主要是以山林和田

---

[40] 〈天地篇〉載：「天下有道，則萬物皆昌；天下無道，則脩德就閒；千歲厭世，去而上僊；乘彼白雲，至於帝鄉；三患莫至，身常無殃；則何辱之有！」見戰國·莊子著，清·郭慶藩集釋，王孝魚點校：《莊子集釋》（北京：中華書局，1961年7月），卷12，頁421。

[41] 引自〔法〕西蒙內（Dominique Simonnet）著，方勝雄譯：《生態主張》（臺北：遠流出版公司，1992年9月），第1篇第1章，頁13。

園這兩種型態出現的，當然所謂的山林、田園，並不只是指涉客觀自然景物、或反映某種生活型態的語詞而已。

　　就山林的類型而言，早在先秦時代，莊子便已對自然山林投以親切注視的眼光，而展現出悠游於其間的欣悅之情，《莊子・知北遊》中記載莊子發自內心而毫不保留的禮讚曰：「山林與！皋壤與！使我欣欣然而樂與！」這一份油然而生、真誠無偽的山林之愛，到了魏晉時期便獲得了極大的共鳴，對自然（於中國詩文裡往往以「山林」、「山水」為代稱）的愛好促使文人縱身於山林之中徜徉，以獲得抒懷娛性之樂，而這股山林之遊的風氣，到了晉朝時達到了一個高峰盛況，如德國學者沃爾夫岡・顧彬（Wolfgang Kubin, 1945-）便曾說：「在收有近代名人傳記故事的《晉書》中，除『樂山水』、『游山水』外，還隨處可見『愛山水』、『好山水』之類的語詞，這種對自然的熱愛，也可認為是對『道』的熱愛。」[42] 而在山水中體驗到道的存在，正是當時「山水以形媚道」[43] 之說法的融通表現，為理想世界的轉化提供了理論基礎和思想上的內在理路。姑不論自然山林是否為抽象的「道」所具形的地方，山林之美的確已經以獨立的姿態進入到文人的審美觀照之中，而形諸歌詠，成為詩歌的主要題材之一，進而掀起了所謂「山水詩」的流派。這一波波由南朝宋謝靈運所繼承並發揚光大、且確立典範而為後人仿效的山水詩創作，一直不絕如縷地延續到唐代的詩壇上，對山林之美的禮讚頌歌，更是匯集成為一個顯要的詩歌類型，呈現著樂園在現世中具體化的成果。

---

[42] 〔德〕顧彬著，馬樹德譯：《中國文人的自然觀》（上海：上海人民出版社，1990年1月），頁107。

[43] 見南朝宋・宗炳：〈畫山水序〉，唐・張彥遠：《歷代名畫記》（臺北：廣文書局，1971年6月），卷6，頁202。而晉宋間的孫綽〈遊天台山賦〉中已有「山水是道」之說，可見當時將山水視為真理具現之神聖空間的思潮。

　　至於對鄉土的依戀，也是早在先秦時代便已隱隱初露端倪，
《詩經》中已有些篇章具有田園描寫的意味。由於中國自古以來便是
以農立國的民族，與土地相依的歷史可謂源遠流長，幾千年來，隨著
開墾平野而逐漸形成了廣大的農村社會。這樣一個將自然與人文緊密
結合而互相依存牽帶的田園村野之地，無形中便成爲孕育整體文化性
格與人們精神向度的原鄉；而對田園生活的體驗和感懷，也就必然構
成了眾多詩人的生命內容之一。而雖然《詩經・邶風・式微篇》裡所
說的「式微！式微！胡不歸？」其中「田園」的意義仍然並不明確，
因其所發出的乃是一種離棄衰微之處境而歸返故居的呼求，但此一呼
求卻對後來東晉末年的陶淵明能夠深相契合，而以「歸去來兮！田園
將蕪胡不歸」呼應之，不但將歸返的地方確立爲田園之居，更且化爲
具體行動，成爲樂園之追求最爲果敢而恬美的一個典範。於是，土地
的依戀、物產的豐足、耕植的勤奮、生長的喜悅、人情的淳美和景物
的親切，更重要的是重掌了生活的自主權之後，所獲得的自在適意與
寧靜悠閒，都使田園成爲實現樂園的一大場域。在文學歷史演進的過
程中，山林、田園逐漸成爲詩歌創作的主要題材和詩人吟詠的對象，
此一現象除了顯示藝術層面上審美觀照的擴大與深化之外，同時也在
樂園追尋的意義上蘊涵著另類理想世界形成的新契機。就此，葛兆光
曾云：

> 習慣於在世間尋找理想世界的傳統與以心靈感受爲終
> 極境界的思潮的結合、傳統的「道不遠人」理路與
> 儒、釋、道三大思潮在中古時期的碰撞，終於使中國
> 宗教的「理想世界」主題在這一時代發生了從出世間
> 到入世間的轉向，也使中國文學的「理想世界」主題
> 逐漸從「遇仙」、「游仙」、「轉生極樂世界」、

「往生淨土」向日常化生活化的田園、山水轉化，於
是以文人爲創作主體的詩歌，率先出現了「山水」與
「田園」兩大類型。人們開始在日常的田園生活與山
水遊覽中尋找理想。㊹

這段話所指出的要點有二：

　　其一是山水、田園作爲理想世界之寓託，主要是在中古時期發生
的；而所謂的中古時期，更精確的說法應是以晉代爲核心，而延續下
來以迄唐代的前後時段，此點與前述所言相合。

　　其二，山水、田園作爲理想世界的所在，代表了一種轉向現世
近處的日常生活中認取的意識方向，並以內心所感受的和諧欣悅爲達
致樂園境界的關鍵。因此我們了解到，山水、田園所展現的樂園，是
心物交融的產物，是「思與境諧」的成果。他界、彼岸之遠引高蹈固
然不失其宗教的救拔力量，而依然爲眾多詩人所信靠，但是由周遭的
自然景物中也能開發出「一沙一世界，一花一天堂」的體悟，從而使
自我獲致欣然忘我的樂園體驗。不論是到塵囂難至的山水之間游目騁
懷，藉由茂林修竹、清泉巉岩之類的清景佳致，來取得心靈的淨化；
或是如陶淵明的田園世界一般，與周遭平實的自然親密地結合爲一，
而能夠在農事勞苦中透過心物交融、思與境諧的體驗而完成樂園的追
求，都是此一時期的嶄新體驗。而從此之後，山林、田園的自然便成
爲樂園意識的重要內容。

㊹ 葛兆光：〈從出世間到入世間——中國宗教與文學中理想世界主題的轉變〉，陳平原、陳
　國球主編：《文學史》第三輯「文化與文學」（北京：北京大學出版社，1996年6月），頁
　24。

綜觀本節所述，我們看到從先秦的《山海經》、《楚辭》、《詩經》、《莊子》與儒家思想，到漢魏六朝的主要思潮中，有關樂園意識的種種大略的表現，而這些先唐時期的樂園型態，無疑地都將在唐代詩歌中留下明顯的痕跡。

第四節　樂園理論之修正與本書架構之建立

從以上對先唐時代一些較重要的理想世界觀的追溯，我們可以發現到一個特屬於中國理想世界觀的思維特質，亦即不管是樂園或烏托邦，中國式對理想世界的追尋都奠基在失落的基礎上，「失落」與「追尋」或「復歸」可以說是中國文化中一切有關理想世界之開展的出發點或深層心理。由上述之說可見，《山海經》、《楚辭》中描寫的神話式樂園即屬於此類，如《山海經》中所開展的樂園的主要型態，是一個非屬於現世、不存於人間，也必然無法沿著歷史時間的發展軸線而終究獲致的樂園，恰恰相反，欲達到此一理想世界所必須遵循的途徑，無疑是向歷史的源頭回溯的復歸旅程，是一個逆向的追尋；而《楚辭》中所展現的內涵，則是樂園想像的變奏，幻滅與迷失感傳達了一種永恆失落的悲劇處境。除此之外，《詩經》中「適彼樂土」的心聲，和〈桃花源記〉裡對一世外樂園的深心嚮往，也都是在「失落與追尋」的基型上展現，此點亦不待言。

更有甚者，由思想界所提供的樂園思考也同樣是循著類似的思路進行，如道家思想中對「渾沌」之道體的冥合體驗，乃是建立在失落的前提之下，吉拉多特（Norman J. Girardot）告訴我們：

> 道家的烏托邦和神祕之原始主義最本質的基礎，乃是
> 人的墮落或是樂園的失落。在遙遠的過去曾有一段完

美和諧的時代，那時「道」是直接而自然地向人們呈
現，但某件事的發生破壞了這最初的和諧一致。⑮

　　既然道家心目中理想的樂園早已失落，因此老莊式的樂園追尋，無
疑也是屬於復歸的型態，是失樂園之後回返的表現。因此司馬永光
說：老子的復歸思想，「在中國哲學史上，便形成了兩種特徵性的思
想。其一，就人的內在的主體性實踐性這一方向作復歸。……其二，
就古今此一時間之推移，作歷史方向之復歸。以『過去』為『道』之
完全實現之至德之世，『現在』為墮落下降之不完全時代，自不完全
的『今』復歸於完全的『古』。」⑯此外，儒家式的理想世界雖具有
烏托邦式的開放性質、現實與理想融合的部分特徵，卻又一意執著
於「美好的過去」、「理想的古代」，而染上濃厚的懷舊、回顧的色
彩，即使是「託古改制」這類具有具有銳意改革現狀的意圖和積極
重造現實的做法，也不免要冠以「託古」之名，在復古的大纛之下強
化、合理化其「改制」的努力，如此一來也就依然充滿了遠古理想國
的迴光，因此也可歸屬於「失落與復歸」的基型。便是在這樣的認識
上，我們一方面在第二章的討論中仍使用「烏托邦」一詞，來突顯理
想世界中有關政治制度、社群規畫方面的構設，而有別於其他從個人
之體悟所取得的樂園體驗；但仍然將之劃歸於樂園主題的探討之中，
使唐詩裡所反映的理想世界的類型更形完備。

---

⑮ 原文為"The essential basis for Taoist utopian and mystical primitivism is the notion of the fall or paradise lost. There was a time of perfect harmony in the distant past when the Tao was immediately and naturally present to men, but something happened to destroy the primal unity."見 Norman J. Girardot: *Myth and Meaning in Early Taoism - The Theme of Chaos (hun-tun)* (Berkeley: University of California Press, 1983), p.69。

⑯ 引自陳鼓應：《老子注釋及評價》（北京：中華書局，1984年），頁126-127。

　　由此，我們還可以進一步處理一個特殊的問題，亦即：

　　在中國文化對理想世界的意識裡，有符合西方思考中嚴格定義下的「樂園」理念，卻缺乏足以通過其理論標準的「烏托邦」建構。即使像儒家式的理想世界，如前所言，雖具有烏托邦式的開放性質、現實與理想融合的部分特徵，雖然不乏前瞻性的、超越既有之建設成就的改革意圖，在具體作法上也會因事制宜地提出治策方案，使其追尋理想世界時並不欠缺向未知挑戰的積極、動態的表現，卻又因為標舉三代以及古聖先王的無上典範，而一意執著於「美好的過去」，如此便使其烏托邦染上濃厚的懷舊、回顧的色彩，充滿了古代理想國的迴光；更使得它所標榜的理想世界觀被填入一種復古的、固定的、靜態的既定內容。而這些懷舊、回顧的色彩，以及固定的、靜態的終極內涵，便使得這樣一個「烏托邦」摻雜了比較是屬於「樂園」才有的性質。換句話說，中國文學裡具有絕對意義的樂園意識，除此之外，還塑造出一種「半樂園」或「擬樂園」式的烏托邦藍圖，在相對意義上取得烏托邦的名號。因此與其說中國式的烏托邦是改造現狀而對現實有思革新與提升的企圖，毋寧將整個烏托邦的構設視之為一種復返昔日樂園的努力與追尋。

　　或許我們也可以採取這樣的理解，即對儒家思想（乃至對一切有關理想世界的思考）而言，烏托邦的極致即是樂園（如前一節所見），改革現實的動態過程，其最後的目的就是要達到某種靜止於完美、所謂「止於至善」的終極境界。只是西方式的思考中，由烏托邦到樂園的進程是前瞻的，向未來覓取未知的、更高的可能性；而中國式的思考中，由烏托邦到樂園的途徑卻是回歸的，向遙遠的過去尋求已然的、實踐的保證。而可哀的是，一切的樂園都在失落之後才顯示出樂園的價值，於是當中國古人的烏托邦構設不斷地向遙遠的古代

「永恆回歸」的時候，也意味著「永恆失落」的必然結果。

　　如此一來，在中國文學中所反映的理想世界，不論是樂園或是「擬烏托邦」，都具有一種「回歸復返」的時間向度，同時展現出「逆向追尋」的模式；而其終極境界也都是靜態的、復古的。就此一「永恆回歸」（eternal recurrance）的共同特質而言，我們以「樂園」來總括唐詩中所開顯的種種對理想世界的追求，便未嘗有理論上的衝突，而得以兼容並蓄；同時，我們也可以清楚地了解到西方理論的精密分辨非但不會在運用時造成削足適履的問題，反而能夠成為我們反省自己內在心靈活動之深層理路時良好的助緣。因此從下一章開始，本書各章的討論將不依循西方理論中嚴格的定義，而兼採樂園與烏托邦的指涉，兩個術語的意義皆以定義較寬泛、包含層面也較廣的「理想世界」為依歸；行文中為了論析的方便起見，則多以「樂園」為稱述之常用語，此乃取其廣義的用法。

　　其次我們可以注意到，雖然對一切理想世界之存在的一般對應方式乃是「追尋」（quest），所有的樂園意識都潛藏著追尋的動機，但是，追尋的動機雖一，追尋的方式卻可以完全不同，結果也有成功與失敗之別。有趣的是，在中國文學中所反映的追尋之方式，往往和結果的成功與失敗息息相關，而成功與失敗的分際往往繫於「機心」之有無的一線之間：一種是對某一特定的理想世界採取「有心」、「特意」的心態而積極安排、努力創設，在痛苦的「失樂園」中致力於尋求樂園的恢復，而其結果便是無盡的、堅韌的奮鬥；另一種則是在面對世界時，因「無心」、「忘機」而反倒獲得進入樂園的契機，無論外在環境如何，當下便可以直通樂園，冥契於超俗的體驗。以上的兩種基本模式在大略上說來，正恰恰對應於儒家和道家的思想型

態。試以唐詩解說之：王維所謂的「行到水窮處，坐看雲起時」[47]，前一句「行到水窮處」所表現的徹底窮究之追尋心理，即與儒家式致遠後已的實踐理路相通；而後一句「坐看雲起時」所顯示的無心無求，卻打開了柳暗花明之新境界，則明顯帶有道家式隨緣任運的色彩。這就是儒、道兩種追尋模式內在的心理機轉。

　　因此本書的論述架構與章節規畫，雖然因各個樂園型態本有其獨立性，在一一分述時不免各有重心，但是，彼此卻可依照儒、道這兩種追尋模式不同的心理機轉，而得到一個安排的依據，使各章之間有其內在的理路可尋。在第二章〈人文世界的烏托邦〉和第三章〈平等無私的自然倫理與宇宙萬物的和諧秩序〉兩章中，我們看到的是儒家式的，對恢復某種屬於群體萬物的、廣大開放的理想世界而積極努力；而第三章第三節〈物我交融的「忘機」境界〉是一個過渡的接榫，從這一節開始，藉由道家式的，因個人的無心、忘機而取得樂園體驗的模式便發揮了作用，一直貫通於以下的三章。透過第四章、第五章、第六章的論述，我們可以發現這些不同的樂園所賴以開展的基礎，率皆為破除「非如此不可」的機心造作之後所產生的忘機表現，例如在第四章〈「失樂園」──追憶中的開、天盛世〉中，開元、天寶的樂園意義便是在杜甫不再汲汲營營於「致君堯舜上」，而對現實無積極改造之意的時候才浮顯出來的。此外，於第五章〈由迷而悟──「尋道」詩的類型探討〉裡，詩人在追尋過程中「由迷而悟」的契機，往往是在詩人有意尋訪的對象意外缺席，而使原先企圖得到的「外在超越」遭到失敗之後，才因此創造出來的；事實上，也正是由於此際「無待於外」的心理，詩人才得以轉向「內在超越」的最高

---

[47] 唐·王維：〈終南別業〉詩中語，清·康熙敕編：《全唐詩》（北京：中華書局，1990年2月），卷126，頁4。

境界。還有，就唐詩中十分熱門的桃花源題材而言，情形更是如此，我們從第六章〈桃花源主題的流變〉的討論裡，可以看到原〈桃花源記〉的文本中，漁人因「無意」而進入桃源，獲得樂園的難得體驗；但是在他離去之後所展開的種種復歸的企圖，卻因為機心已起，而永遠失落了復返樂園之路。

而從第六章第五節〈中晚唐階段——世俗化：桃花源的幻滅與瓦解〉開始，一直到第七章〈樂園的變調〉，我們又從前面各種正面的樂園追尋中，轉向到一種表現方式和敘寫內容都十分特異的樂園表述。其中，我們看到了一種與一般神話心理、和儒道兩家之追尋都截然不同的面對樂園的心理機制，也就是遙承了屈原之《楚辭》，尤其是其中〈九歌〉的影響，而在中晚唐時代集中於表現樂園幻滅的特殊範疇。有牧歌就有哀歌，原來樂園的存在就是以「失落」為其成立的基礎，因此當失去樂園之後，詩人對樂園的存在已不復追尋或復返的企圖時，既不思「有心」的積極回歸，也無意於「忘機」的渾然冥合，卻專力於建立一種瓦解樂園、解消其神聖性的新視野。這樣的翻轉，使中晚唐詩人潛入「迷世」與「冥世」的異類時空，詠嘆著殘缺的哀歌，於是樂園的信仰與追求至此也步入崩潰的階段。

由此可知，唐詩中的樂園意識乃是多彩多姿而有消長變化的，因此在第八章我們便以宏觀的角度，在避免重複的情況下，將前述各章納入到一個綜觀的體系，一方面是把先前論述各種樂園意識時，因類型的限制而無法縮連的部分再度呼應，以顯示唐詩中樂園意識轉變的重要關鍵；一方面也將某些未及探討的樂園主題引入，以稍稍擴大涵蓋面，使觀照的範圍更完整。至此而本書之論述已然完成。

第二章

人文世界的烏托邦
——遠古理想國的迴光

　　所有對樂園理想的嚮往，都包含一種與現實脫離，以解除俗世之軛的基本心態，也就是麥西爾・艾利亞得（Mircea Eliade, 1907-1986）所區分之「聖與俗」（the sacred and the profane）二元對立的內在結構。[1]雖然在第一章第二節中，我們已區分樂園與烏托邦的不同特性，但將此兩種觀念納入中國文學與詩歌的範疇中應用時，其間的差別並不是絕對而彼此完全互斥的，在前一章第四節的分梳中，我們看到儒家乃是中國思想中最有心於烏托邦之建構的學派，在儒學思考中所擘畫的理想世界，其性質本是屬於一種即世的、落實人間的開放社會，為天下之人所共享，因而帶有強烈的俗眾性格，此點原與「樂園」絕俗棄世的色彩互相背離，而較近於「烏托邦」的型態。

　　不過在另一方面，儒家道統所浸染的道德理想，卻仍不免賦予根基於現實的烏托邦一種超越的神聖性，藉由德治的強調，教化的意義得到了最大程度的強化，從而造成聖與俗的微妙融合；再加上「儒家喜言復古，而且有緬懷過去的理想時代的習慣」[2]，形成了強烈的崇古取向（past time orientation），同時「從孔子起，周代的道德準則不再作為一種事實，而是作為一種可能性；不再作為某種可以抓到

---

[1] Mircea Eliade, *The Sacred and the Profane: the Nature of Religion,* trans. by Willard R. Trask (New York: Harcourt, Brace & World, Inc., 1959).

[2] 見何冠驥：〈中英詩中的時間觀念〉，《中外文學》第10卷第7期（1981年12月），頁87。而 F. R. Kluckhohn and F. L. Strodtbeck 曾以中國為崇古取向（past time orientation）的代表：「歷史上的中國，就是以過去取向為第一序的價值優先，祖先崇拜和一個很強的家族傳統，就是這種優先表現的兩個例子。因此在中國人的態度上，沒有甚麼新的事物發生在現在或未來，所有的新事物，都已發生在遙遠的過去。」Florence. R. Kluckhohn and Fred L. Strodtbeck et al.: *Variations in Value Orientations: A Theory Tested in Five Cultures* (New York: Row and Peterson, 1961), p.14. 引自韋政通：〈傳統中國理想人格的分析〉，李亦園、楊國樞主編：《中國人的性格》（臺北：桂冠圖書公司，1992 年 2 月），頁 30-31。

手的東西，而是作爲某種值得追求的東西。」③於是儒家面對當前現
實而思有以改造之時，所據以施工的藍圖卻是懷舊的、復古的，古代
聖君垂範於前的典型成爲最高的指標，遠古的典範乃是政治實踐的最
大可能性，因此三代之治也成爲衡量現實的固定尺度，而執意於復現
遙遠的唐虞時代更是詩人建構烏托邦時最顯著的特徵。也正是因爲此
點又爲中國式的烏托邦染上了「樂園」的色彩。一種聖與俗的微妙融
合、樂園與烏托邦的交織重疊，這就是中國式烏托邦的特性。

　　既然因爲中國文化深受儒家思想的影響，由儒家學說所建構、追
求的理想世界，透過文化的一脈傳承，也自然地從本質即爲知識分子
的詩人筆端滲入詩歌裡，形成了一種特屬於東方精神的樂園的嚮往。
而此種交融了聖與俗的性質而成的不同的遠古理想國，在唐詩中的樂
園意識裡，也占有重要的一席之地。不過因爲詩歌在先天上乃是作爲
一種抒情的、審美的表達，著重於個人意趣的抒發，故其形式也連帶
地承受了體制短小的限制，本不宜於必須反覆辯證、時需引事喻理以
充分申述的政經議論；然而心念所至，淑世之理想也不免流露筆端，
而時見相關的看法。以下便試圖擷取唐詩中的吉光片羽來進行整合，
以構成一個詩人理想中烏托邦的表述。

第一節　政治藍圖的理想模式

　　在唐詩中，幾位性情志趣截然有別的重要詩人都不約而同地表示
過儒術治天下的理想或事實認定，其中當然更包括了以儒門聖業自我
要求的理想，如王維、杜甫、劉長卿、韓愈、白居易、王建、杜牧等

---

③ 見〔美〕宇文所安（Stephen Owen）著，鄭學勤譯：《追憶——中國古典文學中的往事再
　現》（上海：上海古籍出版社，1990年10月），頁15。

人都曾表示過：

- 曾是巢許淺，始知堯舜深。（王維〈送韋大夫東京留守〉）
- 法自儒家有，心從弱歲疲。（杜甫〈偶題〉）
- 本來儒家子，莫恥梁鴻貧。（劉長卿〈別李氏女子〉）
- 方今太平日無事，柄任儒術崇丘軻。（韓愈〈石鼓歌〉）
- 我身蹈丘軻，爵位不早縮。（韓愈〈贈張籍〉）
- 僕本儒家子，待詔金馬門。（白居易〈郡中春讌因贈諸客〉）
- 孔門忝同轍，潘館幸諸甥。（王建〈荊南贈別李肇著作轉韻詩〉）
- 大夫官重醉江東，瀟灑名儒振古風。（杜牧〈寄宣州鄭諫議〉④

最奇特的是一心瀟灑塵外、以謫仙人自豪的李白，在「喜遊俠縱橫術」之外，竟也同樣具備了充滿儒家色彩的自我期許，如其〈古風

---

④ 引詩分別出自唐・王維著，陳鐵民注：《王維集校注》（北京：中華書局，1997年8月）；唐・杜甫著，清・仇兆鰲注：《杜詩詳注》（臺北：里仁書局，1980年7月）；清・康熙敕編：《全唐詩》（北京：中華書局，1990年2月）；唐・韓愈著，錢仲聯集釋：《韓昌黎詩繫年集釋》（臺北：學海出版社，1985年1月）；唐・白居易著，顧學頡點校：《白居易集》（北京：中華書局，1985年10月）；唐・杜牧：《樊川文集》（臺北：漢京文化事業公司，1983年11月）。

五十九首〉之一便以清明醒覺而雍容雅正的筆調，敘寫自己效法孔子
的創作心願：

> 大雅久不作，吾衰竟誰陳？……希聖如有立，絕筆於
> 獲麟。⑤

可見儒家思想之影響乃是既深且廣，凡有入世之理想的詩人都莫不在
其包籠之下，這也反映出傳統知識分子的一般歸趨。

　　在這些詩人中，杜甫以「每飯不忘君」的家國之念，和後人稱之
爲「詩史」的實證眼光，可以說是唐代詩人中以詩代論，而將儒家傳
承已久的政治理想發揮得最爲充分的一位。他不但以「奉儒守官」的
家世傳統自豪⑥，更在詩歌裡推崇儒家作爲經世治民之最高準則的地
位，如前引〈偶題〉云：「法自儒家有，心從弱歲疲。」因此即使是
在俠義凜然而豪烈快意之際，仍不忘以儒者自許，〈義鶻行〉便曰：
「飄蕭覺素髮，凜欲衝儒冠。」⑦在其一生中更不斷以「致君堯舜」
爲念，如做於長安時期的〈奉贈韋左丞丈二十二韻〉自許「致君堯舜
上」的抱負，直到晚年流寓江湖且衰疾纏身的命終前夕，猶然將此志
業託付友人，謂：「致君堯舜付公等，早據要路思捐軀。」⑧可知其
沾濡之深與信守之篤。因此於儒術頹敝廢壞之際，杜甫甚至以激憤至

---

⑤ 唐・李白著，清・瞿蛻園注：《李白集校注》（臺北：里仁書局，1981年3月），卷1。

⑥ 唐・杜甫：〈進鵰賦表〉，唐・杜甫著，清・楊倫箋注：《杜詩鏡銓》（臺北：漢京文化事
　業公司，1983年9月），附錄《讀書堂杜工部文集註解》卷之一。

⑦ 〈偶題〉、〈義鶻行〉二詩，分見唐・杜甫著，清・仇兆鰲注：《杜詩詳注》，卷18、卷
　6。

⑧ 引自〈暮秋枉裴道州手札率爾遣興寄遞呈蘇渙侍御〉、〈奉贈韋左丞丈二十二韻〉，分見
　唐・杜甫著，清・仇兆鰲注：《杜詩詳注》，卷23、卷1。

極的筆調痛宣「紈袴不餓死，儒冠多誤身」和「儒術於我何有哉，孔丘盜跖俱塵埃」的痛切之語[9]，從反面表現了愛深責切的正面執著。試看卷終之詩〈題衡山縣文宣王廟新學堂呈陸宰〉所說的「周室宜中興，孔門未應棄」[10]，便知杜甫根深蒂固的儒家血統。因此我們便以杜甫詩為經，抉發唐詩中烏托邦的藍圖，應具有以簡馭繁、提綱挈領而又不失其概括性的指標意義。

一、金字塔尖的專權帝王

烏托邦的特色中，除了開放的、動態的、前瞻的、實踐的性質與樂園互為對照之外，還有一個與樂園本質上有別的特點，那便是樂園是無為的、個人主義的，而烏托邦的群體性中，卻勢必要安置一明智賢能的領導者來擔當「有為」的任務，以最高領袖的姿態匯集眾志成城的力量，並發動政府組織的影響力，以其發揮最大的行政效率和改革效果。與此相類的，是中國的理想國中，在最高的金字塔頂也設立了一個足以決定整個烏托邦之成敗的關鍵人物，那便是生而總攬專權，並被期望擁有無上智慧與德性的帝王。

就總攬專權的一面而言，實為一切封建朝代不驗自明的特徵，在中國文化裡尤其特別顯著。董仲舒曾說：「君人者，國之元，發言動作，萬物之樞機。」[11]君王發言動作的影響力已超越了政治層面，

---

⑨ 兩聯出自〈奉贈韋左丞丈二十二韻〉、〈醉時歌〉，分見唐·杜甫著，清·仇兆鰲注：《杜詩詳注》，卷1、卷3。

⑩ 唐·杜甫著，清·仇兆鰲注：《杜詩詳注》，卷23。

⑪ 西漢·董仲舒：《春秋繁露·立元神》，清·蘇輿撰：《春秋繁露義證》（北京：中華書局，2010年1月），頁166。

最終甚至成爲「萬物之樞機」，足爲人群社會、乃至於宇宙間最具有
權威與主宰力的樞紐，這一方面可以看出中國的帝王並不只是單純的
政治領袖，而且是關係於整個國家成敗、宇宙生滅的依據，如邢義田
指出：「皇帝在中國從一開始就不是一種單純的政治領袖。秦漢以後
的皇帝就像封建制度下的周天子，是維繫整個政治、社會和文化秩序
的樞紐。……理想中的君王不但主宰人間的秩序，更協調貫通人與宇
宙之間的關係，此陳平所謂佐天子理陰陽者也。因此，我們要認識皇
帝在傳統中國社會裡的作用必不能僅從政治一面視之。」⑫但另一方
面，此一觀念也正顯示出帝王的究極權力。正因爲帝王所握的專權乃
是治亂的依據和一切政治作爲賴以決定方向的根源，因此如何護本固
源，使之成爲驅動百官眾庶晉升清明治世的有效保障，而不至於旁落
他手，成爲小人縱慾肆行之強力私器，從而造成侵害國家的禍亂乃至
於國亡身滅的悲慘下場，這就是詩人孜孜眷念的重要課題。就這一點
而言，李白曾以飄忽恣烈的筆墨抒寫歷史上駭人聽聞的聳動掌故，爲
的就是要勸醒晚年昏庸聾聵的玄宗不可授人以柄，其〈遠別離〉一詩
云：

> 日慘慘兮雲冥冥，猩猩啼煙兮鬼嘯雨。我縱言之將何
> 補？皇穹竊恐不照余之忠誠。雷憑憑兮欲吼怒，堯舜
> 當之亦禪禹。君失臣兮龍爲魚，權歸臣兮鼠變虎。或
> 云堯幽囚，舜野死。九疑聯綿皆相似，重瞳孤墳竟何
> 是？⑬

---

⑫ 邢義田：〈奉天承運——皇帝制度〉，鄭欽仁主編：《中國文化新論·制度篇：立國的宏
　規》（臺北：聯經出版事業公司，1982年9月），頁70。

⑬ 唐·李白著，清·瞿蛻園注：《李白集校注》，卷3。

其中的「堯幽囚」是偏僻史籍上的漏網之魚，出自《史記・五帝本紀》張守節《正義》所引的《括地志》：「《竹書》云：昔堯德衰，為舜所囚也。」[14]而另一個「舜野死」則是舊傳說的引申，將《山海經・海內經》中「南方蒼梧之丘，蒼梧之淵，其中有九疑山，舜之所葬」的記載，以及《述異記》所載：「昔舜南巡而葬於蒼梧之野。堯之二女娥皇、女英追之不及，相與慟哭，淚下沾竹，竹文上為之斑斑然。」[15]等說法融合起來，申足出另一種流落而死、孤墳渺茫的悲劇下場。所謂「堯幽囚，舜野死」，指的都是政治場上權力鬥爭失敗的結果，因為即使堯是出於「德衰」而被舜所囚禁，也不能掩蓋或合理化舜是以臣子的立場以下犯上、以暴易暴的逆臣的行為本質，不合於君臣尊卑的禮教分際；而舜竟於晚年齒疏體衰的情況下親自遠征蠻荒，且此一軍事行動居然又不為摯愛的妻子所預知而「追之不及」，最後又身死異地，連葬身之所亦復迷失難尋，其間率爾匆促、密而不宣的種種可疑現象，在在都指向一種突如其來而又措手不及的危急狀況，也就是在激烈的權力鬥爭中一夕之間落敗的失勢者才會面臨的處境。因此，在這節錄的詩歌段落裡，我們看到李白以大膽而直言無諱的語句，選擇了違反傳統主流話語所打造的美麗神話，以經由歷史重重淘汰以及民族集體遺忘之後殘存的冷門史料，血淋淋地指出掩蓋在神話外衣之下殘酷的政治現實，原來就是赤裸裸的權力鬥爭而已；權力之所在，也就是自由、生命，當然還包括解釋歷史的專利在內等等一切條件之所在。在這裡，李白不只是顛覆了牢籠著絕大多數知識分子自古以來即信守不渝的政治神話，更重要的是拆解了金碧輝煌的

---

[14] 漢・司馬遷：《史記》（臺北：鼎文書局，1993年2月），頁31。

[15] 南朝梁・任昉：《述異記》，卷上，《景印文淵閣四庫全書》第1047冊（臺北：臺灣商務印書館，1986年7月），頁615。

聖堂之後，銳利地指出雖然醜陋，但卻最為眞實的問題核心：連神聖不可侵犯的堯、舜也只是不能自外於權力之撥弄的無奈棋子，「堯幽囚、舜野死」完全是因爲失權的緣故；而代代相傳、眾口交譽的所謂的「禪讓」美談，竟是無可奈何之下用來遮醜的虹彩屍衣而已！

　　那麼，鞏固皇權便是刻不容緩的當務之急了，因爲「君失臣兮龍爲魚，權歸臣兮鼠變虎」，是呼風喚雨的神龍與吼嘯震山的猛虎，還是任人宰割的俎上魚與畏首畏尾的過街鼠，全然繫於權力的得失一線。這種對帝王專權的堅持與擁護，事實上，正是在既有的政治體制下，爲了確立德治得以有效施行並普及持久的先決條件。因此一旦發生國君被小人蒙蔽的危機時，詩人也會發出「總爲浮雲能蔽日，長安不見使人愁」[16]的憂心之詞了。

　　在專權的前提下，身分完全等同於知識分子的詩人接著會面臨到的第二個問題，便是所謂「絕對的權力使人絕對的腐化」的必然性。但是在中國知識分子的政治思維之中，卻極力想把本質上完全矛盾而不相容的專權與道德調和爲一，而將「絕對腐化」的可能性減到最低。於是「內聖外王」[17]就成爲概括這一項艱難事業的施行準則：「內聖」是對帝王本身道德要求的極致，而「外王」則是由帝王推擴出去，在統治廣大國家之時賴以施政的理想措施或理想作法。爲醒眉目起見，以下便一一分述之。

---

[16] 出自唐・李白：〈登金陵鳳凰臺〉，唐・李白著，清・瞿蛻園注：《李白集校注》，卷21。

[17] 「內聖外王」一詞原出於道家，《莊子・天下篇》云：「是故內聖外王之道，闇而不明，鬱而不發，天下之人各為其所欲焉以自為方。悲夫！百家往而不反，必不合矣！」但此語今已多移用於儒家政治理想之架構，此處乃承此而用之，非本於道家莊子之原意。

二、「內聖」的極致——堯舜的聖君典範

就「內聖」此一方面而言，整個事業最主要的目標，就是把原本極可能變成「恣性逐行之猛獸」的帝王改造爲「德高望重之賢者」，讓道德擔任陶冶君王，以遂行仁政的關鍵角色，余英時曾指出這種政治構想乃源自於中國注重內在超越的文化型態，「國家一向是被看成人倫關係的一個環節。價值之源內在於人心，然後向外投射，由近及遠，這是人倫秩序的基本根據。在政治領域內，王或皇帝自然是人倫秩序的中心點。因此，任何政治方面的改善都必須從這個中心點的價值自覺開始。這便是『內聖外王』的理論基礎。」[18]

但或許是因爲人性內在超越之難期，啓發價值自覺亦屬不易，於是在知識分子的信仰裡，遠古歷史中曾實現了神聖德業的聖王賢君便成了高懸的永恆象徵，一個永不褪色的政治指標，尤其是當時間不斷進展的情況下，「孔子和孟子這兩位儒家宗師卻眷懷歷史上或傳說中的理想時代，希望回復到三皇五帝的大同社會，可見在他們的心目中，現在只是過往黃金時代的退化，所以祇有效法先王才能治國平天下。」[19]而在創造了過去黃金時代的聖君群像中，「唐堯虞舜」是唐詩裡最常被標舉出來的代表人物，成爲詩人們認定上的一致歸趨，如李白於〈贈清漳明府姪聿〉一詩謂：

> 絃歌詠唐堯，脫落隱簪組。心和得天眞，風俗猶太

---

[18] 余英時：〈從價值系統看中國文化的現代意義〉，《中國思想傳統的現代詮釋》（臺北：聯經出版事業公司，1987年3月），頁35。

[19] 見何冠驥：〈中英詩中的時間觀念〉，《中外文學》第10卷第7期，頁73。

古。⑳

而單單在杜甫詩中就有以下多首：

- 自謂頗挺出，立登要路津。致君堯舜上，再使風俗
  淳。（〈奉贈韋左丞丈二十二韻〉）

- 迴首叫虞舜，蒼梧雲正愁。（〈同諸公登慈恩寺
  塔〉）

- 生逢堯舜君，不忍便永訣。（〈自京赴奉先縣詠懷
  五百字〉）

- 步趾詠唐虞，追隨飯葵堇。（〈贈鄭十八賁〉）

- 九重思諫諍，八極念懷柔。徒倚瞻王室，從容仰廟
  謀。……復見陶唐理，甘為汗漫遊。（〈奉送王信
  州崟北歸〉）

- 致君唐虞際，淳樸憶大庭。（〈同元使君舂陵
  行〉）

- 死為星辰終不滅，致君堯舜焉肯朽？（〈可歎〉）

- 應經帝子渚，同泣舜蒼梧。（〈大曆三年春白帝城
  放船出瞿唐峽久居夔府將適江陵漂泊有詩凡四十
  韻〉）

- 蹉跎陶唐人，鞭撻日月久。（〈上水遣懷〉）

- 聖朝尚飛戰鬥塵，濟世宜引英傑人。……致君堯舜

---

⑳ 唐・李白著，清・瞿蛻園注：《李白集校注》，卷9。

付公等，早據要路思捐軀。（〈暮秋枉裴道州手札
率爾遣興寄遞呈蘇渙侍御〉）[21]

除此之外，踵步杜甫兼濟之理想與社會寫實詩之創作的白居易，類似
的表白也有多處：

湛露浮堯酒，薰風起舜歌。願同堯舜意，所樂在人
和。（〈太平樂詞二首〉之二）

歲望千箱積，秋憐五穀分。何人知帝力？堯舜正爲
君。（〈與諸公同出城觀稼〉）

朝庭重經術，草澤搜賢良。堯舜求理切，夔龍啓沃
忙。（〈飽食閒坐〉）

致成堯舜升平代，收得夔龍強健身。（〈奉和晉公侍
中蒙除留守行及洛師感悅發中斐然成詠〉）[22]

晚唐時代的杜牧亦云：

昔帝登封後，中原自古強。……几席延堯舜，軒墀立
禹湯。（〈華清宮三十韻〉）[23]

其餘詩例之夥，實不暇一一遍舉。諸詩中或以之讚美當代的帝王，所

---

[21] 九詩分見唐‧杜甫著，清‧仇兆鰲注：《杜詩詳注》，卷1、卷2、卷4、卷14、卷19、卷19、卷21、卷22、卷23。

[22] 四詩分見唐‧白居易著，顧學頡點校：《白居易集》，卷18、卷28、卷30、卷31。

[23] 清‧康熙敕編：《全唐詩》，卷521。

謂「致君堯舜上」、「生逢堯舜君」、「堯舜正爲君」等即是；或以
之寄託個人崇高的政治理想，如「絃歌詠唐堯」、「迴首叫虞舜」、
「步趾詠唐虞」、「復見陶唐理」等皆爲其例，無論何者，在在都證
明了堯舜的概括作用實是十分鮮明。學者曾指出中國知識分子如此
「言必稱堯舜」的理由，就在於他們代表了德治的典範：「儒家的政
治思想，是反對法治，主張禮治、德治的。……禮治、德治也即是人
治，在儒家看來，治人的君子應以道德爲模範，使人效之。故言必稱
堯舜，這與柏拉圖（Plato）的賢人政治理論相同。」[24]但是何以德
治的典範多歸於堯舜身上？「賢人政治」的理想何以必託諸堯舜來實
現？松浦友久認爲這種人物形象的概括表現，是表現了「中國社會傳
統之一的典型愛好的傾向」，且「這一傾向明顯地表現在作爲社會的
「共名」（共有概念）而設定的堯、舜等等聖人形象——及其對立面
的桀、紂這樣的暴君形象上。……人類存在的一切善的屬性被典型化
地集中到堯、舜的人物形象上。」[25]而此種出自傳統之典型愛好，造
成了眾人服膺於作爲「社會共名」之堯舜的現象，在唐詩中也表現得
十分明顯。

　　「德」既然是政治由衰而治的鑰匙，因此除了遠古的堯舜之
外，周朝時制禮作樂、振興朝綱，並奠定深厚文化基礎的周公，也成
爲唐詩人歌詠企慕的對象，如韓愈〈岐山下二首〉云：

　　誰謂吾有耳，不聞鳳皇鳴。竭來岐山下，日暮邊鴻
　　驚。丹穴五色羽，其名爲鳳皇。昔周有聖德，此鳥鳴
　　高岡。和聲隨祥風，窈窕相飄揚。聞者亦何事？但知

[24] 引自郭銀田：《田園詩人陶潛》（臺北：里仁書局，1996年9月），第5章，頁148。
[25] 〔日〕松浦友久著，陳植鍔、王曉平譯：《唐詩語彙意象論》（北京：中華書局，1992年5月），頁11。

時俗康。自從公旦死，千載闃其光。吾君亦勤理，遲爾一來翔。㉖

因「昔周有聖德」，故「此鳥鳴高岡」，代表了太平的鳳凰與時俱現，與盛世交相輝映；但是「自從公旦死」，聖業的光輝便黯淡了千年之久。這樣的政治建構，其核心依然是以「堯舜」之類的聖君爲整個國家機器的金字塔塔尖，其基礎也仍是自原始儒家一脈相傳下來的德治理想，所謂「致君堯舜上，再使風俗淳」的志業，是先將一切改革的動力託付予一個至高無上的權威，再透過由上而下、風行草偃式的推擴作用，最終達到「化民」的目的。因此這個烏托邦的實現，其成功的關鍵便取決於君王的道德修養與清明智慧，然後才有能臣賢士進一步推衍擴充的空間。但是所謂的道德，並不等同於市井鄉愿，徒有好意卻無智慧；或是一味的道貌岸然，死守教條。因此除了品格的良善之外，還必須具備高明的智慧決斷，才是眞正理想的君主。以開元盛世的黃金歲月爲藍本的烏托邦中，唐玄宗所展現的高度明斷就無異爲治世的保證，杜甫〈能畫〉詩曰：

能畫毛延壽，投壺郭舍人。每蒙天一笑，復似物皆春。政化平如水，皇明斷若神。時時用抵戲，亦未雜風塵。㉗

宋洪邁對此有切要之論：「杜之旨本謂伎藝倡優，不應蒙人主顧盼賞接；然使政化如水、皇恩若神，爲治大要既無可損，則時時用此輩，

㉖ 本詩雖名爲「二首」，實僅一首，見唐・韓愈著，錢仲聯集釋：《韓昌黎詩繫年集釋》，卷1。
㉗ 唐・杜甫著，清・仇兆鰲注：《杜詩詳注》，卷17。

亦亡害也。」㉘可見即使在「時時用抵戲」的情況下，也未必會造成「雜風塵」的敗亂下場，原因就在於帝王「明斷若神」的高度智慧。「神」是杜甫用以推許任何藝術或才能達到最高境界的術語㉙，有出神入化、神妙入微的高明之意；而觀此在安史亂後回憶往昔的詩作中杜甫也將玄宗之「明斷」推到了「若神」的地步，則人主以一人之智維繫天下盛衰的因果關係便清晰浮現出來了。

㉘ 宋・洪邁：《容齋隨筆》（上海：上海古籍出版社，1995年3月），《三筆》卷6，頁484。

㉙ 於杜集中「神」字往往見於「藝術」（就此詞之原始意涵而言）臻至登峰造極之場合，例如：

1. 詩歌文章的創作方面有〈蘇端薛復筵簡薛華醉歌〉的「文章有神交有道」、〈獨酌成詩〉的「詩成覺有神」、〈遊修覺寺〉的「詩應有神助」、〈八哀詩〉的「篇什若有神」、〈奉贈韋左丞丈二十二韻〉的「下筆如有神」、〈寄張十二山人彪三十韻〉的「詩興不無神」、〈寄薛三郎中據〉的「才力老益神」、〈奉賀陽城郡王太夫人恩命加鄧國太夫人〉的「詞翰兩如神」等；

2. 書法方面有〈八哀詩〉的「神翰顧不一」、〈李潮八分小篆歌〉的「書貴瘦硬方通神」；

3. 繪畫方面有〈送許八拾遺歸江寧覲省甫昔日嘗客遊此縣於許生處乞瓦棺寺維摩圖樣志諸篇末〉的「神妙獨難忘」、〈畫鶻行〉的「巧刮造化窟，寫此神俊姿」、〈丹青引贈曹將軍霸〉的「將軍善畫蓋有神」、〈韋諷錄宅觀曹將軍畫馬圖歌〉的「神妙獨數江郡王」、〈戲韋偃為雙松圖歌〉的「滿堂動色嗟神妙」、〈畫馬讚〉的「韓幹畫馬，毫端有神」；

4. 舞蹈方面有〈觀公孫大娘舞劍器行〉的「妙舞此曲神揚揚」；政治軍事方面有〈奉和嚴中丞西城晚眺十韻〉的「雄略動如神」、〈承聞河北諸道節度入朝歡喜口號絕句十二首〉的「英雄見事若通神」、〈觀安西兵過赴關中待命二首〉之一的「臨危經久戰，用急始如神」等；

5. 甚至自然界中萬物之精者杜甫也以「神」況之，如〈沙苑行〉稱巨魚為「豈知異物同精氣，雖未成龍亦有神」、〈觀打魚歌〉的「眾魚常才盡卻棄，赤鯉騰出如有神」、〈三韻三首〉之一的「困魚魚有神」、〈楊監又出畫鷹十二扇〉的「此物神俱王」、〈呀鶻行〉的「彊神非復皂雕前，俊才早在蒼鷹上」等等。

由以上眾多之詩例，可知杜甫所下的「神」字並非泛泛，而是指稱一種登峰造極的境界、秀異獨出的成就或淋漓盡致的表現，除了藝術技巧之外，凡是能夠展現超凡不俗、靈妙出眾之氣勢的人為智計或自然景物，「神」就是最簡約、亦復最高明的讚美。

　　以堯舜為「共名」，在政治體系中安置一個專權而穩固、至德而神斷的帝王，這就是開展中國式烏托邦的第一步。

三、「外王」的步驟之一：聖君賢相的模式

　　在中國政治烏托邦的金字塔型建構中，從堯舜之類聖君置身的塔尖向下延伸，在到達塔底的廣大人民之前，還必須經過幾個環節。第一個環節是圍繞在帝王身邊的輔佐之臣，與帝王之間形成了「聖君賢相」的施政模式。

　　此處所謂的「賢相」，指的是並不是一般一人的、狹義的宰相，而是眾多的、廣義的宰輔佐臣和文武才士，得以將聖業推及於外者。宋洪邁曾引述《六韜》之語云：「文王在岐，召太公曰：『吾地小。』太公曰：『天下有粟，賢者食之；天下有民，賢者牧之。屈於一人之下，則申於萬人之上，唯聖人能為之。』」[30]可見舉賢用才是廣大幅員的國家保障政治清明的關鍵所在，是「君主——人民」這個同心圓結構中，連結居於圓心之帝王、與環繞著圓周數量龐大之百姓的接榫；既必須有承擔一人之下的才德，又不能缺乏萬人之上的賢能，才能維繫整個國家之健全結構於不墜。故詩人以綱領式的詩句表示：

- 古稱國之寶，穀米與賢才。（白居易〈雜興三首〉之三）

- 有國由來在得賢，莫言興廢是循環。（李九齡〈讀

㉚ 宋・洪邁：《容齋隨筆》，《三筆》卷15，「詘一人之下」條，頁597。

三國志〉）[31]

穀米者，黎民生命之所資；而賢才者，亦是國家賴以存續的憑藉，如此相提並論，其重要性可想而知。而杜甫對此一問題更是十分重視而殷殷致意，學者曾指出：「杜甫對於歷史上的治亂興衰，特別是導致治亂興衰的人才問題，表示極大的關心。〈諸將五首〉，寫理想人才對於國家的重要性；〈八哀詩〉，寫有才而難盡其用的悲哀；〈詠懷古跡五首〉，寫對懷才不遇的同情與對能夠識才、用才的讚美。」[32]此外，在杜詩中直接敘寫此意者亦所在多有，如：

• 廟堂知至理，風俗盡還淳。才傑俱登用，愚蒙但隱淪。（〈上韋左相二十韻〉）

• 鳳池日澄碧，濟濟多士新。余病不能起，健者勿逡巡。上有明哲君，下有行化臣。（〈寄薛三郎中據〉）

• 聖朝尚飛戰鬥塵，濟世宜引英傑人。（〈暮秋枉裴道州手札率爾遣興寄遞呈蘇渙侍御〉）[33]

可見一個理想的烏托邦賴以建立的上層結構中，乃是以「眾星拱月」的模型安置了一位至高而唯一、又德智煥發一如皎亮明月的天子，

---

[31] 二詩分見唐・白居易著，顧學頡點校：《白居易集》，卷1；清・康熙敕編：《全唐詩》，卷730。

[32] 程千帆、莫礪鋒、張宏生著：〈晚年：回憶與反省〉，《被開拓的詩世界》（上海：上海古籍出版社，1990年10月），頁227。

[33] 三詩分見唐・杜甫著，清・仇兆鰲注：《杜詩詳注》，卷3、卷18、卷23。

做為一個匯集眾才，使俊傑之士濟濟於一堂的磁力中心，而呈現「濟
濟多士」的盛況；其周遭則以才德兼備的原則，吸引了傑出的文臣武
將，所謂「才傑俱登用」、「濟世宜引英傑人」，他們將護衛著天子
內聖外王的基業，不但能夠補強其智計的不足，並可以保障其治績的
圓滿無缺，故曰「上有明哲君，下有行化臣」，形成了中國式「聖君
賢相」的理想政治構設。

　　而這些僅在一人之下，在政治體系的上層結構中扮演樑柱角色
的群臣，究竟必須具備何種資格，才能擔當得起構築理想國的重責大
任？「賢德」與「才能」固然是選用的原理與準則，但是從唐詩的檢
閱中，我們可以看到此種抽象的原理或準則往往是藉具體的人物來傳
達的，先唐漫長的中國歷史裡就足以提供一長串的名單，從渺茫的歷
史雲霧深處提煉出一些鑴刻鮮明而垂範後世的宰輔形象，屬於遠古時
代傳說中的人物便有：

- 許身一何愚，竊比稷與契。（杜甫〈自京赴奉先縣
  詠懷五百字〉）

- 舜舉十六相，身尊道何高。（杜甫〈述古三首〉之
  二）

- 死為星辰終不滅，致君堯舜焉肯朽？吾輩碌碌飽飯
  行，風后力牧長迴首。（杜甫〈可歎〉）

- 朝庭重經術，草澤搜賢良。堯舜求理切，夔龍啟沃
  忙。（白居易〈飽食閒坐〉）

- 致成堯舜升平代，收得夔龍強健身。（白居易〈奉
  和晉公侍中蒙除留守行及洛師感悅發中斐然成

詠〉）③④

黃帝時代有風后爲相、力牧爲將，楊倫注杜甫〈可歎〉詩時引《帝王
世紀》曰：「黃帝得風后於海隅，進以爲相；得力牧於大澤，進以爲
將。」③⑤而堯舜時代則舉用了「十六相」爲輔弼，夔龍啓沃之輩都爲
了治理國家而忙碌；還有商周的遠祖稷與契也是詩人效慕的對象。漢
朝以前的商周兩朝乃是信史的開始，其間可供效法的名單就更加洋洋
灑灑、屈指難數，單單是杜甫所提及者至少就有以下諸條，舉之可概
其餘：

* 漢光得天下，祚永固有開。豈惟高祖聖，功自蕭曹
  來。經綸中興業，何代無長才。吾慕寇鄧勳，濟時
  亦良哉！耿賈亦宗臣，羽翼共徘徊。休運終四百，
  圖畫在雲臺。（〈述古三首〉之三）

* 今日朝廷須汲黯，中原將帥憶廉頗。（〈奉寄高常
  侍〉）

* 呂尚封國邑，傅說已鹽梅。（〈昔遊〉）

* 伯仲之間見伊呂，指揮若定失蕭曹。（〈詠懷古跡
  五首〉之五）

* 淒其望呂葛，不復夢周孔。（〈晚登瀼上堂〉）

* 耿賈扶王室，蕭曹拱御筵。（〈秋日夔府詠懷奉寄

---

③④ 五詩分見唐・杜甫注，清・仇兆鰲注：《杜詩詳注》，卷4、卷12、卷21；唐・白居易著，
　　顧學頡點校：《白居易集》，卷30、卷31。
③⑤ 唐・杜甫著，清・楊倫箋注：《杜詩鏡銓》，卷18，頁881。

鄭監李賓客一百韻〉）

- 不必伊周地，皆登屈宋才。（〈秋日荊南述懷三十
  韻〉）
- 君臣各有分，管葛本時須。（〈別張十三建封〉）[36]

從商周時代的伊尹、呂尚（太公望）、周公、傅說，春秋時的管仲、
戰國時代的武將廉頗，到漢朝時「武皇」的群臣，如「扶王室」的耿
弇、賈復，與「拱御筵」的蕭何、曹參，還有汲黯、寇恂、鄧禹等，
再加上三國時的諸葛亮，所構成的完全是一幅「聖代中興圖」。而
「中興」二字，恰恰說明了中國式烏托邦的追求，的確是一種對聖代
的復歸並使之再現的努力。

　　但是人才雖卓然有成，如果任其棄置不用、沉淪在野，卻也枉
然。固然懷才不遇是有才者個人的深痛，同時也是國家整體的損失，
但人才之汲引卻端賴於君王無私的拔擢，而他們自己卻完全是被動
的、無能為力的，故晚唐詩人周曇曾說：

　　船驥由來是股肱，在虞虞滅在秦興。裁量何異刀將
　　尺，祇繫用之能不能。[37]

虞國滅而秦國興，關鍵就在於國君對百里奚這樣的人才「用之能不
能」：用之而國興，不用而國滅，人才之重要自不待言，而君王操控
了用與不用的主動權，卻也不言可喻。一旦人才幸被擢用，而得以置

---

[36] 以上八首分見唐·杜甫著，清·仇兆鰲注：《杜詩詳注》，卷12、卷13、卷16、卷17、卷
　　18、卷19、卷21、卷23。
[37] 唐·周曇：〈春秋戰國門·百里奚〉，清·康熙敕編：《全唐詩》，卷728。

身朝廷之後，接下來君臣是否可以同心協力，也是賢才能不能盡力一搏、實踐理想的一道關卡。於是，在唐詩裡被詩人普遍追慕的「君臣相合」的典範，則以春秋時代燕昭王置「黃金臺」招郭隗、樂毅、劇辛、鄒衍等各方賢能而至，造成一時之選皆濟濟一堂的盛況，以及三國時代蜀昭烈帝劉備與武侯諸葛亮之間互信無嫌、上下一體的美談，兩者皆為詩人多所歌詠感懷的歷史故實，也成為最常見的相關主題。

黃金臺的故事在《史記·燕召公世家》中已有記載：「燕昭王於破燕之後即位，卑身厚幣以招賢者。……於是昭王為（郭）隗改築宮而師事之；樂毅自魏往，鄒衍自齊往，劇辛自趙往，士爭趨燕。」[38]梁任昉《述異記》亦曰：「燕昭為郭隗築臺，今在幽州燕王故城中，土人呼為賢士臺，亦謂之招賢臺。」[39]而燕昭王築黃金臺以招賢之事進入詩歌的範疇中，被徵用成為習見典故，似乎在唐朝才大為流行，因為唐人在國族所提供的盛大規模中被激發出強烈而積極的參政企圖，意欲在政治領域裡實踐自己的才能，並建立不朽的功業，於是但凡有用世之意而伸展無門者，往往藉黃金臺招賢之事以為喻，一以申明自己對濟世安民的理想，再則是希望昔日美談得復現於今日，如陳子昂、李白、杜甫、李賀、柳宗元……等人，莫不再三致意，如陳子昂〈薊丘覽古贈盧居士藏用七首〉之二云：

南登碣石館，遙望黃金臺。丘陵盡喬木，昭王安在哉？[40]

李賀〈雁門太守行〉亦曰：

---

[38] 漢·司馬遷：《史記》，卷34，頁1558。

[39] 南朝梁·任昉：《述異記》，卷下，《景印文淵閣四庫全書》第1047冊，頁628。

[40] 見清·康熙敕編：《全唐詩》，卷83。

報君黃金臺上意，提攜玉龍爲君死。[41]

而李白、杜甫以及柳宗元等人詩中更屢屢用之，瞿蛻園便曾指出這種唐詩中慣見的情形：

> 《史記》止云爲隗改築宮而師事之，初無臺字，而李白詩有「何人爲築黃金臺」之語。……然李白屢慣用黃金臺事，如：「誰人更埽黃金臺」、「燕昭延郭隗，遂築黃金臺」、「掃灑黃金臺，招邀廣平客」、「如登黃金臺，遙謁紫霞仙」、「侍筆黃金臺，傳觴青玉案」。杜甫亦有「揚眉結義黃金臺」、「黃金臺貯賢俊多」。柳子厚亦云：「燕有黃金臺，遠致望諸君」。《白氏六帖》有：「燕昭王置千金於臺上以延天下士，謂之黃金臺。」此語唐人相承用者甚多，不特本於白也。[42]

如此廣泛的現象，一方面固然說明了能夠舉賢用才乃是構成「聖君」的條件之一，但另一方面也意味著詩人身爲知識階層與官僚系統中的一員，在懷抱著經世濟民之理想與才德的同時，也莫不希望能夠策高足而一償馳騁展才的機會，如此方能對內無愧於己志，完成個人實踐的夙願，而對外亦得以拯濟天下蒼生，不負傳統賦予的使命。

其次，除了黃金臺的典故之外，蜀先主劉備與諸葛亮之間君臣

[41] 見唐・李賀著，葉蔥奇校注：《李賀詩集》（臺北：里仁書局，1982年10月），卷1。
[42] 引自唐・李白著，清・瞿蛻園注：《李白集校注》，卷2，頁121。

相得、開誠無間的膠漆之情，以及彼此能夠超越上下的階級之分，而相與無猜、共享生命與理想的歷史美談，也贏得了有志之士的衷心嚮往。唐代詩人中對此一嚮往表現得最為突出者，以杜甫為個中翹楚，其集中以蜀主諸葛為創作主題的詩，至少就有〈武侯廟〉、〈八陣圖〉、〈謁先主廟〉、〈諸葛廟〉、〈古柏行〉、〈詠懷古跡五首〉之四……等多首。各詩的主旨，除了傷感於孔明「三顧頻煩天下計，兩朝開濟老臣心。出師未捷身先死，長使英雄淚滿襟」[43]而深致痛惋之情外，主要還是以其歷史罕見的「君臣相得」為典範，如：

- 憶昨路繞錦亭東，先主武侯同閟宮。（〈古柏行〉）
- 武侯祠屋常鄰近，君臣一體祭祀同。（〈詠懷古跡五首〉之四）
- 君臣當共濟，賢聖亦同時。（〈諸葛廟〉）[44]

諸詩之意，或謂兩人死後固然是「同閟宮」、「一體祭祀同」，生前亦是彼此「共濟」，有如魚水相親般契合，後者於〈謁先主廟〉一詩亦有同調：

惨淡風雲會，乘時各有人。力侔分社稷，志屈偃經綸。復漢留長策，中原仗老臣。……孰與關張並，功臨耿鄧親。應天才不小，得士契無鄰。[45]

---

[43] 唐・杜甫：〈蜀相〉，唐・杜甫著，清・仇兆鰲注：《杜詩詳註》，卷9。
[44] 三詩分見唐・杜甫著，清・仇兆鰲注：《杜詩詳註》，卷15、卷17、卷19。
[45] 唐・杜甫著，清・仇兆鰲注：《杜詩詳註》，卷15。

黃生曾綜合史冊，爲此詩下一段注語：「《關張傳》：昭烈與二人恩若兄弟。《諸葛傳》：昭烈與亮情好日密，關、張等不悅。昭烈曰：『孤有孔明，猶魚之有水，願諸君勿復言。』《後漢書》中與二十八將，上應二十八宿，此以耿、鄧比關、張，言二人於先主以功爲親臣，如耿、鄧之上應天象，其才亦自不小。當時恩遇孰與二人并者？孔明一旦遽臨其上，君臣魚水，相契至深。然則非孔明固不能定三分之業，非先主豈能得一士之用乎？」[46]正是「君臣魚水，相契至深」，於是力能定三分之業的孔明，以及一切賢能兼備的人才，就可以充分投入聖業之中，與堯舜之君一起爲烏托邦的建設而努力。

　　以上兩節所論，就是「主聖如堯舜，臣忠似伊周」[47]之類聖君賢相式的政治理想的全部內涵。

四、「外王」的步驟之二：朝廷的施政原則

　　聖君賢相式的權力核心結構，其設計上最主要的目的是確保施政的方向，以及仁政、善政的落實，避免道德的墮落而導致苛政的殘害，所謂：

　　　爲政殘苛獸亦飢，除飢機在養疲羸。人能善政獸何
　　　暴，焉用勞人以檻爲。（周曇〈六朝門‧傅昭〉）[48]

---

[46] 清‧黃生：《杜詩說》（合肥：黃山書社，1994年5月），卷10，頁402。

[47] 元‧方回：〈跋鄭子封詩〉，見陳友琴編：《古典文學研究資料彙編‧白居易卷》（北京：中華書局，1962年11月），頁183。

[48] 清‧康熙敕編：《全唐詩》，卷729。

因此所謂的善政、仁政，就是外王事業中同樣醒目的一環，而其主要內容則爲一些較爲具體的施政方針，「經濟」可以說是這些施政上考慮的最大重點。整理之後，試分述如下。

「重農思想」主宰了烏托邦中一切物質經濟的起點。詩人認爲施行善政的基礎，應在於以農爲本，唯有勤農務耕，才能衣食無缺，並進而創造豐裕的物資，成爲穩定社會的保障。雖然工商業在今天才是物質文明的推動者，但是在唐人眼中，商人放利苟合、趨財忘義，勢將導致風俗的澆薄與人心的敗壞，所謂：

- 鹵中草木白，青者官鹽煙。官作既有程，煮鹽煙在川。汲井歲搰搰，出車日連連。自公斗三百，轉致斛六千。君子愼止足，小人苦喧闐。我何良嘆嗟，物理固自然。（杜甫〈鹽井〉）

- 畬田既慵斫，稻田亦懶耘。相攜作游手，皆道求金銀。畢竟金與銀，何殊泥與塵？且非衣食物，不濟飢寒人。棄本以趨末，日富而歲貧。所以先聖王，棄藏不爲珍。（白居易〈贈友五首〉之二）

- 婿作鹽商十五年，不屬州縣屬天子。每年鹽利入官時，少入官家多入私。官家利薄私家厚，鹽鐵尚書遠不知。（白居易〈鹽商婦〉）

- 商人重利輕別離，前月浮梁買茶去。（白居易〈琵琶引〉）[49]

---

[49] 四詩分見唐‧杜甫著，清‧仇兆鰲注：《杜詩詳注》，卷8；唐‧白居易著，顧學頡點校：《白居易集》，卷1、卷4、卷12。

商人不事生產、買空賣空，僅需在貨物轉手之際，便由「斗三百」而
獲致「斛六千」之暴利，於是在厚利之下，人性中的貪念被擴大了，
「汲井歲搰搰，出車日連連」的景象完全是由不懂得「止足」之貪念
所驅動，詩人怎能不怵目驚心？利之所在，不但資源被無止盡地耗
盡，即連夫婦之情義也可拋諸腦後，徒增多少被逐利之心所犧牲的怨
女，如此怎能再加鼓勵！因此詩人表示應以農事為本，曰：

- 所務穀為本，邪贏無乃勞。（杜甫〈述古三首〉之
  二）
- 古稱國之寶，穀米與賢才。（白居易〈雜興三首〉
  之三）⑤⑥

如此一來便可「邪贏無乃勞」，使民心趨向於淳厚，不但夫婦、父子
可以相守，所謂「有財不行商，有丁不入軍。家家守村業，頭白不
出門」，以及「健兒庇旁婦，衰翁舐童孫」⑤⑦，都說明重農的效果將
使整個社會獲得安定，而且國家也得到了富裕的基礎。以重農致富而
言，如杜甫所描寫的開元盛世，也呈現出「稻米流脂粟米白，公私倉
廩俱豐實」⑤⑧的富庶景觀，為大唐的登峰造極建立了堅強的後盾。可
見一個中國式烏托邦的建立，是與農業密不可分的。

　　但是農業的生產過程中，會遭遇到一些來自自然和人為因素的阻
礙，並因之動搖到烏托邦的根基。其中的水旱蟲災等自然因素既非人

---

⑤⑥ 二詩分見唐・杜甫著，清・仇兆鰲注：《杜詩詳注》，卷12；唐・白居易著，顧學頡點校：
　　《白居易集》，卷1。

⑤⑦ 兩段引文出自白居易〈朱陳村〉、李商隱〈行次西郊一百韻〉。

⑤⑧ 唐・杜甫：〈憶昔二首〉之二，唐・杜甫著，清・仇兆鰲注：《杜詩詳注》，卷13。

力所能免除，便只有託諸天意，而難以為論；但是來自人為因素的阻礙，則是詩人們亟欲掃除的目標。而所謂的儉德就是掃除阻礙的作法之一。

所謂的「儉德」，是藉由道德的約束而達到自我節制的成果，能使君王無限的權威和欲望受到規範，而不至氾濫成為豪奢侈靡，造成國本的虧蝕，甚至進一步誘發了對人民的經濟剝削，導致了社會的動亂。關懷現實的詩人杜甫於此自然每每致意，希望君王以儉為德，而謂：

- 不過行儉德，盜賊本王臣。（〈有感五首〉之三）
- 君臣節儉足，朝野懽呼同。（〈往在〉）
- 借問懸車守，何如儉德臨？（〈提封〉）
- 文王日儉德，俊乂始盈庭。（〈奉酬薛十二丈判官見贈〉）㊼

白居易、孟郊對此也時有表示：

- 吳王心日侈，服玩盡奇瓌。身臥翠羽帳，手持紅玉盃。冠垂明月珠，帶束通天犀。行動自矜顧，散步一徘徊。小人知所好，懷寶四方來。奸邪得藉手，從此倖門開。（白居易〈雜興三首〉之三）
- 歲豐仍節儉，時泰更銷兵。聖念長如此，何憂不泰平？（白居易〈太平樂詞二首〉之一）

㊼ 分見唐・杜甫著，清・仇兆鰲注：《杜詩詳注》，卷11、卷16、卷17、卷19。

‧古云儉成德，今乃實起予。（孟郊〈靖安寄居〉）[54]

可見奢侈不但會直接導致國庫空虛、重稅傷民的後果，所謂官逼民反，甚至使本應受到朝廷眷顧的「王臣」不得已淪爲盜賊，以求生路，而朝廷本身反而成爲眞正的強取豪奪的「盜賊」，因此杜甫曾以極其尖銳的筆鋒屬言指斥道：

‧衣冠兼盜賊，饕餮用斯須。（〈麂〉）
‧蕭瑟唐虞遠，聯翩楚漢危。聖朝兼盜賊，異俗更喧卑。（〈偶題〉）[55]

如此一來，距離唐虞之盛世更遠，烏托邦的理想當然更是蕩然無存。此外，奢侈也將造成佞倖小人藉著投其所好而得以登堂入室、操縱權柄的不良影響，所謂「小人知所好，懷寶四方來。奸邪得藉手，從此倖門開」，即是有鑑於此的肺腑諍言。相反地，以儉爲德卻會帶來「俊乂盈庭」和「朝野懽呼」的泰平盛世，因之詩人總是諄諄致意於節儉的重要性。

「薄斂」，亦即減輕人民稅收負擔的經濟政策，乃是君臣共行儉德而直接回饋於民間社會的惠舉，將對社會發揮最大的安定力量。從《詩經》時代以來，歷經陶淵明寫作〈桃花源記〉的階段而一直到唐朝爲止，創建人間樂土的首要條件可以說就是薄斂，〈碩鼠篇〉中將橫征暴斂的貪吏比爲肥碩而侵食無度的大老鼠，其中再三申言的「碩

---

[54] 唐‧白居易著，顧學頡點校：《白居易集》，卷1、卷18；清‧康熙敕編：《全唐詩》，卷375。

[55] 分見唐‧杜甫著，清‧仇兆鰲注：《杜詩詳注》，卷17、卷18。

鼠碩鼠！無食我黍」、「碩鼠碩鼠！無食我麥」、「碩鼠碩鼠！無食我苗」，以及〈桃花源詩〉中「秋熟靡王稅」的期望，其實就是唐人不斷呼籲為政應該薄斂、不可誅求無度的先聲。所謂：

- 庶官務割剝，不暇憂反側。誅求何多門，賢者貴為德。（杜甫〈送韋諷上閬州錄事參軍〉）
- 安得務農息戰鬥，普天無吏橫索錢？（杜甫〈晝夢〉）
- 悽惻念誅求，薄斂近休明。（杜甫〈同元使君舂陵行〉）
- 昔歲逢太平，山林二十年。泉源在庭戶，洞壑當門前。井稅有常期，日晏猶得眠。忽然遭世變，數歲親戎旃。……使臣將王命，豈不如賊焉？今彼徵斂者，迫之如火煎。（元結〈賊退示官吏〉）
- 胡為秋夏稅，歲歲輸銅錢？錢力日已重，農力日已殫。……復彼租庸法，令如貞觀年。（白居易〈贈友五首〉之三）⑤⑥

可見如唐朝初期採行的租庸調法才是合理的稅制，不但稅負不致於太過，徵收的頻率也有一定而不會過度頻繁，所謂「井稅有常期」正是此意。如此才可使人民免於過度的征斂剝削而得以喘息，然後也才能促進厚生的理想，而接近「休明」的烏托邦境界。

「輕刑」，也就是以寬厚慈柔的治理原則，來實踐愛民如子的

---

⑤⑥ 分見唐・杜甫著，清・仇兆鰲注：《杜詩詳注》，卷11、卷18、卷19；清・康熙敕編：《全唐詩》，卷241；唐・白居易著，顧學頡點校：《白居易集》，卷1。

理想，而不對人民的過失斤斤苛求，以免淪入法家式的刻薄寡恩，徒然造成民怨又失去獎勸之美意。詩人毋寧是相信人性本善的，一時的誤觸法網只是讓人民懂得警惕的機會，而不是食髓知味的進階，因此絕不可視法律刑罰為懲罰性的工具，甚至竟嚴格持之，以陷天下人入罪。所謂「禮禁未然之前，法施已然之後」[57]，法律刑罰乃是事後不得已的補救措施，何況孔子也說過：「道之以政，齊之以刑，民免而無恥；道之以德，齊之以禮，有恥且格。」[58]可見法律刑罰絕不是獎善懲惡，改變民性使之趨淳良去奸邪的最佳方法，而只是一道避免人性持續淪落的最後防線。更何況有時犯罪的原因是出於朝廷本身的政策不近人情，所持之法規超出了正常的容受範圍，如前引元結〈賊退示官吏〉詩云：「今彼徵斂者，迫之如火煎。」又其〈舂陵行〉謂：「有司臨郡縣，刑罰竟欲施。供給豈不憂，徵斂又可悲。」如此則更不可濫刑逼求，有傷民命。因此詩人往往呼籲要輕刑、息訟，不使民風變得尖銳不平：

- 豈伊齊政術，將以變澆薄。訟簡知能吏，刑寬察要囚。（高適〈奉酬睢陽李太守〉）
- 吾聞聰明主，活國用輕刑。（杜甫〈奉酬薛十二丈判官見贈〉）
- 獄訟永衰息，豈惟偃甲兵！（杜甫〈同元使君舂陵行〉）
- 化行人無訟，圄圉千日空。政順氣亦和，黍稷三年豐。客自帝城來，驅馬出關東。愛此一郡人，如見

---

[57] 出自漢・司馬遷：《史記・太史公自序》，卷130，頁3298。

[58] 《論語・為政篇》，宋・朱熹著：《四書章句集注》（臺北：大安出版社，2013年8月），頁70。

太古風。（白居易〈旅次華州贈袁右丞〉）

- 政靜民無訟，刑行吏不欺。（白居易〈敘德書情
  四十韻上歙宣崔中丞〉）[59]

輕刑息訟，則囹圄日空，直接帶來「政順氣和」感受，因此是教化施
行的證明，甚且是可以活國的一個憑藉，無疑為促進理想社會的助
力。

「休兵」，比諸前述各項原則，可以說是更直接關涉於人民之生
命財產，也連帶影響到社會倫理之健全與國家之國力的最大課題。一
個完善的烏托邦是絕不容許戰爭發生的，由於戰事的持續不斷，勢將
導致眾多生命的消耗、土地生產的遲滯、社會結構的崩潰與國力的削
弱，可以說是摧毀烏托邦的最大威脅。因此白居易於〈新豐折臂翁〉
一詩說：「生逢聖代無征戰，慣聽梨園歌管聲。」[60]歌舞昇平才是適
合「聖代」之構圖的內容。唐詩中描寫戰爭的慘況，與因戰爭而來的
夫婦離散的閨怨詩可謂多不勝數，前者如：

- 陽和變殺氣，發卒騷中土。三十六萬人，哀哀淚如
  雨。且悲就行役，安得營農圃？不見征戍兒，豈知
  關山苦？李牧今不在，邊人飼豺虎。（李白〈古風
  五十九首〉之十四）

- 烽火燃不息，征戰無已時。野戰格鬥死，敗馬號鳴

---

[59] 五詩分見唐·高適著，劉開揚箋注：《高適詩集編年箋註》（臺北：漢京文化事業公司，
1983年9月），第一部分：唐·杜甫著，清·仇兆鰲注：《杜詩詳注》，卷19、卷19；唐·
白居易著，顧學頡點校：《白居易集》，卷5、卷13。

[60] 唐·白居易著，顧學頡點校：《白居易集》，卷1。

向天悲。烏鳶啄人腸，銜飛上掛枯樹枝。士卒塗草莽，將軍空爾為。（李白〈戰城南〉）

• 校尉羽書飛瀚海，單于獵火照狼山。山川蕭條極邊土，胡騎憑陵雜風雨。戰士軍前半死生，美人帳下猶歌舞！……鐵衣遠戍辛勤久，玉筯應啼別離後。少婦城南欲斷腸，征人薊北空回首。（高適〈燕歌行〉）

• 車轔轔，馬蕭蕭，行人弓箭各在腰。耶娘妻子走相送，塵埃不見咸陽橋。牽衣頓足攔道哭，哭聲直上干雲霄。道旁過者問行人，行人但云點行頻。或從十五北防河，便至四十西營田。去時里正與裹頭，歸來頭白還戍邊。邊庭流血成海水，武皇開邊意未已。君不聞漢家山東二百州，千村萬落生荊杞！縱有健婦把鋤犁，禾生隴畝無東西。況復秦兵耐苦戰，被驅不異犬與雞。……君不見青海頭，古來白骨無人收。新鬼煩冤舊鬼哭，天陰雨濕聲啾啾。（杜甫〈兵車行〉）[61]

僅此數首，已足以將戰場上的血腥殘酷表露無遺，而由「安得營農圃」、「千村萬落生荊杞」與「禾生隴畝無東西」之語，更說明了生命的耗損也直接導致生產力的低落，動搖到國本的穩固基礎。至於寫

---

[61] 分見唐・李白著，清・瞿蛻園注：《李白集校注》，卷2、卷3；唐・高適著，劉開揚箋注：《高適詩集編年箋註》，第一部分；唐・杜甫著，清・仇兆鰲注：《杜詩詳注》，卷2。

因戰爭而來的夫婦離散的閨怨詩，則可以下列數首爲代表：

- 盧家少婦鬱金堂，海燕雙棲玳瑁梁。九月寒砧催木葉，十年征戍憶遼陽。白狼河北音書斷，丹鳳城南秋夜長。誰謂含愁獨不見，更教明月照流黃。（沈佺期〈古意〉）

- 長安一片月，萬戶搗衣聲。秋風吹不盡，總是玉關情。何日平胡虜，良人罷遠征？（李白〈子夜吳歌四首〉之三）

- 莵絲附蓬麻，引蔓故不長。嫁女與征夫，不如棄路旁。結髮爲妻子，席不煖君床。暮婚晨告別，無乃太匆忙！君行雖不遠，守邊赴河陽。妾身未分明，何以拜姑嫜？父母養我時，日夜令我藏。生女有所歸，雞狗亦得將。君今往死地，沈痛迫中腸。誓欲隨君去，形勢反蒼黃。勿爲新婚念，努力事戎行。婦人在軍中，兵氣恐不揚。自嗟貧家女，久致羅襦裳。羅襦不復施，對君洗紅妝。仰視百鳥飛，大小必雙翔。人事多錯迕，與君永相望。（杜甫〈新婚別〉）

- 誓掃匈奴不顧身，五千貂錦喪胡塵。可憐無定河邊骨，猶是深閨夢裏人。（陳陶〈隴西行四首〉之二）[62]

---

[62] 分見清・康熙敕編：《全唐詩》，卷96；唐・李白著，清・瞿蛻園注：《李白集校注》，卷6；唐・杜甫著，清・仇兆鰲注：《杜詩詳注》，卷7；清・康熙敕編：《全唐詩》，卷746。

夫婦爲人倫之肇端，也是社會框架賴以構設的起點，故《中庸》云：
「君子之道，造端乎夫婦；及其至也，察乎天地。」然而一場戰役
便有「五千貂錦喪胡塵」，甚至於「三十六萬人，哀哀淚如雨」，將
一片月色照耀之下的長安「萬戶」都襲捲入於腥風血雨之中而支離破
碎，而「十年征戍憶遼陽」和「暮婚晨告別」、「沈痛迫中腸」的個
人悲劇更是時時上演。最令人慘傷的是征夫戰死，早已化爲無定河邊
的枯骨，而一心懸念的女子猶然在深閨之中堅持著等待，而兀自酣睡
於團圓的美夢。人事之錯迕莫此爲甚，而家庭倫常的扭曲也就可想而
知。

因此詩人除了間接透過戰爭的描寫來加以控訴之外，也往往以直
接呼告的方式申明休兵停戰的願望，諸如：

- 聖代休甲兵，吾其得閒放。（高適〈自淇涉黃河途
中作十三首〉之十二）

- 乃知兵者是兇器，聖人不得已而用之。（李白〈戰
城南〉）

- 思見農器陳，何當甲兵休？（杜甫〈晦日尋崔戢李
封〉）

- 安得壯士挽天河，淨洗甲兵長不用！（杜甫〈洗兵
行〉）

- 老弱哭道路，願聞甲兵休。（杜甫〈遣興三首〉之
二）

- 天下兵馬未盡銷，豈免溝壑常漂漂？（杜甫〈嚴氏
溪放歌行〉）

- 凶兵鑄農器，講殿闢書帷。廟算高難測，天憂實在

茲。（杜甫〈夔府書懷四十韻〉）

- 稍喜臨邊王相國，肯銷金甲事春農。（杜甫〈諸將
  五首〉之三）

- 焉得鑄甲做農器，一寸荒田牛得耕。（杜甫〈蠶穀
  行〉）

- 堯舜宰乾坤，器農不器兵。秦漢盜山岳，鑄殺不鑄
  耕。（孟郊〈弔國殤〉）

- 歲豐仍節儉，時泰更銷兵。（白居易〈太平樂詞二
  首〉之一）⑥³

細看諸條之內容，我們可以發現休兵的呼籲往往是與重農思想並存的，兩者之間密切相關，如杜甫再三致意的「鑄甲做農器」，正與前述李白所說的「且悲就行役，安得營農圃」意思相同，都反映了社會經濟在烏托邦構設中的優先性，其次，也可以看到這幾項施政原則彼此之間也具有環環相扣的連帶關係。

五、「外王」的步驟之三：清廉的地方吏治

聖君賢相式的上層權力結構，以及在此結構之下所提出種種理想的施政原則，其終極目標都是爲了增進處於金字塔底的廣大民眾的幸福，詩人指出：

---

⑥³ 分見唐・李白著，清・瞿蛻園注：《李白集校注》，卷3；唐・杜甫著，清・仇兆鰲注：
《杜詩詳注》，卷4、卷6、卷7、卷12、卷16、卷16、卷23；唐・孟郊著，韓泉欣校注：
《孟郊集校注》（杭州：浙江古籍出版社，2012年），卷10；唐・白居易著，顧學頡點校：
《白居易集》，卷18。

- 聖人不利己，憂濟在黎元。（陳子昂〈感遇詩三十八首〉之十九）

- 邦以民爲本，勸勉無縱恣。（杜甫〈送顧八分文學適洪吉州〉）

- 人惟邦本本由農，曠古誰高后稷功。（周曇〈三代門·后稷〉）[64]

所謂「邦以民爲本」、「人惟邦本」的言辭用意，都承襲自《僞古文尚書·五子之歌》中的「民惟邦本，本固邦寧」之說，爲一種民本思想的表現。對這些支撐了整個國家之主體的下層結構而言，最直接相關的不是堯舜之屬的聖君，也不是稷契之類的賢相，而是親臨各地的地方官吏，吏政的良窳也就立刻決定了人民的命運。因此詩人表示地方吏治應以賢人任之，庶幾做到清廉、清靜、和善而不擾民的要求：

- 絃歌詠唐堯，脫落隱簪組。心和得天眞，風俗猶太古。牛羊散阡陌，夜寢不扃戶。問此何以然，賢人宰吾土。（李白〈贈清漳明府姪聿〉）

- 吾將守官，靜以安人。（元結〈舂陵行·序〉）

- 伊昔稱樂土，所賴牧伯仁。官清若冰玉，吏善如六親。生兒不遠征，生女事四鄰。濁酒盈瓦缶，爛穀堆荆囷。健兒庇旁婦，衰翁舐童孫。況自貞觀後，命官多儒臣。例以賢牧伯，徵入司陶鈞。（李商隱

---

64 分見清·康熙敕編：《全唐詩》，卷83；唐·杜甫著，清·仇兆鰲注：《杜詩詳注》，卷22；清·康熙敕編：《全唐詩》，卷728。

〈行次西郊一百韻〉）

● 天下言知天下者，兆人無主屬賢人。（周曇〈三代
　門・再吟〉）[65]

從以上諸詩，我們清楚看到「賢人宰吾土」、「例以賢牧伯」和「兆
人無主屬賢人」的賢能吏治，與風俗淳厚、人倫相親的社會理想（詳
參下一節），這兩者彼此之間具有明確的因果關係，而所謂的「賢
德」，其實詩中也都提出了定義，即元結說的「靜以安人」，與李商
隱說的「官清若冰玉，吏善如六親」。有此清廉、清靜、和善而不擾
民的賢人為官牧民，則社會各處便將成為李商隱所說的「樂土」，而
人民也可以過著李白所謂「絃歌詠唐堯」的逍遙生活。由此也清楚地
展現出我們在前一章中所說「烏托邦的極致乃是樂園」的發展脈絡。

　　透過前文之分梳，我們看到的是支立起整個政治理想藍圖的綱
領或必備條件，以及達致此一理想國的相關步驟。雖然它們的理論並
不精密，也無法在政治史上具有任何超越歷史的價值，但這卻是唐代
詩人心念所繫的烏托邦理型之所在，也是架構起中國幾千年來主導了
所有政治努力的唯一原型。從以上各相關詩例來看，我們可以注意到
環繞著政治烏托邦之理型的幾項要點，乃是以「堯舜陶唐」之類的賢
君聖主為核心，其次則是才傑挺出之士得登要位，擢能俊而抑愚蒙不
肖，所謂「才傑俱登用，愚蒙但隱淪」、「草澤搜賢良，……夔龍啟
沃忙」、「問此何以然，賢人宰吾土」等等，環環相扣地成為內聖外
王之事業的保障。而這一切政治構圖的設計，都是歸結於「風俗淳」

---

[65] 四詩分見唐・李白著，清・瞿蛻園注：《李白集校注》，卷9；清・康熙敕編：《全唐
　詩》，卷241；唐・李商隱著，清・馮浩箋注：《玉谿生詩集箋注》（臺北：里仁書局，
　1981年2月），卷1；清・康熙敕編：《全唐詩》，卷728。

的社會理想，使烏托邦中的人民都能獲得安居樂業的生活，有如處於
美善的樂園之中，因此詩人們不斷殷殷致意。由此，下一節我們就要
進一步觀察唐詩中所反映的社會理想。

第二節　社會理想——再使風俗淳

　　如上節所顯示，政治是一時代治亂的決定性因素，也是國家之
存在安定與否的指標，因為政治所建築的上層結構，乃以握有最高專
權的帝王為中心，而周圍環繞著與廣大民眾比較起來屬於相對少數的
精英份子和才德之士，透過「行化臣」為中介的樞紐，來將「明哲
君」的德治推及於一般百姓。這是一種由上而下、風行草偃式的演繹
思考，其終極理想乃在於促進德化的普及，使社會群體的存在有所改
善。然則，由金字塔尖所擘畫出來的治世原則，當它在寬廣龐大的金
字塔底發揮影響力的時候，其力量如何展現？而德化理想的施行又會
展現何種具體的情境？這就是烏托邦式的樂園思考最關切的問題，也
是本章所要探討的主要內容。

　　烏托邦具備的是人人皆應登堂入室、共享福祉的開放性格，因此
在樑椽皆立、廊廟在望而宏規具備的情況下，由政治清明、朝綱井然
所保障的社會實體——也就是廣大人民，其切身享有的福利與其表現
的人際關係，必然也是此一中國式烏托邦設計的最大要點。從唐詩的
觀察中，我們發現詩人預設或期待整個社會人群所達到的理想狀態，
可以用杜甫在〈奉贈韋左丞丈二十二韻〉中所言之「致君堯舜上，再
使風俗淳」來作為描述社會烏托邦的概括性原則；同時我們從「致君
堯舜上」此句下再接以「再使風俗淳」一語的脈絡關係，可以清楚地
掌握到在詩人的心目中，清明的政治本身並不是最後的目的，其終極

理想還是在於促進淳厚樸實的社會風俗。因而「淳」以及與「淳」字相聯繫而成的詞組「眞淳」、「淳樸」或「淳朴」等語詞，可以說是杜甫以及其他唐代詩人賴以描繪此一社會理想狀態的簡要綱領，也是對時人之共同意識型態的總括概述。事實上，這樣的理想是承續自儒家外王事業的藍圖中一個終極的環節，而基於儒家思想所具備的現世的、群體實踐的性質，使得關心俗世大眾之福祉的詩人們也都在不同的程度上成為儒家的信徒，因此「風俗淳」的理念不斷在詩人作品中持續地出現，反映著一個被反覆詠嘆的執著；但在分析唐人的理想社會的藍圖之前，也應追溯與「風俗淳」此一術語相關的觀念，以助成對唐詩中這類理想國度的充分了解。

　　所謂的「風俗」，是一個早在先秦典籍中便已頻繁出現的語詞[66]，對「風俗」的一般性解釋，《漢書‧地理志》提供了頗具參考價值的資料，其云：

> 凡民含五常之性，而其剛柔緩急，音聲不同，繫水土之風氣，故謂之風；好惡取舍，動靜亡常，隨君上之情欲，故謂之俗。孔子曰：「移風易俗，莫過於樂。」言聖王在上，統理人倫，必移其本，而易其末，此混同天下一之摩中和，然後王教成也。[67]

---

[66] 如《詩經‧大序》云：「美教化，移風俗。」漢‧毛亨傳，漢‧鄭玄箋，唐‧孔穎達等正義：《詩經》，《十三經注疏》（臺北：藝文印書館，1985年12月），頁15。《禮記‧樂記》謂：「移風易俗，莫善於樂。」《荀子‧王制篇》言：「美風俗。」戰國‧荀子著，清‧王先謙集解：《荀子集解》（臺北：藝文印書館，2000年5月）。《莊子‧則陽篇》中亦曾道：「丘里者合十姓百名而以為風俗也。」

[67] 見漢‧班固著，唐‧顏師古注：《漢書》（臺北：鼎文書局，1991年9月），頁1640。

由這段敘述可知，風俗是各地方之自然環境與人民之秉性氣質的總稱，因此各地的風俗便會隨地理與人文的差異而有不同的面貌；同時，風俗又是聖王展現其王教的場域，這一點正與前文所謂由上而下、風行草偃式的演繹思考相符合，也和杜甫「致君堯舜上，再使風俗淳」所透顯的內在邏輯一致。更值得注意的是，王教在移風易俗的成就上，主要乃是以「統理人倫」為根本核心，因此對風俗的探討，也就不外乎種種人與人之間的對應關係，以及由此衍生的社會秩序與人性特質的範疇。既然現今社會學也告訴我們，風俗的含義是指「多數人之精神的一致表現，歷時久遠，型為定式，足以拘束個人之行為支配實際生活者也。其性質與指個人性質言之習慣、指思想信仰言之傳說、指一時風尚言之風氣，皆不相同。」[68] 那麼，此種透過人倫關係和社會秩序所呈顯的「多數人之精神的一致表現」，就能標示出社會群體的生活感受與心靈狀態的一般趨向，而人人切身相關的行為依據和心靈歸屬的問題也包含在其中。

　　對唐代詩人而言，能夠躋身為理想烏托邦的社會風俗必然是具備了「淳」或「淳朴」的性質的，這種聯繫關係在他們的詩中往往可見，以杜甫為例，除了前引〈奉贈韋左丞丈二十二韻〉的「致君堯舜上，再使風俗淳」之外，尚有以下諸例：

- 廟堂知至理，風俗盡還淳。（〈上韋左相二十韻〉）
- 舊官寧改漢，淳俗本歸唐。（〈寄彭州高三十五使君適虢州岑二十七長史參三十韻〉）

---

[68] 見臺灣中華書局辭海編輯委員會編：《辭海》下冊（臺北：臺灣中華書局，1982年），頁3199。

- 喜見淳朴俗，坦然心神舒。（〈五盤〉）

- 致君唐虞際，淳朴憶大庭。（〈同元使君春陵行〉）

- 聽子話此邦，令我心悅懌。其俗則淳樸，不知有主客。溫溫諸侯門，禮亦如古昔。（〈鄭典設自施州歸〉）

- 桃源人家易制度，橘洲田土仍膏腴。潭府邑中甚淳古，太守庭內不喧呼。昔逢衰世皆晦跡，今幸樂國養微軀。（〈嶽麓山道林二寺行〉）

- 驅蒼生於仁壽之域，反淳樸於羲皇之上。（〈乾元元年華州試進士策問五首〉之五）[69]

在這些詩例中，「淳」字或用以描述某些地方（如五盤、施州、潭府等地）的民風古樸，或據以爲實現遠古烏托邦的最高標準，都可以說是統攝社會之理想情境的中心綱領；而除了杜甫之外，高適、李白、白居易、孟郊也曾就此爲言，所謂：

- 澆俗庶反淳，替文聊就質。已知隆至道，共歡區宇一。（唐太宗〈執契靜三邊〉）

- 風俗登淳古，君臣挹大庭。（高適〈留上李右相〉）

- 絃歌詠唐堯，脫落隱簪組。心和得天眞，風俗猶太

---

[69] 分見唐・杜甫著，清・仇兆鰲注：《杜詩詳注》，卷3、卷8、卷9、卷19、卷20、卷22、卷25。

古。牛羊散阡陌，夜寢不扃戶。（李白〈贈清漳明
府姪聿〉）

- 及此留惠愛，庶幾風化淳。（李白〈送魯郡劉長史
  遷弘農長史〉）

- 朴散不尚古，時訛皆失眞。（李白〈酬王補闕惠翼
  莊廟宋丞泚贈別〉）

- 寬猛政不一，民心安得淳。（白居易〈贈友五首〉
  之四）

- 縣遠官事少，山深人俗淳。（白居易〈朱陳村〉）

- 天下昔崩亂，大君識賢臣。……異俗既從化，澆風
  亦歸淳。（孟郊〈獻漢南樊尚書〉）⑦

在第三、第四兩首詩中，李白讚美劉長史對魯郡的貢獻是「及此留惠
愛，庶幾風化淳」，又推許清漳縣令李聿的德政，是使當地居民過著
「心和得天眞，風俗猶太古。牛羊散阡陌，夜寢不扃戶」的生活；在
第五、第六兩首詩中，則以反襯的方式展現淳樸的重要性，如以「朴
散不尚古，時訛皆失眞」來感慨時敝，而白居易則批評京師首長京兆
尹的更替太過頻繁，至於「十年十五人」的地步，認為如此將導致
「寬猛政不一，民心安得淳」的不良結果，可見民心的淳化與否的確
是社會風俗據以判分良窳的關鍵所在。

---

⑦ 分見清・康熙敕編：《全唐詩》，卷1；唐・高適著，劉開揚箋注：《高適詩集編年箋
註》，第一部分；唐・李白著，清・瞿蛻園注：《李白集校注》，卷9、卷17、卷19；唐・
白居易著，顧學頡點校：《白居易集》，卷2、卷10；唐・孟郊著，韓泉欣校注：《孟郊集
校注》，卷6。

　　由前述李、杜、高、孟、白等各家的十五個詩例中，可知以「淳」字爲社會風俗之理想狀態的代名詞，已是詩人大體上的共識。此外，我們還可以注意到與「淳」之理想狀態相聯繫的幾個條件：

　　一、同時身兼文化人及知識分子的詩人仍然以濃厚的尙古、懷舊的心態，視淳樸的風俗爲上古時代的遺風，爲過去理想情境的再現，杜甫所謂「淳俗本歸唐」、「淳朴憶大庭」、「反淳樸於羲皇之上」的喜愛與期許，以及李白對「風俗猶太古」、「朴散不尙古」的讚美或欷歔，和高適以「君臣挹大庭」來雅相稱道，莫不是出自一種渴望回歸的心理。所謂「大庭」，仇兆鰲引《古史考》曰：「大庭氏，姜姓，以火德王，號曰炎帝。」又引《莊子》之語指出：「昔容成氏、大庭氏結繩而用之，若此時則至治也。」[71]可見大庭與羲皇一樣，都是傳說中的上古帝王，爲文明草創之初的啓蒙人物，具備了與「堯舜」相類的共名意義。

　　二、因此當現實社會未達此一理想時，詩人固然諄諄以此爲期勉的藍圖；而一旦得償此願，則「風俗淳」便是地方官惠愛於民的完美表現，也是對地方官之德政的最高讚許。

　　三、但追根究底，地方上的最高長官仍只不過是一枚棋子，其擢用與派任尙繫於朝廷中那位眞正握有專權的下棋者之手，也就是萬法歸宗的帝王，於是風俗淳的理想得以達成的最終依據，仍然必須仰賴於位在金字塔尖者的道德自持，唯有在「致君堯舜上」或「廟堂知至理」的前提下，此一社會烏托邦的理想才有實現的可能。

　　此外，從以上詩例中，我們可以發現實現了「淳」之理想的社會情境，往往與「眞」、「古」、「樸」（同「朴」字）等字詞及其所

---

[71] 唐・杜甫著，清・仇兆鰲注：《杜詩詳注》，卷19，頁1693。

代表的意義相互縮連。「眞」即是不訛不偽,「古」即是不巧不詐,「樸」即是不澆不薄,這些都能夠助成「淳」字的含意,但又不僅如此;欲分析此一言簡意賅之關鍵字所包蘊的含意,可以用訓詁和詩例彼此互參的方式,而經緯交織、全幅開展,勾畫出一幅理想社會的全貌。

首先,「淳」的第一個重要定義是厚實,與澆薄、涼薄正爲互斥不相容的兩極對立。桓譚《新論‧風俗篇》曾道:「風有厚薄,俗有淳澆。」淳、厚與澆、薄恰爲彼此逆反的詞組,故《淮南子‧齊俗訓》中便以「澆天下之淳」相對爲言,高誘注其字云:「淳,厚也。」[72]此外張衡〈東京賦〉中「淳化通於自然」句下,薛綜對淳字的注解亦然[73];而張衡又自注其〈思玄賦〉中「何道眞之淳粹兮」之句曰:「不澆曰淳。」可見各說的內容都極爲一致。這樣的含意,透過唐詩中的意象表達來展現,則爲以下的景象:

- 五盤雖云險,山色佳有餘。仰凌棧道細,俯映江木疏。地僻無網罟,水清反多魚。好鳥不妄飛,野人半巢居。喜見淳朴俗,坦然心神舒。(杜甫〈五盤〉)

- 憶昔開元全盛日,小邑猶藏萬家室。稻米流脂粟米白,公私倉廩俱豐實。九州道路無豺虎,遠行不勞吉日出。齊紈魯縞車班班,男耕女桑不相失。宮中聖人奏雲門,天下朋友皆膠漆。百餘年間未災變,叔孫禮樂蕭何律。(杜甫〈憶昔二首〉之二)

---

⑫ 漢‧劉安等撰,漢‧高誘注:《淮南子》(臺北:藝文印書館,1974年4月),頁349。

⑬ 南朝梁‧蕭統編,唐‧李善等注:《增補六臣註文選》(臺北:華正書局,景印胡刻宋本,1980年9月),頁68。

- 昔者與高李，晚登單父臺。……是時倉廩實，洞達寰區開。（杜甫〈昔遊〉）

- 聽子話此邦，令我心悅懌。其俗則淳樸，不知有主客。溫溫諸侯門，禮亦如古昔。（杜甫〈鄭典設自施州歸〉）

- 絃歌詠唐堯，脫落隱簪組。心和得天眞，風俗猶太古。牛羊散阡陌，夜寢不扃戶。（李白〈贈清漳明府姪聿〉）

從諸詩中，我們首先看到一種半開化、半原始的樂園圖，所謂「野人半巢居」和「不知有主客」，足以使人拋棄文明的斧鑿與偽裝，獲取一種平等而自然的難得感受，因此詩人表示「坦然心神舒」又「令我心悅懌」；其次，透過「地僻無網罟，水清反多魚」、「牛羊散阡陌，夜寢不扃戶」和「九州道路無豺虎，遠行不勞吉日出」的描寫，我們更進一步領略到人心知足守分的美德，不侵越非分，也不貪求於人，故無人我之間、乃至於物我之間的猜防，而展現出渾然「忘機」的境界。於是水清而多魚，夜不閉戶而遠行無憂，朋友亦充滿膠漆之情。除了朋友的社會倫理之外，家庭倫理中的夫婦、父子之倫也有極其淳美的展現，詩人說：

- 徐州古豐縣，有村曰朱陳。去縣百餘里，桑麻青氛氳。機梭聲札札，牛驢走紜紜。女汲澗中水，男採山上薪。縣遠官事少，山深人俗淳。有財不行商，有丁不入軍。家家守村業，頭白不出門。生爲陳村民，死爲陳村塵。田中老與幼，相見何欣欣！一村

唯兩姓，世世為婚姻。親疏居有族，少長游有群。
黃雞與白酒，歡會不隔旬。生者不遠別，嫁娶先近
鄰。死者不遠葬，墳墓多遠村。既安生與死，不苦
形與神。所以多壽考，往往見玄孫。（白居易〈朱
陳村〉）

- 伊昔稱樂土，所賴牧伯仁。官清若冰玉，吏善如六
親。生兒不遠征，生女事四鄰。濁酒盈瓦缶，爛穀
堆荊囷。健兒庇旁婦，衰翁舐童孫。（李商隱〈行
次西郊一百韻〉）[74]

白居易所描寫的朱陳村和李商隱所經過的西郊之地，都是生生世世依
存於土地的農居村落，由於是在「不入軍」、「不遠征」這種沒有戰
亂的情況，因此獲得了安定穩固的保障，遂可以「生者不遠別，嫁娶
先近鄰」、「生兒不遠征，生女事四鄰」，父子母女依然可以彼此相
依相守，不勞遠別；夫妻之間亦是相親相伴，從「健兒庇旁婦」一句
即知雙方的情深義重，免於離散之苦；除此之外，老翁幼兒也都能擁
有舐犢情深的天倫之樂。就在這各得其所的情境下，人情自然篤厚敦
實，而風俗亦自然隨之真樸淳美。

「淳」的第二個含意是不雜。《漢書・黃霸傳》顏師古注曰：
「不雜為淳。」[75]同時在《漢書・地理志》裡就具體描述了一段由
「雜」所導致的風俗不淳的情景：「五方雜厝，風俗不純（純同

---

[74] 見唐・白居易著，顧學頡點校：《白居易集》，卷10；唐・李商隱著，清・馮浩箋注：《玉
谿生詩集箋注》，卷1。

[75] 見漢・班固著，唐・顏師古注：《漢書》，頁3633。

淳）。其世家則好禮文，富人則商賈爲利，豪桀則游俠通姦。瀕南山，近夏陽，多阻險輕薄，易爲盜賊，常爲天下劇。又郡國輻湊，浮食者多，民去本就末，列侯貴人車服僭上，衆庶放效，羞不相及，嫁娶尤崇侈靡，送死過度。」[76]而在唐詩中，所謂的「不雜」主要是表現在一種合乎農業社會之需要，與儒家傳統之倫常思想的安排上，其中要求的是遵守男女有別、禮教爲先的社會禮法。其中，「男女有別」可以表現在經濟活動的分工上，如：

- 齊紈魯縞車班班，男耕女桑不相失。（杜甫〈憶昔二首〉之二）
- 牛得耕，蠶亦成。不勞烈士淚滂沱，男穀女絲行復歌。（杜甫〈蠶穀行〉）
- 女汲澗中水，男採山上薪。（白居易〈朱陳村〉）

分工的好處是可以各適其才，針對先天體能的強弱之別和後天教養的才藝訓練而發揮較大的效果。前面討論的時候，我們看到杜甫以〈兵車行〉控訴戰爭的殘酷時，其中的一項就是「縱有健婦把鋤犁，禾生隴畝無東西」，越界代庖的結果便是荒蕪欠收的經濟破產，可見男女各有所司而不雜其分，確然是唐人所認爲的安定社會的一個要素。其次，「男女有別」還表現在禮教之防上，當世人多爲天上牛郎織女之事而感慨緬懷時，杜甫卻借題發揮，勸喻未嫁女子不可以私情敗壞禮防的清貞情操，其〈牽牛織女〉詩云：

嗟汝未嫁女，秉心鬱忡忡。防身動如律，竭力機杼中。雖無舅姑事，敢昧織作功。明明君臣契，咫尺或

---

[76] 見漢・班固著，唐・顏師古注：《漢書》，頁1642-1643。

未容。義無棄禮法，恩始夫婦恭。小大有佳期，戒之
在至公。方圓苟齟齬，丈夫多英雄。⑦

所謂「防身動如律」、「義無棄禮法」，都是出於避免社會秩序遭到
破壞的考慮，因此嚴防男女之別，甚至到了「咫尺或未容」的程度。

　　另外一種「不雜」的表現，可以韓愈的〈謝自然詩〉爲例。此
詩以此儒家傳統的思想格局來批判「貞元十年十一月二十日辰時，白
日升天，士女數千人咸共瞻仰。須臾，五色雲遮亙一川，天樂異香散
漫」的女道士謝自然⑧，其詩云：

人生有常理，男女各有倫。寒衣及飢食，在紡織耕
耘。下以保子孫，上以奉君親。苟異於此道，皆爲棄
其身。

此處「男女各有倫」的意思重點不在於經濟上的性別分工，而在於突
顯道士脫離社會、不事生產，而有礙儒家「下以保子孫，上以奉君
親」的人倫之道和家國之道。可見安於社會之倫常結構，以及使「紡
織耕耘」之類的農村經濟能夠正常維繫下去，是如何重要的一件事。

　　了解「風俗淳」的意義之後，我們可以進一步從其整體境界注意
到一個有趣的現象，亦即在淳厚的社會中，人性是不訛不僞、不薄不
澆，而人際關係更是彼此交親、一無機心，可見儒家政治與社會理想
在充分實現之後，所達到的境界卻與道家式的理想相通，如《論語・

---

⑦ 唐・杜甫著，清・仇兆鰲注：《杜詩詳註》，卷15。
⑧ 引文見唐・韓愈著，錢仲聯集釋：《韓昌黎詩繫年集釋》，卷1引《集仙錄》，頁29。

衛靈公篇》載孔子云：「無爲而治者，其舜也與！」也就是在完善的群體規畫之後，人民身處其中時，反而可以盡可能地充分發揮個人主義的作爲，帝王垂拱而治，以無爲清淨爲要，則人民便能過著「帝力於我何有哉」的自化自適的生活，而返樸歸眞於上古時代羲皇氏、葛天氏、大庭氏甚至帝堯氏等帝王的淳厚治世。如沈佺期〈入少密溪〉化用了陶淵明〈桃花源記〉的構架，敘述其遊歷山水之際，發現到一處別有洞天的淳樸世界，充滿了上古社會的生活型態與樸實仁厚的人情氛圍，詩云：

> 雲峰苔碧繞溪斜，江路香風夾岸花。樹密不言通鳥語，雞鳴始覺有人家。人家更在深巖口，澗水周流宅前後。遊魚瞥瞥雙釣童，伐木丁丁一樵叟。自言避喧非避秦，薜衣耕鑿帝堯人。相留且待雞黍熟，夕臥深山蘿月春。[79]

詩中所述如「帝堯」時代一般耕鑿養雞、釣魚伐木的生活，是自古以來人們所嚮往的理想生活型態之一種，承襲了先秦歌謠〈擊壤歌〉所唱頌的：「日出而作，日入而息；鑿井而飲，耕田而食。帝力於我何有哉！」[80]以及創造出桃花源理想世界的陶淵明自許以安身立命的存在境界，如〈與子儼等疏〉中說：「自謂羲皇上人。」著名的〈五柳先生傳〉文末贊語亦曰：「銜觴賦詩，以樂其志，無懷氏之民歟？葛天氏之民歟？」尤其沈佺期詩所謂「相留且待雞黍熟」之友善親好，又與〈桃花源記〉中的「便要還家，設酒殺雞作食。……餘人各復延

---

[79] 清‧康熙敕編：《全唐詩》，卷95。

[80] 見逯欽立輯校：《先秦漢魏晉南北朝詩》（臺北：木鐸出版社，1983年9月），頁1。

至其家，皆出酒食」命意相仿。這種各任逍遙、清淨無爲的境界，也
是唐人所企慕的，其例尚有以下諸詩：

- 野老不知堯舜力，酣歌一曲太平人。（宋之問〈寒
  食還陸渾別業〉）

- 看君用幽意，白日到羲皇。（杜甫〈重過何氏五
  首〉之四）

- 退食吟大庭，何心記榛梗？（杜甫〈八哀詩・故右
  僕射相國張公九齡〉）

- 吾慕漢初老，時清猶茹芝。（杜甫〈北風〉）

- 何人知帝力？堯舜正爲君。（白居易〈與諸公同出
  城觀稼〉）

- 幸逢堯舜無爲日，得做羲皇向上人。（白居易〈池
  上閒吟二首〉之一）[81]

可見「堯舜正爲君」的烏托邦世界裡，乃是「堯舜無爲」而無人知帝
力的存在處境，於是烏托邦中的子民便「得做羲皇向上人」，可高歌
吟詠大庭氏時代的美善；從而「時清猶茹芝」的漢初黃老政治也連帶
成爲詩人嚮慕的典範了。

---

[81] 分見清・康熙敕編：《全唐詩》，卷626；唐・杜甫著，清・仇兆鰲注：《杜詩詳注》，卷
3、卷16、卷22；唐・白居易著，顧學頡點校：《白居易集》，卷28、卷31。

第三節　大同世界的再版

　　論析至此，我們一定不能忘記詩人並不是身體力行的改革家或超越時代的先知，而只是時代的參與者或觀察員，此外，在更多的時候他們所扮演的角色乃是理想家或築夢者。由以上的分析，我們已可以注意到唐詩中所擘畫出來的烏托邦世界，主要是充滿了儒家的理想色彩，而此一理想境界又完全是《禮記·禮運篇》中大同世界的翻版。試將其中文句與相關的唐詩做一對照，我們將更清楚地掌握其間血脈相通的密切關係：

《禮記·禮運篇》	唐詩句
大道之行也，天下為公	「邦以民為本」
	「聖人不利己，憂濟在黎元」
選賢與能	「皇明斷若神」
	「才傑俱登用」
	「草澤搜賢良」
講信修睦	「舟車半天下，主客多歡娛」
故人不獨親其親，不獨子其子，使老有所終，壯有所用，幼有所長，矜寡孤獨廢疾者，皆有所養	「健兒庇旁婦，衰翁舐童孫」
	「野老念牧童，倚仗候荊扉」
	「天下朋友皆膠漆」
	「田中老與幼，相見何欣欣」
男有分，女有歸	「男耕女桑不相失」
	「生女事四鄰」
	「男女各有倫」
	「女汲澗中水，男採山上薪」

貨惡其棄於地也，不必藏 ——— 「齊紈魯縞車班班」
於己　　　　　　　　　　　　「稻米流脂粟米白，公私倉廩
　　　　　　　　　　　　　　俱豐實」

是故謀閉而不興，盜竊亂 ——— 「牛羊散阡陌，夜寢不扃戶」
賊而不作，故外戶而不閉　　　「九州道路無豺虎，遠行不勞
　　　　　　　　　　　　　　吉日出」
　　　　　　　　　　　　　　「是時倉廩實，洞達寰區開」

是謂大同　　　　　　　 ——— 唐詩中的烏托邦

　　微妙的是，唐代的政治、社會、經濟、人口和文化等各方面較諸
漢朝乃至於先秦時代都已更爲發達，而與「發達」相俱並至的，則是
更爲難以駕馭的複雜度和牽一髮而動全身的精密性；此外，就國家存
在的本質而言，法國作家法朗士（Anatole France, 1844-1924）曾
經表示：「國家，是一位營業窗口後面無禮且可悲的先生。」因此對
於民衆來說，國家總是以管理的嚴厲和匿名形式出現[82]，這便是人民
幸福與國家運作之間難以取得一致的矛盾衝突之所在。然而，唐朝知
識分子對國家存在的根本性質、整個國家機器的操作方式和政治理想
上的構設，都依然停留在遠古時代小國寡民的情境裡，而其中德治、
人治的性質也歷時未改，整套政治烏托邦的藍圖可以說是充滿了古代
理想國的迴光。

　　探究所以如此的原因，或許是出於詩歌做爲抒情詠懷之媒介的先
天限制，本不宜進行策論式的思考，一如前文所言；也可能是因爲所
謂詩人也者，本是有感而發的文學家，能以敏心銳感寫出理想世界的

---

[82] 引自〔法〕西蒙內（Dominique Simonnet）著，方勝雄譯：《生態主張》（臺北：遠流出版
　　公司，1992年9月），頁49。

大致圖略，而把握到其中某些以簡馭繁的根本原則，卻無意於探究其中千頭萬緒的實務層面；最大的原因應該是詩人身當傳統文化中知識階層的一員，難免局限於傳統思考的框架中，無法跳脫出「詮釋的循環」，而不能以現今所謂的「客觀化」的政治原理來開拓新視野、新道路，卻不斷地在遠古的經驗中尋求實踐的最高標準。這就是反映於唐詩中的中國式烏托邦的最大特質。

第三章

平等無私的自然倫理與

宇宙萬物的和諧秩序

　　雖然烏托邦的設計與實現，主要是以人民爲獲益的對象，但是，一如第一章第四節所言，烏托邦的極致乃是樂園，而在樂園之中所呈現的景象乃是萬物和諧共處的理想存在處境。就此可見烏托邦的擴大與提升，勢必將萬物也都納入到樂園意識的思維範疇之中，而此一由人類推及於物類的連帶關係，於白居易〈夢得相過援琴命酒因彈秋思偶詠所懷兼寄繼之待價二相府〉一詩曾有所顯示，其詩云：

　　　時和始見陶鈞力，物遂方知盛聖朝。雙鳳棲梧魚在藻，飛沉隨分各逍遙。

由詩中所述，可知在「盛聖朝」、「陶鈞力」統治之下的烏托邦，不但有「時和」的社會氛圍，人人各得其所；而且有「物遂隨分」的逍遙之情，鳳飛棲梧、魚沉在藻，亦皆各遂其性，由此便展現出更形深廣的理想世界。事實上，屬於儒家經典的《中庸》亦曾謂：「萬物並育而不相害，道並行而不相悖。」因此有關理想世界的論述，到了本章我們就開始突破以人倫秩序爲主的烏托邦構設，而進入到「自然倫理」的樂園範疇了。

　　所謂「倫理」，一般所用的是狹義的意涵，指的是人際之間有關道德關係的原理與實踐。但是，《荀子・臣道篇》中曾下過定義：「倫類以爲理。」王先謙注曰：「倫，人倫；類，物之種類，言推近以知遠，以此爲條理也。」①卻已提供了一個更大的詮釋空間，也就是如果將「類」的範疇加以延伸擴大，從人與人之間的關係推及於人與萬物的相處之道，進而反省人在宇宙中的應有位置，和人面對自

---

① 見戰國・荀子著，清・王先謙集解：《荀子集解》（臺北：藝文印書館，2000年5月），卷9，頁457。

然中各種生命的時候所應採取的心態，由此便形成了所謂的「自然倫理」。

由於人類來自自然，也依附著自然而存在，不唯衣食所需與之密切相關，即連情感感受、審美思考等心靈狀態或精神活動也都深受自然界的影響，因此我們可以發現：詩歌中處處展現了觀照自然萬物所形成的意象，或是寫神摹態，或是託志寓意，總之自然景物是詩歌創作過程中不可或缺的要素之一；而除了塑造意象以傳達抽象的情志之外，自然萬物作為構成整個世界的要素，也與人們發生情感上、道德上的互動關係，故而成為樂園意識落實的範疇。同時，從下面三節的論述中，我們可以看到神話式的心理發揮了一定程度的作用，神話所達到的境界也與唐詩中追求萬物和諧的樂園性質可以相通，因之第一節的重點便先從初民的樂園神話談起。

第一節　原始樂園的和諧混同狀態與復歸的嘗試

卡西勒（Ernst Cassirer, 1874-1945）曾引述普雷斯科特（F. C. Prescott）《詩歌與神話》之說，指出：「神話創作者的心靈是原型；而詩人的心靈……在本質上仍然是神話時代的心靈。」[2]正因為神話與詩本質上的相通，故而某些古老的神話可以在一定限度之內協助我們掌握唐詩中所浮顯的樂園意識，不但使樂園思想的形成取得更深遠的依據，也使此一樂園意識的內涵更形豐富。

《山海經》和《莊子》都屬於南方地區的文學和神話系統[3]，其

---

[2] 〔德〕恩斯特・卡西爾著，甘陽譯：《人論》（上海：上海譯文出版社，1985年12月），第7章〈神話與宗教〉，頁96。

[3] 《楚辭》與《莊子》固然已被公認為戰國時代楚地、楚人、楚事的記錄，《山海經》一書依現代神話學者袁珂的考察，亦為戰國中期至漢初楚地人的作品，參見下文。

中保留了一些原始神話的素材，就《山海經》而言，雖然以文字成篇的時代已晚，據袁珂考訂的結果，「總的說來，《山海經》的著作時代，是從戰國中年到漢代初年，著作地方是戰國時代的楚國和漢代初年的楚地，作者是楚國和楚地的人。」④但袁先生也同時認爲：「神話記錄的時代，並不等於神話產生的時代，事實上，《山海經》所記錄的許多神話的片段，其性質都很接近原始，其大部分應當就是原始時代的產物，不過直到《山海經》成書的時期，才把從古以來民間口耳相傳的神話正式用文字記錄出來罷了。」⑤於是我們在《山海經》中所看到的樂園型態，大多是以漢代劉秀所謂的「遠國異人」⑥之模式出現的，在夐絕難稽的茫茫大海之外，以及遙不可及的渺渺大荒之中，其中除了有種種金玉美石、奇禽異木和怪魚奇獸之外，我們可以注意到一種對太平無爭之世界的嚮往，而此一嚮往同時包括百獸萬物相與爲群的和諧安寧的描寫。

對太平世界的期待，主要是由鳳凰的現身來表現，〈南山經〉云：「有鳥焉，其狀如雞，五彩而文，名曰鳳凰。……是鳥也，飲食自然，自歌自舞，見則天下安寧。」〈海內經〉亦載：「有鸞鳥自歌，鳳鳥自舞。鳳鳥……見則天下和。」鳳凰代表了和平盛世的象徵意義，與其他先秦典籍十分一致，如《韓詩外傳》稱：「黃帝即位，施惠承天。一道脩德，惟仁是行。宇內和平，未見鳳凰，惟思其象。」⑦《論語‧子罕篇》亦載孔子曰：「鳳鳥不至，河不出圖，吾

---

④ 袁珂：〈《山海經》寫作的時地及篇目考〉，袁珂注：《山海經校注》（臺北：里仁書局，1982年8月），附錄，頁521。

⑤ 袁珂：〈略論《山海經》的神話〉，袁珂注：《山海經校注》，附錄，頁524。

⑥ 「遠國異人」出自漢‧劉秀：〈上《山海經》表〉，袁珂注：《山海經校注》，附錄，頁478。

⑦ 漢‧韓嬰著，屈守元箋疏：《韓詩外傳箋疏》（成都：巴蜀書社，1996年3月），卷8，頁681。

已矣夫！」[8]可見對鳳凰降臨的殷切期盼，就等於對和平世界的強烈渴慕。當部族爭戰、人與人相殘的慘況時時上演之際，只要瑞鳥驚鴻一瞥地現身一見，立刻就能化解干戈血腥而充滿祥和之氣，此種靈異能力可說完全是出自於人心希望的作用。而且不唯人群社會如此，既然人乃秉氣所生，爲宇宙化生的萬有之一，於是人類與其他同時活動在大地上的種種生物和睦相處，毋須弱肉強食、相敵相煎，更是翻上一層的宇宙性和諧，《山海經》中有關此點之記載有四：

- 此諸夭之野，鸞鳥自歌，鳳鳥自舞。鳳皇卵，民食之；甘露，民飲之，所欲自從也。百獸相與群居。（〈海外西經〉）

- 爰有歌舞之鳥，鸞鳥自歌，鳳鳥自舞。爰有百獸，相群爰處。（〈大荒南經〉）

- 鸞鳳自歌，鳳鳥自舞。爰有百獸，相群是處，是謂沃之野。（〈大荒西經〉）

- 鸞鳥自歌，鳳鳥自儛，靈壽實華，草木所聚。爰有百獸，相群爰處。（〈海內經〉）

分析諸條記載之內容，可知當百獸「相群是處」、「相與群居」的時候，必然也有鸞鳥自歌、鳳鳥自舞爲背景，而由祥禽渲染出一片歌舞昇平的歡愉場面，使得百獸之間也瀰漫著一股和睦交好的氣息，可以說是文明開鑿之前，天人爲一、彼此相融共生的理想圖景；再加上「草木所聚」的青蔥綠意，其中生機之暢旺、物命之秩序與和諧，正是樂園典型的縮影。

---

[8] 宋・朱熹著：《四書章句集注》（臺北：大安出版社，2013年8月），頁150。

　　而〈西山經〉中還有一條爲《莊子》所襲用的「渾敦」神話，謂：「有神焉，其狀如黃囊，赤如丹火，六足四翼，渾敦無面目，是識歌舞，實爲帝江也。」此處無面目之「渾敦」即《莊子・應帝王篇》中「人皆有七竅以視聽食息，此獨無有，……日鑿一竅，七日而渾沌死」的「渾沌」[9]，它的「識歌舞」正與鸞鳳之屬同，而依西方學者吉拉多特的看法，「渾沌」基本上是宇宙和諧的樂園時代（paradise time of cosmic harmony）的象徵，展現了天地創生之始的神祕混同狀態（the mythic chaos）。[10]我們可以說，渾敦神話是創世紀之初，萬物分化之前交融混同的狀態；而鸞鳳之歌舞與百獸相與群居則是世界創生、萬物分化之後彼此共存的情境，兩者都代表著宇宙和諧、萬物混同無別的樂園想像。

　　但是隨著文明的演進與心術的複雜化，物類之區分、貴賤之殊異的差別心產生了，種種利害計較的心理機制也日益發達，人類的心靈意識早已脫離了《莊子・應帝王》所提出的寓言裡七孔未鑿前的「渾沌」狀態，也不復《山海經》中神話時代「百獸爰處」的原始情境，不但有彼我之分而殊途趨異，導致了思想界「道術將爲天下裂」[11]，而社會人群亦產生種種侵奪凌壓的紛亂局面，人與自然界的關係同時也步向疏離、異化的隔絕。雖然中國思想家的體驗哲學仍然關心人與自然萬物的和諧相處之道，倡言「天地與我並生，而萬物與我爲一」[12]、「友麋鹿而侶魚蝦」的理想，因此學者普遍認爲：「就

⑨ 其間襲用之關係，詳見張亨：〈莊子哲學與神話思想──道家思想溯源〉，《東方文化》第21卷第2期（1983年）。

⑩ 見Norman. J. Girardot: *Myth and Meaning in Early Taoism- The Theme of Chaos (Hun-Tun)* (Berkeley: University of California Press, 1983)，分見頁54、頁90。

⑪ 引自《莊子・天下篇》，戰國・莊子著，清・郭慶藩集釋，王孝魚點校：《莊子集釋》（北京：中華書局，1961年7月），卷10下，頁1069。

⑫ 見《莊子・齊物論》，戰國・莊子著，清・郭慶藩集釋，王孝魚點校：《莊子集釋》，卷1下，頁79。

人與自然的關係而言，我們大概可以用『人與天地萬物為一體』來概括中國人的基本態度。」[13]但人類對物質文明與舒適生活的追求必然會逼出「利用厚生」的思想，而產生了「役物」的需要，於是人與自然界的平等性便遭受到否決，自我與自然界的和諧關係，也必定因為「人」之自我意識的昂揚而被嚴重破壞。

然而人類畢竟不能完全棄絕自然，與萬物斬斷依存的鎖鏈而淪入疏離，宋儒所謂「萬物靜觀皆自得，四時佳興與人同」[14]，便頗有透過「靜觀」以泯除主觀妄見的功夫，以恢復萬物自得之存在樣貌的意味。

同樣地，在唐詩中，就和一切人類文明歷史階段一樣，在對樂園或理想世界產生了嚮往之情時，也會應和著歸返宇宙和諧的內在渴求，提出重新安排宇宙萬物之秩序的呼喚，以進一步藉此反省、並恢復仁心博愛的道德人格，或是自然天成的無我體驗。不過，在中國文化的思想傳統中，所謂「人與天地萬物為一體」的最終理想境界，嚴格說來卻有兩種不同的理解方式與達成路徑，分別由道家與儒家所提供，學者曾指出：「道家強調的是心境的淡泊而儒家注重的是心性的道德，道家關注的是人與自然的融合，而儒家期望的是人與社會的和諧。」[15]這段話反映了對中國兩大學說的一般看法，提出道家式的人與自然的融合，但對儒家的認識則只停留在「人與社會的和諧」的層次。實際上，儒家的心性道德發展到極致時，便足以推己及人、推人

---

[13] 見余英時：〈從價值系統看中國文化的現代意義〉，《中國思想傳統的現代詮釋》（臺北：聯經出版事業公司，1987年3月），頁22。

[14] 宋·程顥：〈秋日偶成二首〉之二，宋·程顥、程頤：《二程集》（臺北：漢京文化事業公司，1983年9月），頁482。

[15] 葛兆光：〈從出世間到入世間──中國宗教與文學中理想世界主題的轉變〉，陳平原、陳國球主編：《文學史》第三輯「文化與文學」（北京：北京大學出版社，1996年6月），頁14。

及物，層層突破個人的一己之私、家族的血緣之私、乃至於人類的種族之私，而達到幾近於道家「齊物」的胸懷，如《中庸》云：「致中和，天地位焉，萬物育焉。」又曰：「唯天下至誠，爲能盡其性；能盡其性，則能盡人之性；能盡人之性，則能盡物之性；能盡物之性，則可以贊天地之化育；可以贊天地之化育，則可以與天地參矣。」此點於下文論述中即可得見。這種儒家式「人與自然的融合」所建立的基礎和步驟雖不等同於道家，然而走向萬物和諧之樂園卻是殊途同歸，杜甫便是唐詩中此類樂園的主要建立者。

　　爲論述方便起見，以下便依較接近於儒家式（但不一定局限於儒家）積極安排萬物，使之各得其所的自然倫理觀，以及相對而言較接近於道家式虛己忘機，以物我交融的和諧情境，分爲兩節一一分述之。

第二節　各得其所的自然倫理——「難教一物違」[16]

　　身爲一個平等均化而遂性得所之自然倫理的代言人，杜甫將儒家式建立人倫秩序的原則推擴出去，進而積極安排自然萬物的存在樣態。其〈題桃樹〉一詩有句云：「簾戶每宜通乳燕，兒童莫信打慈鴉。」清楊倫就此指出：「二句言當廣其愛物之仁，非獨桃樹也。……此詩於小中見大，直具民胞物與之懷，可作張子《西銘》讀，然卻無理學氣。此老杜一生大本領，尋常詩人，未許問津。」[17]此說指出杜甫的宇宙世界觀有兩點特色：

---

[16]　「難教一物違」之句出於杜甫〈秋野五首〉之二，其含意之深廣可作爲調整物我關係，進而使宇宙萬物重歸於和諧之秩序的總原則，故以之爲論述綱領而標舉於題面。

[17]　見唐・杜甫著，清・楊倫箋注：《杜詩鏡銓》（臺北：漢京文化事業公司，1983年9月），卷11，頁517。

第一，杜甫之仁心廣徹不遺，將民胞物與的精神發揮到極致，因而往往「於小中見大」，也就是在任何一個小小微物身上都可以看到宇宙大德的展現。

第二，這種無論物之大小都受到沾潤而廣被徹及的世界觀乃杜甫最爲獨出的心靈境界與詩歌表現，其他一般詩人難以望其項背。

故本節論述儒家式人與萬物之理想關係，以觀此中所蘊涵的樂園意識時，便以杜詩爲經，爲提總之綱領，另以其他詩人的相關詩作爲緯，俾收足成之效，而經緯交織、綱舉目張，其理更明。

對杜甫而言，宇宙間具有一至高至公的天道，而萬物都是此一至高至公之天道的運行之下，透過陽光雨露的滋養所具體成就的。此種自然觀的直接表露見於以下二詩：

- 青雲動高興，幽事亦可悅。山果多瑣細，羅生雜橡栗。或紅如丹砂，或黑如點漆。雨露之所濡，甘苦齊結實。緬思桃源內，益嘆身世拙。（〈北征〉）
- 上天無偏頗，蒲稗各自長。（〈秋行官張望督促東渚耗稻向畢清晨遣女奴阿稽豎子阿段往問〉）[18]

在這兩首詩中，杜甫指出一種由「雨露」、「上天」所展現的至高無上而廣大無私的宇宙力量，超越了因人類之好惡而來的味覺、色彩、種類之別，而一視同仁、一無偏頗地均霑化育，所謂「雨露之所濡，甘苦齊結實」與「上天無偏頗，蒲稗各自長」，可知詩人深切體認到：不論其果實是甘是苦，其色彩是紅是黑，其種屬是橡是栗、是蒲

---

[18] 二詩分見唐・杜甫著，清・仇兆鰲注：《杜詩詳注》（臺北：里仁書局，1980年7月），卷5、卷19。

是稗，都在青雲雨露的濡潤滋養之下，成就其維繫生存的最高意義與綿延種族的最大價值，在在「都表現了杜甫對萬物生成之道的洞識，與他對此一生成之道所化顯的生生之物的無比珍惜。這種無論巨細貴賤同為生成之道一視同仁地沾濡而各具其義其理的世界觀，不但是杜甫仁民濟世大願之出發點，也是促使他積極對一切生命投入深情注視的根本力量。」[19]尤其在〈北征〉一詩裡，一路歷經艱困驚險而瘡痍滿佈的途中，那驀然躍入眼簾的「雨露之所濡，甘苦齊結實」的山谷，乃被杜甫視之為桃花源而雙雙相提並論，可見這樣一個均等無私的世界正是詩人心目中桃源樂土的實踐（此點可與第六章第四節互參），而處在違亂失位的世界中備感痛苦（所謂「益嘆身世拙」）的詩人，便從中油然而生「高興」、「可悅」之情，心靈重擔亦暫時獲得紓解。

因此，建構此種理想世界便成為杜甫一生的嚮往，其〈秋野五首〉之二中曾言：

> 易識浮生理，難教一物違。水深魚極樂，林茂鳥知
> 歸。

其中所謂的「難教一物違」可以說是一切包括杜甫在內的詩人，意欲重建萬物和諧之秩序的理想時最精煉而豐富的總括性原則，不教自然界任何一個微小的「物」違背其本然的生存樣態，不偏離上天所賦予他應有的生活軌道，於是萬物各復其根、各遂其性，如同杜甫於〈夏夜歎〉一詩中所說：「物情無巨細，自適固其常。」[20]也就是無論物的大小，都應以適合自己、使自己得以遂性適意的方式（即所謂「自

---

[19] 引自歐麗娟：《杜詩意象論》（臺北：里仁書局，1997年12月），第5章第1節，頁202。

[20] 唐・杜甫著，清・仇兆鰲注：《杜詩詳注》，卷7。

適」），來作爲生存的根本法則（即所謂「固其常」），而不該因爲人爲的價值觀和利己的私慾而被強行干預，導致「自然原貌」的扭曲並斲喪活潑的生機。吉川幸次郎對此有更詳盡的詮釋：

> 一物，即使只是一個存在物，離開了它應處的位置，也是難以忍受的；如果這種事態發生了，就要感到抵忤。而這就是浮生的道理。讓所有的存在物都幸福地和諧地存在，這樣的世界就是杜甫所理想的。爲迎接這個理想的實現而不倦地呼籲，對妨礙它的實現的種種因素不倦地抗議，這就是存在於杜甫所有言論骨子裡的內容。[21]

由此可見，杜甫濟世之努力應屬於恢復整個宇宙和諧秩序的一部分，而「人倫」乃是「自然倫理」架構中的一端，是宇宙大倫理落實於人群社會的表現，因此杜甫不但以所謂的社會寫實詩來爲受到壓榨的人民發抒不平，也以爲例甚多的詩作來抉發萬物不幸違逆其位時的痛苦，例如〈麂〉詩傷「亂世輕全物」，〈又觀打魚〉詩對「半生半死猶戢戢，……倔強泥沙有時立」的大魚寄予無比痛惜，而〈瘦馬行〉一詩描寫爲人所棄的瘦馬爲「皮乾剝落雜泥滓，毛暗蕭條連雪霜。……見人慘澹若哀訴，失主錯莫無晶光」，筆調更充滿惻怛悲憫之情[22]，都莫不是出於一片深心的關懷而作，其程度絕不亞於對人民百姓所付出者。故明王嗣奭評〈又觀打魚〉詩云：

㉑ 見〔日〕吉川幸次郎著，孫昌武譯：〈杜甫的詩論與詩〉，蕭滌非主編：《唐代文學論叢》總第七輯（西安：陝西人民出版社，1986年1月），頁57。

㉒ 〈麂〉、〈又觀打魚〉、〈瘦馬行〉三詩，分見唐・杜甫著，清・仇兆鰲注：《杜詩詳注》，卷17、卷11、卷6。

作詩本意，全在干戈兵革上起，盈城盈野，見者傷
心；而不知暴殄天物，其痛一也。故至誠盡人之性，
即能盡物之性，一視同仁，初無二理。[23]

　　所謂「其痛一也」、「盡人之性，即能盡物之性，一視同仁，初無二
理」的解釋，都十分切合杜甫之精神，而其中「一視同仁」的心態，
於杜詩中亦有極為鮮明的表現，試看「盤飧老夫食，分減及溪魚」之
舉，與「減米散同舟，路難思共濟」之說何其近似？[24]當他感嘆貪官
暴吏強取予奪，而作〈枯椶〉詩謂「傷時苦軍乏，一物官盡取」時，
其字面文意與〈雷〉詩所云之「萬邦但各業，一物休盡取」也所差無
幾[25]；而〈暫往白帝復還東屯〉詩的「築場憐穴蟻，拾穗許村童」[26]
更是融微物、人類於一爐，將一片憐愛護惜分潤均霑於穴蟻與村童身
上。由此可知杜甫〈三吏〉、〈三別〉之類社會寫實作品寫出對人倫
失序錯位的悲憫，同樣是完全相通於〈觀打魚歌〉中對「君不見朝來
割素鬐，咫尺波濤永相失」的違逆失性的惆悵之感。

　　因此，我們在杜甫詩中，看到的是一種「仁民」與「愛物」平
等無差、不分軒輊，而出於同一機杼並具有同等分量的博愛胸懷，它
是對以「親親而仁民，仁民而愛物」為原則的傳統儒家思想的更高超
越，也是對其以人為核心的同心圓結構的更大突破。清仇兆鰲所謂杜

---

23 見明‧王嗣奭撰：《杜臆》（臺北：臺灣中華書局，1986年11月），卷5，頁150。

24 兩聯分別出自〈秋野五首〉之一、〈解憂〉，唐‧杜甫著，清‧仇兆鰲注：《杜詩詳注》，
　卷20、卷22。

25 分見唐‧杜甫著，清‧仇兆鰲注：《杜詩詳注》，卷10、卷15。

26 唐‧杜甫著，清‧仇兆鰲注：《杜詩詳注》，卷20。

甫「愛物而幾於齊物」[27]之說，正是不為人本主義的俗情所圍限而深造有得的究極理解。

　　在此一認識的基礎上，我們可以更進一步注意到杜詩中某些詩歌形式上極為特殊的現象，都與此一「愛物而幾於齊物」的樂園意識有內在的聯繫。第一個可探究的是有關「物理」一詞的用法所蘊涵的特殊指涉。先看杜甫對「物」的運用：

- 聖朝已知賤士醜，一物自荷皇天慈。（〈樂遊園歌〉）
- 聖朝無棄物，衰病已成翁。（〈客亭〉）[28]

所謂「一物自荷皇天慈」的「物」，仇兆鰲認為指的是酒：「朝已見棄，而天猶見憐，假以一飲之緣，其無聊亦甚矣。」[29]但是，一個為朝廷所棄的「賤士」一無依託，而唯有緊緊抓住一杯酒的形象是如何的衰頹消極，何嘗能夠展現杜甫堅毅挺立的精神力量！因此我們以為：這個「自荷皇天慈」的「一物」，指的應該是杜甫自己；更周延的說法，此物指的乃是為皇天之慈所化育的包括人在內的一切生命。如此解釋，不但可以從〈客亭〉詩中「聖朝無棄物」的意指得到堅強的證據，而前後兩詩彼此一貫、不互相矛盾，同時也符合杜甫物我如一的世界觀。此一內涵在杜甫集中大量出現的「物理」一詞亦可得見，先列舉相關詩作如下：

- 細推物理須行樂，何用浮名絆此身。（〈曲江二

---

[27] 引自唐・杜甫著，清・仇兆鰲注：《杜詩詳注》，卷18，頁1566。

[28] 唐・杜甫著，清・仇兆鰲注：《杜詩詳注》，卷2、卷11。

[29] 唐・杜甫著，清・仇兆鰲注：《杜詩詳注》，卷2，頁103。

首〉之一）

- 我何良歎嗟，物理固自然。（〈鹽井〉）
- 古時君臣合，可以物理推。（〈述古三首〉之一）
- 高懷見物理，識者安肯哂？（〈贈鄭十八賁〉）
- 揮金應物理，拖玉豈吾身？（〈秋日寄題鄭監湖上亭三首〉之三）
- 我行何到此？物理直難齊。（〈水宿遣興奉呈群公〉）[30]

這些詩中所謂的「物理」，乃是一種涵攝了萬物消長、人事變遷的精微道理。試看六詩之中，〈曲江二首〉之一的「物理」是說「堂空無主，任飛鳥之棲巢；塚廢不修，致石麟之偃臥」的人事變遷[31]；〈鹽井〉詩指的是物情爭利、商賈趨於財貨的本性；〈述古三首〉之一所指則是君臣遇合之常理；〈贈鄭十八賁〉中提出的，乃是人生「窮達有命，不可妄干」[32]的境遇；〈秋日寄題鄭監湖上亭三首〉之三認為「揮金散財」為物理之所應然；〈水宿遣興奉呈群公〉一詩則透過自己行蹤飄蕩不定的命運，感慨物性之難以齊平而物命總歸流離失所。由這些用法，可知「物理」一詞實是將人類以至世間一切生命包含在內（合而即為所謂的萬物），而表現其出處進退、消長代謝之變化規律或本然質性的道理，為一種把「浮生之理」與「物理」結合為一的

---

[30] 六詩分見唐・杜甫著，清・仇兆鰲注：《杜詩詳注》，卷6、卷8、卷12、卷14、卷20、卷21。

[31] 此仇兆鰲之注語，唐・杜甫著，清・仇兆鰲注：《杜詩詳注》，卷6，頁447。

[32] 楊倫注語，唐・杜甫著，清・楊倫箋注《杜詩鏡銓》，卷12，頁587。

宇宙人生的整體思考。[33]也就因爲如此，黃生說杜甫乃是「天道、神靈、人事、物理貫穿爛熟」[34]，而汪幾希的評論亦曰：「杜公本領之大、體物之精、命意之遠。說物理、物情，即從人事世法勘入，學到、筆到、心到、眼到。惟其無所不到，所以無所不盡也。」[35]

其次，杜甫這種「推己及人」與「推己及物」互相融通爲一的倫理觀念，表現在詩歌的結構形式上，形成了一種杜甫特有的「末聯呼籲法」的創作模式。在〈瘦馬行〉一詩中，杜甫除了對失主無依而病枯傷毀的瘦馬深致哀憐之情外，更於末聯發出深心的呼籲：

　　誰家且養願終惠，更試明年春草長！

此處杜甫盼望有人能收養流離失所的瘦馬，並相信明年春草茂生之時，瘦馬必然能夠展現放蹄奔馳的雄姿，而復歸於馬應有的生存樣態，不但展現出古代仁者「少盡其力，而老去其身，仁者不爲也」[36]的博愛胸懷，「終惠」之語更是對世人始亂終棄、爲德不卒之輕薄無情的當頭棒喝。尤其此處所用的「末聯呼籲法」的結構，更與其他憂國念民之詩作如出一轍：

　　• 安得附書與我軍，忍待明年莫倉促！（〈悲青坂〉）

---

[33] 此義可參歐麗娟：《杜詩意象論》第5章第1節的探討。

[34] 清‧黃生：《杜詩說》（合肥：黃山書社，1994年5月），卷5，〈灩澦堆〉詩注，頁175。

[35] 見清‧黃生：《杜詩說》，卷5，〈猿〉詩注，頁183。

[36] 《韓詩外傳》載：「昔者田子方出見老馬於道，喟然有志焉，以問於御者曰：『此何馬也？』曰：『故公家畜也，罷而不爲用，故出放之也。』田子方曰：『少盡其力，而老去其身，仁者不爲也。』束帛而贖之。」漢‧韓嬰著，屈守元箋疏：《韓詩外傳箋疏》，卷8，頁745。

- 安得壯士挽天河，淨洗甲兵長不用！（〈洗兵行〉）
- 安得壯士擲天外，使人不疑見本根！（〈石筍行〉）
- 安得壯士提天綱，再平水土犀奔茫！（〈石犀行〉）
- 安得鞭雷公，滂沱洗吳越。（〈喜雨〉）
- 安得爾輩開其群，驅出六合梟鸞分！（〈王兵馬使二角鷹〉）
- 安得務農息戰鬥，普天無吏橫索錢！（〈晝夢〉）
- 玄猿口噤不能嘯，白鵠翅垂眼流血；安得春泥補地裂！（〈後苦寒行二首〉之一）㊲

而〈茅屋為秋風所破歌〉之末聯發出的「安得廣廈千萬間，大庇天下寒士盡歡顏，風雨不動安如山。嗚呼！何時眼前突兀見此屋，吾廬獨破受凍死亦足！」更是讀者最熟知的例子。這些詩所採取的「末聯呼籲法」的結構，都賦予全詩一種推己及人、深情無私的高貴情操，將倫理原則發揮到最高、也最大的極限，因之不但深受寒暑、水旱、徵斂、戰爭之苦的黎民百姓得到一片無私的眷顧，連「口噤不能嘯」的玄猿、「翅垂眼流血」的白鵠，和前面已提及的瘦馬等受苦而沉默的萬物，也一一分潤到深沉的關懷與悲憫；而此一呼籲的頻繁出現，亦顯示出杜甫積極安排萬物，使各復其位的宏願。

㊲ 唐‧杜甫著，清‧仇兆鰲注：《杜詩詳注》，卷4、卷6、卷10、卷10、卷12、卷18、卷18、卷21。

　　正因杜甫的浩然胸次中建構了一個包籠萬有的自然倫理，以及
在此一倫理基礎上所形成的樂園意識，而往往「物微意不淺，感動一
沉吟」³⁸，故其以物爲敘寫對象的詠物詩，都能深入其生存處境而共
感同情，如仇兆鰲注〈除架〉一詩曰：「唐人工於寫景，杜詩工於摹
意，『寧辭青蔓除』能代物揣分；『豈敢惜凋殘』能代物安命，不獨
〈麂〉、〈燕〉詩善訴哀情也。」³⁹黃生則指出此類作品展現出一種
投入全生命之後才能具備的感人力量：「使人設身其地，亦自黯然銷
魂。非以全副性情入詩，安能感人若是哉？」⁴⁰故鍾惺曾說杜甫的詠
物詩使自然界中沉默的萬物都一一靈動起來，而具有詩歌史上劃時代
的成就，他指出：

> 少陵如〈苦竹〉、〈蒹葭〉、〈胡馬〉、〈病馬〉、
> 〈鸂鶒〉、〈孤雁〉、〈促織〉、〈螢火〉、〈歸
> 燕〉、〈歸雁〉、〈鸚鵡〉、〈白小〉、〈猿〉、
> 〈雞〉、〈麂〉諸詩，於諸物有讚羨者，有悲憫者，
> 有痛惜者，有懷思者，有慰藉者，有嗔怪者，有嘲笑
> 者，有勸戒者，有計議者，有用我語詰問者，有代彼
> 語對答者；蠢者靈，細者巨，恆者奇，嘿者辯，詠物
> 至此，神佛聖賢帝王豪傑具此，難著手矣。⁴¹

在杜甫筆下，萬物是極其生動活潑的，展現出靈性洋溢、醒目特出而

㊳ 〈病馬〉詩中語，唐・杜甫著，清・仇兆鰲注：《杜詩詳注》，卷8。

㊴ 唐・杜甫著，清・仇兆鰲注：《杜詩詳注》，卷7，頁615-616。

㊵ 清・黃生：《杜詩說》，卷4，〈送遠〉詩注，頁134。

㊶ 唐・杜甫著，清・仇兆鰲注：《杜詩詳注》，卷7引，頁614。

能議論雄辯的鮮明個性，絕不能以「活的機器」來等閒視之，更不可妄加殘害或濫取無度；而同時我們也可以清楚看到：在杜甫眼中，原始樂園早已在現實世界中不斷失落了，所謂悲憫、痛惜、懷思、慰藉的說法，在在都顯示這是一個淑和不再的失樂園，因此杜甫煞費心機地透過人為的努力，來尋求樂園的復返或回歸。於是為了維繫此一各遂其性、各得其所的理想世界，杜甫便時時呼籲應該節制口腹之欲，不可對生命施加過度的消耗，更不可因為人的貪婪濫取，而無謂地葬送同樣寶貴的性命。除了前文已舉〈枯椶〉詩的「傷時苦軍乏，一物官盡取」之外，在〈椶拂子〉一詩中杜甫感慨：「物微世競棄，義在誰肯徵？」為物微而有義的椶拂子遭到世人競棄的命運深感悲憤；〈又觀打魚〉詩中說：「吾徒何為縱此樂，暴殄天物聖所哀！」語中寓有多少哀痛；〈冬狩行〉詩中云：「有鳥名鸒鴿，力不能高飛逐走蓬。肉味不足登鼎俎，胡為見羈虞羅中？」則申訴濫殺無辜的兇殘無道，而〈歲晏行〉的「楚人重魚不重鳥，汝休枉殺南飛鴻」[42]也是據此而發的肺腑之言。此外，〈催宗文樹雞柵〉一詩亦曰：

> 愈風傳鳥雞，秋卵方漫喫。自春生成者，隨母向百翎。[43]

趙注云：「春卵可以抱育，故秋卵方充食也。」[44]盧文子則抒論道：「見仁至義盡之意。念其生成，春卵不食，仁也。」[45]換句話說，為

---

[42] 〈椶拂子〉、〈又觀打魚〉、〈冬狩行〉、〈歲晏行〉四詩，分見唐・杜甫著，清・仇兆鰲注：《杜詩詳注》，卷12、卷11、卷12、卷22。

[43] 唐・杜甫著，清・仇兆鰲注：《杜詩詳注》，卷15。

[44] 引自唐・杜甫著，清・楊倫箋注：《杜詩鏡銓》，卷13，頁622。

[45] 唐・杜甫著，清・楊倫箋注：《杜詩鏡銓》，卷13，頁623。

了維繫族群的綿延不絕，人們必須配合大自然生成化育之規律，讓春天誕生的卵都能不被斲喪而孵化成幼雛，展現「隨母向百翺」的盎然生機。同樣的意思也見於〈白小〉一詩：

> 白小群分命，天然二寸魚。細微沾水族，風俗當園蔬。入肆銀花亂，傾箱雪片筐。生成猶拾卵，盡取義何如？[46]

從詩中我們可以看到長只兩寸的白小魚，被當作園中菜蔬一般成箱成筐地捕入店市中販賣食用，如天文數字的消耗數量已足令人驚心；而魚卵被撿拾一空，潛藏在魚卵中僅存的生機也受到剝削，如此竭澤而漁、趕盡殺絕，豈是倫理關係中「義」之所應然！故朱鶴齡注〈白小〉一詩云：「言生成之道，卵猶不忍棄，魚雖小而盡取之，豈得爲義乎？」[47]黃生則有更深入細膩的闡釋：

> 「分命」字可憐，然實生物至理，雖極細微，孰非生成化育中物！乃人至以園蔬視之，蓋貪殘成俗，習而不察耳。試一思及，能無憬然！……此物既分命生成，便屬有知，豈無痛楚？今乃盡取之，猶獲拾然，匪惟不仁，兼亦不義矣。不曰「仁」而曰「義」者，鮮食固所難禁，但盡取以當園蔬，則害義之甚耳。[48]

---

46 唐‧杜甫著，清‧仇兆鰲注：《杜詩詳注》，卷17。

47 唐‧杜甫著，清‧楊倫箋注：《杜詩鏡銓》，卷17，頁832。

48 清‧黃生：《杜詩說》，卷5，頁180-181。

此種節制而不濫取的意見，於過去的儒家典籍中亦可得見，如《孟子‧梁惠王上》曾云：

> 不違農時，穀不可勝食也；數罟不入洿池，魚鱉不可勝食也；斧斤以時入山林，材木不可勝用也。穀與魚鱉不可勝食，材木不可勝用，是使民養生喪死無憾也。⑭

這段話表面上似為杜甫之同調，都以一種節用而不趕盡殺絕的方式來保存自然資源，以供人類所用，所謂「秋卵方漫喫」與「數罟不入洿池」（意指密網不入大池）的說法便極為近似。但細究起來，杜甫之境界實是更勝一籌，因為杜甫並不是從對人類有益的「永續利用」的觀點來看待物我關係，對節制的呼籲也不是把魚鱉之類的生命視同和穀物、木材一樣的「資源」來考慮，而是由「仁義」的道德立場將萬物納入到倫理體系之中，充滿了設身處地的真摯情感，因此楊倫在稱讚其〈觀打魚歌〉乃「體物既精，命意復遠」之後，又說：「一飽之後，仍歸蕭瑟，數語可當一篇戒殺文。」⑮

　　由此可證：杜甫的確是將整個宇宙的萬物與人類全部納入一種平等無私的自然倫理之中，讓任何一個渺小微物都能不違逆其天性與生存處境，而恢復樂園中和諧的秩序與豐富的生機。有趣的是，此一自然倫理所蘊涵的無私的力量透入到每一物命之中時，展現的卻是「物自私」的內容。這種乍看之下極為矛盾的現象在杜詩中便曾經出現過，詩人說：

---

⑭ 宋‧朱熹著：《四書章句集注》，頁282。
⑮ 唐‧杜甫著，清‧楊倫箋注：《杜詩鏡銓》，卷9，頁408。

- 江山如有待，花柳更無私。（〈後遊〉）
- 寂寂春將晚，欣欣物自私。（〈江亭〉）⑤

對「欣欣物自私」之義，宋劉辰翁有十分精當的解釋：「『物自私』與『花柳更無私』實一意，物物自以為有私，則無私矣。」楊倫接著補充說明：「今按『物自私』謂物各遂其性也，『更無私』謂物同適其天也。」⑥仇兆鰲亦曰：「『欣欣物自私』，有物各得所之意，前詩云『花柳更無私』，有與物同春之意。」⑦可知詩人認為：任何一個渺小的物，其個體之溫飽、存在之尊嚴、族群之繁衍等等都包括在內的一切「私性」，如果全部能夠得到充分的保障和全力的維護，而不離開了它應處的位置，那麼每一個物就都是幸福的、悅足的，於是整個世界也就是和諧的、圓滿的，所謂「同適其天」，如此也就彰顯了「無私」的真正內涵。

除了杜甫之外，唐代詩人中有關此種世界觀的展示者，以白居易集中反映的較多，蓋其不但契入杜甫之現實關懷最深，也連帶繼承此種自然倫理的概念，深情厚意雖有所不及，理念上卻能夠接受而產生共鳴，如其「雨露施恩無厚薄」之說⑧即明顯為杜甫「雨露之所濡，甘苦齊結實」之同調；而〈放魚〉詩云：「憐其不得所，移放於南湖。南湖連西江，好去勿踟躕。」⑨其中「不得所」之說與杜甫「一物違」的感慨相通，全詩之作非獨佛教放生之理論與儀式所能解釋；

⑤ 唐・杜甫著，二詩分見唐・杜甫著，清・仇兆鰲注：《杜詩詳注》，卷9、卷10。

⑥ 兩段引文皆見唐・杜甫著，清・楊倫箋注：《杜詩鏡銓》，卷8，頁348。

⑦ 唐・杜甫著，清・仇兆鰲注：《杜詩詳注》，卷10，頁801。

⑧ 見〈初到江州寄翰林張李杜三學士〉詩中語，唐・白居易著，顧學頡點校：《白居易集》（北京：中華書局，1985年10月），卷16，頁326。

⑨ 唐・白居易著，顧學頡點校：《白居易集》，卷1，頁25。

而其他詩中對萬物適性、遂性的呼籲也往往可見：

- 今來淨漉水照天，游魚鱍鱍蓮田田。洲香杜若抽心短，沙暖鴛鴦鋪翅眠。動植飛沉皆遂性，皇澤如春無不被。（〈昆明春水滿〉）

- 五步一啄草，十步一飲水。適性遂其生，時哉山梁雉。（〈山雉〉）

- 晚來天氣好，散步中門前。門前何所有？偶睹犬與鳶。鳶飽凌風飛，犬暖向日眠。腹舒穩帖地，翅凝高摩天。上無羅弋憂，下無羈鎖牽。見彼物遂性，我亦心適然。心適復何為？一詠逍遙篇。此仍著於適，尚未能忘言。（〈犬鳶〉）

- 廣池春水平，群魚恣游泳。新林綠陰成，眾鳥欣相鳴。時我亦蕭洒，適無累與病。魚鳥人則殊，同歸於遂性。……（〈春日閑居三首〉之二）㊶

諸詩中所謂「動植飛沉皆遂性」、「適性遂其生」、「各附其所安」、「見彼物遂性，我亦心適然」、「魚鳥人則殊，同歸於遂性」等等，都是前述杜甫透過「難教一物違」之說所充分開展的理想世界觀或樂園意識的告白。而當物物適性遂生之時，白居易接著便描繪出一幅物性有別、卻共存共榮的樂園圖，〈玩松竹二首〉之一云：

龍蛇隱大澤，麋鹿遊豐草。栖鳳安於梧，潛魚樂於藻。吾亦愛吾廬，廬中樂吾道。……各附其所安，不

㊶ 四首分見唐·白居易著，顧學頡點校：《白居易集》，卷3、卷8、卷30、卷36。

知他物好。

〈詠所樂〉一詩亦云：

歐樂在山谷，魚樂在陂池。蟲樂在深草，鳥樂在高
枝。所樂雖不同，同歸適其宜。不以彼易此，況論是
與非。[57]

讓飛翔的翅羽能以廣大無垠的雲天爲版圖而盡情高飛，讓健步的勁足
可以在山野草原上放蹄奔馳而無所羈絆，讓潛水的鱗鰭都有暢行無阻
的清澈溪潭可供悠游，一切的生命都各適其位、各得其所，無私而均
等地和諧存在，這就是自然倫理的充分發揮，也是一個遠較烏托邦更
爲寬廣而深徹不遺的樂園的實踐。

第三節　物我交融的「忘機」境界

正如桃花源的獲致，是因爲漁人於「無意之間」才得到進入世
外樂土的契機，但又因爲「有心」而「處處誌之」的人爲造作，使
得桃花源的復歸行動不得不走向失敗，同樣的情形也發生在西方的樂
園神話裡。其傳統宗教中也有類似的「機心──失落──復歸」的表
達：《創世紀》採用美索不達米亞神話中通行的象徵，而將一棵生
命樹安置在古樂園中，生命樹上的果實能給與人長生；與此一象徵相
連的，則是人冀望「知道善惡」而據爲己有的假智慧，而用生有禁果
的「知識樹」來代表。人食用了知識樹上的禁果之後，其代價便是被

---

[57] 二詩分見唐・白居易著，顧學頡點校：《白居易集》，卷11、卷29。

逐出樂園，到生命樹的道路也遭到切斷。[58] 由此種種，都在在證明了「分辨之心」便是樂園失落的關鍵。因此，相對於前述之積極安排萬物，以推廣人類之理想社會及於整體自然界的倫理秩序，使其生存處境復返圓滿自足之狀態的道德努力，唐代詩人還另外追求一種表面上似乎較爲消極的、內斂式的物我關係，亦即消泯人類的主體意識與主觀意念，抽離因優勢心理作用之下所形成的認知、詮釋、評價、利害、好惡等等智性活動的介入，而與萬物建立一種類似宇宙創生之始的「神祕混同狀態」（the mythic chaos），以達到物我交融、相即無猜的境界。我們可以說，這是一種復歸於「宇宙和諧的樂園時代」（paradise time of cosmic harmony）的嘗試，是人文意識昂揚之後，脫離了自然而獨自發展的人類心靈底層渴望回到樂園的表達。

因此，欲跨過樂園門檻，進入此一物我交融、相即無猜的境界，以獲取這種宇宙和諧的樂園感受，其首要條件便是「忘機」，也就是化除機心，不因智巧算計之萌動而損害心靈的混同和諧。《莊子・天地篇》曾記載一則有關「忘機」的故事：

> 子貢南遊於楚，反於晉，過漢陰，見一丈人方將爲圃畦，鑿隧而入井，抱甕而出灌，搰搰然用力甚多而見功寡。子貢曰：「有械於此，一日浸百畦，用力甚寡而見功多，夫子不欲乎？」爲圃者卬而視之曰：「奈何？」曰：「鑿木爲機，後重前輕，挈水若抽，數如泆湯，其名爲槔。」爲圃者忿然作色而笑曰：「吾聞之吾師，有機械者必有機事，有機事者必有機心。機

---

[58] 此一基督教的隱喻說法，參考聖經神學辭典編譯委員會譯：《聖經神學辭典》（臺北：光啓出版社，1984年1月），頁95。

心存於胸中，則純白不備；純白不備，則神生不定；神生不定者，道之所不載也。吾非不知，羞而不為也。」子貢瞞然慙，俯而不對。[59]

機械本是精心計算、用以取巧省力的人為造作物，完全是投合人類爭功圖利的心理而生；而寓言中的子貢完全以功利的角度看待事務，因此不但對機械充滿了推崇與依賴，無形中也產生了一種以速度之快慢、效率之高低、投資報酬率之大小來衡量結果的心態，所謂「一日浸百畦，用力甚寡而見功多」便全然是此種心理的表露。但是，對速度和投資報酬率的追求是與日俱增的，久而久之更會形成盲目而欠缺反省的耽溺，反而迷失了對真正價值的體認，以致於心靈也離「純白」的圓足境界越來越遠；同時，機心一生，便如機括之發，而原始渾然與物為一的泯化之心便判然分殊，產生了彼我的對立而有種種的計較，於是猜疑、傷害、貪殘等危害心性之「純白」的惡德隨之而生，人也就失去了最純真無慮的幸福。所謂「有機關之器者，必有機動之務；有機動之務者，必有機變之心；機變存乎胸府，則純粹素白不圓備矣。」[60]機心將使得人們沉溺於計算的遊戲，並不知不覺地把萬物乃至於人類所構成的整個世界，依利害關係劃分為有用無用、美醜好壞，並據此訂定了高下好惡的不同價值，於是宇宙的和諧與萬物的平等便喪失殆盡，而「磅礴萬物以為一，遊心於無何有之鄉，以處壙埌之野」[61]的宇宙情懷也不復存在，不但與「純白」之道絕緣，而人心也被引帶出樂園之外。

---

[59] 戰國·莊子著，清·郭慶藩集釋，王孝魚點校：《莊子集釋》，卷12，頁433-434。

[60] 戰國·莊子著，清·郭慶藩集釋，王孝魚點校：《莊子集釋》，卷12，頁433-434。

[61] 《莊子·應帝王篇》，戰國·莊子著，清·郭慶藩集釋，王孝魚點校：《莊子集釋》，卷7，頁293。

　　透過對「機械──→機事──→機心」此一由外而內發生影響的連
動模式，莊子藉由故事中埋名的智者告訴我們：欲避免迷失之惡果發
生，一開始就應從根本處防微杜漸，拒絕接觸那些足以激發智巧算計
之心的機械，以免順著人性縱步走去便迷途未返。莊子銳眼洞徹人性
之幽微所提出的「機心」之說，正足以適用於解釋人與人之間種種紛
爭猜防的情況，在《莊子・寓言篇》所載之「爭席」故事便是其例：

> （陽子居）請問其過，老子曰：「而睢睢盱盱，而誰
> 與居？大白若辱，盛德若不足。」陽子居蹴然變容
> 曰：「敬聞命矣！」其往也，舍者迎將，其家公執
> 席，妻執巾櫛，舍者避席，煬者避竈；其反也，舍者
> 與之爭席矣。[62]

機心所至，引發了身分之貴賤、地位之高下的差別概念，不但造成人
我之間互為阻絕的距離，甚至成為導致社會風俗之猜防澆薄的深層心
理，因而杜甫等詩人才會汲汲於追求人際關係和諧無猜的「風俗淳」
之社會情境，如前一章所見；而李白於閒適之情進入化境之際，也曾
欣然吟詠：「我醉君復樂，陶然共忘機。」[63]在人我的水乳交融之中
領略到忘我無隔的陶然之樂。

　　此外，機心的存在也正是人與萬物割離，而遠離自然的根本因
素，因為一切的「役物」之舉莫不是源於利害、好惡、智巧等機心
算計的結果，因此，中國文化裡並不鼓勵對科技的追求，而將之視為

[62] 戰國・莊子著，清・郭慶藩集釋，王孝魚點校：《莊子集釋》，卷27，頁962-963。

[63] 〈下終南山過斛斯山人宿置酒〉詩中語，唐・李白著，清・瞿蛻園注：《李白集校注》（臺
　　北：里仁書局，1981年3月），卷20。

「道」以下第二義的雕蟲小技。但科技越來越昌明、機械工具越來越精密複雜乃是歷史的必然趨勢，身處於歷史發展之中，自我的失落也逐漸成爲文明人最嚴重的課題。卡西勒曾精闢地指出：

> 透過工具的使用，人類成爲了事物之主宰。然而這一主宰性對於人類而言，不但不是一種福祉，反而是一種咒詛。人類爲了要征服自然世界而發明的科學技術結果倒戈指向於人類。科技不單構成人類存在底日益嚴重的自我疏離（Selbstentfremdung），而且終於造成人類存在之自我喪失（Selbstverlust）。……因此，當科技把愈來愈多的生命領域克服的當兒，人們對一原始的，完整而直接的存在底渴求必定會一再地湧動，而「復返於自然」Zurück zur Natur 一呼喚也必定會變得日益壯闊。⑥⑥

卡西勒此處的說法完全與莊子的見解一致，順著類似的思維脈絡，兩人的論述更可以互相對應：

莊　子：機械 ⟶ 機事 ⟶ 機心 ⟶ 忘機 ⟶ 道的純白境界
卡西勒：工具 ⟶ 自我疏離、自我喪失 ⟶ 復返自然的呼喚

更可以彼此互補銜接，成爲首尾俱全的完足體系：

---

⑥⑥〔德〕恩斯特‧卡西爾著，關子尹譯：《人文科學的邏輯》（臺北：聯經出版事業公司，1994年12月），第1章，頁39-40。

機械 ⟶ 機事 ⟶ 機心（自我疏離、自我喪失） ⟶ 忘機 ⟶
道的純白境界 ⟶ 復返自然

由此可見，回歸那「原始的，完整而直接的存在」，也就是「渾沌神
話」所象徵的「純白」境界，與自然萬物重建混同和諧的倫理關係，
便成爲復返樂園的一大途徑；而這種與萬物親近無別、利害兩忘的水
乳交融的嚮往，正是出自於人心深處那復返於渾沌未鑿之原始樂園的
隱密渴求。

　　基於此一思路的運作，在唐詩裡用以表現此種回歸樂園之潛在
意念的方式，最明顯的便是以幾個先唐典籍中記載的傳聞或寓言爲媒
介，而形成的常用典故或表達系統。出自《列子》的狎鷗故事，可以
說是詩人在追尋樂園而進入物我和諧之境界時，最習用的典故之一，
《列子・黃帝篇》中記載：

> 海上之人有好鷗鳥者，每旦之海上同之游，鷗鳥之至
> 者百住而不止。其父曰：「吾聞鷗鳥皆從汝游，汝取
> 來吾玩之。」明日之海上，鷗鳥舞而不下也。[65]

故事中，海上之人本已跨越了物類的界限，而與鷗鳥親密無間地每日
同游，雖不如《山海經》裡「百獸爰處」的盛況，但此一「海角樂
園」的奇觀卻具有與之完全相同的本質。然而，一旦萌發了「取來吾
玩之」的機心之後，他與鷗鳥的親密關係便隨之斷裂了，因爲機心一
起，便有異類的彼此之分，又有「役物者」與「被役者」的高下之
別，於是平等無間的神祕混同狀態立刻不復存在，所謂「心動於內，

---

[65] 見戰國・列子著，晉・張湛注：《列子》（臺北：藝文印書館，1975年9月），頁29。

形變於外，禽鳥猶覺」[66]，遂只落得「鷗鳥舞而不下」的隔閡和疏離
了。在唐詩中，用此一典故來表達一種脫略世俗機詐、追求物我無隔
之理想境界的作品極多，諸如：

- 唯應白鷗鳥，可為洗心者。（陳子昂〈感遇詩
  三十八首〉之三一）

- 欲知冥滅意，朝夕海鷗馴。（孟浩然〈還山貽湛法
  師〉）

- 野老與人爭席罷，海鷗何事更相疑？（王維〈積雨
  輞川莊作〉）

- 攬轡隼將擊，忘機鷗復來。（高適〈和賀欄判官望
  北海作〉）

- 但訝鹿皮翁，忘機對芳草。（杜甫〈遣興三首〉之
  三）

- 錫飛常近鶴，杯渡不驚鷗。（杜甫〈題玄武禪師屋
  壁〉）

- 旦隨鵷鷺末，暮遊鷗鶴旁。機心一以盡，兩處不亂
  行。（白居易〈朝迴遊城南〉）

- 道在有中適，機忘無外虞。但愧煙霄上，鸞鳳為吾
  徒。又慚雲水間，鷗鶴不我疏。（白居易〈和朝迴
  與王鍊師遊南山下〉）

- 聞道偏為五禽戲，出門鷗鳥更相親。（柳宗元〈從

---

[66] 東晉張湛之注語，戰國・列子著，晉・張湛注：《列子》，頁29。

崔中丞過盧少府郊居〉）

- 白髮滄浪上，全忘是與非。……終年狎鷗鳥，來去
  且無機。（杜牧〈漁父〉）

- 鷗鳥忘機翻浹洽，交親得路昧平生。（李商隱〈贈
  田叟〉）⑥⑦

其中所謂的「冥滅得失」、「無外虞」、「全忘是非」、「交親得
路」、「兩不亂行」等境界都是「無機」、「忘機」、「機心以盡」
的結果。而除了陳子昂、孟浩然、王維、高適、杜甫、白居易、杜
牧、李商隱等人之外，一生都在全心追求眞實無偽之理想的李白，不
但一再致意「垂衣貴清眞」、「天然去雕飾」的人生、創作的理想，
更對「時訛皆失眞」、「雕蟲喪天眞」的淪喪感嘆不已⑥⑧，因此也特
別偏好狎鷗典故的運用，以下舉數例以觀之：

- 搖裔雙白鷗，鳴飛滄江流。宜與海人狎，豈伊雲鶴
  儔？寄影宿沙月，沿芳戲春洲。吾亦洗心者，忘機
  從爾遊。（〈古風五十九首〉之四十二）

---

⑥⑦ 此處十一首詩例分見清・康熙敕編：《全唐詩》（北京：中華書局，1990年2月），卷83；
　　唐・孟浩然著，趙桂藩注：《孟浩然集注》（北京：旅遊教育出版社，1991年4月），卷1；
　　唐・王維著，清・趙殿成箋注：《王摩詰全集箋注》（臺北：世界書局，1996年6月），卷
　　10；清・康熙敕編：《全唐詩》，卷211；唐・杜甫著，清・仇兆鰲注：《杜詩詳注》，卷
　　11、卷11；唐・白居易著，顧學頡點校：《白居易集》，卷6、卷22；清・康熙敕編：《全
　　唐詩》，卷352、卷525；唐・李商隱著，清・馮浩箋注：《玉谿生詩集箋注》（臺北：里仁
　　書局，1981年2月），卷2。

⑥⑧ 四句詩分別出自〈古風五十九首〉之一、〈經亂離後天恩流夜郎憶舊遊書懷贈江夏韋太守良
　　宰〉、〈酬王補闕惠翼莊廟宋丞泚贈別〉、〈古風五十九首〉之三十五等四首，見唐・李白
　　著，清・瞿蛻園注：《李白集校注》，卷2、卷11、卷19、卷2。

- 仙人有待乘黃鶴，海客無心隨白鷗。（〈江上吟〉）

- 明朝拂衣去，永與海鷗群。（〈贈王判官時余歸隱居廬山屏風疊〉）

- 天清江月白，心靜海鷗知。（〈贈漢陽輔錄事二首〉之一）

- 赤水非寥廓，願狎東海鷗。（〈金門答蘇秀才〉）

- 白鷗閒不去，爭拂酒筵飛。（〈陪侍郎叔遊洞庭醉後三首〉之二）

- 閒隨白鷗去，沙上自為群。（〈過崔八丈水亭〉）[69]

在這些詩中，李白自視為一「無心」、「心靜」的「洗心者」，也就是泯除世俗徵逐巧變之念而忘機的人，因此希望遠離擾攘的人間（所謂「明朝拂衣去」），以投入人鷗和睦相處、能夠「忘機從爾遊」的樂園裡，尤其詩中屢屢致意的「隨白鷗」、「願狎東海鷗」、「閒隨白鷗去」之語，當真充滿了一往情深的嚮往，因此詩人甚至想要「永與海鷗群」而棄世間於不顧的現象也就不足為奇了。而與李白並稱的另一位大詩人杜甫，在他結合了儒家的「仁民愛物」與道家的「齊物」胸懷，而積極建構「難教一物違」的自然倫理和宇宙秩序之時，也同樣可以充分領略物我交融的天機大美：

- 舍南舍北皆春水，但見群鷗日日來。（〈客至〉）

- 自去自來梁上燕，相親相近水中鷗。（〈江村〉）

---

[69] 七首分見唐·李白著，清·瞿蛻園注：《李白集校注》，卷2、卷7、卷11、卷11、卷19、卷20、卷21。

• 狎鷗輕白浪，歸雁喜青天。（〈倚杖〉）⑩

　　這些詩都作於杜甫落腳於蜀地成都之時，僅是此期出現的十一次鷗鳥意象中的少數⑪，但已可見浣花溪畔的草堂之居正是清美無憂、春意盎然的平和歲月。詩人透過充滿善意與愛憐之心眼，所見到的大自然處處皆是一片和諧，非獨群鷗日來、相親相近，即連飛蟲行蟻、細蝶嬌鶯、浴鳧飛鷺、江鸛鄰雞都是這個樂園裡的一分子；所謂「不獨一家得其安身之所，即飛鳥語燕亦得以同棲。從此浣花溪西之草堂，成爲中國文學史中之聖地。」⑫則杜甫一片無私而油然沾濡萬物之心，也就彰明可知了。

　　除了狎鷗之外，「忘機」的物我關係還常常透過「友麋鹿」的說法來展現。

　　在先唐的文獻中，「友麋鹿」的原始樂園景象便時有所見，如《莊子・盜跖篇》曾載：「神農之世，臥則居居，起則于于，民知其母，不知其父，與麋鹿共處。耕而食，織而衣，无有相害之心，此至德之隆也。」⑬《鶡冠子・備知》中先描述了人群社會平等自適的純樸狀態：「山無徑跡，澤無橋梁，不相往來，舟車不通，……有知者不以相欺役也，有力者不以相臣主也。」其後再接著描寫人與自然

---

⑩ 三詩分見唐・杜甫著，清・仇兆鰲注：《杜詩詳注》，卷9、卷9、卷12。

⑪ 有關其中所展現的鷗鳥意象主題的內涵，可詳見歐麗娟：《杜詩意象論》第3章第1節的分析。

⑫ 引自劉孟伉主編：《杜甫年譜》（臺北：學海出版社，1981年9月），頁120。有關杜甫此期的生活情境，可另參歐麗娟：〈李、杜「閒適詩」比較論〉，《國立編譯館館刊》第27卷第2期（1998年12月），頁35-61，後收入歐麗娟：《唐詩的多維視野》（臺北：五南圖書出版公司，2017年7月）。

⑬ 見戰國・莊子著，清・郭慶藩集釋，王孝魚點校：《莊子集釋》，卷29，頁995。

萬物的親和無間：「是以烏鵲之巢可俯而窺也，麋鹿群居可從而系
也。」⑭由此再度可證「機心」的化除，乃是打通人我之阻隔而重新
取得聯繫的契機，並且此一打通的力量亦將一直貫通到物我關係上，
消泯物類的陌生猜防，爲人心創造復返自然樂園的神妙時刻。除《鶡
冠子》之外，唐代以前還有《列士傳》也曾記載一則與「機心」有關
的情節：

> 伯夷、叔齊不食，經七日，天遣白鹿乳之。夷、齊思
> 念此鹿肉食之必美，鹿知其意，不復來，二子遂餓
> 死。⑮

伯夷、叔齊在歷史上皆以求仁得仁的大義形象出現，《史記·伯夷列
傳》中爲兩人之崇高品德與餓死首揚山之抉擇，提出了許多亙古難以
解答而又顛撲不破的「天問」，至今猶爲後人沉思欷歔。但此處的記
載卻嚴重違反一般對夷、齊的正統概念，幻設出一段兩人餓死前覬覦
鹿肉的情節，並用以解釋兩人之所以終究餓死的原因。出人意表之
餘，更彰顯出機心之微妙而關鍵的地位：所謂「微妙」，是因爲心的
作用乃是無形之中幽隱的萌動，本不易察覺或把捉，但卻發揮了最關
鍵性的作用；而「關鍵」的意思，則是機心的泯除與否不但是打開樂
園之門的鑰匙，甚至還是維繫生命的依據。

　　因此唐詩中常常以麋鹿之遊來表現一種閒逸自適、與萬物和諧的
情境，諸如以下詩例即是其證：

---

⑭ 見周·不著撰人，宋·陸佃解：《鶡冠子》，《景印文淵閣四庫全書》第848冊（臺北：臺
　灣商務印書館，1986年7月），頁234。
⑮ 見高步瀛選注：《唐宋詩舉要》（臺北：里仁書局，2004年9月），卷1，注柳宗元〈秋曉行
　南谷經荒村〉一詩所引，頁114。

- 始余梁宋間，甘予麋鹿同。散髮對浮雲，浩歌追釣翁。（高適〈奉寄平原顏太守〉）
- 不貪夜識金銀氣，遠害朝看麋鹿遊。（杜甫〈題張氏隱居〉）
- 養拙干戈際，全生麋鹿群。（杜甫〈暮春題瀼西新賃草屋五首〉之二）
- 荊扉對麋鹿，應共爾爲群。（杜甫〈曉望〉）
- 寒花疏寂歷，幽泉微斷續。機心久已忘，何事驚麋鹿。（柳宗元〈秋曉行南谷經荒村〉）
- 藥圃茶園爲產業，野麋林鶴是交遊。雲生澗戶衣裳潤，嵐隱山廚火燭幽。（白居易〈重題四首〉之二）
- 盡日觀魚臨澗坐，有時隨鹿上山行。（白居易〈答元八郎中楊十二博士〉）
- 屈就商山伴麋鹿，好歸芸閣狎鵷鸞。（白居易〈韋七自太子賓客再除祕書監以長句賀而餞之〉）[76]

吳瞻泰《杜詩提要》評杜甫〈題張氏隱居〉詩中的「不貪夜識金銀氣，遠害朝看麋鹿遊」一聯云：「唯不貪，故非分之金無所取；唯

---

[76] 八詩分見唐‧高適著，劉開揚箋注：《高適詩集編年箋註》，第二部分；唐‧杜甫著，清‧仇兆鰲注：《杜詩詳注》，卷9、卷18、卷20；唐‧柳宗元著，王國安箋釋：《柳宗元詩箋釋》（上海：上海古籍出版社，1993年9月），卷2，以及唐‧白居易著，顧學頡點校：《白居易集》，卷16、卷17、卷32。

遠害，故在野之物可同遊，利害兩無心，是虛己以遊於世者也。」⑦
其中所謂的「虛己」，也就是前述之「消泯人類的主體意識與主觀意
念」之意，這就清楚地告訴我們：唯有虛己忘機、利害無心，而「在
野之物可同遊」，而宇宙和諧的樂園時代才得以復返，向我們開啓那
神祕混同狀態所蘊涵的喜悅。

　　將具有典故淵源，而較常被詩人引用做爲表達之資的鷗鳥、麋鹿
推擴出去，其實自然界中所有的生命都可以帶領詩人品味「忘機」的
境界所帶來的喜樂之感，欣然於此種物我相即相融的和諧境界，如：

- 入鳥不相亂，見獸皆相親。雲霞成伴侶，虛白侍衣
  巾。（王維〈戲贈張五弟諲三首〉之三）
- 翡翠鳴衣桁，蜻蜓立釣絲。自今幽興熟，來往亦無
  期。（杜甫〈重過何氏五首〉之三）
- 穿花蛺蝶深深見，點水蜻蜓款款飛。傳語風光共流
  轉，暫時相賞莫相違。（杜甫〈曲江二首〉之二）
- 魚鳥爲徒侶，煙霞是往還。（白居易〈喜閒〉）
- 花鬚柳眼各無賴，紫蝶黃蜂俱有情。（李商隱〈二
  月二日〉）⑦⑧

李子德評析杜甫「翡翠鳴衣桁，蜻蜓立釣絲」一聯的意境云：「鳴

---

⑦　清·吳瞻泰：《杜詩提要》（臺北：大通書局，1974年10月），頁580。

⑦⑧　五詩分見唐·王維著，清·趙殿成箋注：《王摩詰全集箋注》，卷2；唐·杜甫著，清·仇
　　兆鰲注：《杜詩詳注》，卷3、卷6；唐·白居易著，顧學頡點校：《白居易集》，卷32；
　　唐·李商隱著，清·馮浩箋注：《玉谿生詩集箋注》，卷2。

衣桁、立釣絲，正寫『熟』字意，見魚鳥相親相忘之樂。」[79]此說與前述「洗心虛己」而狎鷗、「遠害忘機」而遊麋鹿的境界可謂完全一致。而不但翡翠、蜻蜓與人相親相忘，魚鳥與人相伴為侶，紫蝶、黃蜂也俱皆有情，於是詩人油然心生「傳語風光共流轉」之感，而與生生不息、沉默卻豐富的大化泯化為一體。就「與風光共流轉」此點而言，李白毋寧是表現得更為深情、更為擴大，除了流鶯之外，其詩中還展現了與自然界中白雲、青山、明月、山花、春風等無生物之間親切而有情的交往：

- 桃波一步地，了了語聲聞。闇與山僧別，低頭禮白雲。（〈秋浦歌十七首〉之十七）

- 白雲見我去，亦為我飛翻。（〈題情深樹寄象公〉）

- 九日龍山飲，黃花笑逐臣。醉看風落帽，舞愛月留人。（〈九日龍山飲〉）

- 花間一壺酒，獨酌無相親。舉杯邀明月，對影成三人。月既不解飲，影徒隨我身。暫伴月將影，行樂須及春。我歌月徘徊，我舞影凌亂。醒時同交歡，醉後各分散。永結無情遊，相期邈雲漢。（〈月下獨酌四首〉之一）

- 玉壺繫青絲，沽酒來何遲。山花向我笑，正好銜杯時。晚酌東窗下，流鶯復在茲。春風與醉客，今日乃相宜。（〈待酒不至〉）

---

[79] 唐・杜甫著，清・楊倫箋注：《杜詩鏡銓》，卷2，頁68。

- 處世若大夢，胡爲勞其生。所以終日醉，頹然臥前
  楹。覺來盼前庭，一鳥花間鳴。借問此何時，春風
  語流鶯。感之欲嘆息，對酒還自傾。浩歌帶明月，
  曲盡已忘情。（〈春日醉起言志〉）

- 眾鳥高飛盡，孤雲獨去閒。相看兩不厭，只有敬亭
  山。（〈獨坐敬亭山〉）⑧⁰

李白眼中所見的，是白雲爲我翻飛，山花向我綻顏而笑，青山與我相
看不厭，明月也對我的歌舞流連徘徊不已，而春風對我的詢問更是
報以流鶯的低語。張芝對這類詩所涵蘊的意境曾有極佳的解釋：「在
李白看，白雲明月固然像自己一樣是天地間有生命的東西了，但是他
自己也何嘗不像天地間的一朵白雲一樣，一輪明月一樣？所以他是自
己宇宙化，宇宙又自己化了。由前者，我們感到他的曠達，由後者，
我們感到他的情深。」⑧¹而所謂「自己宇宙化，宇宙又自己化」的體
驗，必然是建立在忘機的基礎上，也就是把李白自己所說的「我醉君
復樂，陶然共忘機」⑧²由人我之間推及於物我之間，如此始能有得。
就此種境界所蘊涵的精神意義，神話學者坎伯（Joseph Campbell,
1904-1987）認爲：

　　如果人類認爲自己是來自大地之內，而不是不得已被

---

⑧⁰ 前三首見唐・李白著，清・瞿蛻園注：《李白集校注》，卷8、卷13、卷21，餘四首皆見卷
　 23。

⑧¹ 張芝：《道教徒的詩人李白及其痛苦》（臺北：長安出版社，1987年10月），頁35。此文亦
　 收入夏敬觀等著：《李太白研究》（臺北：里仁書局，1985年5月），頁154。

⑧² 〈下終南山過斛斯山人宿置酒〉詩末語，唐・李白著，清・瞿蛻園注：《李白集校注》，卷
　 20。

丟到地球之上，人類便能認同自己是大地，也就是自
身即是大地的意識狀態。所有的一切都是大地的雙
眼，也是大地的心聲。……把整個星球看成一個有機
體。[83]

而唐代詩人追求忘機的結果，便如坎伯所言，乃是進入「自身即是
大地的意識狀態」，不論是「傳語風光共流轉」、「紫蝶黃蜂俱有
情」，或是「海客無心隨白鷗」、「野麋林鶴是交遊」，都透過大地
的雙眼，而應和了大地的心聲。正因為此種信念或體驗與神話式的思
維或感受近似，坎伯便視之為舊石器時代道德秩序的表現；而他認
為印地安酋長西雅圖（Chief Seattle, 1786-1866）乃是此種「舊石
器時代道德秩序的最後發言人」，並引述其大約寫於1852年的一封
信，來總括此一境界，其中與此處所論有關的一段話如下：

> 我們可以感受到樹幹裡流動的樹液，就像自己感受到
> 身體內流動的血液一樣。地球和我們都是對方身體中
> 的一部分。每一朵充滿香味的鮮花都是我們的姊妹。
> 熊、鹿、鷹都是我們的兄弟，岩石的尖峰、青草的汁
> 液、小馬的體溫，都和人類屬於同一個家庭。[84]

此外，不同於西雅圖具體切近的意象式表達，著名的宗教哲學家布伯
（Martin Buber, 1878-1965）也曾以抽象的哲理式說法提出類似的

---

[83] 〔美〕坎伯著，朱侃如譯：《神話》（臺北：立緒文化事業公司，1995年6月），頁59。

[84] 〔美〕坎伯著，朱侃如譯：《神話》，頁61-62。

意見，他說：

> 人與世界相融，恰如每一個嬰孩皆棲居於宏大母親的
> 子宮內，寄身於無形無相、渾然一統的原初世界中，
> 是一種純粹自然的相融。身體朝夕相接，生命交互奔
> 流，在這個融合中，深蘊著宇宙性。這種融合化身為
> 幽潛的渴念而隱匿在人心中，它不僅僅是普泛的祈求
> 回歸，實質更是形而上的仰慕宇宙匯融。⑧⑤

正可與西雅圖之意互相補充。而在唐詩裡，杜甫〈嶽麓山道林二寺
行〉一詩與西雅圖的說法十分相近，因此最具有典型意義：

> 一重一掩吾肺腑，山鳥山花共友于。⑧⑥

此外，與此頗為類似的表達還有李白的〈對酒〉一詩：

> 勸君莫拒杯，春風笑人來。桃李如舊識，傾花向我
> 開。流鶯啼碧樹，明月窺金罍。⑧⑦

這種「共友于」、「如舊識」而「屬於同一個家庭」，並因此展現對
「宇宙匯融」之形而上仰慕的溫馨有情的樂園，乃是出自於消泯人
類優越的主體意識與主觀意念的忘機表現，不但是唐人在追尋樂園時
企慕的方向之一，成為超越了時期之分與詩人性格之別的共同現象；

---

⑧⑤ 參見趙有聲等：《生死‧享樂‧自由》（北京：國際文化出版公司，1988年），頁59-61。

⑧⑥ 唐‧杜甫著，清‧仇兆鰲注：《杜詩詳注》‧卷22。

⑧⑦ 唐‧李白著，清‧瞿蛻園注：《李白集校注》，卷23。

同時也是坎伯所認為現代人應該創造的新神話的內容，因為「這麼一個新神話所處理的問題與其他神話並沒有不同，那就是個人的成熟發展，也就是從依賴期、成人期、人格成熟期到死亡；另外就是個人怎麼和這個社會發生關聯，而這個社會又是怎麼和自然世界及宇宙發生關聯的。」[88]也許這就是從唐朝到現代，所有在文明進展中不斷失落了「宇宙和諧之歲月」的人類，欲重新取得內心之寧靜與圓足時，所必須重溫或追尋的體驗，正如康拉德‧勞倫茲（Konrad Lorenz, 1903-1989）所說：那些「認得我、陪我散步的野生動物」帶來無限的樂趣，同時「使我覺得自己和那默默運行的大自然又重新建立了交情。人類為了得到文明和文化的超然成就，就不得不有自由意志，更不得不切斷他和其他野生動物的聯繫，這就是人所失掉的樂園，也是人為文明不得不付出的代價；我們對於世外桃源的嚮往不外是我們對這條斷了的線頭所表示的一種半知覺式的依戀。」[89]此語適足以解釋唐詩中透過物我交融之境界所開展的樂園型態的深層意義。

---

[88] 〔美〕坎伯著，朱侃如譯：《神話》，頁59-60。

[89] 引自〔奧〕勞倫茲著，游復熙、季光容譯：《所羅門王的指環》（臺北：東方出版社，1994年10月），第十部分，頁155-156。

第四章

「失樂園」

——追憶中的開、天盛世

　　「失樂園」原是對已然失去之樂園有所追懷而有思回歸的表述，猶如馬爾庫塞（Herbert Marcuse, 1898-1979）所言：

　　　　真正的烏托邦植根於對過去的記取中。①

故普魯斯特（Marcel Proust, 1871-1922）曾以小說表示：「唯一眞實的樂園是人們失去的樂園。」②由於失去，因此更顯其可貴與難得；由於失去後所造成的距離，因此更得以清晰完整地觀其全豹。遺小蔽而顯大善的結果，於是那確曾經歷而當時惘然的樂園，便在失去之後的追憶中浮顯出來，成爲一股鮮明的執念。

　　在唐詩的研究裡，我們發現一種前所未有的嶄新的樂園主題，而此一樂園主題之浮現和成立，便是在確切擁有而後失落的前提之下才得以造就，那就是以「開元、天寶時期」──一個當代眞實存在過的歷史經驗作爲樂園的具形，並在失落之後展開追尋和復歸的努力與嘗試，因此構成了具體可徵的樂園內涵。而値得注意的是，天寶時期雖然是開元盛世的進一步發展，成爲盛唐繁華臻於巔峰狀態的一個階段，但或許是因爲促使國家急速由盛轉衰的安史之亂乃發生於天寶十四年十一月，使得「天寶」一詞極其容易觸動詩人對此一慘禍的悲慘記憶，於是當中晚唐詩人以詩歌作品追溯開、天盛世時，往往隱「天寶」之名而以「開元」爲概括。如此一來，「開元」一詞便常常成爲指示玄宗朝之失樂園的重要指標。

---

① 〔德〕馬爾庫塞著，李小兵譯：《審美之維：馬爾庫塞美學論著集》（北京：三聯書店，1992 年 6 月），頁 256。

② 為普魯斯特《追憶逝水年華》一書做序的安德烈・莫羅亞（A. Maurois）表示：作者「以一千種方式重複這一想法」。〔法〕普魯斯特著，李恒基等譯：《追憶似水年華》（臺北：聯經出版事業公司，1992年），頁7。

　　本章所要探討的，便是透過中晚唐詩人的作品，尤其是歷經了大唐由盛轉衰之全部過程的杜甫在其詩中所描述的開元、天寶盛世，以此爲主要線索來呈現一個唐朝人確曾躬逢其盛而復遭失落的美好世界的原型。

第一節　再現「失樂園」的理論與意義

　　雖然我們在第一章的闡述中曾經提到，樂園的嚮往乃根植於人心深處的必然流露，因此是淵遠流長而與歷史並壽的；但也因此使樂園的形成大多出於種種神話的幻設和想像的虛構，使虛構或世外的屬性幾乎決定了樂園的主要型態。然而在唐詩中，除去神話、宗教和世外桃源之類遙不可及、或個人之超俗體驗才得以獲致的樂園之外，還有一種在別的時代並不容易發現的樂園追求，那便是對由貞觀、開元盛世所代表的人間樂園的懷想。它與其他樂園的絕大差異，就在於它是得而復失的黃金歲月，因爲是整個時代生命中曾有的高峰經驗[3]，故其成功、勝利、繁盛的景象歷歷可驗，就中又以開元之治最爲巔峰造極。因爲貞觀之治雖然展現了嚴整清明的聖代風範，但開元、天寶時代卻在嚴整清明之外，更添加了貞觀所無的繁華綺麗和多彩多姿，不但文治武功成就粲然，尤其還同時聚攏了眾多偉大詩人與優秀藝人躬逢其盛，再加上楊貴妃的風華絕代與帝王的深情摯愛，織染出一幅富麗光輝的黃金樂園圖，所以不但比起渺茫的三代顯得更加鮮明，失落之後的依戀也表現得更爲強烈。微妙的是，正當盛唐之際，認知到其自身即是樂園的意識並不顯得特別突出，正所謂「當時只道是尋常」

---

[3] 「高峰經驗」（peak experience）乃心理學家馬斯洛（Abraham H. Maslow, 1908-1870）之學說，見沈清松：《解除世界魔咒》（臺北：時報文化公司，1984年8月），頁157。

（納蘭性德〈浣溪沙〉）；但到了盛唐與中唐之交、以及整個中晚唐時期，玄宗時代則一躍成爲詩歌中一個重要的樂園主題，清晰地浮現於追懷開元、天寶，甚至包括貞觀朝在內的作品之中，因爲「此時此刻，記憶力使他們意識到自己失去了某種東西，由於這種失落，過去被視爲理所當然的東西，現在有了新的價値。」[4]

於是就如阿姆斯特朗（John Armstrong, 1966- ）的樂園神話（paradise myth）所提出的理論，樂園神話是在社會發展中從一個階段進入另一個階段時被創造出來的；同時根據他的主張，在神話裡「蛇與樹」的母題（motif）象徵了兩種情況的共存，一是對將來變革之觀照的難以捉摸，一是舊傳統的遲遲不去。[5]大唐由赫赫顯揚、極度璀璨眩目的黃金盛世轉瞬間迅速幻滅，成爲支離破碎、苟延殘喘的慘淡亂世，在此社會發展的過程中，感受特別敏銳的詩人身處兩個時期急劇轉變的分野之間，更易於因爲「對將來變革之觀照的難以捉摸」，而對適才消失的舊傳統遲遲不去的金色記憶留戀不已。於是在這原本即適合創造樂園神話的轉型時刻，杜甫以重塑追憶中眞實的美好過去來取代憑空虛構的神話創造；而生存在恆星崩解、餘光猶存之際的中晚唐詩人，也視以玄宗爲中心的開元、天寶時期爲眞實樂園的表徵，而不斷向其進行定點的回歸。故而對一個實存於當代而具體可驗的樂園追憶，便成爲唐詩中所展現的樂園的又一型態。

因此，我們進一步了解到樂園的失去並不等於樂園的崩潰，因爲「失樂園」所要呈現的是昔日具體實存過的幸福情境，以及在失落

---

[4] 引文見〔美〕宇文所安著，鄭學勤譯：《追憶──中國古典文學中的往事再現》（上海：上海古籍出版社，1990年10月），〈導論〉，頁6。

[5] John Armstrong: *The Paradise Myth* (London：Oxford University Press, 1969). 陳炳良曾引述此一理論來解釋大觀園的故事，見陳炳良：〈紅樓夢中的神話和心理〉，《中外文學》第11卷第12期（1983年5月），頁76。

之後追想戀慕的懷舊心情；而「樂園的崩潰」所著重強調的，則是樂園從內部毀壞的過程，乃至於對樂園之存在從根本處產生懷疑或徹底的否定，兩者的性質迥然有別，分類上根本不容混淆，故其中「樂園的崩潰」部分我們將於第七章另行詳論之，可與此對照互參。其次，回憶中的樂園雖然是實存而可以具體驗證的，是眾人參與過的共同經歷，但是我們也必須明白，對樂園的回憶或追想所展示的並不全然等同於樂園的完全再現。雖然「凡是回憶觸及的地方，我們都發現有一種隱密的要求復現的衝動。」[6]然而，「回憶」是和「遺忘」相對而並存的心靈活動，透過其中某些細節的遺忘乃至於情節的扭曲變形，回憶中的事物嚴格說來並非以真正的原始本貌出現，而是經過了選擇和重組的結果。因此，學者告訴我們：

> 雖然人們可以根據回憶來講述故事，但回憶不是故事；回憶可以是進行大量沈思和回顧的場合，但回憶不是通常意義上的思想。有人說回憶是某種類似展現在心靈前的可視的形象般的東西，但是，即使是這樣，它也不同于展示在我們肉眼前的形象。我們眼中的形象有細節作為背景，在生活世界中有它的延續性；在我們的回憶中，背景是模糊不清的，出現的是某種形式，故事、意義、同價值有關的獨特的問題等，都集中在這種形式裡。[7]

---

[6] 見〔美〕宇文所安著，鄭學勤譯：《追憶——中國古典文學中的往事再現》，第六部分〈復現：聞情寄趣〉，頁117。

[7] 見〔美〕宇文所安著，鄭學勤譯：《追憶——中國古典文學中的往事再現》，頁120。

由此可見，在事後的追想中所描摹出來的「失樂園」，絕不等同於某些歷史學家毫不遺漏地根據種種蛛絲馬跡與細微末節所進行的過去重建，務使失落的過去完整無缺而纖毫畢現；相反地，由於詩歌的篇幅形制與抒情性質的限制，再加上「回憶」本身特有的處理方式，唐詩中所呈示的失樂園將在一種「背景模糊不清」的氛圍中，主要是以和某種意義、價值相聯繫的特有型態浮現；而此種特有型態所聯繫的意義和價值，就是由開元、天寶時代所體現的美好、光輝而真實的樂園。

第二節　中晚唐時代的樂園回溯

　　對歷經喪亂之後的中晚唐詩人而言，於玄宗朝時臻於頂峰的大唐盛世，是一個熟悉得近在昨日、卻又遙遠得無處尋訪，既令人驕傲依戀、復心生欷歔惆悵的真正的「失樂園」，因此在與現實對照的同時，總不免成為今昔相較的終極座標；而一旦有機會碰觸到從昔日樂園中殘存下來的「人物碎片」或景物遺跡時，這些在失落樂園之後才開始參與唐朝歷史的詩人們，除了出於政治目的而刻意選擇借古諷今的摹寫角度之外，多是以一種憐惜嘆惋之心與愛羨懷慕之情交織雜糅的感受，來看待眼前的樂園見證者。由於距離開元、天寶之盛世猶時未遠，其間雖已有數十年之久的歲月，但至晚到中唐時，詩人仍有機會親身目睹在盛唐繁華核心中度過青春時期的前朝人士，這些在樂園一夕之間土崩瓦解之後依然尚存的遺民，具備了宇文所安所說的「斷片」的意義：「在我們同過去相逢時，通常有某些斷片於其間，它們是過去同現在之間的媒介。」[8]但這些連接過去與現在的「斷片」

---

[8] 見〔美〕宇文所安著，鄭學勤譯：《追憶──中國古典文學中的往事再現》，頁79。

身經的歷史轉折落差實在過於鉅大，於是在觀者心中引發的驚詫悲憫之感也就更為強烈，因此清李鍈《詩法易簡錄》評元稹的〈行宮〉詩時即云：「明皇已往，遺宮寥落，卻借白頭宮女寫出無限感慨。凡盛時既過，當時之人無一存者，其感人猶淺；當時之人尚有存者，則感人更深。白頭宮女閑說玄宗，不必寫出如何感傷，而哀情彌至。」⑨這正是中唐詩人將遺民特別標舉出來的原因。同時，這些遺民既是樂園的見證者，因而無論當下是如何的窮愁潦倒，他們身上所依稀殘留的盛世光輝，卻足以誘發一種來自已逝歲月的奇異魅力，因為不但從其言談舉止（尤其是從其口述的回憶）之中能夠再現一去不返的黃金歲月，甚至他們本身即是樂園曾經存在的最終的、真實的證明，故而「斷片最有效的特性之一是它的價值集聚性。因為斷片所涉及的東西超出于它自身之外，因此，它常常擁有一定的滿度和強度。」⑩我們可以說，這些「斷片」的滿度和強度主要便是來自於過去所擁有的全部價值，而無緣躬逢其盛的中唐詩人便可藉之獲得一窺樂園宮牆的機會，並可在稍事追撫之後，進一步滿足潛藏於內心中一種回歸樂園的情感需要。

如元稹〈行宮〉詩便是一例，詩云：

　　寥落古行宮，宮花寂寞紅。白頭宮女在，閑坐說玄

宗。

詩中在寥落寂寞的行宮裡「說玄宗」的，固然是年華老去的白頭宮女，出發點主要亦是基於緬懷個人之青春往事的心理，但作為傾聽者而將其所說筆之於詩的詩人，其欲參與樂園而已然時不我予的命定，

---

⑨ 引自陳伯海主編：《唐詩彙評》（杭州：浙江教育出版社，1996年5月），頁2002。

⑩ 見〔美〕宇文所安著，鄭學勤譯：《追憶——中國古典文學中的往事再現》，頁89。

豈非也獲得了突破的機會？隨著白頭宮女的敘述縱身於回憶的線索之中溯游而上，玄宗朝的樂園大門又再度向他們開啓。

同樣地，元稹的另一首長篇作品〈連昌宮詞〉（元和十三年，818）與其十六歲時所作〈代曲江老人百韻〉（貞元十年，794）同一旨趣，雖然都主要是藉玄宗朝治亂盛衰之事蹟，以傳達諫戒規諷之理爲宗旨，但兩詩亦分別透過「曲江老人」、「宮邊老翁」的泣訴之語，將天寶時期的輝煌氣象自遺民追憶的口述歷史中源源再現，〈連昌宮詞〉云：

連昌宮中滿宮竹，歲久無人森似束。又有牆頭千葉桃，風動落花紅蔌蔌。宮邊老翁爲予泣，小年進食曾因入。上皇正在望仙樓，太眞同憑欄干立。樓上樓前盡珠翠，炫轉熒煌照天地。歸來如夢復如癡，何暇備言宮裏事。……春嬌滿眼睡紅綃，掠削雲鬟旋裝束。飛上九天歌一聲，二十五郎吹管逐。逡巡大遍涼州徹，色色龜茲轟錄續。李謨擫笛傍宮牆，偷得新翻數般曲。……兩京定後六七年，卻尋家舍行宮前。莊園燒盡有枯井，行宮門閉樹宛然。爾後相傳六皇帝，不到離宮門久閉。往來年少說長安，玄武樓成花萼廢。去年敕使因斫竹，偶值門開暫相逐。荊榛櫛比塞池塘，狐兔驕癡緣樹木。舞榭欹傾基尚在，文窗窈窕紗猶綠。塵埋粉壁舊花鈿，烏啄風箏碎珠玉。上皇偏愛臨砌花，依然御榻臨階斜。蛇出燕巢盤斗拱，菌生香案正當衙。寢殿相連端正樓，太眞梳洗樓上頭。晨光未出簾影黑，至今反挂珊瑚鉤。指似傍人因痛哭，卻

出宮門淚相續。自從此後還閉門，夜夜狐狸上門屋。

我聞此語心骨悲，太平誰致亂者誰？……

即使最終存在的乃是諷諭的宗旨，但從這首長詩節錄出來的相關內容中，我們仍然可以清楚地認識到：元稹視天寶末年安祿山叛變之後的歷史為「亂」，而視玄宗朝（此詩主要是指添加了貴妃在內的天寶年間）為「太平」時代，故在歷數今昔之間的巨大落差之後悲痛地致問「太平誰致亂者誰」，由此亦使開天盛世展現出樂園的意義；而失落了樂園之後，身當「荊榛櫛比塞池塘，狐兔驕癡緣樹木」、「塵埋粉壁舊花鈿，烏啄風箏碎珠玉」、「蛇出燕巢盤斗拱，菌生香案正當衙」、「自從此後還閉門，夜夜狐狸上門屋」如此頹敗之時代環境中的詩人，也只能藉助於宮邊老翁之口，才得以遙想當時「上皇正在望仙樓，太真同憑闌干立。樓上樓前盡珠翠，炫轉熒煌照天地。……春嬌滿眼睡紅綃，掠削雲鬟旋裝束。飛上九天歌一聲，二十五郎吹管逐」之類春情洋溢、歌舞昇平的樂園內部之景觀，並由此獲得界定盛衰得失的比較基礎。詩人自身雖無由親炙昔日之盛世，卻在一生縮結時代兩端的遺民身上取得一條導向過去的記憶通路，而在沿途指標所顯示的種種具體內容中展開想像樂園之美的追擬體驗。

另外，白居易所遇見的被永遠逐出樂園之殘存遺民更多，如梨園弟子、宮廷樂師、大內宮女，和得到過不少盛唐詩人贈詩的康洽[11]

---

⑪ 如李頎〈送康洽入京進樂府歌〉、李端〈贈康洽〉，王士禎便曰：「盛唐詩人多有贈康洽之作，最傳者李頎所謂『西上雖因長公主，還須一見曲陽侯』，蓋指楊國忠暨秦、虢輩也。後長慶中白居易做忠州刺史，亦有贈康詩云：『殷勤憐汝無他意，天寶遺民見漸稀。』天寶至是已歷六朝，而康猶在，則祿山之亂，流落西蜀，至元和、長慶之時，亦已老矣。」清・王士禎：《帶經堂詩話》（北京：人民文學出版社，1998年2月），卷15，頁388。

等，都紛紛在他的詩裡留下了記錄，其筆調則是濡滿今昔對比之下所
產生的欷歔淒涼之情：

- 白頭病叟泣且言，祿山未亂入梨園。能彈琵琶和法
  曲，多在華清隨至尊。是時天下太平久，年年十月
  坐朝元。千官起居環珮合，萬國會同車馬奔。金鈿
  照耀石甕寺，蘭麝薰煮溫湯源。貴妃宛轉侍君側，
  體弱不勝珠翠繁。冬雪飄颻錦袍煖，春風蕩漾霓裳
  翻。歡娛未足燕寇至，弓勁馬肥胡語喧。齒土人遷
  避夷狄，鼎湖龍去哭軒轅。從此漂淪到南土，萬人
  死盡一身存。秋風江上浪無限，暮雨舟中酒一樽。
  涸魚久失風波勢，枯草曾沾雨露恩。我自秦來君莫
  問，驪山渭水如荒村。新豐樹老籠明月，長生殿闇
  鎖黃昏。紅葉紛紛蓋欹瓦，綠苔重重封壞垣。唯有
  中官作宮使，每年寒食一開門。（〈江南遇天寶樂
  叟〉）
- 八十秦翁老不歸，南賓太守乞寒衣。再三憐汝非他
  意，天寶遺民日漸稀。（〈贈康叟〉，康叟即康
  洽）
- 白頭垂淚話梨園，五十年前雨露恩。莫問華清今日
  事，滿山紅葉鎖宮門！（〈梨園弟子〉）
- 上陽人，紅顏暗老白髮新。綠衣監使守宮門，一閉
  上陽多少春。玄宗末歲初選入，入時十六今六十。
  同時采擇百餘人，零落年深殘此身。⋯⋯今日宮中

年最老，大家遙賜尚書號。小頭鞋履窄衣裳，青
黛點眉眉細長。外人不見見應笑，天寶末年時世
妝。……（〈上陽白髮人〉）

在以「綠苔重重封壞垣」的長生殿和「滿山紅葉鎖宮門」的華清宮所
構成的背景中，白頭老病的宮廷樂師和梨園弟子在詩人的詢問下「泣
且言」、「話梨園」，遂源源流出昔日繁華盛況的圖景。可見，白居
易對這些人產生了「再三憐汝」的加意珍惜之情，乃是因爲他們不但
曾參與了一個特殊時代的歷史，成爲樂園中的居民與見證者；又在襲
捲一切的浩劫之後倖存下來，成爲少數能夠提供記憶來聯繫過去的媒
介。但是遺民的日漸凋零同時伴隨著樂園的漸行漸遠，一旦終至於無
一人可口述其身經目睹的證詞之時，樂園便將完全從人們的生命感中
消失，只剩下白紙黑字所勉強留住的冰冷記錄，而淪爲與現在毫無聯
繫的過去歷史，這就眞正進入了徹底的封閉與永遠的放逐。詩中所謂
「萬人死盡一身存」、「天寶遺民日漸稀」和「零落年深殘此身」，
正說明其人所具備的珍稀之處。

　　同樣地，以宮詞百首聞名的王建，也大量運用其所擅長的宮詞的
形式和表現手法來歌詠此一題材，除了以〈霓裳詞十首〉追憶貴妃與
玄宗以音聲歌舞相歡爲伴的宮中繁華之外，透過遺民的觸發而依稀流
露追悼之情者，亦不乏其例，諸如：

- 先帝舊宮宮女在，亂絲猶挂鳳皇釵。霓裳法曲渾拋
　卻，獨自花間掃玉階。（〈舊宮人〉）
- 天寶年前勤政樓，每年三日作千秋。飛龍老馬曾教
　舞，聞著音聲總舉頭。（〈樓前〉）

象徵昔日風華的「鳳皇釵」與「霓裳法曲」，如今在舊宮人身上或者
只是聊備一格地「亂絲猶挂」，其髮亂釵斜、衰容黯淡之狀堪叫人
不忍卒睹，或者竟至於「渾拋卻」的境地，完全進入了徹底遺忘的深
淵，而眼前唯一真實的，只是孤獨地掃除玉階上層層堆積的落花而
已；至於在杜甫筆下備極熱鬧的玄宗生日「千秋節」，至此也只剩餘
當時似曾相識的音樂片段，吸引了曾經教舞以助舉國歡騰的「飛龍老
馬」聽聲舉頭，而據此抓住已渺茫如空中之音的過去的殘留。至於顧
況的〈八月五日歌〉一詩，由前半的「八月五日佳氣新，昭成太后生
聖人。開元九年燕公說，奉詔聽置千秋節。丹青廟裏貯姚宋，花萼樓
中宴岐薛。清樂靈香幾處聞，鸞歌鳳吹動祥雲。已於武庫見靈鳥，仍
向晉山逢老君。率土普天無不樂，河清海晏窮寥廓。梨園弟子傳法
曲，張果先生進仙藥」一轉而到後半的「玉座淒涼遊帝京，悲翁迴首
望承明。雲韶九奏杳然遠，唯有五陵松柏聲」，此中依依迴首的「悲
翁」卻只能聽取五陵松柏的蕭瑟之聲，可見這些遺民所牽帶而出的樂
園連線，總是柔腸寸斷又塵灰滿佈的慘淡軌跡，這也正說明了元稹
〈何滿子歌〉、〈望雲騅〉，以及劉禹錫〈贈歌者何戡〉諸作的書寫
特質。

　　此外，中唐還有從另一方面來展現開元、天寶時期樂園意象的詩
人，此即韓愈的〈和李司勳過連昌宮〉詩。詩中最特別的地方是以開
元為歷史座標，來做為當今帝王世系傳承定位的基準：

　　　夾道疏槐出老根，高甍巨桷壓山原。宮前遺老來相
　　　問，今是開元第幾孫？

對「宮前遺老」而言，歷史在安史亂時便已停止前進，沉眠並封閉於
亂發之前的時刻裡，以致於停格的開元盛世變成了永恆的「現在」，

而此後在時間發展中猶然不斷進行的王位興替和人事變遷，都必須回歸於此才能獲得理解的基礎。所謂「今是開元第幾孫」的詢問，猶如〈桃花源記〉中「問今是何世？乃不知有漢，無論魏晉」這一段話的翻版，它們意味著縱使外界風風雨雨，幾經滄桑興亡，對執意將記憶和生命停頓於過去某一時刻（如秦朝或開元時代）的人們而言，唯一真實存在的只有過去，只有已然封存靜止的那一刻才是可以持續卻又不受侵擾的永恆。而陶淵明所塑造的一個永恆樂土竟然在中唐時代發出了音質清晰、內容近似的回聲，更顯示出玄宗時代在中唐人的心目中所深具的樂園意義。

　　除此之外，有別於這種抒情追思的筆調，而以實際的生活眼光和社會變化的角度來呈現今昔之別的，則有與杜甫約略同時的社會寫實詩人元結。他和杜甫一樣，都曾以其親身經歷為基礎，在安史亂後的廢墟裡深悼盛世之不再，如其〈賊退示官吏並序〉指出：

> 昔歲逢太平，山林二十年。泉源在庭戶，洞壑當門前。井稅有常期，日晏猶得眠。忽然遭世變，數歲親戎旃。今來典斯郡，山夷又紛然。城小賊不屠，人貧傷可憐。是以陷鄰境，此州獨見全。使臣將王命，豈不如賊焉？今被征斂者，迫之如火煎。誰能絕人命，以作時世賢！思欲委符節，引竿自刺船。將家就魚麥，歸老江湖邊。

全詩伊始便首先緬懷昔年切身親逢的太平盛世，那是一段優遊山林、泉壑為鄰而高臥不起的清美無憂之歲月，是個人與群體無價的共同記憶。但就在沉湎其中盡情樂享之際，卻猝不及防地遭遇安史禍亂所

帶來的「世變」巨禍，其後經濟紊亂、制度崩壞，戰事接續頻仍、生民流離塗炭的慘況便將世界捲入於地獄之中，而詩人曾經度過其中後半段約莫二十年的玄宗時代和個人的樂園生活，也就忽然在一夕之間煙消雲散、瓦解殆盡，剩下的只是無法收拾的殘棋敗局。我們可以注意到詩中最特別的是刻意提到彼時所具備的「太平」的構成要素，乃是「井稅有常期」此一輕緩而穩定的賦稅制度，相較於亂後政府「如賊」、「如火」般地征斂無度所造成的民生疾困，此一對比正不啻告訴我們：玄宗朝之所以能夠成為後世追慕的樂園，其基本原因乃是他完成了烏托邦的追求與實踐，亦即在政治、經濟、社會等攸關群體生活的範疇上達到了至善至美的最高標準，如此才使生活其中的每一個體都能獲得樂園體驗的現實基礎。有關玄宗朝的烏托邦性質，由下一節的討論更可清晰得見，而這也具體證明了先前第一章第四章所提出的「烏托邦之極致乃是樂園」的理論假設。

　　至於中唐詩人張祜（792-854），其作品中對盛世的記錄不但數量眾多，而內容更充滿是對開元、天寶之繁華的描寫，如宋洪邁《容齋隨筆》卷九所言：「唐開元、天寶之盛，見於傳記、歌詩多矣，而張祜所詠尤多，皆他詩人所未嘗及者。如〈正月十五夜燈〉云：『千門開鎖萬燈明，正月中旬動帝京。三百內人連袖舞，一時天上著詞聲。』〈上巳樂〉云：『猩猩血染繫頭標，天上齊聲舉畫橈。卻是內人爭意切，六宮紅袖一時招。』〈春鶯囀〉云：『興慶池南柳未開，太眞先把一枝梅。內人已唱春鶯囀，花下傞傞軟舞來。』又有〈大酺樂〉、〈邠王小管〉、〈李謨笛〉、〈寧哥來〉、〈邠娘羯鼓〉、〈退宮人〉、〈耍娘歌〉、〈悖拏兒舞〉、〈阿保湯〉、〈雨霖鈴〉、〈香囊子〉等詩，皆可補《開天遺事》，絃之樂府也。」[12]

---

[12] 宋・洪邁：《容齋隨筆》（上海：上海古籍出版社，1995年3月），頁123。

另明許學夷《詩源辯體》亦指出：「張祐元和中作宮體七言絕三十餘首，多道天寶宮中事。」⑬對於安史之亂（755）發生三十多年後始生的詩人而言，這些描寫開元、天寶盛世的眾多作品顯然並非紀實之作，而其內容既非源於親眼目睹，便只能來自文獻記載或口述傳說。既然將那些與自己的現實生命完全無涉的文獻記載或口述傳說轉化爲藝術創作，乃是必得以精神的需要作爲原動力，於是我們可以從詩人這樣一個大規模的創作行動裡，清楚地把握到其中蘊藏著一種集中而持續的精神意志，展現了追慕樂園而亟思回歸的強烈執著。當張祐以三十多首作品著力描繪已然崩解的開、天盛世時，那失樂園便得以往而復返，在創作者的心靈中凝塑爲藝術的永恆眞實。

　　到了晚唐時代，「開元」做爲昔日樂園的表徵依然是十分明確的，陸龜蒙便以〈開元雜題七首〉的組詩形式回溯盛世之歡樂，包括〈玉龍子〉、〈照夜白〉、〈舞馬〉、〈雜伎〉、〈雪衣女〉、〈繡嶺宮〉、〈湯泉〉等七篇集中向開元輻輳，勾勒出旖旎繁華的無上榮景。而晚唐名家杜牧之詩作〈華清宮三十韻〉，則以今昔對比的手法描寫了開、天盛世繽麗濃歡的「往事」，全詩云：

　　繡嶺明珠殿，層巒下繚牆。仰窺雕檻影，猶想赭袍光。昔帝登封後，中原自古強。一千年際會，三萬里農桑。几席延堯舜，軒墀立禹湯。雷霆馳號令，星斗煥文章。釣築乘時用，芝蘭在處芳。北扉閑木索，南面富循良。至道思玄圃，平居厭未央。鉤陳裹嚴谷，文陛壓青蒼。歌吹千秋節，樓臺八月涼。神仙高縹緲，環珮碎丁當。泉暖涵窗鏡，雲嬌惹粉囊。嫩嵐滋

---

⑬ 明・許學夷：《詩源辯體》（北京：人民文學出版社，1998年2月），卷30，頁282。

翠葆，清渭照紅粧。帖泰生靈壽，歡娛歲序長。月閱
仙曲調，霓作舞衣裳。雨露偏金穴，乾坤入醉鄉。玩
兵師漢武，迴手倒干將。鯨鬣掀東海，胡牙揭上陽。
喧呼馬嵬血，零落羽林槍。傾國留無路，還魂怨有
香。蜀峰橫慘澹，秦樹遠微茫。鼎重山難轉，天扶業
更昌。望賢餘故老，花蕚舊池塘。往事人誰問，幽襟
淚獨傷。碧簷斜送日，殷葉半凋霜。迸水傾瑤砌，疏
風罅玉房。塵埃羯鼓索，片段荔枝筐。鳥啄摧寒木，
蝸涎蠹畫梁。孤煙知客恨，遙起泰陵傍。

從足以媲美堯舜禹湯的帝王器度、萬里豐沃如膏的農桑經濟、朝中號
令文章的蓬勃煥發、山林巖穴之士的徵用聘才，以致仙曲霓舞的歌吹
之樂、傾國紅粧的嬌妍照人和仙國醉鄉的沉酣浸迷，其間敘寫之順次
讓我們再一次看到「烏托邦之極致即是樂園」的邏輯理路；而在烏托
邦與樂園的兩個層次上都通過檢驗標準的開元、天寶盛世，正如「歡
娛歲序長」一句所點明的，彷彿已臻至永不毀滅的永恆極致，並在歌
舞酣醉之中達到頂峰。然而安史之亂卻隨即打開了通往地獄的大門，
從此遽急轉直下，翻出紅顏血祭、軍容零落的無限慘淡，致使百年之
後的詩人在斜日寒木、疏風凋霜的宮殿廢墟中，獨自面對盛衰陵夷的
歷史滄桑而揮淚緬思往事，並為遙遠的泰陵（玄宗死後葬身之陵寢）
生發如煙不絕的傷痛愁恨，為全詩結穴。

　　而除了此一長篇之外，以類似的筆法追懷玄宗時代之樂園者，尚
有李洞的〈繡嶺宮詞〉云：

　　春日遲遲春草綠，野棠開盡飄香玉。繡嶺宮前鶴髮

翁，猶唱開元太平曲。

薛逢亦有〈開元後樂〉一詩曰：

莫奏開元舊樂章，樂中歌曲斷人腸。邠王玉笛三更
咽，虢國金車十里香。一自犬戎生薊北，便從爭戰老
汾陽。中原駿馬搜求盡，沙苑年來草又芳。

在野棠開盡之後，原本綺麗繁華的繡嶺宮也只剩下草綠餘香，和「猶
唱開元太平曲」的鶴髮老翁；而在昔日樂章中浮現的，則是金車玉
笛、香風十里的旖旎風光，令失樂園後老朽於沙場的詩人聞之不禁惆
悵而斷腸。兩詩中所呈現的昔盛今衰之對比，和嚮慕之思與失落之情
交織的筆觸，正都是追憶過程中復現那使現實更加黯然失色的「樂
園」時的典型表述。

　　由上述種種例證可知，未能躬逢其盛的中晚唐詩人所產生的戀慕
歆羨已然如此，則身當盛唐由治而衰之關鍵時期，目睹變局發生而其
一生亦成為時代縮影的杜甫，以兼具「樂園之居民」、「失樂園後被
放逐之遺民」，以及「觀察敏銳、感受深刻之詩人」這三重身分所提
供的樂園表述，必然更具有質與量上雙重的價值，所再現的樂園也更
加完整而動人。因此，下一節即以杜甫的追憶為論述的重點，使此一
「開元盛世——失樂園」的主題得到更強而有力的展現。

第三節　杜甫的追憶：「春夏－喜劇境界」的類型表現

　　事實上，今日所見的杜甫詩集中，寫於開元時期（三十歲以前）的少作僅有寥寥十數首[14]，欲從中尋找對當時治世之盛況的直接描寫，可謂絕無僅有。而當杜甫尚置身於天寶之際，面對此一日後也將成為「樂園」的一部分，而令其個人與許多中晚唐詩人亟思回歸的時代，所抱持的態度卻往往是批判的、諷諭的，不論是個人的沉淪坎坷，或是國家朝廷的奢華尚武，杜甫往往以極淋漓盡致的筆調，毫不蘊藉地多方揭露，甚至於痛憤狂恣而聲淚俱下。因此在其詩中看不到當時那些處於政權中心的詩人所寫的、充滿對盛世之讚美與頌揚的應制詩，茲舉王維的數首作品以觀之：

- 渭水自縈秦塞曲，黃山舊繞漢宮斜。鑾輿迥出仙門柳，閣道迴看上苑花。雲裏帝城雙鳳闕，雨中春樹萬人家。為乘陽氣行時令，不是宸遊重物華。（〈奉和聖製從蓬萊向興慶閣道中留春雨中春望之作應制〉）

- 長樂青門外，宜春小苑東。樓開萬戶上，輦過百花

---

[14] 依劉孟伉主編：《杜甫年譜》的繫年，開元期間的作品為〈遊龍門奉先寺〉、〈登兗州城樓〉、〈望嶽〉、〈題張氏隱居二首〉、〈劉九法曹鄭瑕邱石門宴集〉、〈與任城許主簿遊南池〉、〈對雨書懷走邀許主簿〉、〈過宋員外之問舊莊〉、〈房兵曹胡馬〉、〈畫鷹〉、〈夜宴左氏莊〉、〈臨邑舍弟書至苦雨黃河泛溢隄防之患簿領所憂因寄此詩用寬其意〉及〈巳上人茅齋〉等詩，共十四首，不及杜甫全部作品的十分之一。

中。畫鷁移仙妓，金貂列上公。清歌邀落日，妙舞
向春風。渭水明秦甸，黃山入漢宮。君王來祓禊，
灞滻亦朝宗。（〈奉和聖製上巳于望春亭觀禊飲應
制〉）

- 鳳宸朝碧落，龍圖耀金鏡。維嶽降二臣，戴天臨萬
姓。山川八校滿，井邑三農竟。比屋皆可封，誰家
不相慶。林疏遠村出，野曠寒山靜。帝城雲裏深，
渭水天邊映。喜氣含風景，頌聲溢歌詠。端拱能任
賢，彌彰聖君聖。（〈奉和聖製登降聖觀與宰臣等
同望應制〉）

諸詩皆充盈著縟麗的景觀與蓬勃的氣息，固然是因為奉和聖製而做的
應制詩本不宜寫得衰颯頹敗、窮蹇寒酸，而有其應然的尊貴氣質與
雍容格調，但朝廷的繁盛也自在其中。相對於王維等詩人，這時依然
徘徊於政治圈之外的杜甫則走向完全不同的路線，主要是以一個「邊
緣人」、「局外人」的旁觀角度面對時代的另一個層面，一方面在個
人際遇上是過著「朝扣富兒門，暮隨肥馬塵。殘杯與冷炙，到處潛悲
辛」的窘澀生活[15]，困頓無路之餘，甚至對儒家理想也發出無可奈何
的不平之鳴，而悲壯愁絕、淋漓放歌：

- 紈袴不餓死，儒冠多誤身。（〈奉贈韋左丞丈
二十二韻〉）

---

[15] 其〈奉贈韋左丞丈二十二韻〉詩中語，唐・杜甫著，清・仇兆鰲注：《杜詩詳注》（臺北：
里仁書局，1980年7月），卷1。

- 諸公袞袞登臺省，廣文先生官獨冷。甲第紛紛厭梁
  肉，廣文先生飯不足。先生有道出羲皇，先生有才
  過屈宋。德尊一代常坎軻，名垂萬古知何用？……
  儒術於我何有哉，孔丘盜跖俱塵埃！（〈醉時
  歌〉）

有才德者以任重道遠爲己任，卻終日坎壈其身；而「肉食者鄙」，卻
依然在權力的金字塔尖呼風喚雨，兩兩相較之下，詩人遂不免癲狂爲
言，質疑原初以儒門自許的理想，而發出「儒冠多誤身」、「儒術於
我何有哉，孔丘盜跖俱塵埃」的狂語。另一方面，由個人親身之經歷
爲基礎，杜甫對現實界中的民生疾痛更得以充分感同身受，因此也爲
深受戰爭之苦的人民大聲疾呼，爲他們發抒如海難平的沉冤：

車轔轔，馬蕭蕭，行人弓箭各在腰。耶娘妻子走相
送，塵埃不見咸陽橋。牽衣頓足攔道哭，哭聲直上干
雲霄。道旁過者問行人，行人但云點行頻。或從十五
北防河，便至四十西營田。去時里正與裹頭，歸來頭
白還戍邊。邊庭流血成海水，武皇開邊意未已。君不
見漢家山東二百州，千村萬落生荊杞。縱有健婦把鋤
犁，禾生隴畝無東西。況復秦兵耐苦戰，被驅不異犬
與雞。長者雖有問，役夫敢申恨？且如今年冬，未休
關西卒。縣官急索租，租稅從何出？信知生男惡，反
是生女好。生女猶得嫁比鄰，生男埋沒隨百草。君不
見青海頭，古來白骨無人收。新鬼煩冤舊鬼哭，天陰
雨濕聲啾啾。（〈兵車行〉）

為了無謂的開疆拓土，不但導致生命的大量耗損，產生「流血成海水」而「白骨無人收」的慘狀，同時也使得人倫秩序瓦解，農村經濟崩潰，社會體制錯亂，造成「健婦把鋤犁」而「隴畝無東西」的淒涼光景。然則「武皇開邊意未已」，悲劇不知何時能了！因之在〈前出塞九首〉、〈後出塞五首〉等作品中，杜甫不斷傳達了休兵的呼籲，並指責帝王將帥好戰爭功的野心：「苟能制侵凌，豈在多殺傷？」「君已富土境，開邊一何多？」「古人重守邊，今人重高勳。」這些詩句皆是憤慨的質問與凌厲的批判。但是，正當廣大人民凍餒窮死，或在永無止歇的征戰中喪命，整個社會都錯位失序、搖搖欲墜的時候，宮廷中卻同時展開空前的奢靡，縱容貴戚的跋扈霸道：

> 就中雲幕椒房親，賜名大國虢與秦。紫駝之峰出翠釜，水精之盤行素鱗。犀筯厭飫久未下，鸞刀縷切空紛綸。……後來鞍馬何逡巡，當軒下馬入錦茵。楊花雪落覆白蘋，青鳥飛去銜紅巾。炙手可熱勢絕倫，慎莫近前丞相瞋。（〈麗人行〉）

細察詩中種種繁麗的描寫，如堪與晉朝何曾「食日萬錢，猶曰無下箸處」[16] 比肩的豪侈無度，與貴戚間淫亂營私、旁若無人的縱恣放肆，都一一隱藏著詩人的指控。而將宮廷與民間彼此的榮枯之別相對並觀，便是後來作於安史亂發前夕的〈自京赴奉先縣詠懷五百字〉詩中所說的「朱門酒肉臭，路有凍死骨」的景象，尖銳的對比令詩人深感「惆悵難再述」，唯有在無言之中沉痛不已。

---

⑯ 見唐・房玄齡等撰：《晉書・何曾傳》（臺北：鼎文書局，1992年11月），頁998。

　　然而，一旦盛世已去，其中蘊涵的「樂園」價值就逐漸浮顯出來，使站在樂園門檻的杜甫得以從以往的批判立場中跳脫出來，而重新挖掘開元、天寶所蘊涵的意義，於是充滿了懷思戀慕之情的樂園追尋，也就開始透過回憶的行動而清晰地呈現。

　　對盛唐時代的杜甫，以及其後的白居易、元稹、韓愈、李洞、薛逢等中晚唐詩人而言，在失去樂園之後還得以重返樂園的唯一方式，便是透過「回憶」，因為「當我們回過頭來考察復現自身的時候，我們發現，只有通過回憶，復現才有可能。」[17] 而在這些詩人中，大都是透過他人轉述的間接回憶來追攀過去，因此復現盛世之時機必須依靠自我無法主宰的外在機緣，同時也都往往存在著一位偶遇的遺民以為重返的立足點。只有杜甫賴以復現的依據是直接根植於自身的記憶，源自於時時內發的、強烈的情感，於是「憶昔」一詞便不斷躍現，成為杜甫詩集中引領我們追尋失樂園的重要指標。不論是由「宿昔青門裏」（〈宿昔〉）、「昔在開元中」（〈送顧八分文學適洪吉州〉）、「憶昔開元全盛日」（〈憶昔二首〉之二）、「憶昔霓旌下南苑」（〈哀江頭〉）、「憶昔巡幸新豐宮」（〈韋諷錄事宅觀曹將軍畫馬圖歌〉）、「憶昔南海使」（〈病橘〉）、「憶昔驪山宮」（〈楊監又出畫鷹十二扇〉）等詩所指向的宮廷政治實況，或是如「憶昔少壯日」（〈垂老別〉）、「憶昔好追涼」（〈羌村三首〉之二）、「憶昔十五心尙孩」（〈百憂集行〉）、「憶昔村野人」（〈寄薛三郎中璩〉）、「憶昔初見時」（〈別李義〉）、「昔我遊宋中，……憶與高李輩」（〈遣懷〉）、「往昔十四五」（〈壯遊〉）、「昔者與高李」（〈昔遊〉）、「昔謁華蓋君」（〈昔

[17] 見〔美〕宇文所安著，鄭學勤譯：《追憶──中國古典文學中的往事再現》，頁117。

遊〉）、「昔我遊山東，憶戲東嶽陽」（〈又上後園山腳〉）、「昔者開元中」（〈八哀詩‧贈太子太師汝陽郡王璡〉）、「憶昔李公存」（〈八哀詩‧贈祕書監江夏李公邕〉）、「憶昔北尋小有洞」（〈憶昔行〉）、「昔有佳人公孫氏」（〈觀公孫大娘弟子舞劍器行〉）、「憶昔咸陽都市合」（〈夔州歌十首〉之八）之類所涉及的個人早期生涯，杜甫曾經親身參與的開元時代，都有如一幅華光閃耀而永不朽滅的黃金圖版，不但是足以傲古睨今的繁華盛世，更是詩人一生中結合了個人青春之茂美與希望之榮光的珍貴階段，所謂「歷歷開元事，分明在眼前」（〈歷歷〉），不論是從時代的角度來看，或是就個人的立場而言，開元時期都是絕對意義的樂園。

因此杜甫詩中的「昔」字總是明確而執著地不斷回歸於此一特定的時刻，與某些文學家如鮑照等以「昔日」泛指美好的過去[18]，意義上可以說是截然不同的。也就因為如此，當杜甫用「寂寞天寶後，園廬但蒿藜」、「先朝嘗宴會，壯觀已塵埃。鳳紀編生日，龍池墊劫灰」、「往者胡星孛，恭惟漢網疏。風塵相澒洞，天地一邱墟」[19]這些詩句明確地指出開元、天寶之後，天地間已淪為劫灰飛揚、蒿藜遍生的廢墟，卻又無法抗拒地在這種繁華事散、瘡痍滿佈的殘敗背景上追思前朝之時，年邁遲暮的詩人更易於感嘆今不如昔，而產生盛世難

[18] 鮑照在〈蕪城賦〉中也曾以「昔」字展開一幅相對興盛的美好歷史：「當昔全盛之時，車挂轊，人駕肩，廛閈撲地，歌吹沸天。孳貨鹽田，鏟利銅山；才力雄富，士馬精妍。」但是此賦中鮑照的「當昔全盛之時」乃是將我們帶回一個難以確定其時代的過去，「事實上是要把我們從真實的歷史中帶開，引入不屬於某一特殊時間的循環運轉中去。」這種手法與國人尚古諷今的民族性有關，因此在中國文學裡十分常見，卻也正對照出杜甫透過憶昔以使某一特定樂園再現的特殊。引自見〔美〕宇文所安著，鄭學勤譯：《追憶——中國古典文學中的往事再現》，頁73。

[19] 此三段引詩，分別出自〈無家別〉、〈千秋節有感二首〉之二、〈秋日荊南送石首薛明府辭滿告別奉寄薛尚書頌德敘懷斐然之作三十韻〉三首詩作。

再之悲：

- 本朝再樹立，未及貞觀時。（〈詠懷二首〉之一）
- 武德開元際，蒼生豈重攀？（〈有嘆〉）
- 安得更似開元中，道路即今多擁隔。（〈光祿坂行〉）

就在這樣的情境下，衰老的杜甫時常依循回憶的指標追尋往事，而「在回憶中『溯溪』而上，它的最後階段就是對歡樂的回憶」[20]，同時，「永恆祇存在於令人永誌不忘的往事中。回憶往事能使人得到相等的或更多於身歷其境時的歡樂。」[21]透過各個斷片的重組，詩人在追憶的最後階段裡重現了樂園的歡樂，並取得了超越於現實之上的永恆。

在回憶中失而復得的樂園中，最普遍而顯著的共同特質就是環繞著「春夏意象」所展現的氛圍。佛萊曾經透過晨昏春秋人生文學的類比，在其〈文學的基型〉一文中提出了種種屬於「黎明、春天、誕生」以及「日午、夏天、勝利」等正面的意象，並指出喜劇也相當於春天、夏天的地位；而在喜劇境界之中，展現的是坐談、圍敘、秩序、友誼、愛情的意象之基型，其植物世界則是花園、小叢林或公園、生命樹、玫瑰或蓮花，其不定形的流體世界則是河流，同時，在

---

[20] 見〔美〕宇文所安著，鄭學勤譯：《追憶──中國古典文學中的往事再現》，頁142。

[21] 此為華滋華斯（William Wordsworth, 1770-1850）詩歌中對時間的反應態度，引文見何冠驥：〈中英詩中的時間觀念〉，《中外文學》第10卷第7期（1981年12月），頁75。

喜劇世界中的東西都可以被看作是發光或者火熱的，樹尤其如此。[22]
在這樣的分析裡所注意到的種種有關「春夏型」和「喜劇境界」的細
節或意象，都恰好符合玄宗朝的樂園特質，由以下的探討，我們可以
清楚地看到：追憶中的開元盛世也同樣是陽光普照、草木欣榮而曲江
周流，物質豐饒、愛情洋溢而歌舞騰歡，此外還充滿了友誼和秩序的
芬芳，因此時時吹奏著歡愉的牧歌。這些都能夠在杜甫的詩中一一得
到驗證。

　　由「春」字本身直接點明的詩例，在杜甫集中便有〈能畫〉的
「每蒙天一笑，復似物皆春」和〈八哀詩・贈太子太師汝陽郡王璡〉
的「汝陽讓弟子，眉宇眞天人。虬鬚似太宗，色映塞外春」，而李白
早在天寶年間所作〈贈從弟南平太守之遙二首〉之一中也曾寫道：
「天門九重謁聖人，龍顏一解四海春。彤庭左右呼萬歲，拜賀明主收
沉淪。」可知高高在上而作爲盛世之引領者的君王，猶如宇宙中更新
萬物的力量，亦是天地間光與熱的來源，每當「天一笑」、「龍顏一
解」的時候，便推擴此一燦亮的光芒與蓬勃的生意及於天下萬物，使
得「物皆春」、「塞外春」或「四海春」，於是四海之遼闊與萬物之
繁多率皆沐浴在春意盎然的欣欣氣象之中，而爲其勃然躍動的生命力
激發出一種向上騰升的鼓舞之情。因此杜甫在追思天寶之鼎盛時，
又寫下了〈哀江頭〉一詩描述道：「憶昔霓旌下南苑，苑中萬物生顏
色。」詩中以代表玄宗之到臨的霓旌彩旗來揭開在曲江舉行之慶典的
序幕，接著敘述玄宗有如太陽般瞬間照耀萬物，點燃其生命風華與鮮

---

[22] 此段有關佛萊基型論的內容，乃出自其〈The Archetypes of Literature〉一文，潘國慶
　　等譯，收入〔美〕約翰・維克雷編：《神話與文學》（上海：上海文藝出版社，1995年4
　　月）。另外，撮要之引介可參考黃維樑：〈春的悅豫與秋的陰沉──試用佛萊「基型論」
　　觀點析杜甫的「客至」與「登高」〉，中國古典文學研究會主編：《古典文學》第7集上冊
　　（臺北：臺灣學生書局，1985年），頁345-347。

明色彩的壯麗效果，這些詩句無一不證明了「聖君」就是樂園之光源
和生命之活泉。而其他不以「春」字點明，卻透過與春天意象具有明
確聯繫的景物來表現蓬勃之感的詩作，例子就更多了，茲舉數首以爲
代表：

- 宿昔青門裏，蓬萊仗數移。花嬌迎雜樹，龍喜出平
  池。（〈宿昔〉）

- 蓬萊宮闕對南山，承露金莖霄漢間。西望瑤池降王
  母，東來紫氣滿函關。雲移雉尾開宮扇，日繞龍
  鱗識聖顏。一臥滄江驚歲晚，幾回青瑣點朝班。
  （〈秋興八首〉之五）

- 昆吾御宿自逶迤，紫閣峰陰入渼陂。香稻啄餘鸚鵡
  粒，碧梧棲老鳳凰枝。佳人拾翠春相問，仙侶同
  舟晚更移。綵筆昔曾干氣象，白頭吟望苦低垂。
  （〈秋興八首〉之八）

在天子御臨的長安城中，寓目所見的是雜樹花嬌、日繞龍鱗，還有
佳人拾翠、仙侶同舟，正是一幅悅豫繽紛的春景。車爾尼雪夫斯基
在其《生活與美學》中曾言：「人一般地都是用所有者的眼光去看
自然，他覺得大地上的美的東西總是與人生的幸福和歡樂相連的。
太陽和日光之所以美得可愛，也就因爲它們是自然界一切生命的泉
源……。」[23]這段話適足以說明盛唐之所以洋溢著春天的意象，其原
因就在於身爲樂園的所有者，他們的幸福與歡樂賦予大地或自然界一

---

[23] 引自方管：〈讀杜瑣記〉，中華書局編：《杜甫研究論文集》三輯（北京：中華書局，1963
年9月），頁99。

種充盈的美感；而做為樂園之創建者的玄宗，就如同照耀樂園的太陽或日光一般，為盛唐帶來生命力的泉源，而成為被歌頌的對象。

　　有如陽光照耀之下萬物的滋長怒放，玄宗朝所開闢的樂園中，也充滿了物資豐裕、樂利富饒的景象。在前引諸詩例中，我們可以看到居天下之中心的長安城裡，與春夏意象相結合的還有精美絕倫而品級超凡的種種物類，其中以〈秋興八首〉之八所形容的「香稻啄餘鸚鵡粒，碧梧棲老鳳凰枝」一聯最為特出，不但運用的語言形式矯奇而緻密，內容涉及的對象也富麗而不俗，有如神話思維作用之後的綜合印象；清人吳瞻泰曾以理性的思路分析其意云：「言鸚鵡啄餘之粒，香稻也；鳳凰棲老之枝，碧梧也。以興盛時食飲棲息之不同如此。」[24]但事實上，兩句所用的倒裝形式反而更有助於強化這種「興盛時食飲棲息之不同如此」的無限懷念之情，因為透過倒裝以後字質之間交互影響、彼此修飾強化的作用，可以「更加顯出一種富麗之感」，從而「突顯了杜甫回憶中豐美富麗、不暇細分的綜合印象，不但具有遠較於『順裝』時更豐富的想像餘地，也使過去的現實經驗在回想中再生時，虛實互生，亦真亦幻，得到了純為感受的意象表現。」[25]也唯其如此，更呼應了詩人早在天寶初期樂園尚未失落之前，便曾著力描寫的華美景象：「春酒杯濃琥珀薄，冰漿碗碧瑪瑙寒」（〈鄭駙馬宅宴洞中〉）、「青春波浪芙蓉園，白日雷霆夾城仗。閶闔晴開詄蕩蕩，曲江翠幙排銀牓。拂水低回舞袖翻，緣雲清切歌聲上」（〈樂遊園歌〉）、「紫駝之峰出翠釜，水晶之盤行素鱗。……楊花雪落覆白蘋，青鳥飛去銜紅巾」（〈麗人行〉），於是樂園中的實況描寫與樂園失落後的濃縮想像，共同交織出由內部發出光輝的繁華。而在長安

　㉔　清・吳瞻泰：《杜詩提要》（臺北：大通書局，1974年10月），頁684。
　㉕　引自歐麗娟：《杜詩意象論》（臺北：里仁書局，1997年12月），頁174。

城外，其他的通都大邑和城鎮郊野也是一片豐收滿溢的富足：

- 憶昔開元全盛日，小邑猶藏萬家室。稻米流脂粟米白，公私倉廩俱豐實。九州道路無豺虎，遠行不勞吉日出。齊紈魯縞車班班，男耕女桑不相失。宮中聖人奏雲門，天下朋友皆膠漆。百餘年間未災變，叔孫禮樂蕭何律。（〈憶昔二首〉之二）

- 昔我遊宋中，惟梁孝王都。……邑中九萬家，高棟照通衢。舟車半天下，主客多歡娛。（〈遣懷〉）

- 昔者與高李，晚登單父臺。……是時倉廩實，洞達寰區開。（〈昔遊〉）

這樣的「開元全盛日」，彷彿是西方宗教之樂園神話裡「流奶與蜜」的許諾在東方的實現，因為在此豐饒之大地上，不論是官家或私戶，倉廩中都收藏著不虞匱乏的糧食，肥白飽實、米脂流溢，哺育了「小邑猶藏萬家室」中安居樂業的萬千子民，後來晚唐的杜牧亦以「一千年際會，三萬里農桑」（〈華清宮三十韻〉）與此呼應；而在「足食」之外，絡繹不絕的商車運載也向四處流通紈縞之類精緻輕暖的衣料，此即「齊紈魯縞車班班」一句從「豐衣」的角度進一步提供更高的生活滿足。最可貴的是，如此富裕的社會卻並未因徵逐貨利而淪入人心機巧、風俗澆薄的敗壞之中；相反地，唐代詩人一致追求的「淳樸」理想在此獲得了充分的落實，所謂「九州道路無豺虎，遠行不勞吉日出」、「男耕女桑不相失」、「天下朋友皆膠漆」和「洞達寰區開」的風俗情境，描繪了人與人之間傾心無猜的膠漆之情，還有各適其分、不雜亂錯位的井然秩序，以及安全無虞的治安狀況和四通八達的往來交通，這些都恰恰是自古以來知識分子汲汲營求的大同世界的

具體化。可見玄宗朝的樂園不但呼應了前述佛萊有關「春夏——喜劇境界」的基型理論，同時，它也已經完全具備了本書第二章第二節所述理想國的構設中「風俗淳」的特點，體現了烏托邦的一大價值。

事實上，玄宗如日中天的光芒主要是來自於媲美堯舜的治績與器識，這一點體現了烏托邦的另一價值，也是盛唐詩人都一致同意的共識。如孟浩然曰：「欲濟無舟楫，端居恥聖明。」（〈望洞庭湖贈張丞相〉）李白也對當時整個時代的美善清明發出熱烈的讚美：「聖代復元古，垂衣貴清眞。群才屬休明，承運共躍鱗。」（〈古風五十九首〉之一）杜甫本身亦曾就此爲言：「生逢堯舜君，不忍便永訣。」（〈自京赴奉先縣詠懷五百字〉）至晚唐的杜牧更追慕道：「昔帝登封後，中原自古強。……几席延堯舜，軒墀立禹湯。」（〈華清宮三十韻〉）這樣的讚頌有極堅強的事實根據，並不全然是迎合主上的溢美之詞；而構成其聖明的主要條件，杜甫在〈能畫〉詩中提出了一針見血的說明：「政化平如水，皇明斷若神。時時用抵戲，亦未雜風塵。」這段話的重點有二：一是玄宗具備了神乎其境的明斷力，已達到杜甫用以稱許一切藝術或才能的最高境界，遂足以保障整個政治烏托邦的存在與實現（此點可參本書第二章第一節之探討），因此宋洪邁釋此詩云：「按杜之旨，本謂技藝倡優，不應蒙人主顧眄賞接；然使政化如水，皇恩若神，爲政大要既無可損，則時時用此輩，亦亡害也。」[26]二是政治烏托邦的企及直接地導向樂園的實現，而就樂園中必備的歡樂氣氛而言，杜甫對「抵戲」以及其他娛樂性的活動，並未採取視之爲洪水猛獸而亟欲禁制的酸腐態度。彼時既是一太平時代，因此不但人情淳厚、治安良好，民生富足、物資充盈，更且歌舞昇平、藝文鼎盛，無論是純粹的娛樂行爲或高尚的藝術活動，都成了烘

[26] 見宋・洪邁：《容齋隨筆》，《三筆》卷6，頁484。

托樂園情境的有效因素。

先就娛樂活動言之。杜甫回憶中的長安是被視爲「歌舞地」而出現的[27]，「歌舞昇平」完全是此一盛世歡樂的寫照。《舊唐書‧玄宗本紀》曾記載玄宗「命侍臣及百僚每旬暇日尋勝地讌樂，仍賜錢，令所司供帳造食。」[28]而其中所謂「每旬暇日尋勝地」之意，確切說來即是「遇逢諸節，尤以晦日、上巳、重陽爲重，後改晦日，立二月朔爲中和節，並稱三大節。所游地推曲江爲勝。」[29]可知集中歡樂的勝地非曲江及其附近的風景區莫屬。曲江屬於基型論中喜劇境界（對等於春夏類型）的河流意象，環繞著曲江的樂遊園和芙蓉苑等名勝，自然也充滿春夏類型中「花園、樹木」的植物世界；同時在花環樹繞的繁茂景致中，人的活動也表現了「坐談、圍敍」之類眾樂樂的群體歡愉之情。杜甫的〈樂遊園歌〉曾描述道：

> 樂遊古園崒森爽，煙綿碧草萋萋長。公子華筵勢最高，秦川對酒平如掌。長生木瓢示眞率，更調鞍馬狂歡賞。青春波浪芙蓉園，白日雷霆夾城仗。閶闔晴開詄蕩蕩，曲江翠幕排銀牓。拂水低回舞袖翻，緣雲清切歌聲上。

此外，其〈麗人行〉亦彩繪春天時曲江樂遊的錦麗景象：

> 三月三日天氣新，長安水邊多麗人。態濃意遠淑且眞，肌理細膩骨肉勻。繡羅衣裳照暮春，蹙金孔雀銀

---

[27] 杜甫〈秋興八首〉之六云：「回首可憐歌舞地，秦中自古帝王州。」
[28] 五代‧劉昫等撰：《舊唐書》（臺北：洪氏出版社，1977年6月），頁195。
[29] 明‧胡震亨：《唐音癸籤》（臺北：木鐸出版社，1982年7月），卷27，頁284。

　　麒麟。……楊花雪落覆白蘋，青鳥飛去銜紅巾。

　　這些煙綿碧草、楊花雪落以及青春波浪的自然風光，把曲江與樂遊園點綴得欣欣向榮；活動於其中的，除了麗人如織、公子對酒之外，還有舞袖拂水、歌聲入雲的歡賞，而翠幰銀牓絡繹不絕的盛況也助長了騰躍酣熱的氣氛。當時曲江花草人物之盛，唐人康駢也有過形容，其《劇談錄》稱：「曲江本秦世隑洲，開元中疏鑿，遂為勝境，其南有紫雲樓、芙蓉苑，其西有杏園、慈恩寺，花卉環周，煙水明媚，都人遊翫，盛於中和上巳之節，彩幄翠幬，匝於堤岸；鮮車健馬，比肩擊轂。……入夏則菰蒲蔥翠，柳陰四合；碧波紅蕖，湛然可愛。好事者賞芳辰、翫清景，聯騎攜觴，豐豐不絕。」[30]至於樂遊園的繁華，宋朝宋敏求曾記載：其地「在高原上，長安太平公主於原上置亭遊賞，後賜寧、申、岐、薛王。……其地居京城之最高，四望寬敞，京城之內，俯視指掌。每正月晦日、三月三日、九月九日，京城士女咸就此登賞祓禊。」[31]《西京記》對此尚有更詳盡的補充：「其地四望寬敞，每三月上巳、九月重陽，士女戲就此祓禊登高，幄幕雲布，車馬塡塞，虹彩映日，馨香滿路，朝士詞人賦詩，翌日傳於京師。」[32]這幾條資料都可以與杜詩互相印證發明。

　　直到樂園失去之後，這些景象在杜甫的回憶之中仍然歷歷如新，成為晚年時詩歌創作的構成素材之一，如安史亂發之初詩人於奔行在之途中被俘後，作於長安淪陷區的〈哀江頭〉一詩便追記其事

[30] 見唐・康駢：《劇談錄》，卷下，《景印文淵閣四庫全書》第1042冊，（臺北：臺灣商務印書館，1986年7月），頁693。

[31] 見宋・宋敏求：《長安志》，卷8，《景印文淵閣四庫全書》第587冊，（臺北：臺灣商務印書館，1986年7月），頁134。

[32] 唐・杜甫著，清・仇兆鰲注：《杜詩詳注》，卷2，頁101。

云：

> 憶昔霓旌下南苑，苑中萬物生顏色。昭陽殿裏第一
> 人，同輦隨君侍君側。輦前才人帶弓箭，白馬嚼齧黃
> 金勒。翻身向天仰射雲，一笑正墜雙飛翼。

詩中萬物生色，貴妃伴隨至尊豔麗照人，白馬黃金交相輝映，才人神
射入雲正中目標，當時種種輝煌的場景，在身處「胡騎塵滿城」的詩
人心中似乎顯得更加鮮明；而聯篇詩章〈秋興八首〉更完全是身處荒
僻邊陲之地，卻心心念念一再向故都回溯的結晶，尤其是被安排為壓
軸的第八首（詩句已見前引），吳瞻泰對整首詩的解析頗能指出其創
作根源：「此思長安渼陂之游，為八章總結。昆吾、御宿、紫閣峰，
三地名，皆近渼陂。一、二昔游所歷之山川；三、四昔游所遭之食
息；五、六昔游所與之伴侶，而以七句總之，具見盛時氣象，故常筆
之於詩賦也。」[33]其後至代宗大曆四年，杜甫出峽漂流於湘潭的歸鄉
之路上，於潭州所作的〈千秋節有感二首〉之二，亦曾觸發昔日玄宗
生日時宮中盛況的回憶：

> 御氣雲樓敞，含風綵仗高。仙人張內樂，王母獻宮
> 桃。羅襪紅蕖豔，金雞白雪毛。舞階銜壽酒，走索背
> 秋毫。

歷史上記載：開元十七年「八月癸亥，上以降誕日，讌百僚于花萼樓
下。百僚表請以每年八月五日為千秋節，王公已下獻鏡及承露囊，天

---

[33] 清・吳瞻泰：《杜詩提要》，頁648。

下諸州咸令讌樂，休暇三日，仍編為令，從之。」[34]這就是樂園中此一具有代表性之慶典的由來。但史書平板記事，杜詩卻提供了鮮活生動的描寫，有趣的是，雖然千秋節是在秋天時節展開慶祝，但帝王誕生的喜悅與回憶所奠基的距離感，卻使得「心理感受上的春天」超越了「物理時間上的秋天」，而為整首詩注入了盎然的春意，與前引之〈哀江頭〉一詩共同描繪出一幅色彩鮮麗、仙樂風飄的圖景。除此之外，兩詩還透過帝王車駕前隨行的才人「翻身向天仰射雲，一笑正墜雙飛翼」的神射絕藝，以及賀壽藝人「舞階銜壽酒，走索背秋毫」的特技表演，而充滿了動態奇幻的美感。

　　當然，烘托此一樂園最常見的主力娛樂仍然應屬歌舞表演，尤其玄宗本身原即深富音樂藝術方面的才華，能夠審音度曲、彈奏樂器，如著名的〈霓裳羽衣曲〉即出自其手，劉禹錫〈三鄉驛樓伏睹玄宗望女几山詩小臣斐然有感〉一詩便擷取了當時流行的傳聞，指出此曲創作的因緣：「開元天子萬事足，唯惜當時光景促。三鄉陌上望仙山，歸作霓裳羽衣曲。」此言樂曲乃由望仙山所激發的靈感而完成，固然點出了霓裳羽衣曲從神仙幻思中所擷取得來的輕盈飄逸、靈動如仙的美感，但這位盛世帝王能夠上契仙想而得其真髓，其有如神授的才能自是不言可喻。因此自開元二年玄宗創設了梨園之後[35]，歌舞表演可謂無日無之，《雍錄》卷九指出：「上素曉音律，時有李龜年、賀懷智，皆能以伎聞。安祿山獻白玉簫管數百事，皆陳於梨園，自是

---

[34] 五代‧劉昫等撰：《舊唐書‧玄宗紀》，頁193。

[35] 宋‧程大昌云：「開元二年正月，置教坊於蓬萊宮，上自教法曲，謂之梨園弟子。至天寶中，即東宮置宜春北苑，命宮女數百人為梨園弟子，即是。梨園者，按樂之地，而預教者，名為弟子耳。」宋‧程大昌：《雍錄》，卷9，《景印文淵閣四庫全書》第587冊（臺北：臺灣商務印書，1986年7月），頁386。

音響絕不類人間。」㊱其絲管活動之頻繁與音聲素質之超妙不凡,早已非泛泛的耳目享樂所能比擬,所謂「白玉簫管數百事」與「音響絕不類人間」的說法,都將歌舞活動的性質昇華到了藝術欣賞的較高境界,而具有專業的編制規模、專家的深度愛好與表現水準。於是在樂園中歌舞所散溢的藝術氣息,就成爲追憶樂園時最容易引起感知的氛圍,如白居易〈新豐折臂翁〉追述道:「生逢聖代無征戰,慣聽梨園歌管聲。」〈江南遇天寶樂叟〉也有句云:「多雪飄颻錦袍煖,春風蕩漾霓裳翻。」〈長恨歌〉中亦稱:「緩歌慢舞凝絲竹,盡日君王看不足。……風吹仙袂飄颻舉,猶似霓裳羽衣舞。」還有元稹〈連昌宮詞〉所謂:「飛上九天歌一聲,二十五郎吹管逐。逡巡大遍涼州徹,色色龜茲轟錄續。李謩擪笛傍宮牆,偷得新翻數般曲。」這些都是對當時沉湎於歌舞欣賞的描寫。此中尤以霓裳羽衣曲最爲宮中賞愛之主流,如顧況〈八月五日歌〉、白居易〈法曲〉、元稹〈法曲〉等都聚焦於此進行撰述,可以說,此曲既是展現開元盛世的無上表徵,所謂「法曲法曲歌霓裳,致和世理音洋洋,開元之人樂且康」(白居易〈法曲〉),也同時是盛世終結的輓歌,而有「漁陽鼙鼓動地來,驚破霓裳羽衣曲」(白居易〈長恨歌〉)之詩句,恰恰與玄宗朝之盛衰相始終。

而從其中〈霓裳羽衣舞〉的盛行,又可以連結到構成盛唐樂園的另一大要素,也就是與玄宗緊密結合爲一的生活伴侶兼藝術知己,而曾將玄宗所創的霓裳羽衣曲舞蹈化,使耳之所聞與目之所見結合得天衣無縫的貴妃楊玉環。陳鴻《長恨歌傳》則載云:楊氏「光彩煥發,轉動照人,上甚悅。進見之日,奏〈霓裳羽衣曲〉以導之。」㊲而自

㊱ 宋・程大昌:《雍錄》,卷9,《景印文淵閣四庫全書》第587冊,頁386。

㊲ 此文收入唐・白居易著,顧學頡點校:《白居易集》(北京:中華書局,1985年10月),卷12,頁235。

從進見之日起，斯人與斯舞便結下了不解之緣，許多與貴妃有關的詩作，如白居易的〈江南遇天寶樂叟〉、〈長恨歌〉，王建的〈霓裳詞十首〉，杜牧的〈過華清宮絕句三首〉之二，溫庭筠的〈過華清宮二十二韻〉[38]等都強調了與霓裳羽衣曲舞的關聯，而白居易〈和微之霓裳羽衣曲歌〉更有「由來能事各有主，楊氏創聲君造譜」之說，刻畫了帝妃之間琴瑟和鳴的情態。就在這繁絃急管、舞姿聯翩的曼麗景致中，浮顯著清晰而高亢的愛情主題，一切歡愉所指向的真正核心，其實就在彰顯玄宗和貴妃之間深摯的情感。

　　如同佛萊所指出的，「春夏──喜劇境界」的文學基型中也包含了愛情之意象，此一特點在唐盛世的樂園中尤其突出。李白也是親身參與過樂園的見證者，作於天寶三年宮廷之中的〈清平調〉三章可以說是對此段曠世愛情最早發出的美麗頌歌：

- 雲想衣裳花想容，春風拂檻露華濃。若非羣玉山頭見，會向瑤臺月下逢。（其一）
- 一枝紅豔露凝香，雲雨巫山枉斷腸。借問漢宮誰得似，可憐飛燕倚新妝。（其二）
- 名花傾國兩相歡，長得君王帶笑看。解釋春風無限恨，沉香亭北倚闌干。（其三）

所謂「長得君王帶笑看」，不但烘托了貴妃「雲想衣裳花想容」、

---

[38] 白居易詩已見前引，王建〈霓裳詞十首〉之五亦云：「伴教霓裳有貴妃，從初直到曲成時。日長耳裏聞聲熟，拍數分毫錯總知。」而杜牧〈過華清宮絕句三首〉之二則曰：「新豐綠樹起黃埃，數騎漁陽探使回。霓裳一曲千峰上，舞破中原始下來。」溫庭筠的〈過華清宮二十二韻〉可見下文。

「可憐飛燕倚新妝」的傾國之貌，而玄宗對貴妃的一往情深和無限愛憐也盡在其中。五代王仁裕《開元天寶遺事》卷三曾記載：「明皇秋八月，太液池有千葉白蓮數枝盛開，帝與貴戚宴賞焉。左右皆歎羨久之，帝指貴妃示於左右曰：『爭如我解語花！』」[39]宋樂史〈楊太眞外傳〉也有一段溫馨旖旎的描述：「（定情）是夕，授金釵鈿合，上又自執麗水鎭紫庫磨金琢成步搖，至妝閣親與插鬢。上喜甚，謂後宮人曰：『朕得楊貴妃，如得至寶也。』」[40]這兩處資料所謂的「解語花」和「如得至寶」，都說明了除去表面的容色膚觸之愛外，實則能結爲精神共感、靈犀相通的生命伴侶，才是兩人情感維繫長達十六年並至死不變的首要原因[41]，對照於一般「色衰而愛弛，愛弛則恩絕」[42]的兩性關係，足證玄宗對貴妃愛不弛、恩不絕且始終專一，乃是確然出於靈魂深處的眞摯情感，以致能夠超越帝王（以及一般男性）漁獵女色、流連花叢的弱點。則白居易〈長恨歌〉所謂的「後宮佳麗三千人，三千寵愛在一身」，也應由此進行詮釋才具有較深刻的意義；換言之，貴妃所得者不僅是三千倍的寵愛，而更是那具備排他性以致排除其他三千佳麗的專一之情。同理，〈上陽白髮人〉白居易

---

[39] 五代・王仁裕著：《開元天寶遺事》，收入《景印文淵閣四庫全書》第1035冊，（臺北：臺灣商務印書館，1986年7月），頁860。

[40] 宋・樂史：〈楊太眞外傳〉，唐・王度等撰，汪辟彊輯：《唐人傳奇小說》（臺北：三人行書局，1984年1月），頁307。

[41] 「以開元二十八年（公元740年）十月溫泉宮相會為標誌，揭開了李楊情愛史的序幕。」此後至天寶十五年（公元756年）六月馬嵬坡事變貴妃枉死，期間約十六年。引文見許道勛、趙克堯合著：《唐玄宗傳》（北京：人民出版社，1995年5月），頁38。

[42] 此語出自《漢書・外戚傳》，漢武帝寵妾李夫人病危時云：「我以容貌之好，得從微賤愛幸於上。夫以色事人者，色衰而愛弛，愛弛則恩絕。上所以攣攣顧念我者，乃以平生容貌也。今見我毀壞，顏色非故，必畏惡吐棄我，意尚肯復追思閔錄其兄弟哉！」漢・班固著，唐・顏師古注：《漢書》（臺北：鼎文書局，1991年9月），卷97，頁3952。

原注所言：「天寶五載以後，楊貴妃專寵，後宮無復進幸矣。」以及陳鴻〈長恨歌傳〉所說：「雖有三夫人、九嬪、二十七世婦、八十一御妻，暨後宮才人、樂府妓女，使天子無顧盼意。自是六宮無復進幸者。非徒殊豔尤態致是，蓋才智明慧，善巧便佞，先意希旨，有不可形容者。」其不言之意即與此處所論類同。

正因為玄宗與貴妃的緊密結合，因此無論後世對楊貴妃的評價如何，整個玄宗朝的盛世榮華常常少不了貴妃的存在，進而成為聚集盛唐繁華和帝王光輝的焦點，如杜甫〈哀江頭〉詩中的「昭陽殿裏第一人，同輦隨君侍君側」，張祜〈春鶯囀〉中的「興慶池南柳未開，太眞先把一枝梅」，元稹〈連昌宮詞〉的「上皇正在望仙樓，太眞同憑欄干立。……寢殿相連端正樓，太眞梳洗樓上頭」和〈燈影〉的「見說平時燈影裏，玄宗潛伴太眞遊」，白居易〈長恨歌〉的「承歡侍宴無閒暇，春從春游夜專夜」和〈江南遇天寶樂叟〉的「貴妃宛轉侍君側，體弱不勝珠翠繁」，陳鴻〈長恨歌傳〉的「時省風九州、泥金五岳、驪山雪夜、上陽春朝，與上行同輦，居同室，宴專席，寢專房」，溫庭筠〈過華清宮二十二韻〉的「憶昔開元日，承平事勝游。貴妃專寵幸，天子富春秋。月白霓裳殿，風乾羯鼓樓」，李商隱〈馬嵬二首〉之二的「此日六軍同駐馬，當時七夕笑牽牛」，以及杜牧〈過華清宮絕句三首〉之一的「一騎紅塵妃子笑，無人知是荔枝來」，都顯示出貴妃是追憶中的樂園不可或缺的重要部分。人們固然有以「禍水論」和政治成敗的角度來譴責兩人的愛情關係，甚至連溫柔敦厚的杜甫有時也不例外[43]，但絕不能否認貴妃點燃了玄宗暮年的

---

[43] 如其〈北征〉詩中便以「不聞夏殷衰，中自誅褒妲」比喻玄宗之縊殺貴妃；此外，中唐陳鴻的〈長恨歌傳〉謂其作乃是「不但感其事，亦欲懲尤物、窒亂階」，可見以男性為中心的政治論述深植於歷史評價之一斑。

生命之火，兩人情感之恩愛眞摯不但使得宮廷和都城瀰漫著青春的氣息，也成了傳誦千古的文學題材。之所以如此，「愛情」本身所具有的普遍動人的力量只是部分的原因，最大的因素應該是在深摯純一、不染雜質的眞實愛情竟體現在極權帝王的身上，而又表現得如此溫暖美好，反而使最終悲劇性的不幸結局更增添了令人低迴的淒美，中唐陳鴻於〈長恨歌傳〉中所說的「希代之事」[44]正足以傳達此中消息。於是貴妃的歡笑便是玄宗的快慰，而玄宗的快慰又直接引帶出時代的繁華、乃至於奢華，由此一脈貫通，遂使貴妃也成爲樂園中一尊閃耀的雕像，那春天的意象有許多便是這尊黃金雕像的絢爛反光。因而後代詩人熱中於歌詠貴妃的題材，所謂「楊貴妃事，爲唐人豔稱。大曆之後，其見於歌詠叢談者尤備」的現象[45]，或許都可以從重返樂園的角度獲得新的理解。

　　環繞著玄宗與貴妃之愛情的，是歌舞遊宴之類數不清的娛樂活動，但是，從「娛樂活動」到「藝術活動」卻往往只有一線之隔。玄宗本身的音樂造詣已見前述，就詩歌創作而言，也展現了娛樂與藝術這兩種範疇之間的連帶性，如明胡震亨《唐音癸籤》在形容玄宗時長安風景遊樂之鼎盛後，接著便敘述詩歌酬唱篇什之繁多的盛況，並進一步推究其間的因果關係：「所游地推曲江最勝，……朝士詞人有賦，翼日即留傳京師，當時倡酬之多、詩篇之盛，此亦其一助也。」[46]可見藝術的臻至有賴於娛樂的刺激，而娛樂的精緻化也易於昇華成爲藝術的表現。又因爲在一個繁榮富庶的環境中，對娛樂的重視和娛樂的精緻化相對說來是比較容易發生的，盛唐物質文明之發

---

[44] 此文收入唐·白居易著，顧學頡點校：《白居易集》，卷12，頁237。

[45] 引自汪辟疆於陳鴻〈長恨歌傳〉之題解，唐·王度等撰，汪辟疆輯：《唐人傳奇小說》，頁191。

[46] 明·胡震亨：《唐音癸籤》，頁285。

達已如前言，因此，「經濟的繁榮，必然要帶來文化的高潮。當時詩人輩出，文采風流，英華競吐，出現了一個中國文學史上的黃金時代。」[47]身處黃金時代中的李白便曾對當時詩歌蓬勃的盛況發出以下的禮讚：「群才屬休明，乘運共躍鱗。文質相炳煥，眾星羅秋旻。」（〈古風五十九首〉之一）而居此眾星羅列之中心點，以及擔任指引魚龍騰躍之先導的，隱隱然仍有玄宗的影子，如方回便認爲：「開元、天寶盛時，當陳、宋、杜、沈律詩，王、楊、盧、駱諸文人之後，有王摩詰、孟浩然、李太白、杜子美及岑參、高適之徒，並鳴於時。韋應物、劉長卿、嚴維、秦系亦並世，而不見與李、杜相倡和。詩人至此，可謂盛矣！爲之君如明皇者，高才能詩，亦不下其臣，豈非盛之又盛哉！」[48]事實上，除了審音度曲與高才能詩之外，玄宗所愛好的娛樂種類或所擅長的藝術造詣還表現在好畫、善書上。由經濟繁榮、帝王愛好的影響，遂使音樂、舞蹈、詩歌、繪畫、書法等藝文之鼎盛也是構成此一樂園不可或缺的一環。

然而，從杜甫詩集中我們可以注意到一個殊堪玩味的現象，亦即構成玄宗朝之藝術氛圍的重要人物，大多數都是在安史亂生而樂園崩潰之後，出於因緣際會、萍蓬偶聚的機緣，才在亂離飄泊的歲月中被一一撿拾，而進入詩歌中爲我們所認識。推究其故，除了如前文所言是因爲「意識到自己失去了某種東西，由於這種失落，過去被視爲理所當然的東西，現在有了新的價值」；此外，由於時間和在時間中成形的空間都具有不可逆的特質，當空間上長安勝地已爲戰火劫掠而

---

[47] 翦伯贊：〈杜甫研究〉，中華書局編：《杜甫研究論文集》一輯（北京：中華書局，1962年12月），頁150。

[48] 方回評唐玄宗〈早渡蒲關〉詩批語，引自元・方回選評，李慶甲校：《瀛奎律髓彙評》（上海：上海古籍出版社，1986年4月），卷14，頁500-501。

淪為廢墟，於此同時杜甫自己也遠離京城展開「飄泊西南天地間」[49]
的晚年生涯時，樂園便已是一去不復返的昨日黃花。此刻，唯一可以
暫時對抗或超越時間與空間之不可逆性質的，便只有殘留自過去時空
的「斷片」——也就是被放逐的遺民。但是，與中晚唐詩人所遇到的
斷片有所不同，杜甫藉以觸發回歸之機緣的殘餘人物，並非元稹、白
居易、韓愈、李洞等人所見的，大多以匿名形式出現的宮女、樂叟、
宮中遺老和梨園弟子之類，屬於較低層的邊緣人物；而是真正學有專
精、卓然成家，在各個藝術領域裡引領風騷的一時之選，如：畫家曹
霸，書法家顧戒奢、李潮、韓擇木、蔡有鄰，舞蹈家公孫大娘，歌唱
家李龜年等人，在經過戰火的洗禮以及歲月的消磨之後，他們「既是
一部失落沈澱的歷史，也是一部尋而復得的歷史」[50]，在杜甫的晚年
裡一一被重新翻閱與回味：

- 開元之中常引見，承恩數上南薰殿。凌煙功臣少顏
  色，將軍筆下開生面。……至尊含笑催賜金。圉人
  太僕皆惆悵。（〈丹青引贈曹將軍霸〉，代宗廣德
  二年作）

- 國初已來畫鞍馬，神妙獨數江都王。將軍得名三十
  載，人間又見真乘黃。曾貌先帝照夜白，龍池十日
  飛霹靂。內府殷紅瑪瑙盤，婕妤傳召才人索。盤賜
  將軍拜舞歸，輕紈細綺相追飛。貴戚權門得筆跡，
  始覺屏障生光輝。昔日太宗拳毛騧，近時郭家獅子
  花。今之新圖有二馬，復令識者久歎嗟。……憶昔

[49] 唐·杜甫：〈詠懷古跡五首〉之一的詩句。
[50] 見〔美〕宇文所安著，鄭學勤譯：《追憶——中國古典文學中的往事再現》，頁87。

巡幸新豐宮，翠華拂天來向東。騰驤磊落三萬匹，
皆與此圖筋骨同。……君不見金粟堆前松柏裏，龍
媒去盡鳥呼風。（〈韋諷錄事宅觀曹將軍畫馬圖
歌〉，代宗廣德二年作）

- 惜哉李蔡不復得，吾甥李潮下筆親。尚書韓擇木，
騎曹蔡有鄰。開元以來數八分，潮也奄有二子成三
人。（〈李潮八分小篆歌〉，代宗大曆元年作）

- 哀箏傷老大，華屋豔神仙。南內開元曲，當時弟子
傳。（〈秋日夔府詠懷奉寄鄭監審李賓客之芳一百
韻〉，代宗大曆二年作）

- 昔在開元中，韓蔡同贔屭。玄宗妙其書，是以數子
至。御札早流傳，揄揚非造次。三人並入直，恩澤
各不二。（〈送顧八分文學適洪吉州〉，代宗大曆
三年作）

- 開元五載，余尚童稚，記於郾城觀公孫氏舞劍器渾
脫，瀏灕頓挫，獨出冠時。自高頭宜春、梨園二伎
坊內人洎外供奉，曉是舞者，聖文神武皇帝初，公
孫一人而已。往者吳人張旭，善草書書帖，數嘗於
鄴縣見公孫大娘舞西河劍器，自此草書長進，豪蕩
感激，即公孫可知矣。

- 昔有佳人公孫氏，一舞劍器動四方。觀者如山色沮
喪，天地為之久低昂。（火霍）如羿射九日落，
矯如群帝驂龍翔。來如雷霆收震怒，罷如江海凝清

光。（〈觀公孫大娘弟子舞劍器行并序〉，代宗大
曆二年作）

- 岐王宅裏尋常見，崔九堂前幾度聞。正是江南好風
景，落花時節又逢君。（〈江南逢李龜年〉，代宗
大曆五年作）[51]

並列諸詩以觀之，我們再次清楚地看到「開元」一詞是貫通於各首詩
之間的共同鑰匙，以此爲軸心向四周延伸出去，每一道輻射線都引帶
出一門精湛的藝術和個中翹楚，由軸入輻，而得其全輪，爲開元盛世
織染出創造力蓬勃的圖景：

於繪畫藝術的領域中，曹霸是炙手可熱的宮廷藝術家，可使凌煙
閣繪製的功臣圖顏色復光、別開生面，所畫的馬圖更是寫生如活、眞
假莫辨，因此至尊含笑賜金，貴戚權門亦相與追索，成爲「常引見」
而「承恩數上南薰殿」的樂園一員。

在書法藝術上，玄宗精於書法中的「八分體」[52]，如《書苑》
載：「明皇好圖畫，工八分章草，豐茂英特。張說等獻詩，明皇各賜
贊褒美，自於彩箋上八分書之。」[53]正與杜甫所說的「御札早流傳」
相合，因此能以專業的眼光「妙其書」而識才擢能，招致濟濟如雲的
八分書法家韓擇木、蔡有鄰和顧戒奢等三人入直承恩，匯集於宮廷之
中共享翰墨榮華。

---

[51] 以上所引諸詩之繫年，乃依據劉孟伉主編：《杜甫年譜》。

[52] 唐・杜甫著，清・仇兆鰲注：《杜詩詳注》，卷18注引《蔡文姬別傳》云：「臣父邕言，割
程邈隸字八分取二分，割李斯小篆二分取八分，故曰八分。」，頁1551。

[53] 引自唐・杜甫著，清・仇兆鰲注：《杜詩詳注》，卷22，頁1925。

　　於歌唱表演方面，以出入於長安城中高官貴戚之府邸的李龜年最稱獨占鰲頭，唐鄭處誨《明皇雜錄》卷下記載：「唐開元中，樂工李龜年、彭年、鶴年兄弟三人皆有才學盛名，彭年善舞，鶴年、龜年能歌，尤妙製渭川。特承顧遇，於東都大起第宅，僭侈之制，踰於公侯，宅在東都通遠里，中堂制度，甲於都下。其後龜年流落江南，每遇良辰勝賞，爲人歌數闋，座中聞之，莫不掩泣罷酒。」[54]其中的「特承顧遇」之說，正可與杜詩所云「岐王宅裏尋常見，崔九堂前幾度聞」相互印證。

　　就舞蹈藝術而言，表演〈劍器〉、〈渾脫〉之類以雄妝空手表演軍容武態的公孫大娘，雖然活動的範圍主要是在長安之外的各個通都大邑，而與前述諸人直接關聯於帝王本人的情況有別，但從她對幼齡的杜甫與書法界的怪傑「草聖」張旭心靈中所留下的鮮明印象和所造成的深刻影響，可知其令「觀者如山色沮喪，天地爲之久低昂」的絕藝必然名聞遐邇，而「一舞劍器動四方」的號召力也洵非虛言，其舞之偉麗勁健正是盛唐時生命力暢旺的一種表現。

　　雖然宇文所安曾說：「假如我們把各種部分組合在一起，得到的是這件東西的本身；假如我們把全部斷片集攏起來，得到的最多也只能是這件東西的『重製品』。斷片把人的目光引向過去；它是某個已經瓦解的整體殘留下來的部分：我們從它上面可以看出分崩離析的過程來，它把我們的注意力吸引到它那犬牙交錯的邊緣四周原來並不空的空間上。」[55]但是，從以上的分述中，我們可以注意到這幾項藝術活動並不能夠全面涵蓋一切的創作領域，所涉及的藝術家更是掛一漏

---

[54] 唐・鄭處誨：《明皇雜錄》，《景印文淵閣四庫全書》第1035冊（臺北：臺灣商務印書館，1986年7月），頁515。

[55] 見〔美〕宇文所安著，鄭學勤譯：《追憶——中國古典文學中的往事再現》，頁74。

萬、處處遺珠，如繪畫方面便刊落了畫史上之大家如王維、李思訓、吳道子等人。這些經過了主體的篩選之後浮現於意識中的斷片，即便是玄宗朝的「重製品」也無法完整組成，更不要說是恢復玄宗朝的本身；因為它們跳過了個別的問題、單一的處境以及大部分的細節，也就是透過「追憶」活動所特有的選擇性（乃至於偏執性），而集中拼貼出為光明所照耀的圖景，反映著與美好樂園相關的特有型態，這才真正符合「追憶」的本質。同時，當杜甫企圖再現一個失去的樂園時，也無法避免在這些斷片上表現出「分崩離析的過程」，而此一面相可以在以下兩節的探討中得到充分的展現。

第四節　「追憶」的情感運作與表現模式

由於是藉著現在與過去彼此拉鋸、交相織染的方式，而再塑一個永不朽滅的已逝樂園，兩者角力之後相乘相加的力量強化了昔日的光輝，但也同時哀悼了一個盛世的一去不返，因此這類從追憶中尋回樂園的論述，莫不是以牧歌與哀歌並奏的結構，和歡笑與酸淚雜糅的筆調來表現。

但經過更進一步細部的分析，我們了解到：只說過去與現在互現，並不足以闡釋追憶活動的紛雜度。在後人追憶中重現的樂園，其再現的方式固然都是循著萬流歸宗般的路線，來對過去特定的時空做定點的重建，因此必然以「歸返」或「回溯」為情感思維運作的主要方向；但除此之外，「追憶」的活動之所以能夠成立，根本上必須以時間上今昔對比、空間上中心與邊陲異位的二元對立為大前提，如此才能完整地支撐起追憶活動的全部架構。觀察的結果告訴我們：時間雖不可逆流，但回憶卻恰好是有效突破此一性質的利器；同時舊地也能夠重遊，甚至在不同的地方都可以作為回憶的據點，如果再加上時

空之外「人物」的因素，而讓人物以遺民的角色所具備的延續性加進來，呈現失樂園的方式就不只有「歸返」或「回溯」的單一向度了。對已逝樂園之追憶所展現的情感的運動方向，其實還涉及了往復穿梭於今昔時空的複雜關係與微妙聯繫，極為靈動地開展心靈活動的軌跡。

　　建構了回憶的時空人物因素，主要可以區分為四種不同的組織方式來對玄宗朝的樂園進行呈現，分別是「今──昔──今」、「昔──今」、「今──昔」與「今昔錯綜」這四大類表現的結構：

　　（一）許多經由「人物斷片」與「舊地重遊」之機緣觸發而完成的詩歌，往往都適於應用「今──昔──今」的三段式敘述，杜甫的〈哀江頭〉足為此一類型的代表。全詩在此一較精密的結構中讓三個部分均衡發展，頭尾各以第一段的「少陵野老吞聲哭，春日潛行曲江曲。江頭宮殿鎖千門，細柳新蒲為誰綠」，和第三段的「明眸皓齒今何在？血污遊魂歸不得。清渭東流劍閣深，去住彼此無消息」等慘痛的現況雙綰包夾、首尾呼應，使中段部分的「憶昔霓旌下南苑，苑中萬物生顏色。昭陽殿裏第一人，同輦隨君侍君側。輦前才人帶弓箭，白馬嚼囓黃金勒。翻身向天仰射雲，一笑正墜雙飛翼」此一對過去的描寫益發彰顯，更襯托出歌舞升平、歡情洋溢的金碧輝煌。此詩之外，杜甫尚有〈丹青引贈曹將軍霸〉、〈千秋節有感二首〉（二首視為一個整體結構），以及白居易的〈江南遇天寶樂叟〉和〈梨園弟子〉等作品皆屬此類。較特別的是韓愈的〈和李司勳過連昌宮〉詩，其結構模式雖亦循此法敘寫，但比例上十分偏倚不均，需略加鉤稽始能明其脈絡：全詩之前三句「夾道疏槐出老根，高甍巨桷壓山原。宮前遺老來相問」所著墨的現在時刻，其效力甚至直達末句，而使得末句的「今是開元第幾孫」單單在七個字之內便凝縮了時間指涉上的複雜變化：現在（「今是」）──過去（「開元」）──現在（「第幾

孫」），如此具體而微的表現方式可視爲此中特例，故另加標舉說
明。

　　（二）與前一類型都屬常見手法的，是採取先「昔」後「今」的
順時間模式進行敍寫，如杜甫的〈憶昔二首〉之二、〈遣懷〉、〈韋
諷錄事宅觀曹將軍畫馬圖歌〉、〈觀公孫大娘弟子舞劍器行〉、〈江
南逢李龜年〉，白居易的〈長恨歌〉，劉禹錫的〈三鄉驛樓伏睹玄宗
望女几山詩小臣斐然有感〉、顧況的〈八月五日歌〉和杜牧的〈華清
宮三十韻〉主體等等皆屬之。其中，杜甫的〈江南逢李龜年〉先回想
「岐王宅裏尋常見，崔九堂前幾度聞」的昔日情景，再轉向眼前「正
是江南好風景，落花時節又逢君」的當前處境，末聯所謂的「落花時
節」不但點明了相逢的時刻，並委婉道出世境之離亂、人情之消散
與生命之衰歇的感受；白居易的〈長恨歌〉在寫盡了「春從春遊」和
「玉樓宴罷醉和春」的旖旎盛麗之後，便完全進入「西宮南內多秋
草」、「鴛鴦瓦冷霜華重」而又「椒房阿監青娥老」的蕭殺冷寂；劉
禹錫的〈三鄉驛樓伏睹玄宗望女几山詩小臣斐然有感〉亦在前三聯的
「開元天子萬事足，唯惜當時光景促。三鄉陌上望仙山，歸作霓裳羽
衣曲。仙心從此在瑤池，三清八景相追隨」之後，才進入末聯的「天
上忽乘白雲去，世間空有秋風詞」，前後對比十分明顯。此一類型十
分宜於展現從樂園中放逐的強烈落差，以及放逐之後不可逆向復歸的
絕望之感。

　　（三）而元稹的〈行宮〉詩和李洞的〈繡嶺宮詞〉所運用的，則
是先「今」後「昔」的倒敍法。元稹詩以眼前「寥落古行宮，宮花寂
寞紅。白頭宮女在」的寥落、寂寞和蒼老，來爲末句「閒坐說玄宗」
的憶往奠立無限追思的空間；李洞詩亦先描寫「春日遲遲春草綠，野
棠開盡飄香玉。繡嶺宮前鶴髮翁」的荒敗、零落和朽邁，再接以「猶
唱開元太平曲」來表達對昔日的沉湎之情。但展示此類結構的作品遠

較前兩類爲罕見，推究其故，應在於以樂園做結的結構發展所造成的心理效果，是最終拋離了現實的立足點，而一味沉淪於過去的幻影之中不能自拔，這不僅過於不切實際而有逃避之嫌，也有違樂園從具存而幻滅至於空無、人們從樂園中被放逐出來的失落的進程。因此元稹此詩於末尾憶昔的部分處理得特別簡約而含蓄，以不著痕跡的抽象說明來表達，既製造了盡在不言中的想像空間，也避免了失根的危險。

　　（四）至於「今昔錯綜交疊」的結構，堪稱是表現追憶的型態中最精緻而複雜的一種。如元稹〈連昌宮詞〉的中間一小段即嘗試連續使用今昔對比的手法，以達到迴環映襯的目的：其詩於描寫「上皇偏愛臨砌花，依然御榻臨階斜」的過去景致之後，便緊接以「蛇出燕巢盤斗拱，菌生香案正當衢」的當前荒敗之象，此後隨即敘寫昔日「寢殿相連端正樓，太眞梳洗樓上頭」的浪漫風光，接著卻又急轉直下到目前「晨光未出簾影黑，至今反挂珊瑚鉤」的殘圮景象，詩人欲使今昔不斷交錯互生，而強化其間之對比效果的意圖十分明顯。

　　當然這種創作的手法自以杜甫的聯篇詩章〈秋興八首〉最爲完整而具有最高的代表性，俞瑒曾指出：「身居巫峽，心憶京華，爲八詩大旨。曰巫峽，曰夔府，曰瞿塘，曰江樓、滄江、關塞，皆言身之所處；曰故國，曰故園，曰京華、長安、蓬萊、昆明、曲江、紫閣，皆言心之所思，此八詩中線索。」[56]透過這些現實與想像之時空往復錯置的作用，使得整組詩縝密地連結成一整體，全然超越今昔判分、對比鮮明的表面形式，而以今昔交融、渾成一體的雜糅表現深入於回憶的深層結構中，將異時異地的不同時空元素驅遣自如：一首之中或以眼前所見爲主體，或沉湎於往昔而對長安之繁華多所著墨，或設想

---

[56] 唐・杜甫著，清・楊倫箋注：《杜詩鏡銓》（臺北：漢京文化事業公司，1983年9月），卷13，頁643。

如今長安之荒敗景象，忽昔忽今、忽今忽昔，忽夔州忽長安、忽長安忽夔州，遞見如輪而變化生姿；一句裡面又今昔並存、夔州與長安交疊，真可謂迴環往復、交織渾融，於是八首之間往往峰斷雲連，透過這些時空因素靈活呼應的互動關係而讓彼此密不可分，也使得樂園中徘徊著失落的惆悵，而失樂園後又映照著重返的榮光。這種追憶樂園的形式展現了四度空間的微妙作用，或同地異時，觀照今昔的對比；或不同的兩地又分別與不同的時間相結合，於是產生了三個不同的「地方」：現前所在之地（現在的夔州）、想像的當前異地（現在的長安）、追憶的昔日異地（過去的長安），透過時間和空間奇特又精密複雜的表現型態，杜甫使樂園周邊的圍牆倒塌了又樹立、樹立了又倒塌，而他就在樂園的門口進進出出，表達了對樂園之曾經存在最執迷的依戀，以及對樂園之終究失落最深沉的哀悼。

第五節　失樂園：「秋冬—悲劇境界」的類型展現

展現在追憶中的情感模式，無論是以前一節中所述的任何一種結構型態來表現，其最後的指向都在提醒詩人自己與讀者：黃金已鏽跡斑斑，樂園已淪為荒煙蔓草而一去不返。清何焯曾注杜甫〈江南逢李龜年〉一詩云：「開元盛時，今已久矣；不意江南復與龜年相逢，故興感焉。四句渾渾說去，而世運之盛衰，年華之遲暮，兩人之流落，俱在言表。」[57]因此，我們可以清楚地看到失落樂園之後，佛萊基型論所提出的文學普遍現象之中「秋冬——悲劇境界」的文學類型便將「春夏——喜劇境界」的地位取而代之，亦即失去樂園之後，反映於詩歌世界中的意象表現者，在在都屬於「日落、秋天、輓歌」和「黑

---

[57] 清‧何焯：《義門讀書記》（北京：中華書局，1991年11月），卷56，頁1221。

暗、多天、解體」的類型，而進入了以荒野、廢墟、野獸、海洋和孤獨者為主要基調的悲劇境界。⑱

　　試就構成了玄宗朝之樂園的幾個要素觀察之。玄宗雖然身為樂園的光源和開創者，但在樂園被摧毀之後，「孑然一身之孤獨者」的形象便成為其最佳寫照，不但「先帝貴妃今寂寞，荔枝還復入長安。炎方每續朱櫻獻，玉座應悲白露團」（杜甫〈解悶十二首〉之九），白居易〈長恨歌〉更淋漓刻畫道：「夕殿螢飛思悄然，孤燈挑盡未成眠。遲遲鐘鼓初長夜，耿耿星河欲曙天。鴛鴦瓦冷霜華重，翡翠衾寒誰與共？」曲盡了昔日雄主失侶獨活，唯有終夜開眼的落寞；此外，玄宗甚至以死亡的形象入詩，如杜甫於〈韋諷錄事宅觀曹將軍畫馬圖歌〉中盡寫曹霸以揮灑自如的畫藝在朝廷權貴中暢行無阻，與玄宗時代萬馬騰驤的盛況之後，末聯便轉入帝王埋骨於荒陵的感慨：「自從獻寶朝河宗，無復射蛟江水中。君不見金粟堆前松柏裏，龍媒去盡鳥呼風。」而〈觀公孫大娘弟子舞劍器行〉亦云：「梨園弟子散如烟，女樂餘姿映寒日。金粟堆南墓已拱，瞿唐石城暮蕭瑟。」再加上杜牧〈華清宮三十韻〉的「孤煙知客恨，遙起泰陵傍」，可見過去騎龍射蛟、不可一世的生命之源已熄滅成為金粟堆的一坏黃土。另以貴妃為例，詩人並不吝惜於描寫其紅顏橫死的慘象，從杜甫〈哀江頭〉的「明眸皓齒今何在，血污遊魂歸不得」，到白居易〈長恨歌〉的「六軍不發無奈何，宛轉蛾眉馬前死」等語句，都隱隱然有如一首首歎逝的輓歌。而就那些觸發了詩人追憶之契機的「人物斷片」而言，杜甫的〈觀公孫大娘弟子舞劍器行〉詩前的序言指出：「玉貌錦衣，況余白首；今茲弟子，亦匪盛顏。」〈丹青引贈曹將軍霸〉中的曹霸亦是「途窮反遭俗眼白，世上未有如公貧」的坎壈潦倒，此外還有

⑱ 詳參何冠驥：〈中英詩中的時間觀念〉，《中外文學》第10卷第7期。

元稹〈行宮〉詩中閒坐說往的「白頭宮女」，〈連昌宮詞〉中泣言治
亂的「宮邊老翁」，白居易〈江南遇天寶樂叟〉中哀訴飄零的「白頭
病叟」，〈贈康叟〉中「乞寒衣」的康洽，以及「白頭垂淚」的梨園
弟子，再加上李洞〈繡嶺宮詞〉中猶唱舊曲的「鶴髮翁」等等，幾乎
無一例外地進入了衰老貧病的風燭殘年，而承受著日暮途窮的困蹇生
涯。樂園崩潰之餘，也連帶地帶走了樂園中人的青春、富裕、權柄，
甚至於寶貴的生命。

　　除人物之外，我們也可以從空間的角度入手，以長安爲主要觀察
的中心焦點，審視杜甫晚年所作回憶長安之詩，與中晚唐詩人有關此
一「秦中自古帝王州」[59]的描寫。除前文曾引述過元稹〈行宮〉詩的
「寥落古行宮，宮花寂寞紅」，〈連昌宮詞〉的「往來年少說長安，
玄武樓成花萼廢。……荊榛櫛比塞池塘，狐兔驕癡緣樹木。舞榭欹傾
基尚在，文窗窈窕紗猶綠。塵埋粉壁舊花鈿，烏啄風箏碎珠玉。……
蛇出燕巢盤斗拱，菌生香案正當衙。……晨光未出簾影黑，至今反挂
珊瑚鉤。……自從此後還閉門，夜夜狐狸上門屋」，以及白居易〈江
南遇天寶樂叟〉的「我自秦來君莫問，驪山渭水如荒村。新豐樹老籠
明月，長生殿闇鎖黃昏。紅葉紛紛蓋敧瓦，綠苔重重封壞垣。唯有中
官作宮使，每年寒食一開門」，和杜牧〈華清宮三十韻〉的「碧簷斜
送日，殷葉半凋霜。迸水傾瑤砌，疏風罅玉房。塵埃羯鼓索，片段荔
枝筐。鳥啄摧寒木，蝸涎蠹畫梁」等詩例之外，杜甫的〈哀江頭〉、
〈秋興八首〉等亦皆是如此：

- 江頭宮殿鎖千門，細柳新蒲爲誰綠？……清渭東流
  劍閣深，去住彼此無消息。人生有情淚沾臆，江水
  江花豈終極？（〈哀江頭〉）

---

[59] 此乃杜甫〈秋興八首〉之六的末句。

- 瞿塘峽口曲江頭，萬里風煙接素秋。花蕚夾城通御氣，芙蓉小苑入邊愁。珠簾繡柱圍黃鵠，錦纜牙檣起白鷗。回首可憐歌舞地，秦中自古帝王州。（〈秋興八首〉之六）

- 昆明池水漢時功，武帝旌旗在眼中。織女機絲虛夜月，石鯨鱗甲動秋風。波漂菰米沉雲黑，露冷蓮房墜粉紅。關塞極天唯鳥道，江湖滿地一漁翁。（〈秋興八首〉之七）

- 鬥雞初賜錦，舞馬解登床。簾下宮人出，樓前御曲長。仙遊終一閟，女樂久無香。寂寞驪山道，清秋草木黃。（〈鬥雞〉）

綜觀杜甫及元稹、白居易之相關詩作，我們可以看到除了明顯具備日落、秋天、輓歌、黑暗、解體的屬性，以及荒野、廢墟的殘敗背景之外，其中述及的蛇、狐狸、烏鴉、黃鵠、白鷗、石鯨等物亦恰恰與「野獸意象」相對應，而「荊棘櫛比塞池塘」、「波漂菰米沉雲黑」、「江湖滿地」等描述與動盪險惡之「海洋意象」的類同關係也都若合符節。這種殘破荒敗的心靈圖象和時代景觀，甚且竟穿透了整個往後的歲月，反而有如為風雨飄搖、顛躓難行的中晚唐歷史，宣示了一種預言式的哀傷。直到晚唐時候，長安依舊沉陷於秋冬型的悲劇性之中而無法回春復陽，如李商隱在〈樂遊原〉詩中吟出了「夕陽無限好，只是近黃昏」的遲暮之情，在〈曲江〉詩裡以「望斷平時翠輦過，空聞子夜鬼悲歌」形容陰森詭魅的敗落景象，而〈暮秋獨遊曲江〉詩亦於秋深荷枯的背景下寫出「荷葉生時春恨生，荷葉枯時秋恨

成」的詩句,自述其結穴於恨的悲劇人格與時代感受;杜牧的〈登樂遊原〉也曾道:「看取漢家何事業,五陵無樹起秋風。」其殘破肅殺同樣令人不堪回首;韓偓的〈故都〉一詩對長安的遙想則是「寒雁已侵池籞宿,宮鴉猶戀女牆啼」,淒涼陰冷之寒雁啼鴉取代了杜甫回憶中曾在此棲宿的富麗彩耀之鸚鵡鳳凰,溫庭筠則以〈橫盧寺有開元中錫宴堂樓臺池沼雅為勝絕荒涼遺址僅有存者偶成四十韻〉一詩表現出今昔盛衰之別的慨歎,如此種種都具體證明了樂園不可復返的結果。

而失落了開元、天寶的盛世之後,中晚唐的歷史發展和時代心靈都不免籠罩在樂園崩潰的陰影裡。由中晚唐詩歌的觀察可知,此一精神處境不僅表現在對安史亂後的長安的描寫上,也同時反映於對其他樂園主題的運用與詮釋上,與下文第六章第五節〈中晚唐階段——桃花源的幻滅與瓦解〉和整個第七章〈樂園之變調〉等部分並觀,正顯示出隨著時代的演化,唐人的樂園意識已經面臨了結構性、本質性的轉變,而在詩歌創作中留下了清晰的印記。

第五章

由迷而悟

——「尋道」詩的類型探討

第一節 「追尋」的原始類型

　　從唐詩的觀察中，我們注意到一個特殊的追尋題材與基型結構，乃是藉由對某種「道」的具形物（如佛寺、僧徒、道人或隱士）進行探訪的歷程，來展開一種追尋樂園的特殊型態。這種「尋道詩」不但是唐詩中一直持續出現、為不同詩人所共同採用的主題，而尤其引人注意的是不分時代與詩人個別性格的差異，針對此一主題敷陳衍述的方式也都大致遵循著某種普遍共通的模式，可謂完全具備了「基型」的意義。而此一詩歌基型形成背後所仰賴的「形式因」（formal cause），若依照學者佛萊的看法，正可以追溯到神話世界與文學領域一起共享的原始類型（archetype）中的追尋神話：

　　　　「追尋神話」（quest-myth）既在祭禮與民間故事間
　　　　居有中心地位——因此在文學內也居中心地位——一切
　　　　的文學類型，很可能是從「追尋神話」伸延出來的。[1]

因此，雖然在唐詩中「尋道詩」的主題表述已完全解消了神話的內容，但其支撐全詩整體的基本骨架依然不脫「追尋神話」的表達結構。當我們在對唐代詩歌進行樂園意識的闡述時，提出「尋道詩」的深層解析路線，將更有助於進一步認識有唐詩人完成樂園之追尋前，身心方面所歷經的特殊過程和終極意義。

　　不過既然剝除了神話的血肉，追尋的具體對象也必然有所代換移轉，因此在展開論析之前，首先必須對「尋道詩」之「道」界定

---

[1] 見〔美〕衛姆塞特、布魯克斯合著，顏元叔譯：《西洋文學批評史》（臺北：志文出版社，1982年3月），第31章，頁653。

清楚，才能正確掌握此一追尋主題的基型展現，並了解對唐代詩人而言，其所真心關切並付諸實踐的精神價值究竟何在。

第二節　「道」的內涵釐清

於有唐這個儒、釋、道三教蓬勃發展而又時見會通的時代，所謂的「道」指涉的對象，可兼涵釋氏觀想世間虛妄之本質的「佛理」[②]，與道家遊心宇宙所把握萬物消長變化之原理的「道」，乃至世俗化後的道教以長生不死為終極關懷的「仙道」[③]，此皆屬於所謂的「出世法」；此外，亦可通指儒家據以建立社會人倫秩序之準則的「道」，此則屬於立足人間的「入世法」。但是在以入世為重的儒家思想與人生哲學中也同樣蘊涵著「出世」的考慮，此即「隱士」身分之所由來，則儒門堂廡之中，同時並存著入世的理念與出世的選擇，而道的內涵便兼具了兼濟與獨善的雙重色彩。[④]因此在唐詩裡，所謂的道最常見的指涉為同以出世為本質的「佛理之道」與「仙道之道」，以及「隱者之道」；而對道的追尋，則往往表現為對儒、釋、道三派學術思想與人生哲學中都有所發展的出世法之體悟的企求。若就其具現的具體對象言之，其中對「佛理」之領會的企求表現在通往

---

② 如王維〈終南別業〉謂自己中年好佛而暮年隱於輞川的生涯為：「中歲頗好道，晚家南山陲。」又杜甫〈贈蜀僧閭邱師兄〉亦以「道侶」稱僧人：「漂然薄游倦，始與道侶敦。」韓愈〈廣宣上人頻見過〉詩中則說：「學道窮年何所得？吟詩竟日未能迴。」學道同樣是指學佛法。可知「道」字具有佛法、佛理之義。

③ 如中唐韋執中〈陪韓退之竇貽周同尋劉尊師不遇得師字〉一詩云：「星郎同訪道，羽客杳何之？物外求仙侶，人間失我師。」訪道即是求仙侶；韓愈〈華山女〉詩中有句云：「華山女兒家奉道，欲驅異教歸仙靈。」所謂奉道，意同於對道教的遵奉，以排除佛門「異教」。此皆其證。而道家或道教本身即以「道」字為名，其義尤為順理成章，較無疑義。

④ 五代‧劉昫等撰《舊唐書‧隱逸傳》有謂：「高宗天后，訪道山林，飛書巖穴，屢造幽人之宅，堅迴隱士之車。」據其文意，「訪道」即訪求隱士之謂，此則「道」之又一義。

佛寺的道路或對僧人的尋覓上，而對儒、道兩家「出世法」之體悟的企求，則一般地表現爲探訪道士與隱者的歷程。

　　然而，雖然三家哲學各有其思想脈絡與救贖之道，對尋道者所提供的幫助也有不同的重點，但在唐朝的歷史背景與詩歌的藝術效果雙重影響之下，「尋道」的主題卻展現了極高的共通性和一致性。首先，完全源於本土的「仙」和「隱」的追求往往殊途同歸，避居之地與生活情境本就有其相通之處，不但史傳軼聞中常有隱者以採藥而終的故事流傳[5]，單從詩歌史的觀察中也發現：至少早在南朝時代，「仙與隱」便已產生了明確匯流的證據，如宋時謝靈運〈衡山詩〉中曾道：「一老四五少，仙隱不可別。」陳代周弘讓於〈留贈山中隱士詩〉末聯也說：「相看不道姓，焉知隱與仙。」[6]而初唐的張九齡〈奉和聖製經河上公廟〉亦曾云：「昔者河邊叟，誰知隱與仙。」[7]可見仙、隱之間的融通莫辨，逐漸地促使道士與隱者形象的合一。

　　事實上，兩者間除了是否以長生不死爲終極目標的差別外，其出世情境的高度近似性，當是常被相提並論的主要原因。[8]此外，隱士

---

[5] 如《後漢書・逸民列傳》便記載：東漢隱士龐公「居峴山之南，未嘗入城府。夫婦相敬如賓。荊州刺史劉表數延請，不能屈，乃就候之。……因釋耕於壟土，而妻子耘於前。……後遂攜其妻子登鹿門山，因采藥不反。」龐德公之隱者身分殆無疑義，但其生平又以託言採藥而不知所終做結，卻為之染上濃厚的仙化色彩。此外，東漢之隱逸者臺佟，其「鑿穴為居，采藥自業」的行跡也近似道家修煉之流，見王仁祥：《先秦兩漢的隱逸》（臺北：國立臺灣大學文學院，1995年5月），「東漢時期」部分，頁26。

[6] 引自逯欽立輯校：《先秦漢魏晉南北朝詩》（臺北：木鐸出版社，1983年9月），頁1186、2465。

[7] 見清・康熙敕編：《全唐詩》（北京：中華書局，1990年2月），卷49，頁595。

[8] 李豐楙也表示過：「道教中人的希企神仙，本質上雖有異於隱逸性格者，但由於超越現實的理想性與實際隱處求道的生活，有相當一致之處，所以仙境、神仙等也就易於成為一種方外、世外的隱喻符號，對於隱居型文士特別具有吸引力。」李豐楙：〈唐人遊仙詩的傳承與創新〉，《憂與遊：六朝隋唐遊仙詩論集》（臺北：臺灣學生書局，1996年3月），頁80。

的生活型態又可旁通於佛僧的遊心世外，故而唐時有名為「招隱寺」的佛院，劉禹錫、張祜兩人也都分別作過〈題招隱寺〉詩，可見隱居者的方外性格有時也無妨與棄俗離世的宗教信仰相結合，而投身託庇於佛門之中，形成了「以寺招隱」的特殊宗旨與新鮮趣味。至於佛門與仙鄉的相提並論，早在隋朝孔德紹的〈登白馬山護明寺詩〉中便已直稱佛門淨地的護明寺為充滿神仙色彩的「閬苑」、「仙都」[9]，而帶有道教語彙的「金仙」一詞，有時也被用作佛的代稱，如岑參〈登總持閣〉之「早知清淨理，常願奉金仙」者是。這種匯通了道士、僧人與隱者的文學現象固然有其政治上與學術上三教融合的歷史因素存在，但此三者同樣不以塵務經心的出世追求與避離於山林之中的生活情境，所提供的詩歌想像上抒情意境的近似性，更是唐詩裡此種「追尋主題」賴以表現的一大原因。正是因為佛寺所在與僧人、道士、隱者所居之地，大多是位於遠離人煙的山林幽僻之處，屬於出塵的世外聖地，其所提供的人生體驗又是超凡脫俗的清淨境界，雖然思路上有儒、釋、道的殊途異法，但卻都同歸於超越自我與世俗以得到淨化與提昇的終極目的，因此提供了追尋的根源與動力，故本節便將對三者的探訪總名之為廣義的「尋道」，而抽象的道賴以具形的所在則為悟道之聖地。

　　但在闡述此一「尋道詩」的基型結構與主要特質之前，我們應了解到：佛寺與隱士所以選擇山林以為出世之地的道理究竟何在？而此種選擇的地緣條件，其與「尋道」的結構和結果又有何必然的關連性？解答了第一個問題之後，第二個疑問也就迎刃而解。先就佛寺而言，佛寺與道觀一樣，做為宗教清修體系中的聖地，以煙塵不到的山

---

[9] 其詩云：「名岳標形勝，危峰遠鬱紆。……暫同遊閬苑，還類入仙都。」見逯欽立輯校：《先秦漢魏晉南北朝詩》，頁2721。

林爲營建的所在來避免俗眾的侵擾，其道理似乎較容易理解，例如
《楞伽師資記》記載五祖弘忍主張學禪時，「不向城邑聚落，要在
山居」，如此則可「養性山中，長辭俗事，目前無物，心自安寧。」
《抱朴子・內篇》也表示：「山林之中非有道也，而爲道者必入山
林，誠欲遠彼腥羶，而即此清淨也。」[10]因此才肯定山林乃「養性之
家」，爲「遺俗得意之徒」棄世事如忘而退棲幽遁之處。[11]但隱士身
分的形成既無宗教上清修的要求，其心靈成分又與非宗教人士的俗眾
有異，而在展現尋道過程的詩例中，詩人所往訪的對象更以隱者的身
分居多，於此一樂園追尋型態中具有內容詮釋上的關鍵地位，因此對
詩中常常缺席的隱士所象徵的意義，便有加以充分釐清的必要。

　　「隱士」與「隱者」是中國文化的特殊結構裡所孕育出來的特
殊人物，在一人獨尊爲萬法之源的封建王朝統治之下，士人（即知識
分子）對政治、乃至於對整個時代的參與，往往有賴於所謂的「君臣
相得」才能確保理想的實踐與志業的完成；但若一旦君臣失歡交惡，
整個官僚體系所提供的出路便只有官小職卑的沉淪下僚，甚至遠謫蠻
荒與殺身之禍亦時有所聞。而除此之外，整個文化只提供了士人唯
一一個自我能夠主宰的人生選擇項，那便是退守隱居、不問天下，此
外便難有其他實現自我的可能。《易經・坤文言》言：「天地閉，賢
人隱。」《論語・泰伯篇》亦謂：「天下有道則見，無道則隱。」於
是「仕」與「隱」的二元對立便造成傳統知識分子人生選擇與活動型
態的絕對極端化，而其處世方式、人生遭遇與人格養成也莫不受此影
響，因此韓愈〈上宰相書・後廿九日復上書〉便云：

---

[10] 見晉・葛洪著，王明校釋：《抱朴子內篇校釋》（北京：中華書局，1988年7月），卷10
　　〈明本篇〉，頁187。

[11] 引自晉・葛洪著，王明校釋：《抱朴子內篇校釋》，卷5〈至理篇〉，頁111。

古之士三月不仕則相弔，故出疆必載質。然所以重於
自進者，以其於周不可，則去之魯；於魯不可，則去
之齊；於齊不可，則去之宋、之鄭、之秦、之楚也。
今天下一君，四海一國，舍乎此則夷狄矣，去父母之
邦矣。故士之行道者，不得於朝，則山林而已矣。

又曰：

山林者，士之所獨善自養而不憂天下者之所能安也。
如有憂天下之心，則不能矣。[12]

這兩段說明清晰地指出，知識分子在大一統的王朝中斷喪了以仕進行
道的出路時，若仍要堅持理想、維護自我（亦即「獨善自養」），
則歸隱山林便成了唯一能夠採取的必然選擇，不但呼應了自孟子所謂
「窮則獨善其身，達則兼善天下」[13] 以來，綿亙了一千多年（且此後
仍將持續千年以上）知識分子出處進退的二元對立，而「荒塗橫古
今」[14] 的「荒途」之所以在山林間蜿蜒曲展其寂寞荒涼的道路，也得
到了一番解釋：在無可遁逃的天地之間，猶然處於原始狀態而為人力
所不及的自然山林，便成為拋除俗世之憂而足以恣意安排己身的最佳
去處。

---

[12] 見唐·韓愈著，馬伯通校注：《韓昌黎文集校注》（上海：古典文學出版社，1957年12
月），卷3，頁95。

[13] 見《孟子·盡心上》：「古之人，得志澤加於民，不得志脩身見於世，窮則獨善其身，達則
兼善天下。」宋·朱熹：《四書章句集注》（臺北：大安出版社，2013年8月），頁492。

[14] 語出晉·左思：〈招隱詩二首〉之一，見逯欽立輯校：《先秦漢魏晉南北朝詩》，頁734。

　　選擇了隱居山林的「荒途」之後，走在荒途上的人們在詩歌文獻中便被冠以「逸人」、「幽人」、「山人」、「野人」、「徵君」、「處士」等稱呼，這些都是「隱士」、「隱者」的同義語，彼此雖有代換而指涉無異，展開的皆是脫身於官場及世俗之外，以簡樸自資而狎遊於煙霞泉石之間孤寂卻自由的人生道路；與西方文化源頭的希臘相較，希臘文裡「隱士」一詞原意是指沙漠，而以荒漠帶給人一種孤寂感，此與東方的隱士所連帶的聯想可謂同中有異：在中國，身心自由是與大自然蓬勃的生機聯繫在一起，形成人與自然相互滌清、彼此提升的共生結構體。這個由「隱士」的存在來具體實現的共生結構體，鎔鑄了人類的自由意志與開放心靈，以及自然界的流轉生機與美感表現；而藉著對此一由「隱者」所具現的理想情境的尋訪，導致了更高的領悟，整個過程便展示出耐人尋味的深意。[15]

---

[15] 此處應加補充的是：隱於山林時，自然的環境條件自屬必需，但即使是所謂「大隱隱朝市」（晉·王康琚：〈反招隱詩〉）的隱士逸人，也莫不極力將隱居之所營建為一處與世隔絕的靜僻之地，不為咫尺之外的俗塵所擾，因之亦屬同一範疇而應並觀同論。如王維〈春日與裴迪過新昌里訪呂逸人不遇〉便是其例：「桃源四面絕風塵，柳市南頭訪隱淪。到門不敢題凡鳥，看竹何須問主人。城外青山如屋裡，東家流水入西鄰。閉戶著書多歲月，種松皆作老龍鱗。」詩中被訪的呂逸人，選擇了長安「朱雀街東第五街，即皇城東之第三街，街東從北第一坊」向南第八坊的新昌里為隱遁所寄，原本即脫離不了繁華都城的背景，引文見宋·宋敏求：《長安志》，卷9，《景印文淵閣四庫全書》第587冊（臺北：臺灣商務印書館，1986年7月），頁136；再由「東家流水入西鄰」之句也可知此乃鄰舍相依的人煙聚集處。但就全詩而言，其地之根本性質仍是與山林無異：四周松竹圍繞，營造出隔絕了四周煙塵的一帶綠蔭，其清幽寧靜之雅趣可想；城外青山透窗入眼、近如屋裡，有如裝飾室內的窗畫般，因而隨時皆有朝煙夕嵐之景可觀，加以此間主人長久以來「閉戶著書」的生活型態，可見其刻意隔絕外界、自成天地的堅持，正是一處首聯稱為「四面絕風塵」的「桃源」。其全力固守，以貞心長青之松竹為藩籬，使之不與外界雜甽的高度封閉性，完全與山中隱者一致，故雖在紅塵之中，世外之意卻與山林無異，正如王維〈濟州過趙叟家宴〉詩所言：「雖與人境接，閉門成隱居。」與李白〈別韋少府〉詩所說：「築室在人境，閉關無世諠。」都是承襲自陶淵明「結廬在人境，而無車馬喧」的隱居系統，應視為同一類型的展現。

第三節　「尋道不遇」詩的基型分析

在追尋的過程中，我們首先注意到的，是一種特屬於唐詩才有的「尋道而不遇」的基型[16]，透過被訪者的缺席，而引發尋訪者內在精神轉化的契機，從而啓發了超凡入聖的心靈體驗。

從初唐開始，「尋道而不遇」的題材便已露端倪，魏知古〈玄元觀尋李先生不遇〉詩即爲首例，其詩云：「羽客今何在，空尋伊洛間。忽聞歸苦縣，復想入函關。未作千年別，猶應七日還。神仙不可見，寂寞返蓬山。」但觀其內容與結構，明顯可見此一基型尚未成熟，僅僅堪稱雛形初具。然而隨著時間的延展，此後卻於整個有唐一代逐漸浸假成爲一個詩人習用的詩類。其中包括：

丘爲（天寶進士）的〈尋西山隱者不遇〉；孟浩然的〈尋菊花潭主人不遇〉；王維的〈過香積寺〉與〈春日與裴迪過新昌里訪呂逸人不遇〉；裴迪的〈春日與王右丞過新昌里訪呂逸人不遇〉；崔曙的

---

⑯ 1983年東京汲古閣書院所出版的《小尾博士古稀記念中國學論文集》中，收錄有漢學家石川忠久發表的〈「尋隱者不遇」詩的生成について〉一文，首度注意到唐詩中這類描寫尋隱者不遇的題材，唯其論述僅以「隱者」爲對象，並主要是以六朝詩爲探討範圍。其後，於1995年大陸所舉辦的「魏晉南北朝文學國際學術研討會」上，加拿大學者方葆珍（Paula Varsano）亦曾提出由英文撰寫的〈荒野中的樂園：尋隱士而不遇〉一文，除了將此一次級體裁（sub-genre）抉發出來，並進一步對其慣例手法與敘述結構有精闢的闡釋，可謂頗具創發性，使筆者深受啓發，見〔美〕方葆珍（Paula Varsano）：〈荒野中的樂園：尋隱者不遇〉，南京大學中國語言文學系主編：《魏晉南北朝文學論集》（南京：南京大學出版社，1997年9月），頁307-322。本節的探討將在其基礎上加以擴大，不但在範圍上由隱士拓展到佛僧與道士，而從更超越的「道」的層面來觀察；同時在方法論上也另闢蹊徑，除了一些相關的文學理論之外，主要是採取神話學的分析來展現此一基型的內蘊，或可爲其文之補充。

〈嵩山尋馮煉師不遇〉；李白的〈訪戴天山道士不遇〉和〈尋山僧不遇作〉；皎然的〈尋陸鴻漸不遇〉、〈訪陸羽處士不遇〉和〈往丹陽尋陸處士不遇〉；王建的〈尋李山人不遇〉；韋應物的〈因省風俗訪道士姪不見題壁〉；劉長卿的〈尋南溪常山道人隱居〉、〈過白鶴觀尋岑秀才不遇〉、〈過鄭山人所居〉和〈尋洪尊師不遇〉；姚鵠的〈尋趙尊師不遇〉；白居易的〈尋郭道士不遇〉；元稹的〈尋西明寺僧不在〉；皇甫冉的〈福先寺尋湛然上人不遇〉；孟郊的〈訪嵩陽道士不遇〉；竇牟的〈陪韓院長韋河南同尋劉師不遇得同字〉；劉禹錫的〈尋汪道士不遇〉；韓愈的〈陪韓院長韋河南同尋劉師不遇得尋字〉；韋執中的〈陪韓院長韋河南同尋劉師不遇得師字〉；魚玄機的〈訪趙煉師不遇〉；賈島的〈尋隱者不遇〉；許渾的〈尋周煉師不遇留贈〉、〈與張道士同訪李隱君不遇〉和〈訪別韋隱居不值〉；李商隱的〈北青蘿〉和〈訪隱士不遇成二絕〉；劉得仁的〈山中尋道人不遇〉；皮日休的〈訪寂上人不遇〉；陸龜蒙的〈和訪寂上人不遇〉和〈訪僧不遇〉；于鄴的〈訪僧不遇〉；薛瑩的〈訪武陵道者不遇〉；聶夷中的〈訪嵩陽道士不遇〉；溫庭筠的〈題盧處士山居〉；顧非熊的〈題馬儒乂石門山居〉；于武陵的〈夜尋僧不遇〉；韓翃的〈尋胡道士不遇〉；杜荀鶴的〈訪道者不遇〉；韋莊的〈訪含弘山僧不遇留題精舍〉；孟貫的〈山中訪人不遇〉等，洋洋灑灑地貫穿了整個唐代詩歌的歷史。

一、典型詩作的個別闡釋

在這些詩中，〈過香積寺〉是一首表現「尋道」歷程之典型結構的代表作。綜觀全詩，似乎表面上只是一個尋幽訪勝的偶發事件，只是一段餘暇時短程遊歷經驗的詩意記錄，但是透過其內在深層結構與

象徵意義的分析，我們可以清楚地看到「由迷而悟」的線索環環相扣地一路展開，貫穿並浮現於全詩之中，其詩云：

> 不知香積寺，數里入雲峰。古木無人徑，深山何處鐘。泉聲咽危石，日色冷青松。薄暮空潭曲，安禪制毒龍。

首聯以「不知」突兀而起，極深刻地把握住「追尋」之行動的微妙本質：事實上，一切的追尋都奠基在追尋對象的不明確上，追尋者內心深處朦朧地醞釀著一個更高於目前所知、而足以引領自我超越的「道」，但對道的形貌及其究竟意義，卻並不能在追尋歷程的出發點上就充份在握，否則又何來追尋的必要？只有在對象處於一種令人「心嚮往之」的高度，而且與追尋者之間橫互著一段遙遠的距離，才能引發追尋的動力並化為實際的行動；而這個「道」向追尋者開顯的內涵，可以說就是一種人生目標、理想生命境界或美好樂園的代名詞，但正是因為一切崇高的理想、境界和樂園嚮往都只提供精神性的「方向」，而不以具體可見的物質性目標為限，於是不但其結果可以因人而異，其程度更有高下之別，而「道」的本身也就稟具了不可究詰的未知性。因此詩中象徵著道之展現的香積寺，是一個只知距離有「數里」之遙、高度在「雲峰」之上，但其確切位置又顯然「不知」的奇妙聖地。由此出發，詩人展開了追尋的旅程，但顯然地，這是一條不同於凡俗之追求因而人跡罕至的「荒途」，小徑上很可能連前輩的足跡都已湮滅難辨，唯有活過漫長歲月的參天古木屹立在旁，見證著古往今來極少數不畏寂寞而敢於向未知叩門的尋道者才會踏上的「無人徑」，正與天下人熙熙攘攘、摩肩擦踵的喧闐大路迥然有別。雖然沒有成功的保證與外來的鼓勵，然而尋道者的毅力和執著終究不

會使自己迷失，接下來所說的「深山何處鐘」便彷彿是那仍舊不知隱身何處的「道」所發出的回聲，就在這適時的呼應之中詩人便取得了一種肯定和保證，足以使自己雖迷而不疑，臨危而不懼，繼續循聲向著「未知」而去。因此當追尋的過程中遭遇到外在環境所造成的橫逆和阻礙，有如「泉聲咽危石，日色冷青松」一聯所示，不只是泛寫「深山恆境每每如此，下一『咽』字，則幽靜之狀恍然；著一『冷』字，則深僻之景若見。」[17]而更可以視之爲如「咽危石」之不順、如「日色冷」之寒寂般的一種困頓的象徵，這是心理學家所指出的「學習高原」（plateau of learning）[18]，乃一切求道者在追尋的過程中到達一定的程度時必然面對的關卡，王維在〈與胡居士皆病寄此詩兼示學人二首〉之一亦曾以「洗心詎懸解，悟道正迷津」來明示「學人」此種迷妄窒礙的存在；但只要一旦盡全力突破此一瓶頸而超克了挑戰，便能躍升進入一個嶄新的境界而脫胎換骨，亦即是由「不知」而「知」，由「迷」而「悟」，由「凡」而「聖」，因此末聯便以「薄暮空潭曲，安禪制毒龍」做結，顯示了作爲一個求道者的詩人終於完成其追尋的旅程，在未必到達香積寺、或入寺與僧徒當面晤談析疑的情況下[19]，便已自我洗滌與淨化，達到了從未知的迷障中超越，並獲取更高之開悟的最終目的。

---

⑰ 見唐‧王維著，清‧趙殿成箋注：《王摩詰全集箋注》（臺北：世界書局，1996年6月），卷7，頁103。

⑱ 此種「高原現象」爲在學習曲線上顯示的一段有練習而不進步的水平線現象。見張春興：《張氏心理學辭典》（臺北：東華書局，1995年11月），頁491。

⑲ 從詩題〈過香積寺〉中的「過」字，似乎王維曾親臨其地；但檢視地理籍志的記載，並未明指寺前有潭，而如《長安志》言其「與麻池相近」，仍不能確定此池是否即緊鄰寺邊之水潭，王維領悟「安禪制毒龍」之道理的「潭曲」或也可能只在通往佛寺的路上。不過可以肯定的是詩人並未進入寺中，也未嘗與寺僧面晤，便已完成追尋的意義，故仍屬於「尋道而不遇」的基型表現。

其次，晚唐時李商隱的〈北青蘿〉一詩也藉由探訪孤僧而展現此
一結構模式：

> 殘陽西入崦，茅屋訪孤僧。落葉人何在？寒雲路幾
> 層？獨敲初夜磬，閒倚一枝藤。世界微塵裏，吾寧愛
> 與憎？

綜觀全詩，知詩人在黃昏時節至青蘿山尋訪某位孤居茅屋的僧人，且
猶如王維〈過香積寺〉首聯的「不知香積寺」般，很快地直接切入
未遇的主題——「落葉人何在」；而後有關探訪的路程雖只有「寒雲
路幾層」一句的簡述，便進入腹聯的「獨敲初夜磬，閒倚一枝藤」，
用以描寫詩人於訪僧未遇後，獨自盤桓於充滿僧人活動痕跡與其心靈
餘韻之茅舍的情景[20]，但此三句已然勾勒出由迷將悟之時，作為尋道
者的詩人內心中層層遞進的種種軌跡：從一開始由「寒雲路幾層」所
代表的未知性引發的疑慮困惑中勇於邁步向前探索，再到「獨敲初夜
磬」的敲磬之舉，頗有躬自踐行其日常修道功夫以進一步鍛鍊自我、
努力超越的象徵意味，終而在「萬籟此俱寂，唯聞鐘磬音」[21]的空靈
境界中得到初步淨化，達到「閒倚一枝藤」所展現的閒適自在、悠然
自如的體會。而經歷此一階段的心理轉折，最終便順理成章地越過門

---

[20] 或謂此乃想像僧人平日應有的活動形貌，亦無不可。而此種於尋訪過程中，除沿途景物描寫
之外又間以想像對方、虛擬實境的結構，亦為同類詩歌常見的手法，正如李商隱〈訪隱者
不遇成二絕〉之二云：「城郭休過識者稀，哀猿啼處有柴扉。滄江白石漁樵路，日暮歸來雨
滿衣。」全詩便是勾勒隱者日常活動的想像之詞，馮浩即注曰：「此章想其歸途也。既不入
郭，則當從漁樵之路而歸矣，非義山自歸也。」見唐·李商隱著，清·馮浩箋注：《玉谿生
詩集箋注》（臺北：里仁書局，1981年2月），頁752。

[21] 此聯為盛唐詩人常建〈題破山寺禪院〉詩中語，其「空人心」之境界亦可移置此處互參。

檻，對自己深深陷溺於愛憎之情而執著不悔的個性投射一道理性認知的光照，進而提醒自己在認清了世界本如微塵般微不足道的眞理時，又豈能繼續沉淪於愛恨笑淚的情感束縛中不願自拔？「吾寧愛與憎」的「寧」字爲「豈可」之意，乃以質疑反詰之詞表達一種對現時之我的反省與否定，而正是在此覺醒之際便達到了超越自我的終極境界。

固然李商隱乃是一往情深、「往而不返」的情感典型[22]，因而有「春蠶到死絲方盡，蠟炬成灰淚始乾」（〈無題〉）、「荷葉生時春恨生，荷葉枯時秋恨成。深知身在情長在，悵望江頭江水聲」（〈暮秋獨遊曲江〉）之類的詩句，顯示一種與悲劇相始終的生命情調，卻又有著充分自覺而不欲解脫的陷溺執著，所謂「深知身在情長在」，正是這種自甘沉淪於愛憎之情的夫子自道。因此在〈北青蘿〉詩中末聯部分所提出「吾寧愛與憎」的開悟之語，便似乎和他的人格型態產生了矛盾與衝突，但與其說是詩人一時敷衍的媚俗討好之詞，毋寧將之視爲詩人努力自我救贖、卻終其一生徒勞無功之餘，所保留下來的掙扎的痕跡；同時更可以顯示出「尋道不遇」此一詩歌基型強大的規範力量，連陷溺至此的詩人李商隱都不免於其深層結構的影響，而表現了超越本性的另類風貌。

除此二首之外，劉長卿的〈尋南溪常山道人隱居〉也是此一詩歌基型結構完整而又明確有力的具體表現，而尋訪對象則由佛僧轉爲道人：

> 一路經行處，莓苔見履痕。白雲依靜渚，芳草閉閒

---

[22] 此乃繆鉞所提出的見解，謂：「李義山蓋靈心善感，一往情深，而不能自遣者。」在深於哀樂的兩種方式中，屬於由屈原所代表的「往而不返者纏綿」一派，與由莊子所代表的「入而能出者超曠」一派相對。繆鉞：〈論李義山詩〉，《詩詞散論》（臺北：臺灣開明書店，1979年3月），頁57。

門。過雨看松色，隨山到水源。溪花與禪意，相對亦
忘言。

章燮《唐詩三百首注疏》評本詩云：「此詩不分起承轉合，句句尋不
見道士意。以『不見道士意』為主，偏寫出所見者，如此熱鬧。」[23]
自首聯踏上此一莓苔滋漫的清寂小路開始，經由觸目所見的山水景
觀，「靜」與「閒」的自然本貌就逐漸透過感官的媒介而作用於心靈
層次，形成了不斷自我沉澱的精神工作；此後又隨著山雨滌淨松色使
之清潤如新，以及行步至水源盡頭到達尋道旅程的終站，逐一點一點
地剝落塵心俗念而完成了與溪花相對忘言的理想心靈狀態。這時，詩
人從「不遇」所取得的報償早已超出了尋訪伊始所懷抱的預期，因為
「花與禪本不相涉，而連合言之，便有妙悟」[24]，這種「妙悟」乃是
產生於終止理性判斷與思想運作後，所引發的感性意識與原始機趣
交互綜攝、彼此融通的結果；而「忘言」的境界更是擺脫了言語機
制並超越了智性束縛始得臻至，王弼稱：「故言者所以明象，得象而
忘言；象者所以存意，得意而忘象。」[25]順著此一由外而內、由具體
物象而抽象語言而心靈感悟的深化原則，詩人在面對溪花之「象」而
「忘言」，同時又且把握住其中涵蘊的「禪意」——一種關乎人生與
萬有存在的內在本質，這正是與尋訪對象面遇會談時絕對無法提供的
深刻體驗。因此唯有「不遇」的型態才能製造適切的情境，使自我一
方面向靜美的自然山林開放，以擷取調適淨化的外在契機；一方面也
促使自我向深層的精神內部挖掘，以期獲得超越和解悟的可能性。由

---

[23] 轉引自歐麗娟：《唐詩選注》（臺北：里仁書局，1998年10月），頁394。

[24] 語見俞陛雲：《詩境淺說》（天津：天津人民出版社，2008年9月），頁14。

[25] 見魏晉・王弼：《周易略例》（臺北：臺灣中華書局，1980年），卷10〈明象〉，頁9。

此可知，「尋道而不遇」的基型正是自我追尋的詩歌表述。

　　同樣地，有別於前述數首以佛、道爲對象，而轉訪隱士的丘爲〈尋西山隱者不遇〉詩，並沒有因對象的改換而動搖到此一基型的根本結構，此處先錄其詩如下：

　　　　絕頂一茅茨，直上三十里。扣關無僮僕，窺室惟案
　　　　几。若非巾柴車，應是釣秋水。差池不相見，黽勉空
　　　　仰止。草色新雨中，松聲晚窗裏。及茲契幽絕，自足
　　　　蕩心耳。雖無賓主意，頗得清淨理。興盡方下山，何
　　　　必待之子。

在這首作品中，首聯先指出隱者所居的高遠，正與王維〈過香積寺〉中「不知香積寺，數里入雲峰」的起句相仿；次聯則跳過尋訪的路程而迅速切入「未遇」的結果，表面上似乎與前文之分析有所出入，其實其根本結構仍然十分穩固，試看第三聯所言乃對隱者之活動行止的想像，恰與李商隱〈北青蘿〉中的「獨敲初夜磬，閒倚一枝藤」如出一轍[26]，而接著在第四聯感嘆彼此錯過的缺憾之後，以下便完全進入對周遭景物如新雨草色、晚窗松聲的描寫，從美感觀照的欣賞以迄物我交融的無聲轉換中，詩人的內在心靈也同時展開了不假外求的調整與淨化，最終亦達到「頗得清淨理」的終極領悟。而從末二聯中「雖無賓主意」和「何必待之子」之語，似乎詩人也已經體會到尋訪對象的缺席非但不是此行落空的挫折或失敗，而是正好恰恰相反，尋訪之特定對象的「虛位」反倒促進了尋訪者注意力的轉移，並因此開拓出更豐富的可能性和更高深切己的領會，這可以說是此類詩歌中超出

---

[26] 參本章注[20]之分析。

「用而不知」或「知而不言」之層次而現身說法的極少數例子，適足以作爲吾人探討的旁證。

透過以上四首分別以寺廟、僧人、道士、隱者爲尋訪對象之詩作的具體分析，首先是我們可以更清楚地看到：在唐詩中確然存在著禪佛、仙道與隱逸三種不同身分之重疊與生命意境之交會融通的現象，故劉長卿探訪「道人」之住處而稱「隱居」，於「道人隱居」之處所領會者又爲釋家的「禪意」；丘爲於「西山隱者」之處所掌握的，則爲與王維在佛門中習效者近似的「清淨理」[27]，可見尋道者殊途同歸，擺落了、或會通了不同家數作法上的差異，而在出世、超俗的境界上達到對某種超越意義的「道」的共同解悟。除此之外，最重要的是我們透過這些詩歌的探討，可以釐清並歸納此類作品藉由「尋道不遇」之主題來展現「由迷而悟」之心理歷程，其中所蘊涵的典型結構與深層意義。

二、結構與意義的綜合分析

事實上，「尋道而不遇」的詩類本就是「追尋主題」的一種表現，雖則其中非理性的神話色彩早已蕩然無存，但學者投入神話情節的研究之後所揭示出的人類情感的共通性和心靈結構的普遍性，依然能在此處提供深刻而有效的詮釋。正如當代神話學者喬瑟夫·坎伯所指出的：

---

[27] 如王維〈飯覆釜山僧〉詩曰：「晚知清淨理，日與人群疏。」又岑參〈登總持閣〉云：「早知清淨理，常願奉金仙。」其中的「清淨理」指的即是以空寂爲無上之至樂的佛法，可與此處互證。

有一種特定的神話，你或許可以稱它做心象追求，追
求一種恩賜，一種心象。這在每個神話中的形式都一
樣，……都給我們同樣的基本要求。你離開你現在的
世界，然後深入、遠行或攀高，在那裡你找到你平日
生活的世界裡欠缺的東西。之後的問題是，要不就堅
持它，拋掉現實世界，不然就是帶著那個恩賜回來，
並且在你回到你的社會時，仍然緊緊的抱著它不放。
那不是件容易的事。[28]

當人們在進行某種「心象追求」時，所依循的「你離開你現在的世
界，然後深入、遠行或攀高，在那裡你找到你平日生活的世界裡欠缺
的東西」此一路徑與此一目的，正與唐詩中「尋道而不遇」之基型意
義相通。而在探討「尋道不遇」的詩歌類型時，我們可以解析出下列
幾項特點：

　　首先，詩人離開日常所處的凡俗世界，然後「深入、遠行並攀
高」，向一個位於「數里入雲峰」、「直上三十里」之絕頂，或「雲
深不知處」的水源所在展開了追尋之路，朝著一個具有「代表人類實
踐其意識狀態的最高精神潛能」之意義，而足以使自己得到啟蒙的某
個對象前進，有如英雄尋找聖杯（Holy Grail）以發現生命之真理的
旅程一般[29]，故其本身就蘊涵著「超凡入聖」的潛在意圖，而且更重
要的是能夠將此一潛在意圖加以具體實踐。

---

[28] 見〔美〕坎伯著，朱侃如譯：《神話》（臺北：立緒文化事業公司，1995年6月），〈英雄
　　的冒險〉部分，頁219。

[29] 此意本於坎伯之說，〔美〕坎伯著，朱侃如譯：《神話》，頁334。

　　其次，整個追尋所展開的過程，主要是建立在與世隔絕的大自然遼闊而雄偉、或清寂而優美的背景上。其最大的功能便是對剛剛脫離凡俗的塵心施予淨化與滌清的工作，彷彿「儀式」的作用一般，正如神話學者所言：

> 就像一切意欲進入更高真理境界的人一樣，必須在實現這一目的之前做一番具有淨化作用的準備儀式，然後他才能最終企及人馬的境界。（案：此處「人馬的境界」即最高智慧的展現）[30]

因此尋道過程中所經的以大自然為背景的路途，其本身即是求道過程之整體結構中不可或缺的主體。尋道者由凡俗的外界介入，在到達目的地之前，這段長遠的上坡山路不但是形式上全詩構成的主體部分，因而必定占有一定的篇幅；同時更具有內容上引帶了心境轉折的關鍵意義。隨著路途的深入、遠行與攀高，其沿途風景物色也一一呈現，即使這些景物的描寫是在詩人到達而不遇之後才開展，其所發揮的淨化作用亦無不同，因為此時兼具求道者之身分的詩人所進行的不只是景物的遊覽而已，所有這些眼之所睹的白雲、青松、幽泉、水霧、落葉、溪花、芳草，以及耳之所聞的松濤、鐘聲、磬音等山景，非徒寓目所見、耳遇成聲的外部描繪，更是主觀心境與外在自然環境正在不斷地交互作用、互相開放的顯露。故這段表面上的風景描寫（即所謂的「景語」），並不是經驗主義者心目中所認為的種種「形象只是使

---

[30] 引自〔英〕威廉·比希·斯泰恩：〈《華爾騰》：人馬的智慧〉，〔美〕約翰·維克雷編：《神話與文學》（上海：上海文藝出版社，1995年4月），頁282。

外物把自己印在心靈之蠟上的方式得以具體化。」[31]換言之，也就是如印之印泥般客觀地複製其形貌而已；事實上，其中隨著路程延伸而紛然呈顯的自然景物，代表的「不僅是外在事物的影子，也不僅是主觀的妄想，而是人與自然的結合。這個結合保證人與自然可同時參與到某種超越的存在裡面去。」[32]而這種人與自然結合的關係，內外交織莫辨地記錄了求道過程中心靈層層蛻變的軌跡，有如接受了身心的洗禮。

同時，就在此追尋的過程中，自然景物除了具有淨化作用的儀式性質之外，往往也是表現外來之障礙與內發之疑惑相結合的媒介，諸如「泉聲咽危石，日色冷青松」、「落葉人何在，寒雲路幾層」、「芳草閉閒門」或「差池不相見，黽勉空仰止」……等抒發憂疑感嘆之情的詞語，在在都隱示著一種心靈遭受的困境，而造成追尋之路的一大轉折。此一結構及其意義正與西方「抒情浪漫長詩」頗有類同之處，可資並觀互參：艾伯林斯（Meyer H. Abrams, 1912-2015）在描述「浪漫抒情長詩」（greater romantic lyric）時，除了提出其「以山水景物起，以情語結」的特色之外，還指示其詩中間的結構部分常出現一種由某種遭遇所導致的心靈變化，亦即：「承受了一種悲劇的損失而做了某種道德的決定或解決了某種情感的困難。」[33]

---

[31] 引自現象學者〔德〕烏夫崗・衣沙爾（Wolfgang Iser, 1926-2007）著，岑溢成譯：〈閱讀過程中的被動綜合〉，收入鄭樹森編：《現象學與文學批評》（臺北：東大圖書公司，1991年4月），頁84。

[32] 引自〔美〕衛姆塞特、布魯克斯合著，顏元叔譯：《西洋文學批評史》，第26章，頁538。

[33] 見其'Structure and Style in the Greater Romantic Lyric', Harold Bloom: *Romanticism and Consciousness* (New York，1970)，p.201。引自葉維廉：〈中國古典和英美詩中山水美感意識的演變〉，《飲之太和——葉維廉文學論文二集》（臺北：時報文化公司，1980年1月），頁126。

此一敘述所提出的現象及其因果關係似足以與「尋道不遇」詩相互發明：「以山水景物起」固然十分類似，「以情語結」也符合「尋道不遇詩」末尾部分的證道之語（此點詳待下文再述）；而所謂「悲劇的損失」若不拘泥於字句上的強烈性而視之爲一種危疑不定、失落挫敗的負面情境，則亦相通於此處由「泉聲咽危石」、「落葉人何在」、「寒雲路幾層」、「芳草閉閒門」以及「差池不相見，黽勉空仰止」等詩句所展現的性質。於是我們便深切了解到，在尋道過程中，外來障礙與內發憂疑等「悲劇的損失」存在的必要性，乃在於它就是逼出「做某種道德決定或解決某種情感困難」的關鍵，是使最終的證道成爲可能的先決條件。

於是這蜿蜒的山路就隱含了神話學者艾利亞得所謂的「門檻」的意義：

> 分隔兩個空間的門檻也標示著介於兩種生存模式之間的距離，即凡俗的與宗教的。門檻是區別與對立兩個世界的界限、邊界與邊境──同時也是那些世界互相溝通，使由凡俗通往神聖的世界之通道成爲可能的矛盾地帶。㉞

山路的兩端所聯繫的，一是此行的起點──即詩人以「一般我」和

㉞ Mircea Eliade: *The Sacred and the Profanee: the Nature of Religion,* trans. by Willard R. Trask (New York: Harcourt, Brace & World, Inc. 1959), p.25. 此處中文譯文錄自張淑香：〈邂逅神女──解《老殘遊記二編》逸雲說法〉，國立臺灣大學中文系編印：《語文、情性、義理──中國文學的多層面探討國際學術會議論文集》（臺北：國立臺灣大學中文系，1996年7月），頁449。

「社會我」為生存模式的凡俗世界，是充滿妄心執念與種種束縛苦惱的低地塵寰；而與此相對立的另一端則是已然實踐「人類意識潛能的最高狀態」的高人所活動的崇高聖地（sacred place），代表的是「超我」或「精神我」的終極實現。在這個通道上，尋道者脫離了凡俗的生存模式，但又尚未企及那未知的神聖世界，因此便不免產生來自於兩頭蹈空而無所依恃的憂疑之感；但只要尋訪的目標不變，也不為此中無論是心靈的或環境的障礙所阻，從而努力地「做某種道德決定或解決某種情感困難」而堅持下去，終究會突破門檻的矛盾性而取得入門的資格，成為由俗而聖的真正通道，並獲取登堂入室的保證。

但是，在這道門檻之後還有一個關鍵性的考驗，那便是作為一個「被引見者」，正當詩人已通過層層淨化滌清與危懼挫折的步驟而到達聖地之際，所面對的卻是尋訪對象的缺席。就一般情況而言，此一遭遇應該是朝聖之旅的中斷與否定，但在此類詩歌基型中結果卻正好相反，詩人有如坎伯所說的一般，得到了超乎尋常的恩賜──在「平日生活的世界裡欠缺的東西」，領受了某種「終極真理」或更高的、超越性的「生存原則」，諸如前述詩例中王維的「安禪制毒龍」、丘為的「頗得清淨理」、李商隱的「世界微塵裏，吾寧愛與憎」和劉長卿的「溪花與禪意，相對亦忘言」，以及李白〈尋山僧不遇作〉末聯所云的「了然絕世事，此地方悠哉」等，都印證了尋訪對象的虛位化恰恰是促使求道者轉向內心頓悟的契機。這正是追尋主題的展現中足堪玩味的現象。

推究其之所以能夠免於由形式層面的失敗而轉向精神意義的再生，其中道理應在於具體有限的「形體人」的消失，不但無損於「無形道」的存在，反而使「道」擁有更加普遍開闊的顯現空間，使周遭一切景物都莫非是體察意義的可能媒介，因為一旦將對象「存而不

論」地納入括號中不使出現，將因此保留更豐富的可能性和更深邃的詮釋空間；同時，被訪者的缺席又能激起尋訪者的充分想像，而此種想像反而可以導出親見對象時所無法提供的無形感悟，正如現象學者衣沙爾（Wolfgang Iser）所說：

> 想像並非對象在休謨（Hume）所謂的「感覺」之基礎上形成的印象，也不是親眼所見的景象；其實，它是要呈象（vorstellen）我們永遠看不到其本身的事物的試圖。………那麼，我們顯然要把感知和呈象分爲兩種不同的通向世界的方法：感知需要對象之實際存在，而呈象則依賴對象之不存在。
>
> 在對於一個對象所形成的形象中，我們「看見」一些當對象實際存在時所看不見的東西。㉟

可見當對象實際顯露於眼前之際，人們所獲得的只是直接印象上的「感知」；而在對象不存在的時候，想像便開始發揮作用，某種「我們永遠看不到其本身的事物」或「看不見的東西」就會被「呈象」出來，而爲我們所「看見」。這種想像，就是通向世界的另一種方法，正可以說明適逢尋道而不遇的「不遇」時刻，對道的解悟之所以會恰恰在此際發生的原因之一。

然而除此之外，還有一個使「不遇」發揮積極效用的更重要的因素，那便是由於目的地中被訪者的「虛位」，使得求道者無法獲得直接而方便的解答，於是詩人只有被迫反求諸己，嘗試從「外在超越」

㉟ 〔德〕烏夫崗・衣沙爾著，岑溢成譯：〈閱讀過程中的被動綜合〉，收入鄭樹森編：《現象學與文學批評》，頁85、87。

轉向「內在超越」[36]，在別無依傍的情況下向內心尋求自我開悟的鑰匙，以免於這趟求道的努力完全落空；何況在到達目的地前，沿路層層累積而步步深化的省思也可以在別無依傍的情況下，順著本身的脈絡進一步獲得自我完成的機會，而到達最終的覺醒階段，因此末聯所提出的悟道之說，可以視為前述過程發展到最後水到渠成的自然結果。適其上山尋道之初，詩人內心蘊蓄的迷惑原即是從自我之內部所形成的，一路上經由內在不斷反覆辯證的充分發酵之後，終於在自身心靈的土壤上得到自發性的成長與覺醒，使得種種有關自我認知、終極命運與生存意義等迷惑之處，都因為有所領悟而至少得到暫時的廓清，並且更進一步獲得了俗界所難能的超越體驗；而唯有不假外求的答案才最真實、也最為切己，對「自我追尋」的完成也最為有力而徹底，於是「未遇」的結果，反而正是促進心靈徹底完成自我調整的有效策略。

　　在以上詳析其深層意義之後，於此便可以綜合性的簡圖將其典型結構表列如下：

追　尋 ———— 自然景物的呈露過程、心理轉折 ————→ 未遇而覺醒
（或：追尋 —— 未遇 —— 自然景物的呈露過程、心理轉折 —→ 覺醒）
俗（迷）———————— 門　檻 ————————→ 聖（悟）
外在超越 ——————————————————→ 內在超越
景　語 ——————————————————→ 情　語

　　由此可知，樂園的「追尋主題」於此處表現的是一種正面的型態

---

[36] 此處所用之「外在超越」乃與「內在超越」一語相對為說，後者乃借自余英時：〈從價值系統看中國文化的現代意義〉，《中國思想傳統的現代詮釋》（臺北：聯經出版事業公司，1987年3月）。

和積極的意義，所展現的是一種對知識、體驗和智慧悟性的追求；而在這個經驗中，詩人會經歷一連串的啓發，不斷被引領至更深入的自我，而到達更超越的境界，從而清除了某些障蔽、或從某些執著中解放出來，因此可以說是一個「內在的旅程」的完成。而此一由迷而悟的內在旅程，也顯示了一種以心爲覺醒的樞紐，「以迷悟爲凡聖之間的根本差別所在」的終極價值[37]，因而樹立出一種個人化的、卻又同時具備了普遍意義的樂園追尋的模式，在唐代詩歌中呈現了別樹一幟的樂園型態。

第四節　聖地的啓悟與淨化

　　經由前面一節的探討，唐代詩人透過「尋道不遇」的模式而獲致的樂園體驗大致已明，接下來必須補充的是：除了因爲道之中介者（medium或agent）的缺席，即道士、僧侶、隱者等對象的不遇，反而使尋訪者得到內在超越之契機的特定型態之外，唐詩中還有一種與之稍稍不同的追尋（quest）的類型，也就是毋須經過「道之中介者」的關卡，而直接從尋訪者最終所到之處來取得啓悟與淨化的神聖體驗。就數量而言，這類「探訪聖地」的作品還更多於「尋道不遇」詩，因此此處亦應加以闡明，使追尋樂園的類型更爲周延。

　　從唐詩的觀察中，我們可以發現：能使尋訪者取得啓悟與淨化之

---

[37] 這是一切重視心性之主動性和根源意義的宗教或學術思想所共同接受的看法，如任繼愈第6章謂：「隋唐重玄家還仿佛教天台等宗的心性說，指出道性即是眾生的『神』、『心源』或『清淨心』，以心為輪迴生死及得道成真的樞紐，以迷悟為凡聖之間的根本差別所在。」隋唐佛、道兩派宗教的此一共同趨勢，也正與本節所探討「尋道不遇」的基型表現有異曲同工之妙。任繼愈主編：《中國道教史》（上海：上海人民出版社，1990年6月），第6章，頁258。

神聖體驗的最終所到之處，主要是以道士、僧侶、隱者等超俗者所居
之地，其中特別是經由宗教信仰所提供的廟宇、道觀等硬體建築物，
再加上其周遭花木圍繞的自然景觀為最大宗，因此這些宗教場所往往
成為取得樂園經驗的聖地。就此一現象而言，麥西爾・艾利亞得早就
認為宗教本身即有劃分聖與俗的功能，而宇宙山（the cosmic moun-
tain）所具有的「天地之中心」的象徵，也同樣表現在廟宇之類的宗
教聖地上，他說：

> 「中心」的象徵主義同樣解釋了其他系列的宇宙論意
> 象與宗教信仰，在這其中最重要的有：(a)神址和聖
> 域被相信是處於世界的中心；(b)廟宇是宇宙山的複
> 製品，因此構成了塵世與天堂之間顯著的「聯繫」；
> (c)廟宇的基底深降於較低的地區。[38]

確然如此，這些宗教聖地雖然位居煙塵不到的自然山林之中，但也並
不是完全離世的天堂，它們的基底深降於低處的人間，同時迎接從
「深降於較低的地區」而來的尋訪者，並進而促使尋訪者進入天堂式
的超然的體驗，因此可以說是處於「塵世與天堂」之臨界點上的特殊
空間。在這樣迴異於世俗生活環境的特殊空間裡，其中所提供的乃是
一種精神轉化的可能性，正如神話學者坎伯所指出：

---

[38] Mircea Eliade, *The Sacred and the Profane: the Nature of Religion*, trans. by Willard R. Trask,
p.39. 原文如下："This same symbolism of the center explains other series of cosmological
images and religious beliefs. Among these the most important are: (a) holy sites and sanc-
tuaries are believed to be situated at the center of the world; (b) temples are replicas of the
cosmic mountain and hence constitute the pre-eminent"link"between earth and heaven; (c)
the foundations of temples descend deep into the lower regions."

> 廟堂是心靈活動的空間與世界。當你走入一間教堂時，你是進入一個充滿精神影像的世界。它是你精神生活的發源地——就像教會的本部（mother church）。四周圍所有的外觀型態都在表示精神價值的意義。[39]

這樣一個「心靈活動的空間與世界」，其本身即是一個「轉化中心」，因為在此一「神聖的地方，時間之牆可能會消溶，而顯露出世界的祕密。」[40]這便是當世人陷溺於俗界中過久，而思欲暫時解脫塵世之束縛時，宗教聖地往往成為追尋之對象的原因。

因此之故，唐詩中許多樂園的體驗便是藉由宗教聖地而達成的，以下試舉數首以觀之，其中以常建的〈題破山寺後禪院〉為最稱典型的作品：

> 清晨入古寺，初日照高林。曲徑通幽處，禪房花木深。山光悅鳥性，潭影空人心。萬籟此都寂，但餘鐘磬音。

清代詩評家吳景旭《歷代詩話》分析此詩云：

> 劈頭劈腦喝出「清晨」兩字，次句云「初日照高林」，接得有力；竹與花皆從高林帶出，而映之以初日，雖欲不幽且深，不可得矣。此際聲聞色象，種種

---

[39] 〔美〕坎伯著，朱侃如譯：《神話》，頁145。

[40] 〔美〕坎伯著，朱侃如譯：《神話》，頁164。

銷滅，惟有一寺與入寺者，同攝入光影中，佛性、人
性、鳥性，無動不靜，無二不一，故結語「萬籟此俱
寂」，昔人所以美旦氣、快朝來也。[41]

試觀其中詩意的展開，一步步淨化的歷程宛然在目：由初入古寺，首
見日照高林，到通過入幽之曲徑與蔭深之花木的滌清，俗慮已盡的詩
人領略到山光鳥性的悅樂之情，更在潭水的波影幽盪之中進入了空靈
忘我的境界，所謂「此際聲聞色象，種種銷滅」，於是「時間之牆消
溶」了，外界的音聲響動皆歸於靜寂，而在此萬籟俱寂之中，周遭景
物彷彿「顯露出世界的祕密」，令詩人進入一種佛性、人性、鳥性皆
如一體的神聖氛圍之中；此時禪院裡不知名的僧徒敲擊鐘磬而傳來裊
裊的餘音，使四周的寧靜更加深沉，詩人那被深沉之寧靜所徹底滌清
的心靈，也因之更形超逸出塵了。故吳景旭又云：「不過四十字爾，
一塵不到，萬慮清歸，直與無始者往來，……此真正一篇盡善者也。
豈僅稱警策而已哉！」[42]可謂深得箇中三昧之言。

　　由常建的〈題破山寺後禪院〉一詩所展現的在聖地中取得淨化的
體驗模式，同樣也表現在其他詩人的類似作品之中，諸如：

- 誤入花源裏，初憐竹徑深。方知仙子宅，未有世人
　尋。舞鶴過閒砌，飛猿嘯密林。漸通玄妙理，深得
　坐忘心。（孟浩然〈游精思題觀主山房〉）

- 朝游訪名山，山遠在空翠。氛氳互百里，日入行始

[41] 見清·吳景旭：《歷代詩話》，卷47，《景印文淵閣四庫全書》第1483冊（臺北：臺灣商務
　　印書館，1986年7月），頁410-411。
[42] 清·吳景旭：《歷代詩話》，卷47，《景印文淵閣四庫全書》第1483冊，頁410。

至。谷口聞鐘聲，林端識香氣。杖策尋故人，解鞍暫停騎。石門殊豁險，篁徑轉森邃。法侶欣相逢，清淡曉不寐。平生慕真隱，累日探靈異。野老朝入田，山僧暮歸寺。松泉多清響，苔壁饒古意。願言投此山，身世兩相棄。（孟浩然〈尋香山湛上人〉）

- 勝景不易遇，入門神頓清。房房占山色，處處分泉聲。詩思竹間得，道心松下生。何時來此地，擺落世間情。（錢起〈題精舍寺〉）

- 汲井漱寒齒，清心拂塵服。閒持貝葉書，步出東齋讀。真源了無取，妄跡世所逐。遺言冀可冥，繕性何由熟。道人庭宇靜，苔色連深竹。日出霧露餘，青松如膏沐。澹然離言說，悟悅心自足。（柳宗元〈晨詣超師院讀禪經〉）

從這些詩中，我們可以看到在追尋的終點站上，詩人暫時拋開了世俗之軛，如孟浩然所謂的「解鞍暫停騎」也者，便頗有息勞務、絕俗情以跨入聖地門檻的象徵意味，由此遂感到「清心拂塵服」、「入門神頓清」，或是索性比諸桃花源而深致愛憐之意。當跨入門檻而身處聖地之中時，經由「道人庭宇靜，苔色連深竹。日出霧露餘，青松如膏沐」、「舞鶴過閒砌，飛猿嘯密林」、「松泉多清響，苔壁饒古意」和「房房占山色，處處分泉聲」等等對周遭景物進行耳聽目視的幽賞過程之後，坎伯所謂的「精神轉化」發生了，表現於諸詩之末聯，可以說是詩人對此種精神轉化的自覺的宣言，所謂「澹然離言說，悟悅

心自足」、「漸通玄妙理，深得坐忘心」，以及「身世兩相棄」、
「擺落世間情」的自白，都清楚顯示出詩人心中已產生了一種新的價
值觀，或有別於俗世的心靈體驗，不但可以超越語言的拘限，而獲取
全然自足的悟悅之感；也可以避免心智之辨析所帶來的障蔽，而通悟
於坐忘的玄妙之理；更可以擺落種種來自世間令人志乖神疲的俗情的
糾纏，而在松下領略一份出塵的「道心」。其間轉化的歷程可歸納如
下：

進入聖地 ⟶ 景物幽賞 ⟶ 精神轉化 ⟶ 新價值觀或心靈體驗

可見這些禪院、道觀、僧寺、精舍之類的宗教廟堂，的確是激發心靈
活動的特殊空間，是幫助人們提升自己，以便從塵俗低地中超拔出
來的「精神生活的發源地」。在這樣的聖域裡，詩人所啓悟的精神價
值，不論是儒家的避世自放、道家的洗心逍遙或佛家的離垢觀空，其
本質都歸向於一種廣義的宗教情感，而與藝術的精神世界具有某種相
通之處。卡西勒曾指出：

> 在藝術的領域中，一切符號都具備了一種兼具「分
> 裂」與「重新結合」的雙重功能，同時，「甚至在宗
> 教情感中，我們一樣可以發見這一種雙聯性。這些情
> 感越是深邃內在，便愈顯得與世界割離，也愈顯得不
> 爲一切人與人間的乃至人與其社會實在性之間的枷鎖
> 所樊圄。」[43]

---

[43] 本段引文中，引號外的部分為筆者對卡西爾所言之櫽栝，出於〔德〕恩斯特‧卡西爾著，關
子尹譯：《人文科學的邏輯》（臺北：聯經出版事業公司，1994年12月），第2章；引號內
的文字為卡西爾原文，出處亦同，見頁87。

　　於是，在此種與世界分裂、割離的深邃內在的情感作用之下，使得詩人可以「不為一切人與人間的、乃至人與其社會實在性之間的枷鎖所樊圍」，從而能夠由俗入聖，由迷而悟，終竟得到了身心的自由。這便是唐詩中十分常見的一種樂園體驗。

第六章

桃花源主題的流變

——繼承、轉化與發揚

在先唐的文學演進歷程中，標誌著樂園意識發展之重要里程碑的，是由東晉末隱逸詩人陶淵明創作的〈桃花源記〉所提出的構想；而自從桃花源世界被陶淵明塑造成型以後，隨著時間縱軸的延伸，不久也進入了詩歌之中而構成意象，並在詩壇中逐漸受到重視，成為南朝詩人偶一為用的據以描述理想世界的一個簡便套語。這個現象到了唐朝時更是有增無減、蔚為大觀，形成了被眾多詩人廣泛使用的盛況，也直接構成了一個突出而醒目、普遍而有力的樂園主題。

實際上，在唐代詩歌裡，如果只能找出某個特定的單一意象，而以之作為充分展現唐朝詩人於建構樂園方面之心智活動與具體成果的憑藉，其結果必非桃花源莫屬。這是因為桃源意象在唐詩人手中所展現的豐富性與多元化，早已突破了桃花源的原始內涵與前人使用上的單一手法，不但在時代的橫斷面上並存著隨不同詩人而來的不同詮釋，呈現出百花齊放的迥異風貌；而從時代的縱向觀察中，又能具體而微地展現了唐代由初盛唐時的「建構樂園」，而轉向中晚唐時「解構樂園」的結構性變化。因此我們可以說，桃花源意象的運用有效地傳達了唐詩人多彩多姿的心靈處境與個性原則，值得另闢一章以較大的篇幅詳盡探析，以窮其意蘊。

第一節　「桃花源」原始文本之分析

欲探索唐詩中由桃源意象所蘊涵的樂園意識，首先應返本歸源，回歸其原始文本的分析，這是因為唐詩人對此一故典的熟悉與愛好到達極高的程度，才得以將此一理想世界轉化出更多的型態，故須以此為全幅開展的基礎，始能提供堅固的參考架構。陶淵明的〈桃花源記〉全文虛實交雜、真幻互見，以寓言故事的虛構方式呈現，卻又

處處糅合了具體可驗的現實色彩，因而引發了無數後人的追慕神往。
文中謂：

晉太元中武陵人，捕魚為業。緣溪行，忘路之遠近。
忽逢桃花林，夾岸數百步，中無雜樹，芳草鮮美，落
英繽紛。漁人甚異之。復前行，欲窮其林。林盡水
源，便得一山。山有小口，髣髴若有光。便捨船從口
入。初極狹，纔通人。復行數十步，豁然開朗，土地
平曠，屋舍儼然，有良田、美池、桑竹之屬。阡陌交
通，雞犬相聞，其中往來種作，男女衣著，悉如外
人。黃髮垂髫，並怡然自樂。見漁人，乃大驚。問所
從來，具答之。便要還家，為設酒殺雞作食。村中
聞有此人，咸來問訊。自云先世避秦時亂，率妻子邑
人，來此絕境，不復出焉，遂與外人間隔。問今是何
世，乃不知有漢，無論魏晉。此人一一為具言所聞，
皆歎惋。餘人各復延至其家，皆出酒食。停數日，辭
去。此中人語云：「不足為外人道也。」既出，得其
船，便扶向路，處處誌之。及郡下，詣太守說如此。
太守即遣人隨其往，尋向所誌，遂迷不復得路。南陽
劉子驥，高尚士也，聞之，欣然規往；未果，尋病
終。後遂無問津者。

此文後尚有一首〈桃花源詩〉，而必待詩、記合觀，互為參證，始能
盡得其義，故附詩於此，詩云：

嬴氏亂天紀，賢者避其世。黃綺之商山，伊人亦云
逝。往迹浸復湮，來徑遂蕪廢。相命肆農耕，日入從
所憩。桑竹垂餘陰，菽稷隨時藝。春蠶收長絲，秋熟
靡王稅。荒路曖交通，雞犬互鳴吠。俎豆猶古法，衣
裳無新製。童孺縱行歌，斑白歡遊詣。草榮識節和，
木衰知風厲。雖無紀曆誌，四時自成歲。怡然有餘
樂，于何勞智慧。奇蹤隱五百，一朝敞神界。淳薄既
異源，旋復還幽蔽。借問游方士，焉測塵囂外。願言
躡輕風，高舉尋吾契。

由〈桃花源記〉與〈桃花源詩〉合而觀之，我們可以發現到這個完整
而典型化，且日後成為唐詩樂園思想主流之一的桃花源，也展現了
前面所述樂園建構上的幾項特色：其一，此一樂園的進入者，乃「忘
路之遠近」的漁人，是出於漫無機心的因緣湊泊的結果，而那些不管
是具有世俗富貴地位的武陵太守，或是具有高尚道德情操的南陽劉子
驥，卻都因為有知有識、有預謀有計畫地「尋向所誌」、「欣然規
往」，於是最終得到的便是「未果」和「迷不復得路」的失落下場。
由此可知，樂園的進入本非人力所能及，一切來自世俗所認定的價
值（如官銜地位、高行清德等）都不足以被認可為打開樂園之門的
鑰匙；相反地，開放進入桃花源的是一扇具有特殊選擇性的窄門，由
〈記〉中所謂：「山有小口，髣髴若有光，……初極狹，纔通人。」
以及〈詩〉中所說：「往迹浸復湮，來徑遂蕪廢。」可見這是一條
狹窄湮廢、不為人所知的小路，而它所允許通過無阻的，只有渾然未
鑿、無求而忘機的有緣人，一旦來自塵俗的有心人妄想闖入，它便緊
閉無蹤，使人迷失徒勞，悵然而返。此點與《山海經・海內西經》所

稱的「非仁羿莫能上岡之巖」彼此有異曲同工之妙，差別只在於選擇的對象一為無心忘機的佚名漁人乃至其同類，一則為在歷史中功成名就的「仁羿」，進入的資格容或有所不同，而高度的封閉性與選擇性以及嚴格把關的程度卻不相上下。

其二，桃花源所展現的樂園建構，是凡人不易到達的「絕境」，但卻又在人間之中。清吳楚材、吳調侯選《古文觀止》卷七云：「桃源人要自與塵俗相去萬里，不必問其為仙為隱。」[1]同朝邱嘉德《東山草堂陶詩箋》卷五亦曰：「設想甚奇，直於汙濁世界中另闢一天地，使人神遊於黃、農之代。」[2]在汙濁世界中另闢天地，其風貌自然與塵俗相去萬里，絕非常人窺攀可得，因此除無心闖入的漁人之外，桃花源終究只是遙不可及的幻念懸想。但進入到桃花源中之後，所見景觀便豁然開朗，〈記〉中所述之「土地平曠，屋舍儼然，有良田美池桑竹之屬，阡陌交通，雞犬相聞，其中往來種作。……設酒，殺雞作食」，與〈詩〉中所描寫之「相命肆農耕，日入從所憩。桑竹垂餘蔭，菽稷隨時藝。春蠶收長絲，秋熟靡王稅」，展現的完全是一幅農村豐足圖，為中國廣大幅員之地在太平時代中處處可見的習常景象，甚至可以說是直接複製的摹本，無怪乎清賀貽孫評道：「如桃源異境，雞犬桑麻，非復人間，究竟不異人間。」[3]此一特質使得桃花源稍稍染上了烏托邦的色彩，由此也可管窺中國式的樂園不能徹底免除人間性的一面。

其三，在桃花源的這塊樂土中，有父子人倫之親而無君臣上下之義，因此剝除了政治責任和經濟剝削，只留下血濃於水的血緣之愛

---

① 引自南朝梁・蕭統等評：《陶淵明詩文彙評》（臺北：世界書局，1974年12月），頁352。

② 南朝梁・蕭統等評：《陶淵明詩文彙評》，頁353。

③ 見清・賀貽孫：《詩筏》，郭紹虞輯：《清詩話續編》上冊（臺北：木鐸出版社，1983年12月），頁162。

與互依互存的里仁之美。最早看出這一點的是王安石，其〈桃源行〉一詩云：「兒孫生長與世隔，雖有父子無君臣。」[④]此後明代闕士琦〈桃源避秦考〉亦謂：「桃源之所以與世絕，與淵明〈記〉中謂其地上有桑麻，無征輸貿易之事；其人止有父子，無君臣恩怨之情；其歲止有秦，無漢、魏、晉篡奪之日月，固居然人也。」[⑤]而現代學者余英時則以今日之術語稱之為「桃花源中雖無政治秩序，卻仍有倫理秩序」。[⑥]之所以有這種取捨的現象發生，一則是為了追擬遠古之風範，以表現出「帝力於我何有哉」的淳樸逍遙[⑦]，另一方面則是針對當時現實亂象和生活困境的反動，蓋「自魏、晉以來，君臣、父子、兄弟之際，操戈攘臂，鬥爭紛紜，其為耳目之所不忍見聞者多矣。」[⑧]而首當其衝的百姓無所逃於政治體系中腐化官僚的侵奪，於是便只有如《詩經‧魏風‧碩鼠》裡深受君主橫征暴斂之害的人民一樣，以想像力幻設出一個不受政治壓迫及隨之而來的經濟剝削的民生樂土，並充滿追尋的嚮往與渴望：

> 碩鼠碩鼠，無食我黍！三歲貫女，莫我肯顧。逝將去
> 女，適彼樂土。樂土樂土，爰得我所。
> 碩鼠碩鼠，無食我麥！三歲貫女，莫我肯德。逝將去
> 女，適彼樂國。樂國樂國，爰得我直。

---

④ 收入宋‧王安石：《臨川先生文集》（臺北：臺灣商務印書館，景印《四部叢刊》本，1979年），卷4，頁79。

⑤ 見清‧余良棟等修：《桃源縣志》，卷13，南朝梁‧蕭統等評：《陶淵明詩文彙評》，頁348。

⑥ 余英時：〈紅樓夢的兩個世界〉，《歷史與思想》（臺北：聯經出版事業公司，1982年11月），頁430。

⑦ 先秦歌謠〈擊壤歌〉云：「日出而作，日入而息。鑿井而飲，耕田而食，帝力於我何有哉！」見逯欽立輯校：《先秦漢魏晉南北朝詩》上冊（臺北：木鐸出版社，1983年9月），頁1。

⑧ 見清‧汪琬：《堯峰文鈔》，卷37〈陶淵明像贊並序〉，明倫出版社編：《陶淵明研究資料彙編》（臺北：明倫出版社，1970年12月），頁185。

碩鼠碩鼠，無食我苗！三歲貫女，莫我肯勞。逝將去
女，適彼樂郊。樂郊樂郊，誰之永號。

詩中所謂的「樂土」、「樂國」、「樂郊」正是〈桃花源詩〉中「秋
熟靡王稅」之理想實現的地方。事實上，整個〈桃花源記〉所呈現的
農村富足圖景，也必得在「秋熟靡王稅」的前提下才得以成就，否則
一經苛捐雜稅的蠶食鯨吞，所剩能有幾何？往往連起碼的溫飽亦如同
緣木求魚，又何來「良田美池桑竹之屬」與「設酒殺雞作食」的豐足
之樂！於是陶淵明在創設桃花源的樂土時，便撤銷了君臣之義所代表
的政治、經濟合一的權力框架，唯餘「黃髮垂髫，並怡然自樂」的父
子人倫之親，世世代代享有和諧無爭的愉悅生活；當外界正處在君臣
相亂、物業蕭條的亂世時，桃花源就成了父子、夫婦、兄弟和鄰里之
間能夠相濡以沫、互為依靠，而圓滿自足、無待於外的小天地。這是
講求君臣大義的中國文化所孕育出來的特有的樂園特色。

　　其四，桃花源始終都處於一種脫越歷史之演進、而抽離於時間
序列之外的凝靜狀態，因此徒有四時之反覆循環，卻無年歲往逝的滄
桑變遷，遂而表現出一種懸絕於人境之外、且固化不變的靜定空間形
式。如〈記〉中云：「問今是何世，乃不知有漢，無論魏晉。」又
〈詩〉中亦謂：「雖無紀曆誌，四時自成歲。怡然有餘樂，于何勞智
慧！」都明確地表露出一股對於改朝換代的依違徬徨之痛，乃至於解
脫了隨時間而來的變動代謝之苦的強烈渴慕。不論其中所居住者為自
秦至晉歷久不壞的神仙之身，或是代代相傳綿延不斷的凡人子孫⑨，

---

⑨ 桃花源中的居民究竟為人為仙，自唐朝已啓爭端，後代聚訟猶烈，如韓愈《昌黎先生集》卷
　三〈桃源圖〉云：「神仙有無何渺茫，桃源之說誠荒唐。」而蘇軾之辯證尤其著名，《蘇文
　忠公詩集》卷43〈和桃源詩序〉曰：「世傳桃源事，多過其實。考淵明所記，止言先世避秦
　亂來此，則漁人所見，似是其子孫，非秦人不死者也。又云殺雞作食，豈有仙而殺者乎？」

其本質都是一般無二，皆具有樂園神話中永恆而懷舊的特性，因為桃花源中從來不曾汰舊求新，情願只維持著舊時衣冠和昔日生活型態，並欲以之傳承久遠，絕不思與時俱進而加以改變，此觀〈桃花源記〉中漁人所見者乃是「男女衣著，悉如外人」之形景，以及臨別之際其中居民對漁人殷殷囑咐的乃是「不足為外人道也」之語，可知桃花源中具有何等固執的封閉自足性。因為第一個「外人」是對漁人所在的時代而言，意謂那些身著秦服的居民有如「化外之人」一般，這是第一層的隔離；而第二個「外人」則是漁人進入桃花源，並融入於他們的世界之後，以當地人的角度指稱並列的外在世界，這是第二層的隔離[10]，由此遂使裡外兩個時間流動速度完全不同的世界，即使在空間

---

[10] 「男女衣著，悉如外人」的「外人」一詞，原為漁人自外闖入時乍見之初的印象，應解作相對於漁人此刻身為晉人之立場而言的「化外之民」，如王維於〈桃源行〉中所謂的「居人未改秦衣服」者為是，此乃第一層隔離所產生的內外之別；或解之為「桃花源外之人」，如此則裡外無別，與後文之「不知有漢，無論魏晉」形成前後衝突的矛盾，因為在歷經時代的懸絕達數百年之久的情況下，所穿服飾形制竟與外界同步流行，實為難以令人置信的情節，故此一造成情節矛盾的解釋應非作者本意，亦非作者不自覺的行文疏漏：只要以「化外之民」解之，則此疑問便迎刃而解，而前後脈絡亦豁然貫通。至於文末「不足為外人道也」的「外人」一詞則為漁人已入桃花源且與居民相熟後，以桃源中人之立場指稱漁人之所從來的世界，這時就進一步形成了第二層隔離的內外之別，而與「悉如外人」之「外人」名同而實異。如此一來，「悉如外人」與「不足為外人道也」的兩個「外人」其實是在不同層次上的不同指涉，為隨著漁人對桃花源之親疏關係而變換陳述角度的自然結果，而學者們的質疑也可徹底澄清。此外，若將這裡所謂的「雙重隔離」再加以擴大，則有「五重隔離」的詮釋，廖炳惠談到：「其中的放逐感至少有五重：桃花源居民『先世避秦亂』已和早先祥和樂利的日子隔了一層；居民『乃不知有漢，無論魏、晉』，與外在世界又加一重疏離；漁人所留下的符號語言（『尋向所『誌』』）與理想世界再度無法會合（『遂『迷』不復得路』）；作者陶淵明又與傳聞中的桃花源有一層差距，……即抒發第四重的放逐感；而我們讀者在語言、時代上更遠離詩人，尚須依賴學者、古人的校勘注釋，才能讀懂作品，讀者在閱讀此作品時，與理想世界的距離大矣──閱讀活動本身便是失落和匱乏感。」附此以供參考，見廖炳惠：〈嚮往、放逐、匱缺──「桃花源詩并記」的美感結構〉，《中外文學》第10卷第10期（1982年3月），頁135-136。

並置的前提下，卻形成了堅固而牢不可破的懸絕狀態，而此一徹底懸絕的力量則來自於此中天地果然是別具一格的福地洞天，以一個靜止凝定的狀態來超越變動不居、瞬息萬變的歷史而存在，對外界容或有一些探知的好奇，但卻絕不願投身其中，爲歷史所同化；也完全棄絕外來的參與或干擾，以免內部情況發生變質而崩潰。於是這懸隔於人世之外的樂園只在漁人無心闖入時曇花一現，刹那地綻現於世人眼前，可是在一閃即逝的瞬間之後便又封閉起來，回到它茫茫渺渺、有始無終的恆定時空中，不再增減消長，也不容侵蝕毀損，有如神話般永遠凝固在人們的記憶和嚮往之情裡。

由以上之分析可知，做爲中國文化及文學史上樂園（或烏托邦）之最高典型的桃花源，以第一章第二節所定義區分的「樂園」與「烏托邦」的差異而言，其實應屬於「樂園」範疇，雖然它具有「不異人間」的濃厚現實性，但其懷舊、靜止、出世、具備高度封閉性和選擇性，以及解消政治籠束之後放任無爲與獨善其身的特質，卻都與「樂園型態」若合符節。而由於桃花源對後世影響深遠，尤其是自從唐代文人大量歌詠、形諸詩句之後，「桃花源」的意象與象徵才越發突顯其代表性的地位，因此堪稱唐代詩歌中表現樂園意識的主要媒介之一。

第二節　南朝階段──以仙化爲主流而啓山水化之肇端

自從距離有唐創立（西元618年）之前約兩百年的陶淵明，在舉世一片滾滾濁流之外塑造了一處遺世獨立的理想世界──桃花源之後，這一個幻設中的樂園並沒有立刻獲取世人的了解，以及此後兩百

多年間文學家的認同與肯定。檢視淵明身後南朝詩歌的發展過程，在文獻中我們看到的是一股沛然不斷地追求外在世界之物質性認識的潮流，由謝靈運的山水詩首先領導風騷，接著引帶出詠物詩和宮體詩的創作熱潮，期間雖有廢興代變，但就其本質而言，卻往往趨向於在刻肖形似上下功夫，所謂「尚巧似」、「巧構形似之言」等出自時人筆下的評論⑪，更明確道出了此中消息。因此之故，採取了反求內心而自抒懷抱之態度來援筆寫作的陶淵明，其明顯地悖離時尚所構築的桃花源，作爲個人性的精神寄託，是無法在時代群體中生根立足的，從《先秦漢魏晉南北朝詩》中「後陶淵明時期」的詩歌作品裡觀察⑫，我們可以發現：從晉末開始，歷經南、北朝直到隋代結束爲止，在總數約五千首的詩作中，提到桃花源的例子寥寥可數，其中還有一些只不過是字面上彷彿近似的詞語，如下列詩例中所言：

- 桃花水上春風出，舞袖逶迤鶯照日。（宋・湯惠休〈白紵歌三首〉之一）

- 遠發桃花渚，適宿春風場。（梁・江淹〈還故園詩〉）

- 芙蓉池畔涵停影，桃花水脈引行光。（梁・劉孝威〈褉飲嘉樂殿詠曲水中燭影詩〉）

- 漁人惑澳浦，行舟迷沂沿。（梁・伏挺〈行舟值早霧詩〉）

---

⑪ 「尚巧似」及「巧構形似之言」語出自南朝梁人鍾嶸所著之《詩品》，其卷上稱謝靈運「尚巧似」、張協「巧構形似之言」，卷中稱顏延之「尚巧似」；此外，齊梁之際的文學批評家劉勰在其《文心雕龍・明詩篇》亦謂宋初山水詩為「儷採百字之偶，爭價一字之奇。情必極貌以寫物，辭必窮力而追新。」可見其時文學大勢如此。

⑫ 詳參逯欽立輯校：《先秦漢魏晉南北朝詩》。

- 桂影含秋月，桃花染春源。（梁・元帝蕭繹〈芳樹〉）

- 春水望桃花，春洲藉芳杜。（北周・庾信〈對酒歌〉）

- 春洲鸚鵡色，流水桃花香。（北周・庾信〈忝在司水看治渭橋詩〉）

- 流水桃花色，春洲杜若香。（北周・庾信〈詠畫屏風詩二十五首〉之十）

- 沅水桃花色，湘流杜若香。（陳・陰鏗〈渡青草湖〉）

- 浪湧榜人愁，櫂折桃花水。（陳・張正見〈公無渡河〉）

- 漾色隨桃水，飄香入桂舟。（陳・張正見〈賦得岸花臨水發詩〉）

- 日照源上桃，風搖城外柳。（陳・後主叔寶〈上巳宴麗暉殿各賦一字十韻詩〉）

- 桃花春水木蘭橈，金羈翠蓋聚河橋。（陳・江總〈烏棲曲〉）⑬

我們看到在這些詩裡，出現了「桃花水」、「桃花渚」、「桃花澗」，甚至於「源上桃」、「桃花春源」以及「漁人行舟迷」等詞

---

⑬ 以上十三首引自逯欽立輯校：《先秦漢魏晉南北朝詩》，分見頁1244、1560、1884、1888、2031、2347、2374、2396、2452、2480、2495、2515、2573。

面暗合的字句，但由其各自嵌入的詩作整體以觀之，這些表面上似乎若有暗合的字詞語句卻都只不過是作爲一般桃紅柳綠的美景點綴而已，所謂「桃花水」等語乃出自《漢書・溝洫志》所述「來春桃華水盛，必羨溢」之春景，如顏師古所注：「《月令》：『仲春之月，始雨水，桃始華。』蓋桃方華時，既有雨水，川谷冰泮，眾流猥集，波瀾盛長，故謂之桃華水耳。」[14]此種經由桃花開、水盈盛結合而成的聯想，僅僅只具有擔任情節「零件」的偶合意義，不但連表面的襲用都稱不上，更遑論是否傳達了陶淵明藉由「桃花源」所塑造的樂園內涵。而確定是出自陶淵明影響，真正可斷言爲使用「桃花源」故事基型者，則爲以下數例，此處先加以全數羅列並觀：

- 玄都府內駕青牛，紫蓋山中乘白鶴。潯陽杏花終難朽，武陵桃花未曾落。已見玉女笑投壺，復睹仙童欣六博。……神岳吹笙遙謝手，當知福地有神才。（陳・張正見〈神仙篇〉，節錄）

- 桃源驚往客，鶴嶠斷來賓。復有風雲處，蕭條無俗人。山寒微有雪，石路本無塵。竹徑蒙籠巧，茅齋結構新。燒香披道記，懸鏡厭山神。砌水何年溜，簷桐幾度春。雲霞一已絕，寧辨漢將秦。（陳・徐陵〈山齋詩〉）

- 學仙未成便尚主，尋源不見已封侯。富貴功名本多豫，繁華輕薄盡無憂。詎念嫖姚嗟木梗，誰憶田單倦土牛。歸去來，青山下，秋菊離離日堪把。

---

[14] 漢・班固著，唐・顏師古注：《漢書》（臺北：鼎文書局，1991年9月），卷29〈溝洫〉，頁1690。

（隋‧盧思道〈聽鳴蟬篇〉，節錄）

* 名岳標形勝，危峰遠鬱紆。成象建環極，大壯闡規
  模。層臺聳靈鷲，高殿邐陽烏。暫同遊閬苑，還類
  入仙都。三休開碧題，萬戶洞金鋪。攝心磬前禮，
  訪道挹中虛。遙瞻盡地軸，長望極天隅。白雲起梁
  棟，丹霞映拱櫨。露花疑濯錦，泉月似沉珠。今日
  桃源客，相顧失歸塗。（隋‧孔德紹〈登白馬山護
  明寺詩〉）

* 寓目幽棲地，駕言追綺季。避世桃源士，忘情漆園
  吏。抽簪傲九辟，脫屣輕千駟。沉冥負俗心，蕭灑
  凌雲意。蒼蒼聳極天，伏眺盡山川。疊峰如積浪，
  分崖若斷煙。淺深聞度雨，輕重聽飛泉。採藥逢
  三島，尋真值九仙。藏書凡幾代，看博已經年。逝
  將追羽客，千載一來旋。（隋‧李巨仁〈登名山
  篇〉，節錄）[15]

除此之外，北周的庾信是整個南朝階段中使用桃源意象較多的詩人，
其〈詠畫屏風詩二十五首〉之五有「逍遙遊桂苑，寂絕到桃源」之
句，另一首〈徐報使來止得一相見詩〉中亦云：「一面還千里，相思
那得論。更尋終不見，無異桃花源。」還有〈擬詠懷詩二十七首〉
之二十五曰：「懷抱獨惛惛，平生何所論。由來千種意，併是桃花
源。」又〈奉報趙王惠酒詩〉謂：「梁王脩竹園，冠蓋風塵喧。行人

---

[15] 此處五首詩見逯欽立輯校：《先秦漢魏晉南北朝詩》，頁2482、2530、2637、2721-2722、
2726。

忽枉道，直進桃花源。」[16]以一人之力而使用有四處之多，實爲當代
之異數。合計從南朝至隋代有關桃源意象的詩作總數約有九首，從這
九首作品中，我們可以注意到在南朝時代的詩歌裡，有關「桃花源」
基型運用上的幾個特點：

　　第一，直到南北朝後期的陳、隋兩代，桃花源才逐漸地爲詩人
所接受，而在詩歌創作裡眞正成爲一個表情達意的語詞單位，不但完
全擺脫了來自於字面上模糊的形似關係而導致的尷尬，並且和特屬陶
淵明之處世態度與人生內容的其他專稱，如：「避世」、「田居」、
「武陵」、「歸去來」、「東籬秋菊」和「彭澤」等合組成爲一個更
完整的情志系統。就以其中的陳代詩人張正見爲例，他除了屢用「桃
花水」之意象和「武陵桃花」之語外，尚復有〈秋晚還彭澤詩〉言：
「自有東籬菊，還持泛濁醪。」又有〈還彭澤山中早發詩〉謂：「空
返陶潛縣，終無宋玉才。」[17]而在陳正見之外，較早時劉宋的鮑照已
先有〈學陶彭澤體〉，梁朝的江淹也有〈陶徵君潛田居〉詩[18]，寖假
至陳、隋之時乃益發彰顯。可見陶淵明其人及其詩的幾項代表性構成
因子，已在這個時代的視野中浮顯出來，被接受爲認同的對象，進而
融入當時的創作意識之中，成爲在自覺層面可加以運用的文學素材；
也爲日後到了唐朝時陶淵明地位的再提升鋪路，打下了初步的基礎。
此一現象正顯示出文學史的演進乃如光譜般逐步漸進的特質。

　　第二，更重要的是，在南北朝後期的陳、隋兩代中，「桃花
源」此一基型於受到注意之餘，同時也開始了「神仙化」的初步歷
程。於陳張正見的〈神仙篇〉裡，有「武陵桃花未曾落」之句，不死

---

[16] 逯欽立輯校：《先秦漢魏晉南北朝詩》，頁2395、2402、2370、2378。

[17] 此二詩皆見逯欽立輯校：《先秦漢魏晉南北朝詩》，頁2498。

[18] 逯欽立輯校：《先秦漢魏晉南北朝詩》，兩首分見頁1300、1577。

的意味已然十分濃厚，再加以構成全詩的各個部分如玄都青牛、紫蓋白鶴、玉女投壺和仙童六博等「福地神才」的種種意象，更強化了武陵桃花源的仙道色彩；隋朝孔德紹的〈登白馬山護明寺詩〉中，「相顧失歸塗」的桃源客之所以失去歸返人間之路的原因，似乎正因爲其探訪的歷程乃是「還類入仙都」，而他們進入「仙都」的目的也在於「訪道」，如此便爲桃花源深深烙印上仙化的痕跡；而同代的李巨仁在其〈登名山篇〉中則將桃源的避世與莊子（即漆園）的忘情對舉，既使得兩者同時兼具的「瀟灑負俗」之共通性質越發彰顯，又讓精神性之道家境界世俗化後所產生的物質性之道教內容，在無形中滲透進桃花源的想像世界裡，因而在全詩後段才會出現「採藥」、「尋眞」、「值九仙」和「追羽客」的求仙之語。

　　從這些證據顯示，桃花源被仙化的最早源頭並非自唐朝王維的〈桃源行〉肇始[19]，而應是在先唐以前的陳、隋之世便已發其端倪，且其仙化的跡象十分顯著，使得最初在陶淵明心中原本是對「不異人間」、而又無現實侵害之自然田園的追求，明顯地爲對可長生神遊之福地仙境的嚮往所取代，這可以說是六朝以來遊仙文學和道教文化蓬勃發展的影響所造成的結果。

　　第三，由於仙境構設的環境絕大部分是在風景優美脫俗的山林丘壑之中，以超越現實界汙濁、有限之框架而盡享世外悠游之趣；兼且在陳、隋兩代之前，遊仙詩和山水詩都早已身居詩壇主流的地位風行過一段很長的時間，其末流波盪至此時猶然不衰而迭有所見，甚至兩

---

[19] 持此說者，如柯慶明先以保留的語氣謂：王維此詩「可能就是『桃源－仙境』的始作俑者」，後又肯定地說：「桃花源的仙境化，在今日可見的資料中，當以王維為最早。」柯慶明：〈試論王維詩中的世界〉，《文學美綜論》（臺北：長安出版社，1986年10月），頁348、395。

者更進一步互相結合，表現了南朝宗炳所說「山水以形媚道」的融通說法[20]，因此被仙境化了的桃花源，其景物描寫也偏向於遊仙詩或山水詩，或遊仙與山水此二者之綜合，反而距離原創者陶淵明所塑造的田園風光與農家景象甚遠。觀前引諸詩中幾乎全著墨於名山丹霞、白雲泉月、度雨飛泉和疊峰分崖的描繪，而無一語及於桑竹菽麥、雞犬阡陌與種作之事，可知自此時伊始，桃花源已非原創時的本貌，其實質內容已幾乎完全被遊仙和山水所取代。

原本桃花源作為表情達意的基型，主要是就其避世遠俗、終難尋覓的空間條件，以及不辨秦漢、悠游於歷史時間的束縛之外的時間特質為此時之詩人所採用，而這兩項構成桃花源的要素，可以說是在歷經各時代種種不同之轉化運用的同時，卻一直持之以恆而未被動搖或代換的根本架構，成為一個足以綜攝多元之內容的基本形式，如同可供上演不同戲碼的固定舞臺一般。因為這正是一切樂園所賴以成立的先決條件，人們心中對理想世界的趨向莫不以此為前提，當無數後人一旦產生了對樂園的嚮往之情時，掌握了這兩項本質的陶淵明因之創建成型的桃花源，便成為他們可以不斷回歸的永恆原鄉，而在此骨架上賦予多種不同的血肉。桃花源的山水化正和遊仙化一樣，是同一「基型」循著不同方向進行具體化的結果。

第四，正由於桃花源之塑造乃以不辨秦漢、悠游於歷史時間的束縛之外為基本架構，而此一特色又與道教中仙壽不死的追求具有形式上和本質上都可以相通的地方，彼此之間極容易發生聯想，進而造成

---

[20] 宗炳為南朝劉宋時畫家，其〈畫山水序〉云：「山水以形媚道，而仁者樂焉。」此說正是六朝詩歌演變史上，從「遊仙」到「山水」的過渡期所產生的融通說法，較之《文心雕龍・明詩篇》所謂「宋初文詠，體有因革，莊老告退，而山水方滋」的斷代式觀察，似乎更能掌握住「因革」之際，前後潮流在轉換的歷史脈絡上賴以引帶接榫的內在契機。

兩者的交融會通，這便是桃花源仙化的主要原因。在南朝詩壇上，我們找到一首作品可以說明其間聯想的脈絡關係，此即南朝宋徐爰所作的〈遊廬山觀道士石室詩〉：

> 蒙茸眾山裏，往來行跡稀。尋嶺達仙居，道士披雲
> 歸。似著周時冠，狀披漢時衣。安知世代積，服古人
> 不衰。得我宿昔情，知我道無爲。[21]

此詩所描寫的，是關室幽居於廬山的一位道士，觀其用以稱述的「仙居」、「披雲」之語，其人應是尋道求仙之有所成者。足堪玩味的是，詩中所謂的「似著周時冠，狀披漢時衣」與〈桃花源記〉裡的「男女衣著，悉如外人」正差相彷彿[22]；而「安知世代積」也恰如「不知有漢，無論魏晉」的同義語，都以一種超越了歷史變動而不與時俱進的恆定性，來保持住自身的完整。而此共通的性質既可用在求仙的道士身上，也適用於桃花源樂土的描述上，透過如此的共通性，於是乎就搭起了轉化的橋樑，只要在聯想上再進一步，桃花源的仙化便水到渠成了。經過如此的探析，我們就更能從根本上清楚地掌握到，原始桃花源基型之所以爲後代加以仙化的內在原因。因爲這種轉化不但有時代風氣的因素，也兼具了來自桃花源本身之創設性質的必然結果。

此外，導致桃花源之仙化還有兩個次要的因素，其一乃〈桃花源詩〉所引發的誤導，試看陶淵明在詩中所謂的「奇蹤隱五百，一朝敞神界」、「借問游方士，焉測塵嚚外」和「願言躡輕風，高舉尋吾

---

[21] 引自逯欽立輯校：《先秦漢魏晉南北朝詩》，頁1321。

[22] 所謂「外人」實指身著秦服而有異於晉時中土的化外之民，其義之辨正詳參注10。

契」等語，皆明顯帶有道教神仙的神幻色彩，自易令人產生仙境的聯想。其次則是「桃花」本身即蘊有不死的仙化色彩。《漢武內傳》中曾記載西王母所居的瑤池種有仙桃，而「此桃三千年一生實，中夏地薄，種之不生。」[23]不但花開時爛然如錦，果實亦味甘津美，其生長循環的速度更是緩慢到近乎永恆的地步，是故足配仙境，與仙人共壽不死，至日後便形成了由「桃花」聯繫到「仙境」時一脈相貫的象徵傳統。如陳周弘正〈和庾肩吾入道館詩〉詩便謂：「桃花經作實，海水屢成田。逆愁歸舊里，追問斧柯年。」[24]其中的「桃花作實」正是「永恆」的代名詞與「仙境」的具體表徵，恰恰是用以彰顯人間瞬息滄海桑田的對照面。從「桃花」的仙化到「桃花源」的仙化，此一推衍關係也是桃花源在仙化的過程中，我們所不能忽略的又一內在因素。

第三節　初唐階段──隱逸調性的顯揚

討論了唐朝以前有關桃花源的文獻運用與意象流變，接下來便進入唐代的主要領域，分析唐詩中桃花源基型的表現與其象徵意涵。雖然入谷仙介（1933-2003）已經注意到陶淵明身後自南朝到初唐的影響，包括田園詩與桃源題材，但由其所言：「陶淵明影響同時代詩人的痕跡，只留下鮑照（《全宋詩》卷四鮑照〈學陶彭澤體〉），江淹（《全梁詩》卷五江淹〈擬陶徵君田居〉）的各一篇擬作。繼承陶淵明田園詩成就的使命，不得不落到初唐詩人王績（585-644）身上。

---

[23] 見宋‧李昉等編：《太平廣記》（臺北：文史哲出版社，1981年），卷3，頁15。另《漢武故事》亦載此事，內容大同小異。

[24] 逯欽立輯校：《先秦漢魏晉南北朝詩》，頁2462。

而整個這一時期，詩歌中以桃源為典故的，似乎只有王績的『不知今有漢，唯言昔避秦』（〈田家三首〉其二，《全唐詩》卷三七）一例。」㉕可見此一觀察並不切合詩壇的實況。從上一節的討論中，已經清楚可知陶淵明影響同時代詩人的痕跡，並非只有鮑照、江淹的各一篇擬作，同樣地，初唐詩歌中以桃源為典故的，也不是只有王績一人。

　　初唐大約一百年的時間中㉖，詩歌風氣與創作手法大體上是南朝的延續，明陸時雍《詩鏡總論》中曾道：「調入初唐，時帶六朝錦色。」㉗觀諸桃花源的運用，也莫不如此。以《全唐詩》所錄之前一百一十卷為例，扣除了因編排體例而收入的後期詩作，在總數大約三千首的作品中，所展現的桃花源意象可以說和南朝是一脈相承的。為便於觀察起見，先試將其詩依不同屬性區分為兩類，第一類為仙化的例子，如：

> • 結衣尋野路，負杖入山門。道士言無宅，仙人更有
> 　村。斜溪橫桂渚，小徑入桃源。玉床塵稍冷，金爐
> 　火尚溫。心疑遊北極，望似陟西崑。逆愁歸舊里，
> 　蕭條訪子孫。（王績〈遊仙四首〉之三）

㉕〔日〕入谷仙介著，盧燕平譯：《王維研究（節譯本）》（北京：中華書局，2005年10月），第1章〈少年時代〉，頁20。

㉖此依元朝楊士弘所著《唐音》之分法，約自唐高祖武德元年至睿宗太極元年（西元618-712）。

㉗收入丁福保輯：《歷代詩話續編》下冊（北京：中華書局，1983年8月），頁1411。此處可加以補充的是：初唐詩壇上，出現了一些與桃花源音近貌似而名實俱異的「桃花園」一詞，如李嶠、蘇頲、趙彥昭三人俱有〈侍宴桃花園詠桃花應制〉詩，此外尚有徐彥伯〈侍宴桃花園〉、張說〈桃花園馬上應制〉等詩，此皆隨帝王遊幸的奉詔之作，而「桃花園」乃是宮中苑囿，如杏園、曲江之類的風景區，與「桃花源」實無干係，可略而不論。

- 不知今有漢，唯言昔避秦。（王績〈田家三首〉其二）

- 不知名利險，辛苦滯皇州。始覺飛塵倦，歸來事綠疇。桃源迷處所，桂樹可淹留。跡異人間俗，禽同海上鷗。古苔依井被，新乳傍崖流。野老堪成鶴，山神或化鳩。泉鳴碧澗底，花繁紫巖幽。日暮飧龜殼，天寒御鹿裘。不辨秦將漢，寧知春與秋。多謝青溪客，去去赤松遊。（盧照鄰〈過東山谷口〉）

- 道書編竹簡，靈液灌梧桐。草茂瓊階綠，花繁寶樹紅。石樓紛似畫，地鏡淼如空。桑海年應積，桃源路不窮。黃軒若有問，三月住崆峒。（楊炯〈和輔先入昊天觀星瞻〉，節錄）

- 地軸樓居遠，天台閣路賒。何如遊帝宅，即此對仙家。座拂金壺電，池搖玉酒霞。無云秦漢隔，別訪武陵花。（鄭愔〈奉和幸上官婉容院獻詩四首〉之一）[28]

此四首詩中，點染鋪設桃花源景象的，是玉床金爐、龜殼鹿裘、道書靈液和金壺玉酒等成仙所需之物；其進入或所在之地，則被構想為北極、西崑、崆峒、地軸和天台等天外神居之仙境；其所幻想或實際從遊者，則有道士、仙人、山神、赤松、黃軒及堪成鶴之野老，率皆

---

[28] 引自清・康熙敕編：《全唐詩》（北京：中華書局，1990年2月），四首詩分見頁483、529、617、1105。

爲悠游於生死之外的仙骨之才，如此便總合爲一座仙風瀰漫的桃源異地。無怪乎王績索性以「遊仙」命題，全詩不但表現出仙境遊歷傳說所遵循的基型結構：「出發——歷程——回歸」[29]，且其詩末以「逆愁歸舊里，蕭條訪子孫」做結，完全襲用了前引陳周弘正〈和庾肩吾入道館詩〉中「逆愁歸舊里，追問斧柯年」一聯的詩意，尤其上句之文字更是一字不差，更強調了歷經仙境歸來之後，子孫蕭條、人事已非的惆悵失落之感，而突顯了仙凡有別的強烈對比。這可以說是詩史上桃花源基型在仙化的過程中最終的九仞一簣，與陳張正見〈神仙篇〉中之「武陵桃花未曾落」前後呼應，而至此徹底完成了名實相符的階段，比諸南朝時名同而實異的運用手法，無疑是完全成熟的表徵。

　　初唐詩中桃花源意象運用上的第二種類型，則朝向隱逸的方向發展，不論是完全從仕途上抽離後的長期退隱，而成爲自由精神的寄託；抑或是遊歷於山林名勝時當下的短暫閒逸，內容偏向於山水清景的描寫，總之，當其發而爲詩時，都同樣著重在身處「此岸世界」卻能夠同時兼得離俗之趣的身心安頓，而有異於仙化之路對超脫死亡的「彼岸世界」的追求。[30]比較起來，此一田園化、隱逸化類型的詩作反倒多於仙化的類型，試舉出相關詩例如下：

　　• 聊從嘉遯所，酌醴共抽簪。以茲山水地，留連風月
　　　心。長榆落照盡，高柳暮蟬吟。一返桃源路，別後

㉙ 仙境遊歷傳說的基型結構，詳參李豐楙：〈六朝仙境傳說與道教之關係〉，《中外文學》第
　　8卷第8期，後收入李豐楙：《誤入與謫降：六朝隋唐道教文學論集》（臺北：臺灣學生書
　　局，1996年5月），〈附錄〉，頁295-296。

㉚ 「此岸世界」（this world）指的是現實人生眼前所面對的世界，其對立面則是「彼岸世界」
　　或「他界世界」（other world），所關注的角度則建立在超越現實人生以外的追求或嚮往
　　上，如宗教與神話即是他界思考的重要成果。

難追尋。（陳子良〈夏晚尋于政世置酒賦韻〉）

- 同方久厭俗，相與事退討。及此雲山去，窅然巖徑
好。疑入武陵源，如逢漢陰老。清諧欣有得，幽閒
欻盈抱。我本玉階侍，偶訪金仙道。茲焉求卜築，
所過皆神造。歲晚林始敷，日晏崖方杲。不種緣嶺
竹，豈植臨潭草。即途可淹留，隨日成黼藻。期為
靜者說，曾是終焉保。今為簡書畏，祇令歸思浩。
（張九齡〈與生公尋幽居處〉）

- 竹徑桃源本出塵，松軒茅棟別驚新。御蹕何須林下
駐，山公不是俗中人。（崔湜〈奉和幸韋嗣立山莊
應制〉）

- 雲峰苔壁繞溪斜，江路香風夾岸花。樹密不言通鳥
道，雞鳴始覺有人家。人家更在深巖口，澗水周流
宅前後。遊魚瞥瞥雙釣童，伐木丁丁一樵叟。自言
避喧非避秦，薜衣耕鑿帝堯人。相留且待雞黍熟，
夕臥深山蘿月春。（沈佺期〈入少密溪〉）

- 蓬閣桃源兩處分，人間海上不相聞。一朝琴裏悲黃
鶴，何日山頭望白雲。（李嶠〈送司馬先生〉）

- 僕本多悲者，年來不悟春。登高一遊目，始覺柳條
新。杜陵猶識漢，桃源不辨秦。暫若升雲霧，還似
出囂塵。賴得煙霞氣，淹留攀桂人。（喬侃〈人日
登高〉）

- 聞君招隱地，髣髴武陵春。緝芰知還楚，披榛似避

秦。崩查年祀積，幽草歲時新。一謝滄浪水，安知
有逸人。（駱賓王〈同辛簿簡仰酬思玄上人林泉四
首〉之一）

- 池果接園畦，風煙遍臺殿。高尋去石頂，曠覽天宇
  遍。千山紛滿目，百川豁對面。騎來雲氣迎，人去
  鳥聲戀。長揖桃源士，舉世同企羨。（張說〈岳陽
  石門墨山二山相連有禪堂觀天下絕境〉，節錄）

- 昔日接籬倒，今我葛巾翻。宿酒何時醒，形骸不復
  存。忽聞有嘉客，躧步出閒門。桃花春徑滿，誤識
  武陵源。（張說〈翻著葛巾呈趙尹〉）

從以上羅列的九首，再加上下文所引宋之問〈游陸渾南山自歇馬嶺
到楓香林以詩代書答李舍人適〉等詩作中，可以看到桃源所指涉的
對象，或爲「嘉遯所」、「招隱地」，或爲「清諧幽閒」、「雲山巖
徑」、「避喧非避秦」的幽居之處；活動於其中者，則有「厭俗」之
「靜者」、登高之「攀桂人」、濯足「滄浪水」的「逸人」和「避
喧」的「帝堯人」，甚至「酌醴抽簪」、「宿酒不醒」的放曠脫略之
輩，在登高、訪友、探勝、閒居之際，充滿了閒逸素心之樂。而尤其
可注意的是，隨著隱逸的指涉受到強化的潮流，桃花源的意象也同時
開始明顯地田園化了，觀其中點染鋪設的景色風物不外是長楡高柳、
稉稻芋栗、暮蟬藥苗、雞鳴黍熟，還有竹徑茅棟、池果園畦、接籬葛
巾、釣童樵叟，再加上主客之間忘形爾汝、杯酒言歡的場景，正是平
日忙於「攀桂」求取功名，或俗務纏身不得喘息者，於神勞志乖、疲
於徵逐之餘，可賴以舒展身心的暫時棲身之所。

這樣一種描述並不只是展現一種普泛的詩歌現象而已，進一步深究之後，可知其中還蘊藏著樂園意識從本質上轉變的訊息。我們可以說，桃花源意象在初唐時期所浮顯出來的隱逸化趨勢是饒富意義的，首先，陶淵明早在南朝時期便被列爲隱逸之流，如齊梁間鍾嶸《詩品》云：「陶詩風華清靡，豈直爲田家語耶！古今隱逸詩人之宗也。」[31]此外沈約的《宋書》與李延壽的《南史》皆將陶淵明歸入〈隱逸傳〉，可見陶淵明的隱逸性格已是當時文人所一致公認的特質；而微妙的是，這樣一個「古今隱逸詩人之宗」的風範建立者，其所塑造的桃花源理想世界卻同時遭受到嚴重的異化，完全脫離了原創者本身的性格規定，而朝向外在環境中仙化和山水化的潮流發展。此一異化的情形一直到初唐時才有所改觀，桃花源開始明確地歸返陶淵明所賦加的隱逸與田園的原始屬性，達到「桃花源之名」與「隱逸田園之實」的統一，而完成了回歸原點，使創作初衷與其根本調性再度復現的任務。

其次，從遊仙與山水這種南朝詩歌表達範式中脫離出來的桃花源，不但擴大了內涵與層次，使素材本身自我開展的空間更形寬廣，更重要的意義是：透過了隱逸化的轉型，恰好成功地將此一理想世界的涵攝層面由「彼岸」過渡到「此岸」，由「世外」轉向於「方內」，而成爲從南朝到盛唐的接榫。宋之問〈游陸渾南山自歇馬嶺到楓香林以詩代書答李舍人適〉一詩恰恰足以作爲此一歷時性觀察的印證：

> 晨登歇馬嶺，遙望伏牛山。孤出群峰首，熊熊元氣
> 間。太和亦崔嵬，石扇橫閌傊。細岑互攢倚，福嶽競

---

31 見南朝梁・鍾嶸著，陳延傑注：《詩品注》（臺北：里仁書局，1992年9月），卷中，頁41。

奔騰。白雲遙入懷，輕靄近可掬。徒尋靈異迹，周顧
愜心目。晨拂鳥路行，暮投人煙宿。粳稻遠彌秀，栗
芋秋新熟。石髓非一巖，藥苗乃萬族。間關踏雲雨，
繚繞緣水木。西見商山芝，南到楚鄉竹。楚竹幽且
深，半雜楓香林。浩歌清潭曲，寄爾桃源心。

試看全詩前半段所描述的內容，幾乎是結合了南朝時遊仙與山水之典
型手法的展現，然而中間承接的「徒尋靈異迹，周顧愜心目」一聯卻
發揮了轉換的功能，成為樂園內涵轉型的關鍵，它指出：「靈異迹」
是「徒尋」的、是虛幻難求的，於是詩人從遊仙與山水的超俗氛圍中
退出，轉向眼前四周熟悉切近的景物而取得「周顧愜心目」的愉悅之
情，遂使以下的篇幅大幅轉向田園之類景致風光的描繪，而人煙之中
不但有粳稻遠秀、栗芋秋熟，而藥苗生長、楚竹幽深之景亦宛然可
見，最後詩人終於就此欣然寫道：「浩歌清潭曲，寄爾桃源心。」這
就清楚展示了桃源意象中所蘊涵的樂園概念變化的軌跡，而整首詩也
在時代的推移中具體而微地濃縮了由彼岸過渡到此岸、由世外轉向於
方內的轉型過程。

此一轉型的結果為盛唐桃源意象的多元化運用奠定了初步的基
礎，在這個方內的、此岸的世界裡，盛唐詩人得到了使個性化原則充
分實踐的更大空間，也使理想世界的主題益發豐富而開闊，標誌了一
個詮釋上繁盛階段的來臨。

第四節　盛唐階段——個性化原則的充分實踐

桃花源意象在陶淵明始創之後，歷經三百年各代詩人的採擇運

用，表現出一個越來越受重視的漸興歷程。尤其到了盛唐階段，桃花源的典故素材不但贏得了如雲的追隨者，由少數詩人個別的零星偶用而逐漸地擴延成線，成為幾位重要詩人習用的創作材料，具有更強烈的暗示性；而且詩人在運用此一意象之際，並非僅僅單純地「重演」以往的思想，而是把它放在個人的情志系統中加以重演的，因之在重演時，便注入了個人的價值取捨或著重面相³²，於是桃花源在經過了此一「以我觀物，故物皆著我之色彩」³³的主觀詮釋之後，更進一步轉化為具有獨特意義的個人語彙，在運用手法上也從零件的角色晉升為主題的地位，進一步脫離了「單獨意象」之個別偶見的情形，而進入到「整體意境」之全面塑造的里程。它不再只是點染殊地奇景或異常經歷的一個現成詞彙，如求仙問道、遊歷山水時據以烘托其中之非現實性的簡便套語，而是詩人人格鍛鍊的成果和生命境界的表徵，是可以在當下人生中，藉由人格、生命的實在力量而得到充分實踐的「樂園」的代稱。是以「桃花源」往往已等同於個人理想境界的代名詞，是一個被完成的、已達致的身心安頓之所，展現了別具象徵意義的新風貌，而不再是想像中虛構的、偶至的，甚至是遙不可及的寄託。

這個現象主要是透過盛唐的幾位大詩人，如孟浩然、王維、李白、杜甫等詩集中呈顯出來的。當我們檢閱這些重要作家的詩篇時，可以看到桃花源意象不但大量湧現，形成更集中的、數量上的外在優

---

³² 此處「重演」的說法乃借自〔英〕柯林烏（Robin G. Collongwood）著，陳明福譯：《歷史的理念》（臺北：桂冠圖書公司，1992年8月）。柯氏認為「歷史即過去經驗的重演」，但歷史家重演時是放在他的知識系統中加以批評、並形成自己的價值判斷，因此「一切歷史都是思想的歷史」。事實上文學的表現更適合此一學理，故此處參酌為用。

³³ 語見王國維著，滕咸惠校注：《人間詞話新注》（臺北：里仁書局，1987年8月），頁58。此處引文為一般通行本。

勢，而且益發強而有力地做爲一種象徵系統的表達，因此也占有質的內在張力，具備了希里斯‧米勒（J. Hillis Miller, 1928-）所謂的「想像力的特殊性質」，而成爲能夠在其全部作品的繁複多面性裡，被彰顯出來的「持續不斷出現的獨特而又相同的世界觀」[34]；同時，透過對所有相關作品的分析，亦能使我們「窺看到創作心靈的原始統一性」。[35]就是在這樣的意義下，桃花源意象在盛唐孟、王、李、杜等大詩人的作品中展現了新的意蘊：既有個別詩人鮮明的烙印，表現出強烈的能動性與自主性，又因多數詩人的廣泛使用而互相連結，被擴充爲涵蓋了整個時代面的普遍套語。這就是「桃花源」意象主題運用的新境界。

一、孟浩然：老莊境界中形上道心的提出

在對四位詩人全集作品進行了查核的工作之後，我們發現在盛唐作者群中，首先是孟浩然（689-750）以自然詩派的宗師身分和隱逸山林的生活體驗，對出世色彩極爲濃厚的桃源意象多所著墨。檢視其總數兩百多首的詩作中，前後至少有九處涉及，數量上的優勢已明顯地超越前人，宣告了桃源意象之運用已進入鼎盛期的先聲。以下試先節錄相關片段分別臚列如下：

  • 春餘草木繁，耕種滿田園。酌酒聊自勸，農夫安與
    言。忽聞荊山子，時出桃花源。采樵過北谷，賣藥

---

[34] 兩句引文出自〔美〕米勒：《狄更斯小說的世界‧序說》，引自鄭樹森編：《現象學與文學批評》（臺北：東大圖書公司，1991年4月），〈前言〉，頁14。

[35] 〔美〕米勒：《狄更斯小說的世界‧序說》，引自鄭樹森編：《現象學與文學批評》，〈前言〉，頁14。

來西村。……何時還清溪，從爾鍊丹液？（〈山中逢道士雲公〉）

- 征馬分飛日漸斜，見此空爲人所嗟。殷勤爲訪桃源路，予亦歸來赤松家。（〈高陽池送朱二〉）

- 誤入花源裏，初憐竹徑深。方知仙子宅，未有世人尋。舞鶴過閒砌，飛猿嘯密林。漸通玄妙理，深得坐忘心。（〈游精思題觀主山房〉）

- 武陵川路狹，前棹入花林。莫測幽源裏，仙家信幾深。水回青嶂合，雲渡綠溪陰。坐聽閒猿嘯，彌清塵外心。（〈武陵泛舟〉）

- 傲吏非凡吏，名流即道流。隱居不可見，高論莫能酬。水接仙源近，山藏鬼谷幽。再來迷處所，花下問漁舟。（〈梅道士水亭〉）

- 晴明試登陟，目極無端倪。雲夢掌中小，武陵花處迷。（〈登望楚山最高頂〉）

- 川暗夕陽盡，孤舟泊岸初。嶺猿相叫嘯，潭影似空虛。就枕滅明燭，叩船聞夜漁。雞鳴問何處，人物是秦餘。（〈宿武陵即事〉）

- 花半成龍竹，池分濯馬溪。田園人不見，疑向武陵迷。（〈檀溪尋古〉）

- 沿泝非便習，風波厭苦辛。忽聞遷谷鳥，來報武陵春。嶺北回征帆，巴東問故人。桃源何處是？遊子正迷津。（〈南還舟中寄袁太祝〉）

分析這九首作品，我們可以看到其中有一些是即地而做的即景詩，如
〈登望楚山最高頂〉、〈武陵泛舟〉、〈宿武陵即事〉等，乃是遊歷
至傳說中桃源所在的武陵一帶時，就近取譬、以點染詩境的結果：武
陵在今湖南常德縣，自古爲楚地，本在雲夢大澤的涵蓋範圍之內，以
武陵桃源入詩乃是一種自然的聯想，故其中往往有擷取陳套的泛泛之
語。而〈南還舟中寄袁太祝〉一詩則是因其好友袁太祝被謫爲武陵丞
而作，其中桃源的意象同樣是因爲地緣關係而入詩的，所謂「桃源何
處是」乃指實之語，爲對好友貶官去處的懷想。再將這類詩的內容與
全部作品並觀，以進行整體性的探察與分析，可以區分出其中有一類
是承襲將桃花源仙化的傳統手法，包括〈山中逢道士雲公〉、〈高陽
池送朱二〉、〈游精思題觀主山房〉、〈梅道士水亭〉和〈武陵泛
舟〉五首在內，所占比例約占二分之一強；但值得我們注意的是，
雖然走上的是仙化之路線，其處理方式卻明顯地親切近實得多，如五
首中桃源意象的主要功能乃在用以美稱道士所居之處，不但所比稱的
對象信而有徵，舉凡道士雲公、精思觀主和梅道士等人都與作者有時
相往來之誼，而所謂采樵、賣藥的活動與「竹徑深」的宅邊景物，亦
加重了俗化的成分和方內的性質，尤其是其中〈梅道士水亭〉的「隱
居不可見」一句更是承襲自南朝以來仙隱合流的餘緒（參第五章〈由
迷而悟——「尋道」詩的類型探討〉第二、第三節），隱居的情調實
遠勝於求仙的旨趣。何況當其以仙化的桃花源入詩時，往往也只是點
到爲止，未若以往的極力誇飾、渲染方外神仙的福地洞天之感，而不
至於充滿濃厚的道教色彩，這可以說是從傳統過渡到盛唐所留下的遺
跡。

　　此外更值得注意的是，孟浩然在身處此種遭到仙化的桃源中
時，所興發的情志嚮往並不因襲傳統中趨向於煉丹求仙、以求長壽
不死等屬於「外在超越」的模式，反而轉向「內在超越」的層次，如

〈游精思題觀主山房〉的「漸通玄妙理，深得坐忘心」和〈武陵泛舟〉的「坐聽閒猿嘯，彌清塵外心」都清楚地點明此中天地乃是著重於「坐忘心」和「塵外心」的養成，而所謂「坐忘」和「塵外」都是出於道家經典的詞彙[36]，指涉的也都是一種逍遙離俗的胸懷和無我忘己的境界，這就意味著心靈的解脫和精神的自由已成為進入桃源的終極意義。如此一來，桃源就不是架空於現世之外的殊異之地，更不復是尋求肉身不朽的道場，只要在遠離塵囂的道觀、山水等任何一處清淨之地，甚至於屏絕風塵、無車馬喧擾的「人境」（此正是王維桃源境界之所在），便可直接向內在於我的方寸之地認取。藉由「坐忘心」和「塵外心」的提出，不但減弱了傳統桃源意象中道教遊仙的濃厚色彩，使精神性的道家涵養得以登堂入室，進入此一理想世界的論述系統之中，而心靈所具備的內在超越的主動性也獲得了前所未有的重視。這可以說是桃花源主題轉型的第一個表徵。

至此，盛唐時代對桃花源此一樂園主題的開展，已初步見其多元化、個性化的創發價值之一端，此後則有王維、李白和杜甫等人的踵繼發揚，而更進一步蔚為大觀。

二、王維：佛門淨土的指涉與莊禪合一的境界

在有關桃花源理想世界主題的流變過程與詮釋角度中，最早將「塵外心」、「坐忘心」等道家精神境界提出，而明顯超越了道教

---

[36] 「坐忘」一詞出於《莊子・大宗師》：「墮枝體，黜聰明，離形去知，同於大通，此謂坐忘。」而有關「塵外」一詞，殷仲文〈南州桓公九井作〉李善注云：「《莊子》曰：孔子傍徨塵垢之外，逍遙無為之業。郭象曰：所謂塵垢之外，非伏於山林而已。」見南朝梁・蕭統編，唐・李善等注：《文選》（臺北：華正書局，景印胡刻宋本，1986年7月），頁311-312。

遊仙傳統的詩人是孟浩然；但眞正進入此一不爲外物所動之境界，而彰顯出人格的力度與一貫性的詩人，卻是時代稍晚的王維（701-762）。

就王維而言，在其總數約四百首的作品中，至少有八處採用桃源意象爲傳示其理想世界與個人終極追求的媒介。其中，最早於其集中出現此一意象的〈桃源行〉，不但是其個人創作史、乃至於整個詩歌史上第一首專詠桃花源的主題詩作，正好印證了前文所說，桃花源意象是在盛唐階段中晉升到整體意境之塑造，因此具有一定代表性的歷史意義；同時，做爲王維這位早熟詩人的傑出少作之一，這首詩也在重新詮釋桃花源之存在條件時，傳達了一種特屬於王維個人的生命情調與人生理想，其詩云：

> 漁舟逐水愛山春，兩岸桃花夾去津。坐看紅樹不知遠，行盡青溪不見人。
> 山口潛行始隈隩，山開曠望旋平陸。遙看一處攢雲樹，近入千家散花竹。
> 樵客初傳漢姓名，居人未改秦衣服。居人共住武陵源，還從物外起田園。
> 月明松下房櫳靜，日出雲中雞犬喧。驚聞俗客爭來集，競引還家問都邑。
> 平明閭巷掃花開，薄暮漁樵乘水入。初因避地去人間，及至成仙遂不還。
> 峽裏誰知有人事，世中遙望空雲山。不疑靈境難聞見，塵心未盡思鄉縣。
> 出洞無論隔山水，辭家終擬長遊衍。自謂經過舊不

迷，安知峰壑今來變。

當時只記入山深，青溪幾曲到雲林。春來遍是桃花
水，不辨仙源何處尋。

此詩題下原注：「時年十九。」從表面看來，〈桃源行〉一詩似乎只
是原〈桃花源記〉的詩歌版，整個作品亦步亦趨地再現原故事的情
節，唯一的差別僅是以詩的形式與韻律賦予故事原型以一種流暢優雅
的美感；而且全詩似乎依然遵循了傳統仙化的道路，尤其是「及至成
仙遂不還」與「不辨仙源何處尋」兩句，更加重了不辯自明的意味。
然而，表面的雷同往往模糊了本質上的歧異，形式上的接近也使得內
容上不同的特性容易受到忽略，必待精細的分析始能還其本來面目，
而王維此詩正是如此。與南朝、初唐，乃至於盛唐的孟浩然等前人相
較，〈桃源行〉中的仙化色彩全然與道教系統毫無相涉，王維不但對
金爐丹液、餐霞舞鶴之類的道教景物無一著墨，即連桃源其中的「居
人」也非道士靈侶之輩，其中唯有雲樹花竹、青溪紅樹等詩人再三致
意的清麗風光，以及與世隔絕的「居人」而已。由整體詩境以觀之，
所謂的「仙」字，其實質的含義便是一種遺世獨立、與塵俗不雜不染
而展現空靈韻致的質性，所謂「還從物外起田園」、「初因避地去人
間」而終至不還，以及「峽裏誰知有人事，世中遙望空雲山」等句的
詮解，都清晰地指向一種超然脫俗的物外之趣，既不同於求道之士超
出理性的刻意執著，也不同於隱逸者流孤意避世的棄絕之感。

　　因此，就創作的時間與其內容的特質而言，這首詩一方面以鄭重
的態度和專注的筆調初試啼聲，在王維人生的出發點上就展露早熟的
創作才華，但另一方面它更明白地揭櫫王維個人追尋一個與眾不同的
樂園的強烈願望，而提供了一條貫串於王維一生的樂園意識的重要線

索。就此，荊立民指出：

> 十九歲時，詩人的〈桃源行〉問世，那種悠然嚮往一
> 個沒有紛爭、沒有壓抑的自由平靜世界的心情，先已
> 躍然紙上。桃花源本來是陶淵明心中的「烏他邦」，
> 但王維卻按照自己的人生追求，有意把它改造成「塵
> 外極樂世界」：原先的桃花源是「土地平曠，屋舍儼
> 然，有良田、美池、桑竹之屬」，同現實社會的物質
> 生產、經濟生活沒有差異，而王維筆下的桃花源卻全
> 然消失了人間煙火氣，成為一片永恆的平靜；……原
> 先的桃源居民是現實社會戰亂、兵災下的倖存者，而
> 王維筆下的桃源居民儼然是一群超脫於一切災難、紛
> 擾之外的「仙人」，……與原先的居民相反，他們
> 已全然不問人間社會的任何變遷，甚至把當盛唐漁
> 人視為「俗客」，把他的「思鄉縣」視為「塵心未
> 盡」。……當盛唐年輕一代渴望躍登政治舞臺，大顯
> 「兼濟」身手的時候，青年的王維，不但沒有任何一
> 句「濟世」的表白，而且滿懷深情、一唱三嘆地謳歌
> 另一個超然於人間紛擾、爭鬥、痛苦、煩惱之外的世
> 界。這種在當時十分罕見的現象，既和王維的生活實
> 踐有關，也和他的佛教家世淵源有關。[37]

---

[37] 引自荊立民：〈尋找另一個「理想王國」──論王維的人生追求〉，王維研究編委會：《王維研究（第一輯）》（北京：中國工人出版社，1992年9月），頁77-78。

從這段話中，我們可以注意到荊先生雖未突破或釐清「仙化」的迷障，而猶以「仙人」指稱桃源居民，但卻已十分可貴地明確把握住王維心目中桃花源的重要特質，亦即解除了現實人生之種種束縛與煩惱，而取得心靈之自由與平靜的超脫境界；同時也為我們指出：這樣的精神追求最與眾不同的地方，就在於它是出自一個青少年早熟的心靈，竟在未入世之前便已孕育出一種成熟的出世心理，不但有別於一般人總是在歷盡滄桑之後才返璞歸真的人生規律，也與當時積極入世的時代風氣大為牴觸。[38] 其次，這樣的理想是與其生活實踐之型態和其日常薰陶之思想家數密切相關的，雖然透過下文之辯證，可知王維的意識內容並不只有荊文所說的「佛教家世淵源」而已，但其思想型態確然是以佛門禪法為中心樞紐。我們可以看到：直到晚年，歷經安史之亂與陷賊之辱的王維仍將一腔難言之隱痛託諸佛域，如〈嘆白髮〉一詩曾道：「一生幾許傷心事，不向空門何處消？」可見倡導萬法皆空、諸色虛妄的佛法提供了消憂解愁的一帖良方，而對於王維而言，除了以空觀物，將現象界之實在性予以徹底消解，以免於因沾滯、黏著而生種種迷妄怨悔的世界觀之外，便再也別無其他安排此心去處之法。

正因為這種以去除塵心、脫俗超凡為終極目標的人生態度，遂使

---

[38] 荊立民曾更進一步申論道：「在『開元全盛日』的輝煌歷史時期，幾乎所有詩人，甚至一般士大夫，都曾公開『發表』過『濟世的宣言』：……（形成）一場『建立不朽功業願望』的大合唱。它始自初唐四傑，中經陳子昂，至『開元全盛日』形成高潮，且一直持續到天寶年間，可以說是一曲長達百年的反映了出盛唐知識分子普遍願望的時代強音。但是，青年時代的王維，盡管也曾產生熱情的心理萌動，然而卻基本上游離於『合唱』之外。」荊立民：〈尋找另一個「理想王國」——論王維的人生追求〉，王維研究編委會：《王維研究（第一輯）》，頁76-77。

王維的詩呈現出「無血氣」[39]的風格，連帶地也致使根植於同一土壤的桃源意象出現了「全然消失了人間煙火氣」的特色。就是在這樣的基礎上，〈桃源行〉所具備的特點並不是偶然的殊例，而是遍存於王維詩中的共同因素，因此提供了指標性的意義。由〈桃源行〉一詩出發，循著生命的軌跡向前延伸，〈桃源行〉中所描繪的一片悠然於世俗塵緣之外的心靈樂土，也不斷地重生、再現，成為王維集中反覆低迴的理想世界的主題：

- 落日山水好，漾舟信歸風。玩奇不覺遠，因以緣源窮。遙愛雲木秀，初疑路不同。安知清流轉，偶與前山通。捨舟理輕策，果然愜所適。老僧四五人，逍遙蔭松柏。朝梵林未曙，夜禪山更寂。道心及牧童，世事問樵客。暝宿長林下，焚香臥瑤席。澗芳襲人衣，山月映石壁。再尋畏迷誤，明發更登歷。笑謝桃源人，花紅復來覿。（〈藍田山石門精舍〉）

- 草色日向好，桃源人去稀。（〈送錢少府還藍田〉）

- 桃源迷漢姓，松樹有秦官。……羨君棲隱處，遙望

---

[39] 「無血氣」，形容的是一種人間性格與存在實感都極為淡漠的表現，也就是看不到喜怒哀樂的情緒變化，而充滿不食人間煙火的超然感。方東樹即云：輞川詩「興象超遠，渾然元氣，為後人所莫及；高華精警，極聲色之宗，而不落人間聲色，所以可貴。然愚乃不喜之，以其無血氣、無性情也。」清・方東樹：《昭昧詹言》（北京：人民文學出版社，1961年10月），卷16，頁387。又黃周星《唐詩快》於王維〈青溪〉詩下注曰：「右丞詩大抵無煙火氣，故當於筆墨外求之。」引自陳伯海主編：《唐詩彙評》上冊（杭州：浙江教育出版社，1996年5月），頁287。

白雲端。（〈酬比部楊員外暮宿琴臺朝躋書閣率爾
見贈之作〉）

- 桃源四面（或本「四面」作「一向」）絕風塵，柳
市南頭訪隱淪。到門不敢題凡鳥，看竹何須問主
人。城外青山如屋裏，東家流水入西鄰。閉戶著書
多歲月，種松皆作老龍鱗。（〈春日與裴迪過新昌
里訪呂逸人不遇〉）

- 墨點三千界，丹飛六一泥。桃源勿遽返，再訪恐君
迷。（〈和送中丞夏日遊福賢觀天長寺之作〉）

- 安得捨塵網，拂衣辭世喧。悠然策藜杖，歸向桃花
源。（〈口號又示裴迪〉）

- 採菱渡頭風急，策杖村西日斜。杏樹壇邊漁父，桃
花源裏人家。（〈田園樂七首〉之三）

在這些桃花源意象中，表面上似乎因為雜入儒、釋兩家不同的思想來
源與典故運用，而呈現出紛然不一的局面：有以桃源指稱焚香夜禪之
佛寺精舍者，有用以比擬隱逸者所居之處，但實際上從王維的思想特
質以觀之，卻能有所融通而互不相礙。首先就其外緣因素而言，儒釋
道這三個思想家派的理論結構和生活情調中本就有其相通之處，可以
彼此勾連援用（此點第五章第二節已加細論）；而就內緣方面來說，
對於自由吸收各家思想之精髓，並加以靈活運用於生活實踐中的詩人
而言，就更能以一己之生命格局為主宰，將諸法融攝於一爐，使實際
上彼此有別的學術體系都染上了同樣的心靈色彩。觀察王維對桃源意
象（乃至其他詩料）的使用中，情況正是如此。不過在融冶的過程

裡，各家學派仍有主從之分而起了程度不同的作用，於此一融冶諸般學術思想與人生智慧的心靈運動中，最突出的當屬佛學的優先性與樞紐地位，此乃文學史上對於王維思想淵源一致公認的定論；而此一精神特質亦自然而然地滲透進入王維的桃花源概念之中。

因此分析王維的桃源意識，第一個首要的特點便是明顯的佛道化，而標誌了桃花源主題進入了嶄新的詮釋格局。

觀前引詩例中，明確地用以指稱佛門淨土的作品便有〈藍田山石門精舍〉與〈和送中丞夏日遊福賢觀天長寺之作〉兩首，此一「桃源──佛門」的聯繫已屬前所未有，與一般詩人據以美稱道觀或道士居處的習用手法迥然有別，形成了詩史上桃源主題之流變過程中罕見的現象；同時其分量之重也顯示出這個特殊的聯繫不是隨性的、機緣偶至的，而是出於一種心靈原則與深層意識之必然所產生的結果。尤其是〈藍田山石門精舍〉一詩，其整體內在思路之進行與遊歷情節之開展，結構和命意幾乎與〈桃源行〉完全契合為一：從漾舟窮源以尋雲木之秀，接著隨清流一轉而偶然誤入前山；捨舟探路之後，詩人彷彿印證了先前的猜測與期待般地道出「果然愜所適」之欣喜，從此便著力鋪陳出一個老僧逍遙、梵音悠揚的清淨之地，景物充滿清寂幽靜之感；最終至末尾二聯亦不例外地出現「再尋」的最後餘響。這樣一首頭尾具足、結構完整的遊歷詩，不但是刻意模仿〈桃花源記〉的一個翻版，也是詩人自己在早期〈桃源行〉的創作之後，透過再次的自我重複，而使個人之樂園意識取得進一步強化的主題再現。它清楚地告訴我們，桃花源儼然已是王維之理想世界的寓託，而此一寓託的內在思路是自覺的、深沉的，此點殆無疑義；此外更具有深刻意義的是：傳統桃花源被賦予的仙道內涵已面臨了抽換取代的契機，由道入佛，由仙而僧，王維心目中的桃源樂園在佛門聖地之中獲得了最高的實現。

　　此一桃花源之佛道化的現象，不但使樂園主題進入了嶄新的領域，也可以證明盛唐的確是一個個性化原則被充分發揮的時代，而王維的佛學傾向自然益發顯豁。然而，我們必須就此更進一步探問的是：在王維佛道化的桃源樂土中，所灌注的精神究竟為何？繁複的佛學思考又產生了何種影響，打造了哪一條通往樂園的徑路？而前面已提及被詩人融冶於一爐的其他學派，更在何種層面上提供了契入的助緣？這些都是應予深入辨析的課題。

　　首先，我們注意到要更徹底而周延地闡發王維之桃源意象乃至其整體詩境的內蘊，除了借助佛家學理之外，對詩人的道家修養也必須一併觀察，才能盡得其義，張惠民也曾指出：「王維接受佛教禪宗而產生隱逸出世的思想，表現於詩歌中的一個特別突出的特點是以莊說禪，莊禪並用。」[40]的確如此，我們發現王維融通了「莊學與禪思」這兩者之間的近似處，他一方面從佛法中取得了一種「色空不二」的中道思想，如《維摩經》中那羅延菩薩所稱：「世間、出世間為二，世間性空即是出世間。」[41]意謂一旦透過心的昇華作用，使凡俗世間之性空義被觀照出來之後，則世間本身即已轉化到另一層次並達到本質性的改變，而與出世間無異；另一方面，這與《莊子‧知北遊》中，無論是螻蟻、稊稗、瓦甓等卑微之物都足以成為具顯「道」的媒介，所闡述的「道無所不在」的思想可謂具有異曲同工之妙。因此，在王維集中出現了「以莊說禪」最直接的例子，那便是王維於〈山中示弟等〉一詩所展示者：

---

[40] 張惠民：〈論王維隱逸思想的多元構成〉，王維研究編委會：《王維研究（第一輯）》，頁101。

[41] 此義詳參蕭麗華：〈試論王維之宦隱與大乘般若空性的關係──兼論王維詩中「空」的境界美〉，《臺大中文學報》第6期（1994年6月）。

　　　　山林吾喪我，冠帶爾成人。莫學嵇康懶，且安原憲
　　　　貧。山陰多北戶，泉水在東鄰。緣合妄相有，性空無
　　　　所親。安知廣成子，不是老夫身。

此詩起首即原封不動地引述《莊子・齊物論》之語，謂其身處山林之
中時，所體認到的乃是「吾喪我」的境界，意味著一種以真我、精神
我，來超越假我、形軀我、物質我的努力，而破除物我之拘執限礙，
取得最高的、無限的精神自由；這種「吾喪我」的說法，其實就是孟
浩然在其桃源世界中所領略的「坐忘心」、「塵外心」的同義詞，其
最終所指向的便是達到「至人無己」的體驗，亦即一種撤離了主觀
判斷之後，「以物觀物」的「無我」的境界[42]；而在引述道家經典之
後，王維於詩中後半段則又轉向佛理的體認，聲稱：「緣合妄相有，
性空無所親。」亦即破除了世間因緣法之迷妄而認識到一切法本性皆
空的本質，遂不親私、亦無執著，而隨遇皆安，得大自在，於是「坐
忘喪我」與「性空無親」無形之中便被聯繫起來，並循著其間精神血
脈的共通處互相滲透而融通為一，產生了從我執之陷溺與種種世俗價
值判斷之偏執中解脫出來的智慧，無是非之分，無物我之別，世間即
是出世間，世間即可入道。

　　便是在這種「即世而又同時離世」之樂園觀的基礎上，產生了王
維桃源意識的第二個特質，亦即此一理想世界的存在並不是架空的，
而是可以藉由心靈的力量獲得實踐的；不是外求的，而是內蘊而生
的，因此身之所之，樂園已在其中。觀前引詩作，桃源所指涉的對象
不論是精舍寺院、隱逸幽棲，或者是村居田園，只要符合詩人「惟好

---

[42]　「無我」與「以物觀物」乃借自王國維《人間詞話》，以助其義之闡發。

靜」之天性[43]與藝術家之審美意趣的地方（這是王維之理想世界唯一的現實條件），便處處是桃源，處處是樂土，即使在長安新昌里的繁華之中，也可以造就一個「桃源四面絕風塵」的理想世界，所謂「行到水窮處，坐看雲起時」（〈終南別業〉），正是此種超曠自在而不拘執牽滯之心境的流露。這就是學者所說：王維總是「借『平常之境』，『神遊象外』地創造了一個禪宗哲理上的彼岸世界。」[44]可見當心靈的能動性與主宰力超過了環境的制約與限制時，就可以不假外求地直接向心認取，不必名山大川、奇景異域，只要能夠心遠神遊，靜觀自得，便能寫出〈春日與裴迪過新昌里訪呂逸人不遇〉這樣一首鬧中取靜的清新自在的作品，而這也即是「雖與人境接，閉門成隱居」[45]的深意所在。則明鍾惺所言：「右丞廟堂詩，亦皆是閑居。」[46]亦可由此得到更深的了解。

再者，正因為此一樂土是「平常之境」的昇華，因此在進入桃源之後，即使因緣盡而不得不辭去，其結果也只是暫別而已，詩人依然被允許日後隨時可以一再歸返，而不至於問津無路，這便是王維詩中桃源意識的第三個特質。如〈藍田山石門精舍〉的「笑謝桃源人，花紅復來覬」、〈口號又示裴迪〉的「悠然策藜杖，歸向桃花源」等，都顯示出這樣一個絕塵的理想世界並非遙不可及的所在，相反地，如

---

[43] 王維〈酬張少府〉詩云：「晚年惟好靜，萬事不關心。」實則「好靜」乃其一貫之天性，非獨晚年而已。

[44] 荊立民：〈尋找另一個「理想王國」——論王維的人生追求〉，王維研究編委會：《王維研究（第一輯）》，頁88。不過此處所言之「禪宗哲理」似過於拘限，可依前述莊禪互證的角度使其境界更加擴大。

[45] 唐・王維：〈濟州過趙叟家宴〉詩中語，清・康熙敕編：《全唐詩》，卷127。

[46] 明・鍾惺、譚元春：《唐詩歸》，收入《四庫全書存目叢書》集部總集類第338冊（臺南：莊嚴文化公司，影印清華大學圖書館藏萬曆四十五年刻本，1997年），卷9〈酬張少府〉評，頁178。

前述所指出的，它是透過心靈的作用而當下獲致的成果，是一個藉由心靈的創造而開闢出來的地方，因此可以自主地不斷回歸，一訪再訪，如同長安城中近在咫尺的新昌里一樣。

不過，這裡必須另行強調的是：這樣一個可以不斷歸返的桃花源依然是一個與俗世相對立的物外之地，其「靜」與「自然之美」的特質不容「俗客」的混淆攪擾，所謂「王維對自己『王國』那種默默無聲的暗示性讚美」[47]，正清楚指出其桃花源的根本構成條件，因此〈口號又示裴迪〉詩中所謂的「安得捨塵網，拂衣辭世喧」即呼應了〈桃源行〉中的「避地去人間」，故而仍不失其聖地的意義；只是聖與俗的區別主要是維繫於一心的醒悟，其間距離也不若以往的遙遠而已。由此我們也把握到王維之桃源意識的第四個特質：以寧謐沉靜的心理氛圍和優美清麗的自然景致為建構的條件或基礎，而與陶淵明的原始桃花源中所開展的田園景致和村野風光有所不同，此觀其作品即顯而易見。

明乎以上諸義之後，最終還必須申明的是：藉由桃花源所展現的樂園嚮往，於別的詩人可能只是理想的一部分，卻是構成王維人生價值的首要部分或根本基調，而且由少至老極為一貫，因此我們可以同意：王維「這種一以貫之的『理想』和『追求』，同一心想『建立不朽功業』的絕大多數盛唐詩人，原本就不一樣。」[48]如此早熟、穩定而與眾不同的生命型態，正是王維其人與其詩的特殊魅力所在，也是其桃源意識的深層本質。

---

[47] 荊立民：〈尋找另一個「理想王國」——論王維的人生追求〉，王維研究編委會：《王維研究（第一輯）》，頁89。

[48] 荊立民：〈尋找另一個「理想王國」——論王維的人生追求〉，王維研究編委會：《王維研究（第一輯）》，頁76。

三、李白：與和諧閒適相結合的名山聖地

　　除了王維之外，盛唐詩人將其個性化原則充分發揮在桃花源主題之運用上的，李白也是個中翹楚，其詩中出現的相關作品爲數更多，約十數首。就其中最精要而較具代表性的詩作進行觀察的結果，我們發現李白的桃源意識最鮮明的個性化表露，厥在其斷然棄世離俗的強烈割離的性質，而此一性質主要是融入於對自然名山的熱愛以及對仙境的嚮往中。因此就素材的屬性而言，表面上李白詩中的桃花源似乎頗接近於盛唐以前仙化、山水化和隱逸的傳統，但是經由李白絕俗棄世、割離塵寰之鮮明性格的浸染之後，這個唐詩（乃至於整個中國文學）中十分顯要的樂園主題，其實也進入了超越傳統的階段，而成爲個性化原則充分展現的一大指標。

　　對李白而言，自然山水與仙境樂土除了都具備了棄世離俗的割離性質之外，在永恆與美感的意義上，兩者也完全可以互通，因爲它們都是徹底免除了塵俗之累，而又能開展出雄偉闊大之力量與壯麗脫俗之美感的場域，是力與美高度結合的完美表現；更可貴的是這樣超俗、純粹的世界提供了永恆不滅的存在特性，因爲仙境固然是道教對死亡所進行的終極救贖，保障了生命不滅的希望，但自然山水的亙古如新，更是詩歌裡據以對照出人生之短暫無常的習見素材，兩者都可以暫時破解詩人心靈底部對幻滅的深層恐懼。因此李白不但終身未曾放棄求仙問道之志，對名山所薈萃的美感與永恆的追求，更是由少至老殷殷不倦地執著不放，所以在其詩中往往一再地申述對名山的神往，致使對山水與仙境的熱愛形成了雙軌並行的現象，彼此並具有內在呼應的邏輯關係，由此遂有「五岳尋仙不辭遠，一生好入名山

遊」（〈廬山謠寄盧侍御盧舟〉）以及「願遊名山去，學道飛丹砂」
（〈落日憶山中〉）之類雙綰兩端的詩句。

　　先就李白桃源意識中有關神仙寄託的部分而言，其例有以下數
首：

　　● 仙人騎彩鳳，昨下閬風岑。海水三清淺，桃源一見
　　　　尋。……琴彈松風裏，盃勸天上月。風月長相知，
　　　　世人何倏忽？（〈擬古十二首〉之十）

　　● 五色粉圖安足珍？真仙可以全吾身。若待功成拂衣
　　　　去，武陵桃花笑殺人。（〈當塗趙炎少府粉圖山水
　　　　歌〉）

　　● 始探蓬壺事，旋覺天地輕。澹然吟高秋，閑臥瞻太
　　　　清。……桃花有流水，可以保吾生。（〈秋夕書
　　　　懷〉）

於這些詩例中，我們看到縱身於「蓬壺」與「仙人騎彩鳳，昨下閬風
岑」之仙境的李白，自認為進入了超越生死與時間變動的樂園裡，因
之確信自己「可以保吾生」、「可以全吾身」，而外生死、養全真，
由此又可以旁觀「海水三清淺」的宇宙循環，而生「旋覺天地輕」的
超然之感；相對於「世人何倏忽」的俗世間，有著桃花流水的桃源乃
是永恆的仙境，置身其間的李白遂進入了虛妙自得的和諧情境中，不
但能夠「風月長相知」，也可以「琴彈松風裏，盃勸天上月」，或是
「澹然吟高秋，閑臥瞻太清」，而解脫了人文世界裡分分秒秒變動不
居且毫不止歇的歷史時間，與悠然凝定的大化泯合為一，彼此交融成

一個有情共感的世界；而這正是李白閒適詩的一大特點。[49]

　　從詩例的舉證可知，李白詩中桃花源與仙境的等同關係，最終往往訴諸一種心靈解放的閒適之情，因而構成了「桃源──仙境──閒適」的內在聯繫，在〈奉餞十七翁二十四翁尋桃花源序〉裡，此種情感理路亦十分明顯，所謂：「卷舒天地之心，脫落神仙之境，武陵遺跡可得而窺焉。問津利往，水引漁者，花藏仙谿。」正透出其中脈絡。但是，透過桃源以至閒適之路，並不一定要通過仙境的中介，最常見的情況反而是以山林為引帶的關鍵，形成「桃源──名山──閒適」的關係模式。因此應該說，李白心目中所構設的桃源樂土，其最深沉的本質主要乃是與對名山之熱愛，以及身在名山之中時所產生的閒適之情密不可分。

　　這是因為人世之庸俗紛擾既不堪聞問，李白唯有寄情於山林與神仙之境以求安頓；但仙境之所在本就具體化於山水之間，此義於本章第二節之論析已申明其理，故對詩人之宗教信仰而言，山林之地緣本已具備了先決條件的優先性；更何況仙境只存在於想像與信仰之中，存在的理性基礎可謂十分脆弱，於是唯有「名山」才是李白在幻滅於仙境之緲不可得時，唯一能夠具體實踐而真切在握的心靈依靠，而大自然的名山勝景便成為李白終其一生可以不斷地永恆回歸的樂園。試觀李白集中的全部作品，隨處可見李白對名山不斷殷殷致意的熱切情感，而有「愛名山」、「樂名山」、「求名山」、「訪名山」、「遊名山」、「隨名山」、「入名山」、「歸名山」等等坦誠摯烈的宣

---

[49] 詳參歐麗娟：〈李、杜「閒適詩」比較論〉，《國立編譯館館刊》第27卷第2期（1998年12月），頁35-61，後收入歐麗娟：《唐詩的多維視野》（臺北：五南圖書出版公司，2017年7月）。

言⑤，此外如《圖經》也曾記載道：

> （李）白性喜名山，飄然有物外志，以廬阜水石佳
> 處，遂往遊焉。卜築五老峰下，有書堂舊基，後北歸
> 猶不忍去，指廬山曰：「與君再會，不敢寒盟；丹崖
> 綠壑，神其鑑之！」⑤

所謂「與君再會」的承諾，正顯示出詩人意欲回歸以名山爲代名詞之
樂園的心理；而「不敢寒盟」與「神其鑑之」的誓言，則以近乎宗教
的神聖性來表現出此一樂園回歸的堅定與執著。於是在「樂園」的意
義上，「名山」與「桃花源」得到了融合爲一的基礎，同時在此基礎
上也產生了特屬於李白之清拔淨絕的閒適境界，而構成「桃源——名
山——閒適」的另一思路。以下諸詩可爲此說之證：

- 問余何意棲碧山，笑而不答心自閒。桃花流水窅然
  去，別有天地非人間。（〈山中問答〉）

- 春風爾來爲阿誰？胡蝶忽然滿芳草。秀眉霜雪顏桃

---

⑤ 除了前引〈廬山謠寄盧侍御虛舟〉的「五岳尋仙不辭遠，一生好入名山遊」、〈落日憶山
中〉的「願遊名山去，學道飛丹砂」之外，復有〈秋下荊門〉的「此行不爲鱸魚鱠，自愛名
山入剡中」、〈望廬山瀑布二首〉之一的「而我樂名山，對之心益閒」、〈夢遊天姥吟留
別〉的「且放白鹿青崖間，須行即騎訪名山」、〈下尋陽城汎彭蠡寄黃判官〉的「名山發佳
興，清賞亦何窮」、〈金陵江上遇蓬池隱者〉的「心愛名山遊，身隨名山遠」、〈聞丹丘子
於城北營石門幽居中有高鳳遺跡僕離群遠懷亦有棲遁之志敘舊以寄之〉的「久欲入名山，婚
娶殊未畢」，此外還有〈冬夜於隨州紫陽先生餐霞樓送煙子元演隱仙城山序〉的「歷行天
下，周求名山」和〈秋于敬亭送從姪耑遊廬山序〉的「孤負宿願，慚未歸於名山」等，都清
楚指向李白心中的樂園乃是清拔獨出的名山。
⑤ 引自宋・祝穆：《方輿勝覽》（北京：中華書局，2013年6月），卷17，頁312。

花，骨青髓綠長美好。稱是秦時避世人，勸酒相
歡不知老。各守麇鹿志，恥隨龍虎爭。（〈山人勸
酒〉）

- 迴谿碧流寂無喧，又如秦人月下窺花源。了然不覺
清心魂，祇將疊嶂鳴秋猿。與君對此歡未歇，放歌
行吟達明發。（〈同族弟金城尉叔卿燭照山水壁畫
歌〉）

- 學道三十春，自言羲皇人。軒蓋宛若夢，雲松長相
親。偶將二公合，復與三山鄰。喜結海上契，自為
天外賓。鸑鷟我先鍛，龍性君莫馴。朴散不尚古，
時訛皆失真。勿踏荒溪波，揭來浩然津。薜帶何
辭楚，桃源堪避秦。世迫且離別，心在期隱淪。
（〈酬王補闕惠翼莊廟宋丞沚贈別〉）

- 一時相逢樂在今，袖拂白雲開素琴，彈為三峽流泉
音。從茲一別武陵去，去後桃花流水深。（〈答杜
秀才五松山見贈〉）

諸詩之中據以展開桃源意象之地，皆與山脫不了關係，此點細察即可
知曉。其次，試比較李白詩中對於「名山之愛」與「桃源之嚮往」
兩者所表達的詩歌結構與內容文意，可發現兩者極為近似：就李白的
名山之愛而言，〈望廬山瀑布二首〉之一先云「而我樂名山，對之心
亦閒」之後，再述「無論漱瓊液，且得洗塵顏。且諧宿所好，永願辭
人間」的棄世宣言；〈夢遊天姥吟留別〉亦於「且放白鹿青崖間，須
行即騎訪名山」的陳述後，接以說明其一心欲訪名山的理由，乃在於

「安能摧眉折腰事權貴，使我不得開心顏！」以脫離現實社會之不義不平；此外，〈廬山謠寄盧侍御虛舟〉也是先宣告自己「五岳尋仙不辭遠，一生好入名山遊」的癖性，然後接著表示這是想要「早服還丹無世情」的緣故，充滿了絕俗的強烈渴望。而對於「桃源之嚮往」的表達脈絡也是如此，以〈山中問答〉一詩為例，詩曰：

> 問余何意（「意」一作「事」）棲碧山，笑而不答心
> 自閒。桃花流水窅然去，別有天地非人間。

詩中的碧山即詩人一生鍾情之山岳的泛稱，不必限定為某地的專名[52]，代表的正是李白之離俗精神的歸屬、安頓之地，而由「桃花流水」所聯繫的兩端，乃是此一「別有天地」的「碧山」，以及與碧山相對立的「人間」，兩者判分為不容相混的異質世界；同時，此詩詩題宋本又作〈山中答俗人〉，聖與俗的區隔之意更是十分明顯。再則就詩中的「笑而不答」一語而論，學者曾指出此乃李白有意為了表達其中的某種渾然真意，而以放棄語言之使用來超越語言之限制的「忘言」表現[53]，然而，如從李白的性格與其閒適詩的整體特質以觀之，此實乃出於對象之不足與言，而索性一笑置之的自然反應，是聖地與俗世斷然分隔的結果；「閒」固然是棲碧山的心理狀態，但「笑而不

---

[52] 有學者將此詩編入開元十五年李白「酒隱安陸」之時，並謂其山即安陸縣西北六十里之壽山，似過於拘狹指實。唐・李白著，安旗主編：《李白全集編年注釋》（成都：巴蜀書社，1992年4月），頁920。

[53] 呂興昌表示，李白在〈山中問答〉詩中所表現的基本心態乃根源於「忘言」的意識，據此以超越語言的有限性，而不至於扭曲或損傷「真意」的全幅內涵，故把「笑與閒」視為棲碧山的心理狀態。呂興昌：〈和諧的剎那──論李白詩的另一種生命情調〉，收入呂正惠編：《唐詩論文選集》（臺北：長安出版社，1985年4月）。

答」卻是拉開距離的策略，是對付無法溝通的方法。[54]如此遂有「一往桃花源，千春隔流水」、「儵然遠與世事間，裝鸞駕鶴又復遠」之類顯示遠隔自外之心態的詩句（見下文所引詩例）。

因此，一旦離世而去，進入了全然和諧自適的境界中時，李白的桃花源也充滿了圓足沖融之感，與忘我忘機的閒放之情，這就是除了仙境與名山之外，李白詩中的桃花源更與隱逸的傳統相結合的內在因素。此一類型的詩作或寫歸隱的無奈與瀟灑，或寫隱居之景物情趣，如：

- 秦人相謂曰，吾屬可去矣。一往桃花源，千春隔流水。（〈古風五十九首〉之三十一）
- 功成拂衣去，歸入武陵源。（〈登金陵冶城西北謝安墩〉）
- 綠水接柴門，有如桃花源。忘憂或假草，滿院羅叢萱。（〈之廣陵宿常二南郭幽居〉）
- 石門流水遍桃花，我亦曾到秦人家。不知何處得雞豕，就中仍見繁桑麻。儵然遠與世事間，裝鸞駕鶴又復遠。（〈下途歸石門舊居〉）
- 行盡綠潭潭轉幽，疑是武陵春碧流。秦人雞犬桃花裏，將比通塘渠見羞。（〈和盧侍御通塘曲〉）
- 聞君臥石門，宿昔契彌敦。方從桂樹隱，不羨桃花源。（〈聞丹丘子於城北山營石門幽居中有高鳳遺跡僕離群遠懷亦有棲遁之志因敘舊以贈之〉）

---

[54] 歐麗娟：〈李、杜「閒適詩」比較論〉，《國立編譯館刊》第27卷第2期，頁43，後收入歐麗娟：《唐詩的多維視野》。

此中之桃源意象明顯表現出一般的隱逸情調,有絕世離俗之意;此外,當李白從弟謫官武陵,而李白以桃源實指其遷謫貶官之去處時,筆端依然充滿了溫馨自足的描寫:

> 謫官桃源去,尋花幾處行?秦人如舊識,出戶笑相迎。(〈贈從弟南平太守之遙二首〉之二)

我們清楚地看到:對胸次超然的詩人而言,人世中一切有關得失、榮辱、升降、好惡的世俗價值觀俱不在其眼目之內,唯有性情之真假與心靈境界之高低,才是他關切的所在。因此非但對遷謫之事可以不悲不怨,反而因其地「秦人如舊識,出戶笑相迎」的淳樸民風而被視為桃源樂土的實現,這不但呼應了前引〈酬王補闕惠翼莊廟宋丞泚贈別〉詩中對現實世界「朴散不尚古,時訛皆失真」的感慨,也完全符合李白身處於閒適之際心靈的狀態,亦即「消解了深沉的虛無感,泯化了逼人的時間意識,更超越了種種因社會參與而帶來的挫折與悲憤,最終達到『身世如兩忘』的『忘機』或『忘情』的境界。」[55]

綜合李白的桃源意識以及與之相關的深層思路,並分析其內容與結構之特點,可以發現其中高度的一致性,使彼此已連結成一個互通而相對應的樂園體系,其整體結構若以簡圖示之,則如下表:

樂園(閒適情境)── 棄俗絕世
樂名山、訪名山、入名山 ── 無世情、永願辭人間
桃花流水窅然去、桃源堪避秦 ── 世迫且離別、別有天地非人間
對之心亦閒、笑而不答心自閒 ── 塵顏、不得開心顏、世人何倏忽

---

[55] 歐麗娟:〈李、杜「閒適詩」比較論〉,《國立編譯館館刊》第27卷第2期,頁62,後收入歐麗娟:《唐詩的多維視野》。

李白之桃源意識所蘊涵的體系架構既明，此處須更進一步指出的是：李白詩中的桃花源與山水、仙境、隱逸三種不同的範疇相結合（前引〈酬王補闕惠翼莊廟宋丞泚贈別〉之作可謂融三者於一爐的最佳詩例），且一致地反映出與俗世遠隔迥分的割裂態度，並歸結於棲遁自放的閒適之情，但此種閒適情境在李白一生中的分布狀況，也有其特殊而與他人迥異之處，我認為：「就閒適詩的創作時機和分布情形而言，李白是穿插在一生中各個階段裡短暫而隨興的抒發，是分布於生命流程中一個個『和諧的剎那』，與他奔騰憤激的狂放性情形成高度反差的鮮明對比，而不斷在其生活中交替互補，展現了一再向此一閒適樂園『永恆回歸』的模式。」[56] 而與舒展其閒適之情以獲得身心短暫安頓的名山相通的桃花源，自然也成為他永恆回歸的樂園聖地了。

可見李白的桃花源是屬於壯美的、動態美的，這不僅是其內部景物所展現的特徵，同時就其作為現實界的對立面而言，也表現在李白不斷地回歸的動態模式上，因此非但不同於王維的優美、靜態美，也具備了更強烈的離俗棄世的風格。如果說王維是透過「靜心觀境」而對平常之境進行提升或轉化，來達到超越的目的，則李白乃是斷然棄之而投身於「非人間」之天地裡，來取得淨化的契機。但無論王、李二人有著如何的差異，在杜甫的桃源意識對照之下，兩者皆清楚界分聖與俗的詮釋法，反而促使雙方歸屬於較近似的範疇；至於杜甫將聖與俗交融為一，而把桃花源從精神上的俗外境界轉向到身之所在的俗世人間，則是桃花源主題的又一奇峰突起。

---

[56] 歐麗娟：〈李、杜「閒適詩」比較論〉，《國立編譯館館刊》第27卷第2期，頁62，後收入歐麗娟：《唐詩的多維視野》。

四、杜甫：萬物均等、一慈同化的烏托邦

　　由於杜甫是盛唐諸家中一位全然立足於現實世界的詩人，對超越的存在如宗教信仰或世外樂園等，向來都一貫抱持著「存而不論」、敬而遠之的態度，同樣的立場也表現在桃花源意象的使用上，因此展現出現實性濃厚的樂園意識；換言之，杜甫將桃花源從先前任何一種多少都帶有超越性質的型態中解脫出來，使之奠基於人們具體生活著的大地上，而與眼前的世界緊密地疊合爲一或互相關聯。在其一千四百多首作品中，約有十四處相關的詩句，爲便於觀察、比較和分析起見，茲全數羅列如下：

- 儒術誠難起，家聲庶已存。故山多藥物，勝概憶桃源。欲整還鄉袂，長懷禁掖垣。謬稱三賦在，難述二公恩。（〈奉留贈集賢院崔于二學士〉，作於玄宗天寶十一年，752）

- 青雲動高興，幽事亦可悅。山果多瑣細，羅生雜橡栗。或紅如丹砂，或黑如點漆。雨露之所濡，甘苦齊結實。緬思桃源內，益嘆身世拙。（〈北征〉，作於肅宗至德二年，757）

- 傳道東柯谷，深藏數十家。對門藤蓋瓦，映竹水穿沙。瘦地翻宜粟，陽坡可種瓜。船人近相報，但恐失桃花。（〈秦州雜詩二十首〉之十三，作於肅宗乾元二年，759）

- 躋險不自安，出郊已清目。溪迴日氣暖，逕轉山田

熟。鳥雀依茅茨，藩籬帶松菊。如行武陵暮，欲
問桃源宿。（〈赤谷西崦人家〉，作於肅宗乾元二
年，759）

• 乾坤萬里眼，時序百年心。茅屋還堪賦，桃源自可
尋。艱難昧生理，漂泊到如今。（〈春日江村五
首〉之一，作於代宗永泰元年，765）

• 悲哉宋玉宅，失路武陵源。淹泊俱崖口，東西異石
根。（〈奉漢中王手札〉，作於代宗大曆元年，
766）

• 多壘滿山谷，桃源何處求？（〈不寐〉，作於代宗
大曆元年，766）

• 雲嶂寬江北，春耕破瀼西。桃紅客若至，定似昔人
迷。（〈卜居〉，作於代宗大曆二年，767）

• 傳語桃源客，人今出處同。（〈巫峽敝廬奉贈侍御
四舅別之澧朗〉，作於代宗大曆二年，767）

• 來往兼茅屋，淹留爲稻畦。市喧宜近利，林僻此無
蹊。若訪衰翁語，須令膾客迷。（〈自瀼西荊扉
且移居東屯茅屋四首〉之二，作於代宗大曆二年，
767）

• 龐公隱時盡室去，武陵春樹他人迷。（〈寄從孫崇
簡〉，作於代宗大曆二年，767）

• 多憂污桃源，拙計泥銅柱。（〈詠懷二首〉之二，
作於代宗大曆二年，767）

- 贈粟困應指，登橋柱必題。丹心老未折，時訪武陵溪。（〈水宿遣興奉呈羣公〉，作於大曆三年，768）

- 方丈涉海費時節，玄圃尋河知有無？暮年且喜經行近，春日兼蒙暄暖扶。飄然斑白身奚適？傍此煙霞茅可誅。桃源人家易制度，橘洲田土仍膏腴。潭府邑中甚淳古，……今幸樂國養微軀。（〈嶽麓山道林二寺行〉，作於代宗大曆四年，769）

第一首〈奉留贈集賢院崔于二學士〉詩作於天寶十一年安史亂發之前，主旨在申言「儒術難起」、自己不能奮起在位以舒展懷抱的失意思歸之情，朱鶴齡注云：「憶桃源，欲如秦人之避世耳，不必親至桃源也。」[57]可見就杜甫而言，此時對桃源意象的使用仍遵循一般傳統的手法而較缺乏特性。但是，從作於安史亂生之後的〈北征〉這首長篇詩歌開始，特屬於杜甫而帶有其深刻人格之烙印的桃花源便完全成形了，其中於鋪敘途中可傷可畏、可憂可怖的經歷時，中間部分忽然以截然不同的欣悅筆調插入一段生動的景物描寫，對杜甫心目中桃花源的具體樣貌進行了有力的顯示：「青雲動高興，幽事亦可悅。山果多瑣細，羅生雜橡栗。或紅如丹砂，或黑如點漆。雨露之所濡，甘苦齊結實。緬思桃源內，益嘆身世拙。」在詩人認定爲桃源樂土而對照出自己「身世拙」的地方，雜生羅佈著山果、橡栗，在青雲雨露的濡潤滋養之下，不但綻放出蓬勃旺盛的生機而開花結果，而且點染了

---

[57] 見唐・杜甫著，清・仇兆鰲注：《杜詩詳注》（臺北：里仁書局，1980年7月），卷2，頁132。

「或紅如丹砂，或黑如點漆」這鮮明而繽紛的色彩；最重要的是，這是一個不論其果實是甘是苦，其顏色是紅是黑，其種類是山果還是橡栗，都能均霑雨露而共同成就其最大之生存意義──也就是「結實」的成果。所謂「雨露之所濡，甘苦齊結實」，正呼應了後來作於夔州的〈秋行官張望督促東渚耗稻向畢清晨遣女奴阿稽豎子阿段往問〉一詩所說的「上天無偏頗，蒲稗各自長」，杜甫在這裡看到了一個至高無上、卻無私而均等的力量，遠遠地超乎於人類淺俗偏倚的分別心或差別觀，不但保障了現實世界裡任何一物應有的存在權利，而且更進一步證成他們之所以存在的最高價值，因此得以讓萬物各得其所、各遂其生也各適其性地展現每一個存有本身最圓滿的狀態。這樣一個不讓任一微小之物違逆其位的世界，可以說已完全符合了他自己於〈秋野五首〉之二所說的「難教一物違」的理想，亦即是其「浮生之理與物理合一」的世界觀的徹底實踐[58]，這就是特屬於杜甫之桃花源的眞正面貌和實質內容。

　　這一種立足於廣大之現實世界、又徹入於每一存在之生命而絲毫不遺的世界觀，正是構築了杜甫心目中最完美的理想世界的原型，也是杜甫運用桃源意象時最根本的概念基礎，一貫地滲透在各首相關詩作之中，成爲其設想此一理想世界的深層依據。除了最早的〈奉留贈集賢院崔于二學士〉之外，自〈北征〉詩後所寫的作品便大致符應此一原型來開展，如〈秦州雜詩二十首〉和〈赤谷西崦人家〉作於秦州，正是杜甫於肅宗乾元二年棄官入蜀的第一站，前瞻既茫茫無著，後顧亦退路已絕，「躋險不自安」的狀況之下，「對門藤蓋瓦，映竹水穿沙。瘦地翻宜粟，陽坡可種瓜」的東柯谷，和「溪迴日氣暖，逕轉山田熟。鳥雀依茅茨，藩籬帶松菊」的赤谷西崦人家，似乎便是一

───────────────

[58] 其義詳參歐麗娟：《杜詩意象論》（臺北：里仁書局，1997年12月），第5章第1節，頁198-204。

處安身之所，於是有「船人近相報，但恐失桃花」的雀躍之情和「如行武陵暮，欲問桃源宿」的計畫；此願不成後，又經過窘迫萬狀、凍餒幾死的艱辛旅途，終於在物資豐裕、故友施援的成都浣花溪畔得覓一枝之樓，於是〈春日江村五首〉之一在敘其「乾坤萬里眼，時序百年心」的沉鬱憂思之後乃接以「茅屋還堪賦，桃源自可尋」之句，言意之中正有一種眼前堪慰之情。因此這段時期的詩作不唯對詩人的安適多所反映，連蟲魚禽鳥、鄉鄰稚子亦常見其欣然得所之機趣，而江村草堂作為飽經憂患、並深受漂泊之苦的杜甫得以切實感受到身心安頓的樂園，正是其桃花源理想的具現。

　　杜甫暫居成都草堂為時僅兩年多，離開後便過著轉徙於綿州、梓州，復回草堂，旋又去之暫居雲安、夔州，再出三峽流蕩於湘潭之間的生活。[59]其間多次提及桃源的情境約可分為二類：在自感飄泊無依之時，便有「失路武陵源」（〈奉漢中王手札〉）、「桃源何處求」（〈不寐〉）的慨嘆；若對暫居之處心生安棲止息之情時，便往往以桃源自許，如將遷離赤甲時所作〈卜居〉一詩，乃是稱美地方寬平可以耕種的瀼西，仇兆鰲注同年隨後所寫的〈自瀼西荊扉且移居東屯茅屋四首〉之二則云：「今特移屯者，一為穫稻而來，一為避喧而至也。過客易迷，言地僻不減桃源。」[60]而從〈嶽麓山道林二寺行〉中亦見杜甫所到的潭州，乃是風俗淳古、田土膏腴，而又易於營屋居住（即所謂「易制度」）的地方，正是杜甫心目中理想世界的具體表現，故仇兆鰲解釋詩義云：「仙界遠而難求，不若此地之近而可即，其間構廬便易，田產肥饒，民淳事簡，即此是方丈、玄圃矣。」[61]至於〈寄從孫崇簡〉一詩中的夔州，也是因為具備了「業學尸鄉常養

---

⑤⑨ 參考劉孟伉主編：《杜甫年譜》（臺北：學海出版社，1981年9月），頁60-145。

⑥⓪ 唐・杜甫著，清・仇兆鰲注：《杜詩詳注》，卷20，頁1747。

⑥① 唐・杜甫著，清・仇兆鰲注：《杜詩詳注》，卷22，頁1987。

雞，……近身藥裹酒長攜」的物質基礎，同時更有「與汝林居未相失」的親族倫常之樂，兼涵了人情淳厚的條件，故而被許爲「武陵春樹他人迷」的桃源所在。因此在困窮之中，若有遠方友人許之以穀米的濟助，杜甫亦將之視爲桃源而欲前往探訪，〈水宿遣興奉呈羣公〉所謂「贈粟囷應指，登橋柱必題。丹心老未折，時訪武陵溪」即是此意。[62]

　　分析至此，我們更可以進一步指出：杜甫詩中的桃花源，其內涵實與其詩中數處提及的「樂土」思想相通，彼此本可以參照而相互發明；而〈嶽麓山道林二寺行〉一詩中桃源與樂土並見，而共同指向一個理想世界的現象，更是杜甫連結了傳統中兩個雖有重疊、卻仍分屬不同源頭的樂園概念，進一步形成「樂土──桃花源」意識的有力證據。

　　「樂土」一詞自《詩經・魏風・碩鼠篇》出現以來，於杜甫集中受到了較大的重視，也就是獲得更多的運用次數。在他著名的寫實代表作〈三吏〉、〈三別〉中，首次出現了「樂土」此一專詞術語，其中的〈垂老別〉一詩首先滔滔敘寫子孫陣亡殆盡，復以垂老之身於衣單傷寒的歲暮投杖從戎，辛酸之餘猶且勉力寬解「臥路啼、勸加餐」之老妻，而後踏上「此去必不歸」的慘淡征途。至末尾部分，詩人更以畢肖老人聲吻的筆調代抒其絕望無告之哀情：

　　　人生有離合，豈擇衰盛端。憶昔少壯日，遲迴竟長
　　　歎。萬國盡征戍，烽火被岡巒。積屍草木腥，流血川

---

[62] 如王嗣奭釋之曰：「想羣公之內必有許相救濟者，……必武陵有故人，將往訪之。」明・王嗣奭：《杜臆》（臺北：臺灣中華書局，1986年11月），頁354。另外，楊倫別為他解，謂：「武陵溪借指水宿，欲諸公之過訪也。」唐・杜甫著，清・楊倫箋注：《杜詩鏡銓》（臺北：漢京文化事業公司，1983年9月），卷19，頁923。

原丹。何鄉為樂土？安敢尚盤桓？棄絕蓬室居，塌然
傷肺肝。

由詩中所述，知此樂土乃是以一種反面映帶的方式出現的。做為萬國
烽火、積屍流血而滿目瘡痍之現實界的對立面，杜甫並沒有直接刻畫
所謂樂土的具體面貌，但是，其中對已然醜敗至此的現實情境種種直
接的、顯明的敘寫，都莫不指向一個恰恰與之相反的間接的、隱性的
樂園表述。而這正是從首度提出「樂土」一詞的《詩經‧碩鼠篇》以
來，一路繼承下來的共同的表現手法。對於詩人杜甫，以及詩中具有
代表眾多黎民生存經驗之典型意義的老翁，乃至於從古至今大多數關
懷現實、切身感受民生疾苦的人們而言，樂土的構成除了物質經濟必
須不虞匱乏之外，更重要的是透過經濟穩定、以及由和平所帶來的生
命安全的確切保障，而建立起一個人倫秩序穩定和諧的社會，不但提
供人民安居樂業的生存環境，更涵養出一種重視人性尊嚴與價值，
而不任意加以踰越和侵奪的淳厚精神。事實上，這也正是整個〈三
吏〉、〈三別〉殷殷致意的重心所在，故盧元昌曰：「先王以六族
安萬民，使民有室家之樂。今新安無丁，石壕遣媼，新婚有怨曠之夫
婦，垂老痛陣亡之子孫，至戰敗逃歸者，又復不免。河北生靈，幾於
靡有孑遺矣。」[63]

　　除了〈垂老別〉此詩之外，杜集中尚有二處提及「樂土」一
詞，分別是〈發秦州〉和〈入衡州〉兩首；而〈嶽麓山道林二寺行〉
一詩中出現的「樂國」亦是樂土的同義詞，茲將三首一併列舉如下：

　　‧我衰更懶拙，生事不自謀。無食問樂土，無衣思南

---

[63] 見唐‧杜甫著，清‧仇兆鰲注：《杜詩詳注》，卷7，頁539。

州。（〈發秦州〉）

- 桃源人家易制度，橘洲田土仍膏腴。潭府邑中甚淳
  古，太守庭內不喧呼。昔逢衰世皆晦跡，今幸樂國
  養微軀。（〈嶽麓山道林二寺行〉）

- 我師嵇叔夜，世賢張子房。柴荊寄樂土，鵬路觀翱
  翔。（〈入衡州〉）

其中〈發秦州〉一詩與〈垂老別〉一樣，都作於肅宗乾元二年，正
是杜甫一生生涯急劇變化的轉捩點。自此年棄華州司功參軍之職而
進行「一歲四行役」[64]的艱難旅程開始，從此不但進入「飄泊西南天
地間」[65]的晚年階段，連精神志業也明顯地有著從兼濟天下到獨善其
身的轉變。[66]而自秦州首途赴同谷縣，正是這個關鍵年代中不得已四
度遷徙（即所謂「一歲四行役」）的一個構成環節，原本計畫定居
的秦州無法提供生事之所需，於是爲謀求衣食的保障，遂舉家再遷往
「南州」──即秦州以南的同谷縣。從「無食問樂土，無衣思南州」
一聯，可知「南州」的同谷縣被視爲樂土的原因，乃在於切身所需豐

---

[64] 〈發同谷縣〉詩中云：「奈何迫物累，一歲四行役。」趙次公注曰：「春三月，公回自東
都，⋯⋯秋七月公棄官往居秦州，⋯⋯冬則以十月赴同谷縣，⋯⋯今十二月一日又自隴右赴
劍南，此爲一歲之中，自東都而趨華（州），自華（州）而居秦、而赴同谷，自同谷而赴劍
南，爲四度行役也。」見唐・杜甫著，宋・趙次公等注：《景印宋本新刊校定集注杜詩》
（臺北：故宮博物院，1985年），卷6。

[65] 此杜甫〈詠懷古跡五首〉之一詩中語。

[66] 天寶六年，三十六歲的杜甫猶在長安爲濟世的理想而奮鬥，〈奉贈韋左丞丈二十二韻〉一詩
云：「致君堯舜上，再使風俗淳。」充滿了傲睨天際、磊落自負之胸懷；但到了大曆四年，
五十八歲仍流落潭州的詩人則說：「致君堯舜付公等，早據要路思捐軀。」（〈暮秋枉裴道
州手札率爾遣興寄遞呈蘇渙侍御〉）其中退位交棒的意味十分明顯。

衣足食的物質條件。這種強烈的現實性也同樣表現在做於命終之年（代宗大曆五年）的〈入衡州〉一詩裡，其創作環境乃是「胡馬何猖狂」、「殺氣吹沅湘」之類兵燹戰禍的背景，為了避開殺害潭州刺史崔瓘而據潭為亂的臧玠，和因之而反的湖南將王國良等人的叛軍，杜甫入衡州以尋求庇護；對詩中所謂的「柴荊寄樂土，鵬路觀翱翔」一聯，楊倫注云：「樂土即郴州。言將寄居郴土，以觀衡守之討賊立功，翱翔鵬路者也。」[67]可見杜甫除了個人身家性命的安全顧慮，以及衣食所需的物質條件之外，同時也不乏對刺史們討賊安民以立功揚名的關心祝福之意。而這些特點在〈嶽麓山道林二寺行〉一詩中更結合在一起，而且例外地從正面下筆，以清晰詳盡的筆觸描繪出杜甫賴以「養微軀」的「樂國」實境：「桃源人家易制度，橘洲田土仍膏腴。潭府邑中甚淳古，太守庭內不喧呼。」而這樣一個易於營屋居住、田土膏腴又風俗淳古的樂土，可以說完全是前述桃花源的翻版，因此杜甫於此詩中便逕以「桃源人家」稱之，正是出於內在理路之必然而順理成章的結果。

由此四詩觀杜甫之樂土意識，並配合前文對杜詩中的桃花源所做的探討，我們發現到一個透過彼此連結而形成的「樂土——桃花源」之理想世界的融通概念，隱隱然浮顯為杜甫之樂園意識的基本架構，而此一共同概念並可以被分析、歸納出以下諸項特點：

其一，在表現「樂土意識」的方式上，往往使用「反面引帶、負向呈現」的手法，適與《詩經‧魏風‧碩鼠篇》一脈相承，都是透過對醜敗的現實情境所做的直接、顯明的敘寫，來指向一個間接的、隱性的樂園表述；而兩者之構成條件與設想重點原則上也大致相通，都

---

[67] 見唐‧杜甫著，清‧楊倫箋注：《杜詩鏡銓》，卷20，頁1023。

是出於一種切身的現實需要，爲滿足衣食生活之欠缺、嚮往社會制度之健全而形成的追求。

其二，因此其詩中所提及的樂土多是具體實存的地方，與準備離棄之地同屬此岸的俗世範疇，只是具備較佳的生存條件而已。無論是南州的同谷縣，或是衡州附近的郴州，都不是渺茫於塵外而難以企及之處；即使〈垂老別〉提出了「何鄉爲樂土」的疑問，仍是以樂土之難尋來強化對現實之失位錯置的哀痛。而樂土中「較佳的生存條件」則包括了個人衣暖食足，物質經濟上不虞匱乏；國家和平安定，生命安全上受到確切保障；社會穩定和諧，健全的倫理秩序使人人各得其所，因此具備了濃厚的現實性。

其三，由於所著重的是偏向於物質化、社會性的下層結構，因此它並不是精神意義上可供遠引高蹈的避難所，提出的也不是個人性心靈的救贖。這個聖地建構於視野所及的廣大人間，作爲對生存幸福的更高期待，它所反映的是集體願望的實現，提供的是普羅群眾得以共同參與的希望，本質上即是一個改良的現實世界，既不是蹈空無稽的空中樓閣或人煙罕至的福地洞天，亦非遠離塵囂的山林幽隱之處。所謂「昔逢衰世皆晦跡，今幸樂國養微軀」，此點正與第二項互爲表裡。

其四，值得注意的還有這些「樂土」意念出現的時間，都集中在安史之亂發生之後，而桃花源意象呈顯的時段也與此一現象平行：在前列全部的十四首詩例中，僅有〈奉留贈集賢院崔于二學士〉一詩是作於亂發之前，而自〈北征〉詩起，計有十三首都繫年於安史亂生之後，算來亂後所作便占有九成以上的比重。換句話說，杜甫之「樂土——桃花源」意識的浮現，明顯地與開元、天寶盛世的失落有關。適逢杜甫親歷此一稀代曠世的繁華之時，領略其熾麗璀燦尚且不及，

何須捨眼前之黃金樂園而另尋異地他鄉的桃源？唯當繁華消散、盛世一去不返，輝煌的歌舞之地崩毀成荒煙蔓草的殘磚敗瓦之後，「樂土──桃花源」的追尋便顯得更加明顯而迫切。因此晚年的杜甫不斷地透過回憶來捕捉昔日的華光，藉由追思而重塑失去的樂園，著名的〈秋興八首〉與其他〈憶昔二首〉、〈宿昔〉、〈能畫〉……等詩中，都可以清晰地看到一個執著於回歸往日黃金歲月，而對樂園之失落百般惆悵的詩魂，〈歷歷〉詩所謂：「歷歷開元事，分明在眼前。無端盜賊起，忽已歲時遷！」正是此種心懷的典型表露（有關此一追憶中的樂園型態，詳參本書第四章之論析）。於是，樂園的失落不但引發了追憶主題的大量湧現，同時也伴隨著「樂土──桃花源」意識的成形與浮顯；而玄宗朝的樂園中所展現的豐裕、淳朴、秩序、友好、安樂等大同世界的面相，也就符應其「樂土──桃花源」意識中的部分構成內容。

杜甫一生橫跨、濃縮了大唐帝國由盛轉衰的全部過程，他的死亡不但完全為盛唐畫下句點，也徹底拉開中晚唐風雨如晦的歷史序幕；桃花源作為理想世界的主題也如同其他種種樂園意識一般，主要在中晚唐的時間區段裡進行了結構性、本質性的改變，而邁入了另一個新的階段：樂土的幻滅與瓦解。

第五節　中晚唐階段──世俗化：桃花源的幻滅與瓦解

中晚唐是一個政治處境分崩離析，現實世界顛躓艱難，而整個精神原型亦大幅轉向的時代。從陶淵明開始至盛唐結束為止，桃花源作為理想世界的象徵就如同其他的樂園型態一樣，都受到了詩人的正

面肯定,但到了中晚唐時,樂園意識已進入了結構性的全面轉型的階段,從下一章的分析中,我們掌握到樂園瓦解的幾條線索,包括聖性的解消、樂園空間的崩毀、以及神話思考上人情化的反命題表現等等,都是證明樂土之幻滅與瓦解的現象;而桃花源作為樂園的一個重要主題,亦不能自外於此一趨勢,同樣面對了從深層內部而生的質疑與挑戰。

　　雖然歷史發展的特質是漸進的、兼容並蓄的,而且具有一種不容斬截中斷的慣性,因此即使在明顯轉型的階段中,許多舊有的歷史構成因子依然擁有存在的生命力,而成為新時代中殘存的舊傳統的遺緒。但是,足以標誌出新時代的成型最有力的動因,卻已非這些僵固而刻板的舊傳統所能勝任,因為它們已失去主導性而退位成為反覆一致的和絃,無法阻止新旋律的躍升與登場,引領出一個高亢嘹亮的主調。在桃花源主題的流變過程中也反映了類似的歷史法則,過去的詮釋手法到了中晚唐時仍然徘徊不去,如韓愈的〈同竇牟韋執中尋劉尊師不遇〉一詩云:「秦客何年駐?仙源此地深。還隨躡翾騎,來訪馭風襟。院閉青霞入,松高老鶴尋。猶疑隱形坐,敢起竊桃心。」此詩仍繼承源遠流長而因襲為俗典套語的仙化傳統,將尊師(道士的尊稱)所在之地比擬為桃源仙境來吟詠,其中躡翾、馭風、青霞、老鶴、隱形、竊桃之景物與感受,都明確而一致地渲染出飄飄欲飛的仙風道骨,因此宋洪邁批評道:「陶淵明作〈桃花源記〉,……自是之後,詩人多賦〈桃源行〉,不過稱贊仙家之樂。」[68]而唐末人陳光的〈題桃源僧〉一詩曰:「桃源有僧舍,趺步異人天。花亂似無主,鶴鳴疑有仙。軒廊明野色,松檜濕春煙。定擬辭塵境,依師過晚年。」內容也是承襲過去仙化和僧道化的餘緒,傳統的痕跡依然存在。

---

[68] 宋‧洪邁:《容齋隨筆》(上海:上海古籍出版社,1995年3月),《三筆》卷10,頁536。

　　但是，正如前所述，此乃歷史發展過程中來自舊傳統的餘音，雖然裊裊可聞，卻無礙於新主旋律的清晰突顯，例如韓愈在另一首著名的〈桃源圖〉中便採取了前所未有的詮釋方式，使舊有的素材在表面的雷同之外，透露出一種本質上已脫胎換骨的不同理解，而明白宣示了新觀點、新視野的形成，其詩云：

> 神仙有無何眇芒，桃源之說誠荒唐！……初來猶自念鄉邑，歲久此地還成家。漁舟之子來何所？物色相猜更問語。大蛇中斷喪前王，群馬南渡開新主。聽終辭絕共悽然，自說經今六百年。當時萬事皆眼見，不知幾許猶流傳。爭持酒食來相餽，禮數不同樽俎異。月明伴宿玉堂空，骨冷魂清無夢寐。夜半金雞啁哳鳴，火輪飛出客心驚。人間有累不可住，依然離別難爲情。船開棹進一迴顧，萬里蒼蒼煙水暮。世俗寧知僞與眞，至今傳者武陵人。

金德瑛曾指出此詩之新意所在，曰：「凡古人與後人共賦一題者，最可觀其用意關鍵。……承前人之後，故以變化爭勝，使拘拘陳跡，則古有名篇，後可擱筆，何庸多贅？詩格故爾，用意亦然。前人皆於實境點染，昌黎云：『當時萬事皆眼見，不知幾許猶流傳』，則從情景虛中模擬矣；荊公云：『雖有父子無君臣』、『天下紛紛經幾秦』，皆前所未道。大抵後人須精刻過前人，然後可以爭勝。」[69]其中被視爲精刻過前人、可以爭勝的地方，是在「從情景虛中模擬」的表現，

---

[69] 引自唐・韓愈著，錢仲聯集釋：《韓昌黎詩繫年集釋》（臺北：學海出版社，1985年1月），卷8，頁916-917。

但我們分析韓愈「從虛中模擬」出來的情景，卻發現一個將桃花源之樂土情調徹底瓦解而重新建構的新屬性，那便是鎔鑄了由「月明伴宿玉堂空，骨冷魂清無夢寐」之詩句所染繪的寒色調與暗夜意象，由「夜半金雞啁哳鳴，火輪飛出客心驚」一聯所顯示的強烈的時間意識，以及從「依然離別難爲情。船開棹進一迴顧」兩句所引發的離別之感傷情緒，從而不復其原始樂園本有的溫暖沖融、天機和暢之欣喜悅樂，與無始無終、寧定靜止之無歷史感，以及內外區隔、各得其所的圓滿自足。因此整首詩的基本情調，隱隱然具有一種透過「失樂園」的角度才能充分說明的特質，也就是將失落後的情感提前融入於樂園本身的敘述之中，因此在樂園的內部便孕育了隨時間而崩毀的種子，而且獲得了萌芽顯示自己的機會；此一失落感持續滲透於整個敘述過程的結果，原始文本便受到了顛覆或改造，以致於原來存在於陶淵明〈桃花源記〉中漁人誤入的過程裡，那種蒙昧自然、純眞忘機的幸福感消失無蹤，取而代之的是建立在失落的危機意識之上的刻意珍惜；而其中原本洋溢著豐足與喜樂的人情景物，也在追敘的同時一一染上殘缺的朦朧微光，或是「相猜」、「悽然」，或是「骨冷」、「心驚」、「難爲情」，因而時時刻刻都在提醒、暗示讀者：樂園必然將在不久之後一去不返。

在韓愈這首用意本在反對神仙、隱逸的詩裡，首度爲一直充滿光明與永恆的桃花源清楚地引進暗夜的意象、消逝的時間感與惆悵別離的情節。雖然王維〈桃源行〉已稱：「月明松下房櫳靜，日出雲中雞犬喧。」李白的〈同族弟金城尉叔卿燭照山水壁畫歌〉中亦曾云：「迴谿碧流寂無喧，又如秦人月下窺花源。」似乎早已首開引入暗夜意象的先河，但深入辨析之後，可以廓清其間具有截然不同而不容相混的本質上的差異，如王維詩中雖有月明日出之景，但全詩以「仙源」所烘托的一片永恆與寧靜之氛圍中，展現的仍是一種逍遙於塵俗

之外的自在從容與安適自足；而李白詩中，所謂「月下窺花源」乃是借燭照以觀山水圖的比喻，其黑暗本是外在的，而非內生的，壁畫外面固然爲黑夜所籠罩，但山水圖中的桃花源卻依然是迴溪碧流、山陰晴雪，在大自然的脈動中面貌長新，何況就全詩之整體基調而言，「此歡未歇，放歌行吟」的酣暢筆觸與對山水的熱切嚮往之情，頗有「秉燭夜遊」的積極氣息，使桃花源依然保有清朗恆定的屬性。但在韓愈的〈桃源圖〉中，此一總是被正面肯定的樂園，實質上已受到強烈的質疑與顛覆，因爲暗夜意象徹底侵入了桃源的內部，推動了時間的流轉，引進了陰冷失溫的氣息，並造成一種對有限事物的殘缺感，致使桃花源從永恆的聖地淪入生滅的俗境，而其原有的眞正屬於樂園的特色與屬性便遭到了轉化與代換，從根本處發生變質。

　　肇端於中唐時代這種整體思潮上結構性、階段性的轉變，還同時發生在劉禹錫身上。觀察其〈桃源行〉、〈遊桃源一百韻〉及〈八月十五夜桃源玩月〉這三首詩作，雖然表面上都承襲了詩史上歷時已久的仙化傳統，而大肆鋪陳道教中有關神仙煉丹的景象，如：「俗人毛骨驚仙子，爭來致詞何至此？須臾皆破冰雪顏，笑顏委曲問人間。因嗟隱身來種玉，不知人世如風燭。筵羞石髓勸客餐，燈熱松脂留客宿。」（〈桃源行〉）「羽人顧我笑，勸我稅歸輈。霓裳何飄飖，童顏潔白皙。……仙翁遺竹杖，王母留桃核。姹女飛丹砂，青童護金液。寶氣浮鼎耳，神光生劍脊。」（〈遊桃源一百韻〉）以及：「塵中見月心亦閒，況是清秋仙府間。……少君引我昇玉壇，禮空遙請眞仙官。」（〈八月十五夜桃源玩月〉）但究實言之，如此徹底仙化的桃花源也已不能保持原始仙境純粹的樂園本質，因爲其中同樣滲透了暗夜的意象、陰冷的色澤和流轉不居的時間意識，而從負面走向俗化的向度。最明顯而有力的證據是以下諸片段詩句所展現者，如〈遊桃源一百韻〉曰：

枕中淮南方，床下阜鄉舃。明燈坐遙夜，幽籟聽淅
瀝。因話近世仙，聳然心神惕。……言畢依庭樹，如
煙去無跡。觀者皆失次，驚追紛絡繹。日暮山徑窮，
松風自蕭槭，適逢修蛇見，嗔目光激射。如嚴三清
居，不使恣搜索。唯餘步綱勢，八趾在沙礫。……

又如〈八月十五夜桃源玩月〉云：

凝光悠悠寒露墜，此時立在最高山。雲軿欲下星斗
動，天樂一聲肌骨寒。金霞昕昕漸東上，輪欹影促猶
頻望。絕景良時難再并，他年此日應惆悵。

詩中明確地使用「遙夜」、「日暮」等指涉暗夜的同義詞，〈八月
十五夜桃源玩月〉更從詩題上清楚表明了這是一首歌詠桃花源之夜的
詩；而如「幽籟淅瀝」、「松風蕭槭」、「寒露墜」和「肌骨寒」等
語則一一敷設了陰涼冷寒的觸感，正與暗夜的意象互為表裡。而既有
夜晚，也就意味其中必然存在著日夜交替循環的時間感，所謂的「金
霞昕昕漸東上」，正如〈桃源行〉的「曉色蔥籠開五雲」，再加上
〈遊桃源一百韻〉亦曾云「昏旦遞明媚」，都是時間意識侵入之後必
然衍生的結果；由此再循著時間運轉的軌跡向前推衍，桃花源也終於
被納入四季循環、周而復始的生滅律則之中，進入了陰沉的秋天基
型，而不復原始樂園中往往展現的春之悅豫。最奇特的是，劉禹錫所
遊的桃源除了是安置著羽人仙翁、寶鼎神劍和丹砂金液的「三清居」
之外，於「山徑窮」的地方還出現了嚴守此一居所的「修蛇」，發揮
守護神嚴守聖地而「不使恣搜索」的功能──不讓凡人恣意入此福地
搜羅奇珍、索求異寶。從詩人的描寫中，我們看到的是如怪獸般的巨

蛇，怒目激射噴光地剪徑而來，又步勢驚人地揚長而去，只在沙礫上留下其「八趾」之奇特構造的遺跡。凡此種種，都符應了佛萊的「基型論」中，由日落、秋天、衰落、黑暗、解體，以及包含蛇在內之野獸等種種意象，所共同展現的「悲劇境界」。[70]這就是中唐階段步上瓦解桃花源的聖性之路的明確指標。

至於中唐時對桃花源所提出的另一種挑戰，則是採取全然漠視的方式出現，這便是發生在《白居易集》中的隱性策略。

所謂的「隱性策略」，指的是以數量上有三千首之多的詩作在唐賢中獨占鰲頭的寫實名家白居易，在其全部作品中有關桃花源意象之運用竟不及一見，僅有兩處提到「武陵」[71]，實不相關，以致此一為眾多詩人所熱中的理想世界的主題可以說是遭到全然的漠視。如果說這個全盤忽略的罕見現象乃源自於對陶淵明其人與其事蹟的陌生或異類相斥的結果，事實上卻又大謬不然，因為白居易不但引陶淵明為同調，於其詩中每每有所致意，甚至還以遠超過唐代其他詩人的欽慕程度加意仿效，故有〈訪陶公舊宅並序〉，序中表示：「予夙慕陶淵明為人，……今遊廬山，經柴桑，過栗里，思其人，訪其宅，不能默默，又題此詩云。」更因而愛屋及烏，所有與陶淵明同姓之人都為

---

[70] 佛萊基型論之論點乃出自其〈The Archetypes of Literature〉一文，中譯收入〔美〕約翰·維克雷編：《神話與文學》（上海：上海文藝出版社，1995年4月）。另外，黃維樑：〈春的悅豫與秋的陰沉——試用佛萊「基型論」觀點析杜甫的「客至」與「登高」〉一文亦曾撮要引介，收入中國古典文學研究會主編：《古典文學》第7集上冊（臺北：臺灣學生書局，1985年）。

[71] 見其〈贈薛濤〉：「峨眉山勢接雲霓，欲逐劉郎北路迷。若似剡中容易到，春風猶隔武陵溪。」以及〈贈江州李十使君員外十二韻〉：「我本江湖上，悠悠任運身。朝隨賣藥客，暮伴釣魚人。跡為燒丹隱，家緣嗜酒貧。經過剡谿雪，尋覓武陵春。」清·康熙敕編：《全唐詩》，卷462、443。

之沾光,以致詩末說道:「每逢姓陶人,使我心依然。」此外尚有大規模的聯篇詩章〈效陶潛體詩十六首〉,更無疑是白居易以私淑之門徒自居的宣言。其他詩中致意之處亦所在多有,如:〈潯陽秋懷贈許明府〉的「試問陶家酒,新篘得幾多」、〈寄皇甫七〉的「孟夏愛吾廬,陶潛語不虛」、〈閒吟二首〉之一的「憶得陶潛語,羲皇無以過」、〈九月八日酬皇甫十見贈〉的「惆悵東籬不同醉,陶家明日是重陽」……等等,都足以顯示白居易對陶淵明的心儀之情。但就在這樣的背景下,桃源樂地竟不尋常地在白居易的理想世界中缺席了。

在前文歷時性的主題式觀察中,我們可以看到從陶淵明身後一直到盛唐為止,一般知陶、慕陶、效陶的詩人往往也遙契其構設出桃花源之理想世界的用心,因而連帶地在各自的詩中都或多或少有桃花源的蹤跡。而白居易以慕陶之深,卻對陶淵明傾心營造的桃花源略而不提、一無所及,於是我們便面對了一個表面上與常理相違背的現象,而必須為之尋求合理的解釋。首先我們注意到白居易的慕陶,主要是取其嗜酒的陶然之樂,與隱居的閒適之情,觀前引諸作歌詠的主題不外乎「酒」與「閒適」此二者,此外便極少措意,可知白居易的慕陶實是有選擇性的,而選擇的部分也與其他人迥異。固然就「有選擇性的效慕」這一點而言乃是舉世皆然,因為有了主體的介入,便使得沒有一個人可以完全成為別人的翻版,而主體的介入又是必然的,於是個人只能從其相近之處攀引追摹;但比較各人選擇的部分所呈現的差異,卻足以提供進一步深層了解的線索。或許我們可以說,在樂園意識的衍化過程裡,原本就是有機的,與詩人之人格和時代之處境不斷互動的,因此其內容成分也一直有所變化和調整。

就「詩人的人格」而言,白居易雖常有佛語道心之流露,但是宗教對他而言,事實上仍以做為閒適生活之粉飾妝點的成分居多,因

此並未見其認眞貫徹，佛道之義理也未曾眞正契合其心靈而在精神層面發揮深入的影響；而除早期短暫的歲月寫有諷諭刺世的作品而得罪獲貶外，其餘詩歌多是吟詠個人閒適與感傷之情的「獨善」之作⑫，而其中津津於計較自我之得失利害的表現，亦爲詩評家所詬病。⑬蘇軾「元輕白俗」的詩評⑭，其實應是與其人格聯繫成說的，也就是「俗」的意義不只是指其詩文詞句意的淺白，更包含其人關懷層面與理想層次的過於淺狹，因之結合了隱逸條件與高官厚祿的「吏隱」便足供其安身立命之資，就此詩人於其詩中亦往往樂道。⑮吏隱已足，此外更別無所求，於是陶淵明的酒與閒適就從其整個人格結構中被抽離出來，成爲白居易引發效慕之心的主要理由；而創造伊始便帶有超越性與離俗性的桃花源，也就自然而然地從白居易的視野中被取消，

---

⑫ 如清・宋長白《柳亭詩話》指出：「白樂天多樂，詩二千八百，言飲酒者九百首。……分司天趣盎然，即其所樂，於詩酒琴棋之外，憂生歎老，去國離家之慘，無處無之。」引自陳友琴編：《古典文學研究資料彙編・白居易卷》（北京：中華書局，1962年11月），頁246。

⑬ 如宋・胡仔《苕溪漁隱叢話・前集》卷十九云：「樂天既退閒，放浪物外，若真能脫屣軒冕者；然榮辱得失之際，銖銖較量，而自矜其達，每詩未嘗不著此意。」《朱子語類》則曰：「樂天，人多說其清高，其實愛官職，詩中凡及富貴處，皆說得口津津地涎出。」胡震亨《唐音癸籤》承朱子之意亦謂：「樂天非不愛官職者，每說及富貴，不勝津津羨慕之意。」趙翼《甌北詩話》則道：「香山歷官所得，俸入多少，往往見於詩。……詩不惟記俸，兼記品服。」據此可知白居易深於俗情之隱微面。以上四條資料分見陳友琴編：《古典文學研究資料彙編・白居易卷》，頁132、138、217、314。

⑭ 見〈祭柳子玉文〉，宋・蘇軾著，孔凡禮點校：《蘇軾文集》（北京：中華書局，1992年9月），卷63，頁1938。

⑮ 白居易詩中提到互為同義詞的「中隱」、「吏隱」、「隱朝市」，及與之意義相類的地方有超過十數次之多，如〈和朝迴與王鍊師遊南山下〉的「吏隱本齊致，朝野孰云殊」、〈中隱〉的「大隱住朝市，小隱入丘樊。丘樊太冷落，朝市太囂諠。不如作中隱，隱在留司官」、〈江州赴忠州至江陵已來舟中示舍弟五十韻〉的「無妨隱朝市，不必謝蕡瀛」、〈郡西亭偶詠〉的「莫遣是非分作界，須教吏隱合為心」和〈仲夏齋居偶題八韻寄微之及崔湖州〉的「不知湖與越，吏隱興何如」等等，俱可見此一觀念的深入其心。

以致於完全消失不見。另外就「時代之處境」來說，整個中唐時代的心靈趨向已然隨整個客觀環境的危殆而大幅逆轉，反映在與心靈處境息息相關的樂園意識上尤其明顯，詳細情形可參下一章的論述。於是透過個人特質與時代風氣的交互作用，便形成了白居易這個以慕陶之深、創作量之大著稱的詩人，卻完全對桃源意象捨棄不用的特殊現象。

就桃花源的主題發展來觀察其內在意義，這種徹底的忽視表面上雖與韓愈者流的重新詮釋有別，實際上對桃花源作為理想樂園的瓦解工作卻一般無二。爾後晚唐的杜牧對桃花源亦無一語述之，李商隱雖有二詩涉及，卻嫌過於輕描淡寫，如：

- 手種悲陳事，心期玩物華。柳飛彭澤雪，桃散武陵霞。……學植功雖倍，成蹊跡尚賒。（〈永樂縣所居一草一木無非自栽今春悉已芳茂因書即事一章〉）
- 仙翁無定數，時入一壺藏。夜夜桂露濕，村村桃水香。醉中拋浩劫，宿處起神光。（〈玄微先生〉）

嚴格說來，前一首詩主要是藉「武陵桃花」形容霞彩之炫麗，兼以暗喻自己隱逸的處境，重點並不在桃花源之敘寫；而後一首詩中所言之「村村桃水香」甚至不必然與桃花源相關，足見「隱性策略」之清晰成形。這正足以證明一個新的樂園意識已然全面開展。

晚唐詩人作品中的桃花源，是在踵繼中唐時代所打開的道路上循跡前進，走的同樣是向樂園外面破牆而出，或從下面淪降入俗的方向，除了杜牧也全然漠視桃花源意象而一無所及，乃依循中唐白居易的隱性策略之外，他們所操作運用的策略卻已另闢蹊徑，主要是採取

「人情化」、「情色化」的角度來徹底抽離樂園中的聖性。如韋莊
〈庭前桃〉詩云：

> 曾向桃源爛漫遊，也同漁父泛仙舟。皆言洞裏千株
> 好，未勝庭前一樹幽。帶露似垂湘女淚，無言如伴息
> 嬀愁。五陵公子饒春恨，莫引香風上酒樓。

章碣〈桃源〉詩亦云：

> 絕壁相敧是洞門，昔人從此入仙源。數株花下逢珠
> 翠，半曲歌中老子孫。別後自疑園吏夢，歸來誰信釣
> 翁言。山前空有無情水，猶遶當時碧樹村。

韋莊的作品中一反前人的共識，以矯俗立異的筆調，聲稱其與漁父泛
舟入桃源爛漫一遊的心得，竟是桃源洞裡落英繽紛的千株桃花不如
家中庭前的一樹幽蔭；而這棵使桃花源中的花叢相形失色的桃樹，卻
又是帶露似淚、無言如愁，足以引起詩人的無限春恨。由詩人寧厚此
世俗人間之哀轉悲情，而不惜薄彼世外仙源之靜美無憂，可謂堅定而
直接地取消了桃花源的優越性。此外，若從另一個角度解讀，而將
〈庭前桃〉整首詩與唐傳奇小說《柳氏傳》中的〈章臺柳〉詩比觀，
所謂：「章臺柳，章臺柳，昔日青青今在否？縱使長條似舊垂，亦應
攀折他人手。」我們還可以發現其中已蘊涵著「情色」的要素，亦即
「洞裏千株」乃隱射眾多女子，而桃源則被借代為匯集眾多女子的所
在，於是「皆言洞裏千株好，未勝庭前一樹幽」便頗有「任憑弱水
三千，我只取一瓢飲」的味道，詩人偏憐之情亦昭然若揭。在章碣的
〈桃源〉詩中，也在仙化的基礎上隱約地透露了質變的消息，從其於

仙源所見者，乃是頭戴珠翠遊於花下的佳人，以及在清歌半曲中老去的子孫；其於別後所感者，又是自疑無稽之夢幻，以及空流無情之逝水，可知桃花源的構成又經由不同元素的代換或添加，而重組爲一種新的模式。所謂花下珠翠與半曲歌唱，其實已暗示了「情色」的質素在完成桃花源的轉型過程中，開始發揮了階段性的作用和影響力。

　　這個階段性的作用和影響力，主要是在晚唐遊仙詩名家曹唐的手中得到全然的發揮，使桃源意象轉進了與前人迥然有別的新類型，亦即與「邂逅神女」之類的情色傳說中，劉晨、阮肇誤入天台的故事合流，展現了「遊歷仙境」的另類表述。李豐楙曾指出：

> （劉晨、阮肇的故事因有）獨特的洞天説，因而也能呼應當時社會盛行的誤入仙鄉譚，成爲民間傳説與道教神話相互激盪的文學類型。到了唐代則有兩種演變：一是朝世俗化的〈遊仙窟〉的性質發展，成爲唐人遊狹邪的隱喻，爲娼妓文學的世俗形式；另一則朝宗教的性格演變，劉、阮在誤入仙境通過試煉後，終於悟道成仙，爲道教神話的宗教文學。堯賓（曹唐之字）其生也晚，對兩種新出的版本都頗爲熟悉，因而也能兼含有其中的兩種質素，得以形成新的神話意境。[76]

就是在這樣的基礎上，曹唐將南朝時已宛然染有仙化色彩的桃源意象

---

[76] 李豐楙：〈曹唐〈大遊仙詩〉與道教傳說〉，《憂與遊：六朝隋唐遊仙詩論集》（臺灣：臺灣學生書局，1996年3月），頁141-142。

翻入另一層次。在其〈大遊仙詩〉的第一首〈劉晨、阮肇遊天台〉中，先描寫誤入的所見所聞：

> 樹入天台石路新，雲和草靜迥無塵。煙霞不省生前事，水木空疑夢後身。往往雞鳴巖下月，時時犬吠洞中春。不知此地歸何處，須就桃源問主人。

末聯的「不知此地歸何處，須就桃源問主人」為過渡到第二首〈劉阮洞中遇仙子〉的接榫關鍵，從而引帶出諸如花間、劉郎等隱語所「俗化、妓化仙府的意象」[77]；而後再進入第三首〈仙子送劉阮出洞〉，高歌「殷勤相送出天台，仙境那能卻再來。……惆悵溪頭從此別，碧山明月閉蒼苔」的賦歸主題；接著是〈仙子洞中有懷劉阮〉一詩，以「玉沙瑤草連溪碧，流水桃花滿澗香。曉露風燈零落盡，此生無處訪劉郎」來表達緬懷思念的情感；至末一首〈劉阮再到天台不復見仙子〉中，仍以桃花源的比譬若隱若現地與前面數首相呼應：

> 再到天台訪玉真，青苔白石已成塵。笙歌冥寞閒深洞，雲鶴蕭條絕舊鄰。草樹總非前度色，煙霞不似昔年春。桃花流水依然在，不見當時勸酒人。

在這幾首環環相扣而有機聯繫的詩作中，我們發現了幾個值得注意的特點：

其一，桃花源故事不但與具有「出發──歷程──回歸」之結構的仙境傳說重疊在一起，繼承、並復現了南朝以來由張正見、王績等

---

[77] 李豐楙：〈曹唐〈大遊仙詩〉與道教傳說〉，《憂興遊：六朝隋唐遊仙詩論集》，頁144。

詩人所塑立的仙化傳統,甚至更進一步與〈遊仙窟〉之類狎妓文學所反映的狹邪經驗融合爲一體,使桃花源成爲妓院化之仙府或仙府化之妓院的代名詞;而活動於其間的源中人,不復是「未改秦衣服」並且「往來種作」的居民和怡然自樂的黃髮垂髫,也不是前文我們在討論仙化的階段時所看到的尋眞採藥的羽客神人和飄飄欲飛的仙風道骨,而是婉約懷春、滿頭珠翠的曼妙女仙,以及風流倜儻、溫柔多情的青年才子。於是流水桃花的飄紅點點,不但不是與世俗劃清界線的天然阻隔,反而是協助桃花源敞開大門、俯身就俗的橋樑,也是方便外人按圖索驥的線索。

　　其二,這種神仙化兼具世俗化的轉變,就世俗化的一面而言,其實正與前述中唐韓愈〈桃源圖〉所展現的性質一脈相承,乃屬於中晚唐樂園崩潰的整個大趨勢中的一種表現,也就是在神話思考上,反映了一種與「超越」或「超俗」恰恰對立的「人間化」或「世俗化」的反命題,以及促使樂園空間朽滅解體的殘缺意向(有關此一主要表現在中晚唐時期的樂園崩潰的現象,詳參下一章的分析)。李豐楙也曾注意到此種人間化的特質,在討論第三首〈仙子送劉阮出洞〉時,他說:「與原文(指原傳說中仙子送劉阮出仙境的情節)相較,二位仙子所具有的宿緣已了的超脫,至此已增加了人間的情緒:如殷勤、惆悵及蒼苔深閉的象徵。」[78]於是桃花源原本具有的避世之超越情懷、牧歌式之怡然自樂、良田桑竹之豐贍富饒等聖地性質,也就隨著世俗化、人間化的時代步調而轉向、而變質,淪爲一個瀰漫著悲歡離合之遭遇、喜怒哀樂之情緒與生滅變化之滄桑感的「人間世」,從本質上、內部中遭到徹底的瓦解,只成爲徒具聖地之名、而無樂園之實的俗世的翻版。

---

[78] 李豐楙:〈曹唐〈大遊仙詩〉與道教傳說〉,《憂興遊:六朝隋唐遊仙詩論集》,頁144。

　　其三，曹唐另有〈題武陵洞五首〉，也是運用桃源意象的詩作，然而其第一首便從離別賦歸的定點時刻直接切入主題，曰：「此生終使此身閒，不是春時且要還。寄語桃花與流水，莫辭相送到人間。」可見詩人的桃源之行，首途竟是踏上了揮別聖地之路，則整個聯篇組詩必然具備了哀歌的性質自是不言可喻，因此其敘寫手法「並不遵循〈桃花源記序〉的順敘法，陶潛是按照時間的先後關係、事件的因果關係，從武陵人如何誤入敘起；他所採取的是凝固在一個關鍵時刻、場景，然後將桃花源的遊歷經驗一一倒敘，採用類似西洋史詩『從中間開始』（in medias res）的方法。」⑲事實上，此一倒敘的陳述方式正是一種向「失樂園」回溯時常見的慣用手法之一，表現出樂園失落之後向「美好的過去」追懷與復返的情感與企圖，此點於本書第三章第四節〈追憶的情感運作與表現模式〉已有詳論；則曹唐的〈題武陵洞五首〉又與先前韓愈的〈桃源圖〉發生聯繫，都表現出對樂園已經一去不返的深沉失落感，而同為一種「失樂園」的表述。

　　由此三點特徵，曹唐之為具備樂園意義的桃花源的最後終結者，可謂完成了他的時代使命。

　　總上文可見，從中唐開始，韓愈、劉禹錫、白居易等重要詩人就已開始進行顛覆桃花源之神聖性與樂園屬性的工作，透過引入時間變化而帶來暗夜、秋天之意象，再加上漠視、貶抑的論述策略，使桃花源的時空框架產生了初步的異化；到了晚唐的韋莊、章碣、曹唐等人手中，又將情色要素和時空的生滅現象填充於已然異化的時空框架中，成為其實質內容，便更進一步經由人情化與世俗化的詮釋手法，而使桃花源的構成條件受到完全負向的解消，最後淪為另一個人間的

⑲ 李豐楙：〈曹唐〈大遊仙詩〉與道教傳說〉，《憂與遊：六朝隋唐遊仙詩論集》，頁166。

代名詞。至此，整個中晚唐解構桃花源的工作已然徹底完成，而從陶淵明開始，歷經了南朝之仙化、山水化，初唐之隱逸化，乃至於盛唐時代諸多詩人以之爲身心踐履的理想世界，一直都未嘗失去其樂園屬性的桃花源，也由聖而俗，由牧歌而哀歌，走音唱出樂園的變調，宣告了樂園信仰的一去不返。

第七章

樂園的變調

　　一般而言，樂園是一處光輝明媚、平靜和諧，而足以令人忘憂的所在，不論是山林泉石的清景佳致、村野田園的恬和自足，或是神天仙界的福壽安康、蓮池佛國的空明清淨，乃至於改造了現實政局之後，國家政治的富強清明、民生風俗的豐足淳厚，以及追憶中令人戀慕懷想的黃金盛世，都不外乎此一正面的、具有向上提升之力量的特質，而有關樂園的描寫便成為一首首的「牧歌」。但樂園主題從先秦時代的《楚辭》開始，便奏出了變調的旋律，所創設的樂園竟是從對立於正面、光明之世界的負面、陰暗之世界潛入，去尋找原本只能在正面光明的世界裡才能確立的意義和價值，於是山鬼迷魅淒豔，水神依依有情，與人若即若離的關係更親近如在左右。我們在被如此開拓的另類樂園裡，看到的是一個與前文所述之種種樂園都截然不同的型態，充滿殘缺遲暮、蒼茫無依而無能為力之感，有消極離世的退避之心，卻缺乏悠然無爭的自足之意，更遑論那股改造世界時所不可或缺的陽剛的勁力。此一樂園的變調主要反映於中晚唐之際，成為自《楚辭》以後真正血脈貫通的繼承者，而且發展得更充分、更完整。前一章所述桃花源的幻滅與瓦解只是整個時代思潮的部分表露，欲完整而充分地抉發樂園意識在中晚唐時所發生的結構性、本質性的大幅轉變，還必須從詩歌中種種神話素材的運用，以及其他有關樂園存在的想像來進行更廣泛的探討，才能使此一現象更周延地全幅展現，而勾勒出隨著時代的不同而與時俱化的心靈變遷。

　　但在正式進入各個主題的論述之前，我們必須清楚了解到：這樣的「理想世界」是極為奇特的，之所以仍冠以「樂園」之名，乃是因為在世界上任何有關樂園的神話裡，都無一例外地描述到樂園的墮落，因此樂園的喪失與崩潰原本就屬於樂園的論述範疇；除此之外，從中晚唐詩歌的觀察中，我們也發現到如此變質、甚至於扭曲的樂園世界，依然存在著一個明顯的事實，亦即流動於其中的心靈，不論是

出於時代環境的形塑，或是源自時代精神的共同性，甚至是來自於個人的特殊稟賦，在在都表現了一種對此一殘缺的理想世界的偏好與執著；尤其值得注意的是，詩人是在自覺的層面上進行這種偏執的描繪，以致於不斷加強此一世界的涵蓋幅度與影響力，並進而顯豁其中非比尋常的意義和重要性。因此，雖然我們不能否認此種世界是受苦心靈的直接反映，但從另一深層面著眼，更可以視之爲耽溺其中而不願自拔的另類追求；而此種追求與其他種種對樂園的嚮往，都同樣出自於心靈內在的驅動力，一種超越物質拘縛、從受困的自我突圍而出，以尋求精神生命之立足點的企圖。只不過這項企圖或驅動力實際作用的結果有成功與失敗的差異，其進行的方向也有所不同：有的仰慕於超自然之神聖力量所鑄造的仙界佛域，有的浸潤於山水田園所提供的欣欣生意，有的汲汲於安頓天下蒼生所開展的聖業大任，有的則在回憶中追索光輝美好的過去，而有的則背離一般人「超世」、「即世」的兩大層面，翻轉潛入此處可稱之爲「迷世」、「冥世」的異質時空，反向進行生命的探索。其追尋的方向雖判若霄壤，最終的結果也大相歧異，然而實踐的程度卻是深淺如一，其力量發用的程度和本質也極爲相近。

　　職是之故，德國詩人與評論家席勒（Johann F. von Schiller, 1759-1805）便在如此的認知基礎上，於一篇討論詩歌的著名文章裡表達了以下的看法：

> 哀歌完全與牧歌一樣，在理想和現實相結合，或者當理想超於現實之上的時候才會出現。如果理想是引起悲哀的原因，也就是當理想在現實中已經消失，已經不可能找到的時候，人們就寫哀歌。如果理想成了歡樂的對象，也就是它作爲一種現實被表現時，其作品

　　　就是牧歌。①

　　由此可見，躍登樂園之後所抒寫的歡樂的「牧歌」，與失落樂園之後
所吟誦的悲涼的「哀歌」，其根源都是來自於理想與現實互相頡頏的
有機互動的關係，只不過在互動的過程中，參與角力的雙方地位和力
量各有消長增減，因此並不能因結果的得失差異，而忽略了兩者間根
本相通的基本要素和深層結構。同樣地，「樂園」的意義也並非藉由
正面的內容就得以充分完成，失去樂園之後的追尋，不論是因永恆的
迷途挫敗，而陷溺於殘缺蒼茫的處境；甚或是潛入異端，以取得另類
的替代品，都使得「樂園」的價值更為深刻而完整。如同牧歌與哀歌
是一體的兩面，對牧歌的了解也必得包含對哀歌的體悟，才能充分掌
握理想與現實之間奧妙的關係，以及人類心靈深微的內涵，於是我們
便在此另闢一章，來分析某些專注於歌詠樂園之失落與崩毀的哀歌，
以促進對樂園更周延而深入的思考。

　　　基於這些根源上之共通與結果面之相異的雙重考慮，為了兼顧
周全起見，乃將中晚唐之後才特別彰著顯豁的異質樂園型態統稱之為
「變調的樂園」或「樂園的變調」②；而樂園崩解之後，此一變調的
樂園也具備了特殊而新穎的高度美學價值，使漂流的心靈仍然有所依

---

① 此段引文為後代學者之櫽栝，轉引自〔法〕費倫茨・特克依（F. Tökei）：〈論屈原二
　題〉，收入錢林森編：《牧女與蠶娘——法國漢學家論中國古詩》（上海：上海古籍出版
　社，1990年6月），頁134。

② 龔鵬程曾指出：「追尋理想的樂園而進入鬼域，另一個著名的例子是李賀，他的形象也最奇
　特。……李賀可算是樂土追尋的一個變奏。」此說雖點到即止，但頗具新意，與此處所論之
　部分構想亦不謀而合，故為本書所接受，並以之為下一節論述之起點。龔鵬程：〈幻想與神
　話的世界——人文創設與自然秩序〉，收入蔡英俊主編：《中國文化新論・文學篇一：抒情
　的境界》（臺北：聯經出版事業公司，1982年9月），引文見頁336。

託，值得深入探索。

第一節　時間意識的激化與死亡意象的湧現

一、時間意識的激化與濃縮

　　哲學家明白地告訴我們：「空間和時間是一切實在與之相關聯的構架。我們只有在空間和時間的條件下才能設想任何真實的事物。按照赫拉克利特的說法，在世界上沒有任何東西能超越它的尺度——而這些尺度就是空間和時間的限制。」[③]因此樂園之形成乃至於崩毀，也都同樣離不開時間與空間這兩項先驗條件。在第一章的論述中，我們了解到樂園的存在具有「超時間」的永恆特性，俾使其中居人得以解脫時間的限制而悠遊於無始無終的靜止狀態之中，藉此獲取至上的幸福。但是，樂園一旦面臨崩坍的危機時，反映於時間意識上，這種「無始無終的靜止狀態」也必然不復存在，因此在中晚唐時代，詩壇上普遍形成了時間意識的激化現象，也就是時間加速進行，以致於超越了、動搖了空間之恆定的奇特現象。

　　事實上，在神話世界的不朽性質成立之前，首先必須建立的大前提是「天地互久無限」的一般自然觀，而這也是自古以來中國人一直秉持的信念。從兩三千年前開始直到盛唐時代為止，詩中所反映的大自然，無論是透過恆定不變的一貫性或是經由消長循環的反覆性，主要都是以永恆的姿態來襯托人生的短暫無常，或據以彰顯種種情感

---

③〔德〕恩斯特‧卡西爾著，甘陽譯：《人論》（上海：上海譯文出版社，1985年12月），第4章，頁54。

的無限，例如《詩經・國風・唐風・鴇羽篇》曾發出「悠悠蒼天，曷其有極」的感嘆④，東晉末陶淵明的〈形贈影〉一詩亦謂：「天地長不沒，山川無改時。」⑤我們可以看到在詩人面對宇宙之際，雖有深邃的宇宙人生的感懷，卻很少將想像力或感受力推展到極致，直至天地告終、甚至是超越天地存在的那一刻。即使李白模仿漢樂府詩，所謂：「上邪！我欲與君相知，長命無絕衰。山無陵，江水為竭；冬雷震震，夏雨雪。天地合，乃敢與君絕」⑥之語，而於〈遠別離〉一詩曰：「蒼梧山崩湘水絕，竹上之淚乃可滅。」用以表達娥皇、女英二妃對舜終古不移的愛戀，以及由此一深摯愛戀未能圓成而生的無限憾恨悲怨，並兼寓自己對國君與朝廷執守不渝的綣綣忠愛，雖然其中的「山崩水絕」和「天地合」等語似乎觸及到天崩地滅、世界在毀壞之後又重新回歸於天地生成之初的渾沌狀態，但這些語詞和觀念的提出，與其說是對「天地之無限性」的挑戰，倒不如說，其作用是在強調皇、英二女（以及詩人自己）的深情怨苦將永無終了之時，因此反而更加證成天地無限的不朽意義。

　　但是，當時代浸假至中晚唐，此種對大自然的觀照明顯地產生了本質上的變化，反映在詩歌作品裡的天地觀正適得其反，往往在詩人一己的個人觀照之下，以人類特殊秉具之「有情」來消融天地大化的無限；詩人自我內在而微小的主觀心眼，竟足以終結由「天地」一詞所代稱的外在而龐大的客觀世界，使冰冷的天空與穩固的大地同時都納入到情感體系之中，而可憂、可盡、可荒、可老、可翻、可變，充

---

④ 《詩經・國風・唐風・鴇羽篇》，見宋・朱熹：《詩集傳》（臺北：藝文印書館，1974年4月），卷6，頁277-278。

⑤ 晉，陶潛著，逯欽立注：《陶淵明集》（臺北：里仁書局，1985年4月），卷1，頁35。

⑥ 〈上邪詩〉，見逯欽立輯校：《先秦漢魏晉南北朝詩》上冊（臺北：木鐸出版社，1983年9月），頁160。

滿了種種變動無常卻又綿綿化生的生之憾恨。諸如：

- 衰蘭送客咸陽道，天若有情天亦老。（李賀〈金銅
  仙人辭漢歌〉）
- 吾聞馬周昔作新豐客，天荒地老無人識。（李賀
  〈致酒行〉）
- 天長地久有時盡，此恨綿綿無絕期。（白居易〈長
  恨歌〉）
- 天荒地變心雖折，若比傷春意未多。（李商隱〈曲
  江〉）
- 愁到天地翻，相看不相識。（李商隱〈房中曲〉）
- 造化安能保？山川鑿欲翻。（齊己〈寓言〉）

我們從這些詩句中看到了一種前代罕見、而於此時逐漸成形並擴大其
影響力的天地觀，李賀、白居易、李商隱、齊己等中晚唐詩人已然
突破「天地」、「山川」原本堅固而不容質疑的終極界限，將原本恆
定無憂、無始無終而超俗離情的「天地」、「山川」收納到變動不
居、短暫有限的概念範疇之中，以一種超越於「永恆」之上、或延續
於「無限」之外的視野，反思天地終結的時刻而設定世界的消解，因
而不同的詩人在不同題材的作品裡竟一致地出現了所謂「天地翻」、
「天荒地老」、「天荒地變」、「天長地久有時盡」、「天若有情天
亦老」等語近情同的表達，正可視為一種新心靈結構的具形。這種心
靈結構必然也導致了普遍人生觀的大幅轉向，從根本處起了莫大的變
化；而此一大幅轉向或本質變化外顯於詩歌中的痕跡，便是對人生
短暫如寄、虛幻如夢之感的深化，與對世事滄桑、瞬間陵夷之慨的強

調，於是在形諸筆墨時，某些具有特定意涵的故典與相關成語便大量
出現了。

　　中晚唐詩中用以表達此種激化之時間感而最具典型意義的典故之
一，乃是曹毗《志怪》中所記載的「劫灰」故事：

> 漢武鑿昆明池，深極悉是灰黑，無復土。以問東方
> 朔，朔曰：「臣愚不足以知之，可試問西域胡也。」
> 以朔不知，難以核問。至後漢明帝時，外國道人來入
> 洛陽，時有憶朔言者，乃試以武帝時灰黑問之。胡人
> 云：「天地大劫將盡則劫燒，此劫燒之餘。」乃知朔
> 言旨。⑦

《高僧傳・竺法蘭》亦載此事，且謂此胡僧即法蘭。⑧所謂的「劫」
乃佛家觀念，《隋書・經籍志》謂：「佛經所說，天地之外，四維上
下，更有天地，亦無終極，然皆有成敗。一成一敗，謂之一劫。自此
天地已前，則有無量劫矣。……然後有大水、大火、大風之災，一切
除去之，而更立生人，又歸淳朴，謂之小劫。」⑨據此，可知佛理中
「劫」的含意，主要是以一個更宏觀的視角來看待眼前的世界，所謂
「天地之外更有天地」，此一概念若朝正面的方向發展，則將激發人
們超俗離世的逍遙胸懷，而不爲塵間所囿限；但詩中使用「劫灰」的

---

⑦ 見馮浩注引《太平御覽》之記載，唐・李商隱著，清・馮浩箋注：《玉谿生詩集箋注》（臺
　北：里仁書局，1981年2月），卷1，頁84。此外，晉・干寶《搜神記》卷十三亦載此事，內
　容大同小異。

⑧ 見唐・李商隱著，劉學鍇、余恕誠集解：《李商隱詩歌集解》第1冊（北京：中華書局，
　1992年5月），頁188。

⑨ 唐・魏徵等撰：《隋書》（臺北：洪氏出版社，1974年7月），頁1095。

意象，則是將佛理中「劫」的觀念往殘餘的感受方向引導，詩人所切入的詮釋立場，乃是由「成」而「敗」的劫餘時刻，所看到的景觀，則是「大水、大火、大風之災，一切除去之」之後的剩餘殘象，此正是劫灰故事中所謂「天地大劫將盡則劫燒，此劫燒之餘」之說成立的基礎，也是身處樂園崩潰之時代的詩人樂用的原因。從杜甫進入戰禍籠罩的晚年階段時，即已開始此一典故頻繁運用的現象，諸如〈寄劉峽州伯華使君四十韻〉的「藥囊親道士，灰劫問胡僧」以及〈千秋節有感二首〉之一的「先朝嘗宴會，壯觀已塵埃。鳳紀編生日，龍池塹劫灰」等，已清楚綻露安史亂後時移勢變的先聲。再看以下中晚唐詩壇上之諸多詩例：

- 羲和敲日玻璃聲，劫灰飛盡古今平。（李賀〈秦王飲酒詩〉）
- 劫灰難問理，島樹偶知名。（朱慶餘〈省試晦日與同志昆明池泛舟〉）
- 年華若到經風雨，便是胡僧話劫灰。（李商隱〈寄惱韓同年時韓住蕭洞二首〉之一）
- 寒灰劫盡問方知，石羊不去誰相伴。（李商隱〈景陽宮井雙桐〉）
- 漢苑生春水，昆池換劫灰。（李商隱〈子初全溪作〉）
- 曾聞劫火到蓬壺，縮盡鼇頭海亦枯。（司空圖〈狂題十八首〉之十八）
- 海隅久已無春色，地底真成有劫灰。（聶夷中〈聞人說海北事有感〉）

- 劫灰聚散銖錙黑，日御奔馳繭栗紅。（韓偓〈寄禪師〉）

- 眼看朝市成陵谷，始信昆明有劫灰。（韓偓〈亂後春日途經野塘〉）

- 魯鼎寂寥休辨口，劫灰銷變莫宣心。（齊己〈酬尚顏上人〉）

則從古到今，不論是過去、現在還是未來，也不論是人間的地底、昆池、朝市，還是方外的蓬壺仙境，都籠罩在劫火焚燒之後的飛灰之中，而這種潛藏在真實世界背後積極醞釀著、並隨時可能付諸實現的毀滅的必然趨向，就是中晚唐詩人所見、所感的天地景觀。

　　中晚唐詩中用以表達激化之時間感而具典型意義的另一個典故，乃是「滄海桑田」的神話傳說，晉葛洪《神仙傳》卷三「王遠」條記載：

> 麻姑自說：「接待以來，已見東海三為桑田。向到蓬萊，水又淺於往者會時略半也，豈將復還為陵陸乎？」方平笑曰：「聖人皆言，海中行復揚塵也。」[10]

此一故典之被大量運用，在李賀、李商隱、曹唐等詩人的作品中最為顯著。陳允吉曾注意到：「李賀在詩中描寫『滄海桑田』之多，在唐人中間最可注目。這一看來奇怪的現象，實際上卻能顯示出他的精神

---

[10] 晉·葛洪：《神仙傳》，《景印文淵閣四庫全書》第1059冊（臺北：臺灣商務印書館，1986年7月），頁270。

世界。」⑪事實上，描寫滄海桑田爲數之多的，並不獨李賀一人「最可注目」而已，李商隱、曹唐等詩人對此一典故的偏好也不遑多讓，甚至猶有過之。透過詩集的檢索統計，李賀詩中出現此一典故的次數有四次⑫，白居易有七次⑬，李商隱約有六次之多⑭，而曹唐運用的頻率更達八次⑮，尤其曹唐的全部詩作遠少於前三位詩人，集中的現象尤爲醒目，其原因自與他大量創作遊仙詩有關。此一現象不但並不「奇怪」，反而饒具深意，因爲它傳達了時代的深層心理中一種共同世界觀的普遍外露；同時所顯示的精神世界也並不僅限於李賀，還更屬於大多數中晚唐詩人共有的面貌。

　　在這裡，我們面對到一個經由文學史歷時性觀察後所產生的有趣現象，亦即最晚在晉朝時便已出現的「麻姑屢見滄海桑田」的神

---

⑪ 陳允吉：〈《夢天》的遊仙思想與李賀的精神世界〉，《唐詩中的佛教思想》（臺北：商鼎文化出版社，1993年12月），頁217。

⑫ 根據《全唐詩》卷390-394進行相關意象的統計，分別是〈啁少年〉的「少年安得長少年，海波尚變爲桑田」、〈天上謠〉的「東指羲和能走馬，海塵新生石山下」、〈浩歌〉的「南風吹山做平地，帝遣天吳移海水」、〈夢天〉的「黃塵清水三山下，更變千年如走馬」等。

⑬ 據《白居易集》中所載，這些詩例爲〈浪淘沙六首〉之一的「會教山海一時平」、之二的「遂令東海變桑田」、之五的「海底飛塵終有日」、〈澗中魚〉的「海水桑田欲變時」、〈香山居士寫真詩〉的「請看東海水，亦變作桑田」、〈雪夜小飲贈夢得〉的「曾看東海變桑田」、〈送王卿使君赴任蘇州因思花迎新使感舊遊寄題郡中木蘭西院一別〉的「亦恐桑田變爲海」等七處。

⑭ 據《全唐詩索引・李商隱卷》相關字的統計，分別是「何日桑田俱變了」、「人間桑海朝朝變」、「可能留命待桑田」、「勸栽黃竹莫栽桑」、「海底翻無水」、「鮫綃休賣海爲田」等。欒貴明等編著：《全唐詩索引・李商隱卷》（北京：中華書局，1991年）。

⑮ 查檢《全唐詩》卷640、卷641，相關詩作有〈送羽人王錫歸羅浮〉的「鐵橋通海入無塵」、〈小遊仙詩九十八首〉之一的「桑葉枯乾海水清。淨掃蓬萊山下路」、其三十四之「海畔紅桑花自開」、其四十四之「怪得蓬萊山下水，半成沙土半成塵」、其四十六之「較探桑田便不回」、其五十二之「看卻桑田欲成海」、其八十一之「滄海成塵等閒事」、其八十九之「東溟兩度做塵飛」等。

話典故，除了時間感特別強烈的李白較爲注意而再三使用之外[16]，在初盛唐詩壇上並未受到特別的重視，反而直到中晚唐時才明顯受到強化而活絡起來，成爲詩家慣常運用的習用套語，並以之作爲表達某種特定人生感慨與世界觀的憑藉。事實上《神仙傳》的流傳在唐時十分普遍，蓋《神仙傳》中神話傳說的題材已廣爲唐人所徵用，以盛唐詩人爲例，李白詩中已用到的故事就有「金華牧羊兒」、「崆峒廣成子」、「河上公授素書於漢文帝」、「王遠盤囊」、「洪崖博棋」、「九疑神仙教食菖蒲」等數條[17]，杜甫也用過「華蓋君」、「王子喬尸解於玉棺」、「欒巴噀酒爲雨滅成都火」與「八公淮南王白日升天而雞犬隨之」等故實[18]，尤其傳中「董奉種杏」的故事都曾爲李杜所用[19]，俱見《神仙傳》廣泛流行之一斑。而其中「滄海桑田」的典故似乎更是一顆與時俱進、越擦越亮的明珠，從初唐以來一直被徵用不

---

[16] 李白詩中，有關此一意象的詩有〈古風五十九首〉之九的「乃知蓬萊水，復作清淺流」、〈贈王漢陽〉的「吾曾弄海水，清淺嗟三變。果愜麻姑言，時光速流電」、〈郢門秋懷〉的「已聞蓬海淺，豈見三桃圓」、〈擬古十二首〉之十的「海水三清淺，桃源一見尋」等作，可謂初盛唐詩壇上的一大異數。

[17] 分見〈古風五十九首〉之十七的「金華牧羊兒，乃是紫煙客」、之二十五的「歸來廣成子，去入無窮門」、〈贈盧徵君昆弟〉的「河上喜相得，壺中趣每同」、〈留別曹南群官之江南〉的「身佩豁落圖，腰垂虎盤囊」、〈下途歸石門舊居〉的「惜別愁窺玉女窗，歸來笑把洪崖手」、〈嵩山採菖蒲者〉的「神人多古貌，雙耳下垂肩。嵩岳逢漢武，疑是九疑仙」等詩句。

[18] 如〈昔遊〉的「昔謁華蓋君，深求洞宮腳」與「玉棺已上天，白日亦寂寞」、〈秋日荊南述懷三十韻〉的「九鑽巴噀火，三蟄楚祠雷」、〈滕王亭子二首〉之一的「春日鶯啼修竹裏，仙家犬吠白雲間」等。

[19] 李白〈送二季之江東〉詩云：「禹穴藏書地，匡山種杏田。」杜甫〈大覺高僧蘭若〉詩亦曰：「香爐峰色隱晴湖，種杏仙家近白榆。」都出自晉・葛洪《神仙傳》，卷10：「董奉者，字君異，侯官縣人也，昔吳先主時……。居山間爲人治病，不取錢物，使人重病愈者，使栽杏五株，輕者一株，如此數年，計得十萬株，鬱然成林。」見《景印文淵閣四庫全書》第1059冊，頁308。

絕。[20]於此，我們必須分辨文學史上先後時代之間微細的差異，因爲這些細微差別很可能就是問題的關鍵所在。我們注意到：初盛唐時，除李白之外，「滄海桑田」的典故大多爲個別詩人的偶用，數量雖不少，然而卻是分散的、零星的；但到了中晚唐的詩壇上，不但運用此一典故的總次數更多，而且一如盛唐時的桃源意象般，形成向某些詩人集中的匯聚現象，如前述李賀、李商隱、曹唐等人皆是此種現象的代表。此一現象的背後必然蘊涵了一種遠較爲深沉的內在因素才能解釋。

於是乎中晚唐後明顯受到大量採用的「滄海桑田」此一套語，乃至「天地劫灰」此一意象的突顯，傳示了時間之激化的強烈感受，毋寧可以視爲一種宇宙觀、世界觀的轉型之下，因緣湊泊地投合於新視野的結果。

固然在此之前，初、盛唐時代的詩人對歷史遞嬗、人世代謝及生命無常也有深切的抒發，杜甫〈可歎〉詩曾感嘆：「天上浮雲似白衣，斯須改變如蒼狗」，李白更酣暢淋漓地奮力抗拒歲月銷亡的深淵，所謂「天地終銷亡，日月同枯槁」、「壺中別有日月天。俯仰人間易凋朽」以及「今人不見古時月，今月曾經照古人。古人今人若流水，共看明月皆如此」[21]之哀感皆爲其例，但這若非只是其集中孤立、少數的現象，也絕不影響他們正面品察當下人生並加以承擔的基本態度。然而，在盛唐詩壇中還只是對世界與人生多方觀照角度之中一種低調性的幻滅意識，於進入中晚唐之後，竟從幾個散落的音符一躍而爲衆人詠嘆的主旋律之一，由片段的「偶思」逐漸壯大爲全面的

---

[20] 參范之麟、吳庚舜主編：《全唐詩典故辭典》上冊（武漢：湖北辭書出版社，1989年1月），頁1037-1038。

[21] 三聯詩出自〈擬古詩十二首〉之八、〈下途歸石門舊居〉與〈把酒問月〉。

「執念」，由個別的單獨意象成為普遍的象徵體系，正如李商隱對嫦娥意象的發展和擴大一樣[22]，所有環繞著樂園崩壞的相關現象，包括神話世界之幻滅在內，都可以在多位不同詩人的詩集中找到類似的聯繫，而反映出共同的時代視野和世界圖像。

　　時間感的激化與濃縮，若非導向一種超然曠遠的宇宙情懷，而帶來身心的解脫，則往往會引發另一種取消現實世界之實感的幻滅心態，甚至反轉潛入一個既非方內、也非方外的另類世界。前者見於詩中者厥為「夢幻意識的強化」，而後者則表現為「死亡意象的大量湧現」。

二、夢幻意識的強化

　　夢的存在其淵源已久，只要人類的心智活動一日不息，則夢的運作也無時或已。早在先秦時代，孔子便曾以「久矣！吾不復夢見周公」（《論語‧述而篇》）來感慨自己對前賢先德追慕習效之心的懈怠，莊子更藉由「夢」傳達其超曠自由的人生哲學，如〈齊物論〉中提出了「莊周夢蝶」的物化觀與「方其夢也，不知其夢也，夢之中又占其夢焉，覺而後知其夢也」的了悟，而透過夢與覺的對照反思，進一步徹達生死如一、不拘於物的齊物胸懷。由此，「夢」已隱隱然暗寓了心念意志之執著表現，與虛幻不實的象徵意義。而在詩歌藝術表達中，六朝時蕭梁沈約也有「夢中不識路，何以慰相思」之詩句[23]，夢所具有的心理補償的作用已十分明確；降及唐代，夢除了作為意志

---

[22] 此說參見本書第8章〈結語：樂園意識轉變的關鍵〉之闡述。

[23] 見其〈別范安成詩〉，收入逯欽立輯校：《先秦漢魏晉南北朝詩》，卷7，頁1649。

的延伸而完成現實中無法完成的欲望之外，如杜甫有〈夢李白二首〉
來落實對摯友李白生死未卜的懸念，此外也根據夢有形無質的性質，
而賦予它虛幻不實的象徵意旨，最顯著者乃李白於〈春夜宴從弟桃花
園序〉中所言：「天地者，萬物之逆旅；光陰者，百代之過客也。而
浮生若夢，爲歡幾何？古人秉燭夜遊，良有以也。」㉔而其〈春日醉
起言志〉一詩亦云：「處世若大夢，胡爲勞其生？」展現出特屬於李
白的超曠之情。

　　但這種浮生若夢的感懷至此仍只是屬於個人的、單獨的，可是在
中晚唐時，卻成爲普遍的、共有的人生感懷，並進一步超越了「白雲
蒼狗」、「逝者如斯」的速度感，而被激化爲更迅疾、更虛無的生命
體認，透過「電光石火」、「夢幻泡影」等比喻清晰地顯示出來：

- 幻世如泡影，浮生抵眼花。（白居易〈對酒〉）

- 是非都付夢，語默不妨禪。（白居易〈新昌新居書
  事四十韻因寄元郎中張博士〉）

- 此生都是夢，前事旋成空。（白居易〈商山路有
  感〉）

- 蝸牛角上爭何事？石火光中寄此身！（白居易〈對
  酒五首〉之二）

- 人生同大夢，夢與覺誰分。況此夢中夢，悠哉何足
  云。（白居易〈和微之詩二十三首・和送劉道士遊
  天台〉）

㉔ 見唐・李白著，清・瞿蛻園注：《李白集校注》（臺北：里仁書局，1981年3月），卷27，
　頁1590。

• 壺中天地乾坤外，夢裏身名旦暮間。（元稹〈幽棲〉）

• 畢竟百年同是夢，長年何異少何爲？（元稹〈酬樂天秋興見贈本句云莫怪獨吟秋興苦比君校近二毛年〉）

• 眼前名利如春夢，醉裏風情敵少年。（劉禹錫〈春日書懷寄東洛白二十二楊八二庶子〉）

• 始信人生如一夢，壯懷莫使酒杯乾。（殷堯藩〈登鳳凰臺二首〉之一）

• 未敢分明賞物華，十年如見夢中花。（劉得仁〈上巳日〉）

• 上象壺中閣，平生夢裏忙。（許渾〈茅山贈梁尊師〉）

• 十年一覺揚州夢，贏得青樓薄倖名。（杜牧〈遣懷〉）

• 莊生曉夢迷蝴蝶，望帝春心託杜鵑。（李商隱〈錦瑟〉）

• 千古是非輸蝶夢，一輪風雨屬漁舟。（崔塗〈金陵晚眺〉）

• 有國有家皆是夢，爲龍爲虎亦成空。（韋莊〈上元縣〉）

• 浮世宦名渾似夢，半生勤苦謾爲文。（徐夤〈十里煙籠〉）

- 浮生眞箇醉中夢，閒事莫添身外愁。（徐夤〈寄僧寓題〉）

- 浮生暫寄夢中夢，世事如聞風裏風。（李群玉〈自遣詩〉）

- 已是夢中夢，更逢身外身。（澹交〈寫眞〉）

在這些詩例中，我們可以看到不論是個人美好的昔日回憶或人際的是非紛爭，乃至於珍貴的生命和廣大的世間，都被納入到轉瞬淪失的夢幻之中，成爲無從把捉的浮光掠影，甚至產生白居易、澹交、李群玉所謂的「夢中夢」之語，其中所包蘊的幻滅感比諸前期實更爲深沉濃厚得多。除此之外，此一虛無感也被擴大到歷史的、群體的層面，幻夢的感受由個體短暫的人生推及於群體漫長的歷史，使得在綿延的歷史中不斷累積蓄納、而遠遠超越個體生命的存在，也在夢的意識之中化爲空無。從歷代分久則合、合久則分的盛衰興亡之中，詩人所見所作的詮釋，並不是一種超然物外、使之能夠當下認取生存之實感的自適之情，也不只是一種過去詩歌中常見的今昔對照之下泛生的欷歔之感而已；反而是另一種讓當下之存在頓失依恃，而適足以連眼前之立足點都一筆勾銷的侵蝕力量。表現在詠史詩中，如：

- 三百年間同曉夢，鍾山何處有龍盤。（李商隱〈詠史〉）

- 江雨霏霏江草齊，六朝如夢鳥空啼。無情最是臺城柳，依舊煙籠十里堤。（韋莊〈臺城〉）

- 樹遠連天水接空，幾年行樂舊隋宮。……思量只合騰騰醉，煮海平陳一夢中。（羅隱〈春日獨遊禪智

寺〉）

● 春半煙深汴水東，黃金絲軟不勝風。輕籠行殿迷天
子，拋擲長安似夢中。（翁承贊〈隋堤柳〉）

透過「如夢」、「似夢」與「同曉夢」的明喻手法，「三百年」和
「六朝」原本所蘊涵的時間縱深度霎時被壓縮為一個眼前瞬間的平
面，而化入虛無之中再難尋覓；隋煬帝「煮海平陳」與「拋擲長安」
等原本具體可徵的歷史作為同樣也都被架空，成為後世無從把捉的幻
影。所謂「鍾山何處有龍盤」的疑問和「鳥空啼」的感慨，便是此種
虛幻感的流露，因而使這類懷古詩比過去的同類作品都更明確地沉淪
於虛無的底層。

而除了悠長的歷史之外，甚至連永恆而闊大的宇宙大化也被納入
夢幻之中，如李賀〈夢天〉詩云：

黃塵清水三山下，更變千年如走馬。遙望齊州九點
煙，一泓海水杯中瀉。

在夢境中，詩人所感到的時間乃是以滄海桑田的變遷速度，使千年如
跑馬般轉瞬即逝；所看到的空間則是中國渺若九粒煙塵，而大海竟微
如手上潑盪的一杯水。因此我們可以看到這樣的夢境背後所蘊涵的想
像性質，隱隱然是與前述「天荒地變」、「天荒地老」、「天長地久
有時盡」等時空觀念相通的，故明王思任於《昌谷詩解序》中曾精闢
地分析李賀詩常用鬼、死、泣、血等慣用語，以及造成好用這些慣用
語的心理因素：「人命至促，好景盡虛，故以其哀激之思，必作晦澀

之調。」㉕由此可見，既然在時間意識的激化或濃縮之下，歷史歲月所開展的過去與現在都不能免除虛幻的侵蝕，而必然在時間之中延續的天地也同樣面臨了荒變窮盡的消亡，於是以往一直受到壓抑的、對生命終結之後的幽冥世界的探索，便成為中晚唐人在方外與方內都一無出路時，一種新的樂園追尋的嘗試。錢鍾書《談藝錄》也曾指出：

> （當詩人）深有感於日月逾邁，滄桑改換，而人事之代謝不與焉，他人或以弔古興懷，遂爾及時行樂；長吉獨純從天運著眼，亦其出世法、遠人情之一端也。㉖

此處所謂「純從天運著眼」而發展出「出世法、遠人情」的表現，絕不等同於爐火純青的宗教修養中「太上忘情」的境界；而其「出世、遠人」之餘，自然也不在及時行樂的人間立足，於是便向下翻轉，形成了「追尋理想的樂園而進入鬼域」，「可算是樂土追尋的一個變奏」的結果。㉗經由下一節的探析，我們還可以發現到這樣的變奏已然成為中晚唐時代詩歌的主旋律之一，成為一種共同心象的浮顯。

三、死亡意象的大量湧現

死亡，對於盡戀人間的人類而言，所代表的絕不只是生命的自然終結，可以用平常心安然接受的狀態而已。由於死是生的絕對對立

㉕ 〈昌谷集〉王序，見唐・李賀注，清・王琦等注：《李賀詩注》（臺北：世界書局，1991年6月），頁1。

㉖ 錢鍾書：《談藝錄》（香港：龍門書店，1965年），頁70。

㉗ 語出龔鵬程：〈幻想與神話的世界——人文創設與自然秩序〉，收入蔡英俊主編：《中國文化新編・文學篇一：抒情的境界》，頁336。

面，因此充滿了喜怒哀樂、悲歡離合的生之血色鮮麗，就加倍突顯了瀰漫著枯寂無聲、空虛單調的死之蒼白可怖；再加上由生到死的過程，乃是一奔赴無止而又一往不返的單行道，自古以來，億萬個承載了無限靈慧的活躍生命竟無一倖免地投入死亡深淵，完全被吞噬淨盡而淪爲一場虛無，這種無可遏抑的必然法則本已足夠造成人類感性上的強大壓迫，更何況死亡的經驗根本無法納入體驗的範圍，成爲可加以反省、感受的生命內容之一，於是死亡的絕對未知性就變成了人類心靈中無上的極度憂怖。而藝術之所以誕生的大前提之一，便是本著對死亡的思索而來，例如評論家透過分析，指出英國詩人葉慈（William B.Yeats, 1865-1939）的〈航向拜占庭〉一詩乃隱喻著以下的意義：「從生物的世界看來，人是個『將死的動物』（dying animal），所剩的希望只有『集中於不朽的藝術』，再得不到『自然物的肉體的形式』，但要做個藝術品，做個黃金的鳥兒棲止在金枝上。」[28]於是，生命的短暫可驚以及對死亡的震駭憂懼，就可以在藝術的美感洗滌與永恆浸潤之下，得到弭平和消解。

　　但是，雖然一切包括詩歌在內的藝術創作都或隱或顯地內含著死亡意識的大前提，表現的方式及其強度和頻率卻會因人因時而異。在變調的樂園中，「死亡」已非潛藏於創作背後的動因，而是晉身幕前，躍居爲聚光燈照耀之下醒目的要角；而與死亡有關的死後世界也引發了更多、更普遍的注意。此一現象固然是在中晚唐時最顯突出，然而在詩史上卻並非首見的創舉，事實上，詩歌中對鬼魅世界的專注致意，應始自先秦戰國時代孕育出騷人屈原的楚地沅湘一帶的民俗。

---

[28] 引自〔美〕韋勒克（René Wellek）、華倫（Austin Waren）合著，王夢鷗、許國衡譯：《文學論──文學研究方法論》（*Theory of Literature*）（臺北：志文出版社，1976年10月），第15章，頁342。

雖然一些儒家典籍如《左傳》等已提及有關鬼的定義與想像㉙，但充其量也只是出於對死後存在的一般知性上的興趣，在想像力參與的層面上則可謂貧乏；而儒家正統的觀念中，也明確地抱持「未知生，焉知死」、「不語怪力亂神」和「敬鬼神而遠之」的態度㉚，更將人的注意力徹底從死亡的背後抽離，以全力集中於生之探索。因此唯有以屈原為代表的文化心靈，才是以極親密的情感，在沒有距離的情況下完成人界與鬼域的融合，而將鬼的面貌和特性做一詩意美感的展現。朱子便曾表示過：「昔楚南郢之邑、沅湘之間，其俗信鬼而好祀，其祀必使巫覡作樂歌舞以娛神。荊蠻陋俗，詞既鄙俚，而其陰陽人鬼之間，又或不能無褻慢淫荒之雜。」㉛此語固然是對《楚辭·九歌》中人神（包括人鬼）之間相戀的內容做背景上、學理上的說明，但另一方面也正表現出陰陽人鬼之際親近無間的密切關係。試看〈九歌·山鬼〉中所描寫者：

> 若有人兮山之阿，被薜荔兮帶女蘿。既含睇兮又宜笑，子慕予兮善窈窕。乘赤豹兮從文狸，辛夷車兮結桂旗。被石蘭兮帶杜衡，折芳馨兮遺所思。余處幽篁兮終不見天，路險難兮獨後來。表獨立兮山之上，雲容容兮而在下。杳冥冥兮羌晝晦，東風飄兮神靈雨。

㉙ 見《左傳·昭公七年》載子產曰：「鬼有所歸，乃不為厲。吾為之歸也。……人生始化曰魄，既生魄，陽曰魂。用物精多，則魂魄強。是以有精爽，至於神明。匹夫匹婦強死，其魂魄猶能馮依於人以為淫厲。」見清·洪亮吉撰，李解民點校：《春秋左傳詁》（北京：中華書局，1987年），卷16，頁680-681。

㉚ 分見《論語》之〈先進篇〉、〈述而篇〉、〈雍也篇〉。

㉛ 見戰國·屈原等著，宋·朱熹集注：《楚辭集注》（臺北：藝文印書館，1974年4月），卷2，頁59。

（節錄）

如此若有似無、飄忽嫋娜之山鬼，以隨風款擺的薜荔、女蘿為衣飾，正顯其輕盈靈妙的形質；其凝睇含笑的眼眸，又傳達了一種生動傳神而呼之欲出的柔媚之情。如此芬芳嬌美、善體人意的山鬼，活動於時而幽篁冥冥、天陰晝晦，時而風飄雨瀝、雲生霧封的山阿，淋漓盡致地表現了無所不在的美感，其存在樣貌完全可等同於山神，故不妨以「陰神」視之，此正反映出《禮記・祭法篇》所說神鬼相雜的現象：「山林、川谷、丘陵，能出雲、為風雨，見怪物皆曰神。」

而如此神鬼不分、又人鬼並存的想像世界，其背後所蘊涵的精神狀態，正如第一章所述，乃是一種「迷人而充滿幻滅感的境界」，因此「它非但不能使嚮往它的詩人得到完全的解放，就是在快樂或安慰的作用上也一樣缺乏。」[32]卻無疑地對中唐時代的李賀具有高度的啟示作用，晚唐杜牧就此首發其端，明確指出李賀與《楚辭》之間於精神血脈上祖述傳承的關係，並以十分意象化的方式描寫李賀詩的風格：

> 雲煙綿聯，不足為其態也；水之迢迢，不足為其情也；春之盎盎，不足為其和也；秋之明潔，不足為其格也；風檣陣馬，不足為其勇也；瓦棺篆鼎，不足為其古也；時花美女，不足為其色也；荒國陊殿，梗莽丘壟，不足為其恨怨悲愁也；鯨呿鰲擲，牛鬼蛇神，不足為其虛荒誕幻也；蓋騷之苗裔，理雖不及，辭或

---

[32] 引自施淑女：《九歌天問二招的成立背景與楚辭文學精神的探討》（臺北：國立臺灣大學文學院，1969年），頁94。

過之。騷有感怨刺懟，言及君臣理亂，時有以激發人
意，乃賀所為，無得有是！……賀生二十七年死矣，
世皆曰：「使賀且未死，少加以理，奴僕命騷可也！」[33]

　　此段序言一方面以「騷之苗裔」挑明了李賀遠祖《楚辭》的一線脈絡，又以所謂的「瓦棺篆鼎」、「荒國陊殿」、「埂莽丘壟」以及「牛鬼蛇神」等語，十分簡賅扼要地描繪出李賀詩境中陰森荒敗的意象。而透過詩史的觀察，我們也可以進一步地看到其中的「虛荒誕幻」之說，事實上足以概括整個中晚唐時代樂園崩毀傾頹的時代感受，如學者指出韓愈的部分詩作亦屬此類：「我們注意一下《陸渾山火》整篇作品所描寫的事物，真是充滿著怪力亂神的色彩」，屬於「虛荒誕幻的境界」[34]；焦竑也曾說：「唐人詩率沖融和適，不為崖異語。獨長吉、義山二家，擺落常詮，務為奇崛。」[35]因此我們認為在中唐時打開此一變調樂園的首唱者與主要擴建者，當以李賀為優先人選。

---

[33] 見〈李賀集序〉，唐‧杜牧：《樊川文集》（臺北：漢京文化事業公司，1983年11月），卷10，頁149。

[34] 見陳允吉：〈韓愈的詩與佛經偈頌〉，《唐詩中的佛教思想》，頁171。雖然作者認為此種色彩乃是出於佛教繪畫的影響，指出：「由於韓愈一生嗜好佛畫，其詩集中屢有自己觀覽佛寺壁畫的記載，這種藝術形象的長時期的浸沈感染，使他一部分詩歌之造物賦形，頗能融會佛教繪畫中的景象。……像這一類虛荒誕幻的境界，也惟有佛教繪畫中的形象才能與之比擬。」但並無礙於其為整個樂園變調的一個表現，此點可參本章第三節〈聖性的解消〉的論析。

[35] 明‧焦竑：〈昌谷集‧序〉，見唐‧李賀著，清‧王琦等注：《李賀詩注》，頁1。

　　號稱「詩鬼」或「鬼仙」的李賀[36]，透過與一般常情背道而馳的特殊關懷，潛心幽冥，託情於鬼域，從對生命和死亡的悸懼，而更導向了對死後世界和化形為鬼魂之另類存在的深度迷戀，因之對生命終結後闃黑陰暗的死亡世界充滿了探索的興致與沉溺的執著。他在詩中全然正面地面對死亡的具體形象，使得死亡並不純然只是抽象的壓力或朦朧的威脅，從遙遠的深淵投射出令人顫慄的無形陰影，而是如生命一般充滿了存在的實感，擁有豐富多樣的身形面貌，兼具了向外展現自我的活動力以及內在深邃有力的精神氣韻，煥發著具體可感的真實性。試看以下諸詩：

- 西山日沒東山昏，旋風吹馬馬踏雲。畫絃素管聲淺繁，花裙綷縩步秋塵。桂葉刷風桂墜子，青狸哭血寒狐死。古壁彩虯金帖尾，雨工騎入秋潭水。百年老鴞成木魅，笑聲碧火巢中起。（〈神絃曲〉）

- 女巫澆酒雲滿空，玉爐炭火香鼕鼕。海神山鬼來座中，紙錢窸窣鳴旋風。相思木帖金舞鸞，攢蛾一啑重一彈。呼星召鬼歆杯盤，山魅食時人森寒。終南日色低平灣，神兮長在有無間。神嗔神喜師更顏，送神萬騎還青山。（〈神絃〉）

王琦注云：「〈神絃曲〉者，乃祭祀神祇，絃歌以娛神之曲也。此詩

---

[36] 宋·嚴羽之詩評最具概括性：「人言太白仙才，長吉鬼才。不然，太白天仙之詞，長吉鬼仙之詞耳。」見宋·嚴羽著，郭紹虞釋：《滄浪詩話校釋》（臺北：里仁書局，1987年4月），頁178。

言狸哭狐死、火起鴉巢,是所祈者其誅邪討魅之神歟?」㊲可見此處兩詩之構成主調充滿了邪魅之氣,奉祀的神祇當屬陰神之類,而整個祭祀過程更是極為陰晦悚動,神與鬼之混淪不分莫此為甚。在其他詩裡,李賀更極為生動地描寫了陰異幽冥的世界中鬼魂活動的情景:

- 秋野明,秋風白,塘水漻漻蟲嘖嘖。雲根苔蘚山上石,冷紅泣露嬌啼色。荒畦九月稻叉牙,蟄螢低飛隴徑斜。石脈水流泉滴沙,鬼燈如漆點松花。(〈南山田中行〉)

- 思牽今夜腸應直,雨冷香魂弔書客。秋墳鬼唱鮑家詩,恨血千年土中碧。(〈秋來〉)

- 南山何其悲,鬼雨灑空草。長安夜半秋,風前幾人老(一作「風剪春姿老」)。低迷黃昏徑,裊裊青櫟道。月午樹立影,一山唯白曉。漆炬迎新人,幽壙螢擾擾。(〈感諷五首〉之三)

秋寒雨冷,風吹露泣,懷抱著千年恨血的鬼魂在低迷的深夜中徘徊,或是在蟲吟啼聲中淒唱永恆不滅的恨怨悲苦,或是在衰燈將盡時弔慰孤憤難平的詩人書客,有如與李賀相濡以沫的異界知己。而當這些異類在詩人身邊親切活動的時候,整個場景與色澤完全是正常世界的「負片」呈現,令人匪夷所思,王琦注「月午樹立影,一山唯白曉」一聯云:「月午,謂月至中天,當午位上,則樹影不斜,其直如立。

㊲ 見清・王琦:《李長吉歌詩彙解》,卷4,唐・李賀著,清・王琦等注:《李賀詩注》,頁150。

白曉，謂月色皓然如天將曉之狀。」[38]則理當漆黑的天色反被明月照耀得如同白晝，而發出淡淡幽光的鬼火則反被稱為「漆炬」、「鬼燈如漆」──黑色的火炬；此外，新鬼稱「新人」，絡繹不絕地奔赴墓地，以致於鬼界的迎新活動使沉靜的夜晚騷動不安，驚起了在墓草間棲息的螢火蟲也紛紛擾擾不得安寧，四處飛舞的螢光卻又恰恰與眾多的燐火交織難辨。這裡明顯地顛覆了世人習以為常的常識常理，而專從逆反的模式進行構思，明暗互換、日夜翻轉，陰陽顛倒、人鬼不分，而詩人對鬼域的耽迷至此也完全破除了傳統的防線，塑造出一個對變調的理想世界的沉溺與嚮往。

　　而精神上大半游移於陰魅世界的李賀，更以〈蘇小小墓〉逼真地勾畫出鬼神有形無質、而又無所不在的活動型態，使身為墓主的南朝錢塘名妓蘇小小其生前死後的美麗與哀愁完全能夠傳神地淋漓展現：

> 幽蘭露，如啼眼。無物結同心，煙花不堪剪。草如茵，松如蓋，風為裳，水為珮。油壁車，夕（一作「久」）相待，冷翠燭，勞光彩。西陵下，風吹雨。

首兩句由靈魂之窗捕捉其神韻，既由「幽蘭」點出其美麗之姿貌與芬芳之品格，又從「露如啼眼」暗示其心靈的傷痛，不但使蘇小小的生存面相呼之欲出，也為以下描寫她死後的存在樣態提供了重要的依據。此後詩中使用即景即人的敘寫手法，展開墓地周遭「草如茵，松如蓋，風為裳，水為珮」的景物描繪，既刻劃了蘇小小動靜之間縹緲靈逸的優雅，又完全點染出其無所不在的鬼魅本質，「鬼仙」之說

---

[38] 清·王琦：《李長吉歌詩彙解》，卷4，唐·李賀著，清·王琦等注：《李賀詩注》，頁96。

洵爲的見。而燭之爲物本是紅豔溫暖,爲光明的象徵,即使是蠟淚縱橫涕零,依舊不失溫情感人的特性,故杜牧〈贈別二首〉之二云:「蠟燭有心還惜別,替人垂淚到天明。」但李賀卻用「冷翠燭」代稱鬼火,有火而冷、其色森翠,正是李商隱所說「碧無情」[39]的同調,不但捕捉到鬼火的本質,並兼具了美感的品味,同時又與詩中「無物」、「不堪」、「久待」等一致指向徒勞落空的感受通貫爲一,營造了更加深沉的悲劇氣氛。終句時以風雨不斷的西陵墓地做結,雖無「恨血千年土中碧」的切齒疾呼,然其綿綿化生的凄苦猶然是隨著接續不休的風雨不斷飄飛,而永無終了之時了。

　　從以上詩作的列舉與分析,已可見李賀心靈世界大幅偏向幽冥之一端,明王思任於《李賀詩解序》中更清楚指出李賀詩中常見的慣用語,曰:「以其哀激之思,必作晦澀之調。喜用鬼字、泣字、死字、血字,如此之類,幽冷溪刻。」[40]適足以鉤稽此種變調樂園的特質。除此之外,同時或晚於李賀的中晚唐詩人,在作品中透過對鬼魅意象的運用而傳達森冷凄怨之情境者,也逐漸遞增,如孟郊的〈秋懷十五首〉之五言:「竹風相戛語,幽闈暗中聞。鬼神滿衰聽,恍惚難自分。」張碧的〈鴻溝〉詩云:「新豐瑞色生樓臺,西楚寒蒿哭愁鬼。」劉言史的〈夜入簡子古城〉有謂:「遠火熒熒聚寒鬼,綠燄欲消還復起。」莊南傑的〈雁門太守行〉曾道:「擊革從金燧牛尾,犬羊兵敗如山死。九泉寂寞葬秋蟲,濕雲荒草啼愁思。」趙牧的〈對酒〉亦曰:「饑魂弔骨吟古書,馮唐八十無高車。」而于鵠的〈野田行〉一詩中,更刻畫了「日暮出古城,野田何茫茫。寒狐上孤冢,鬼火燒白楊」的荒魅景致,曹松則除了〈古塚〉一詩的「作穴蛇分蟄,

---

[39] 其〈蟬〉詩謂:「本以高難飽,徒勞恨費聲。五更疏欲斷,一樹碧無情。」
[40] 明·王思任:〈昌谷集·序〉,見唐·李賀著,清·王琦等注:《李賀詩注》,頁1。

依岡鹿繞行。唯應風雨夕，鬼火出林明」之外，復有「石脈水流泉滴沙，鬼燈然點松柏花」之殘句，如此等等不暇遍舉。晚唐名家李商隱更是直入李賀堂奧，除了有〈效長吉〉一詩明示師法之用心外，復有〈無愁果有愁曲北齊歌〉之類陰魅淒迷有過之而無不及的作品，其詩云：

> 秋娥點滴不成淚，十二玉樓無故釘。推煙唾月拋千里，十番紅桐一行死。白楊別屋鬼迷人，空留暗記如蠶紙。日暮向風牽短絲，血凝血散今誰是？……

此外又有〈和鄭愚贈汝陽王孫家箏妓二十韻〉的「回首蒼梧深，女蘿閉山鬼」、〈日高〉的「輕身滅影何可望，粉蛾帖死屏風上」、〈河陽詩〉的「幽蘭泣露新香死，畫圖淺縹松溪水」、〈楚宮〉的「湘波如淚色漻漻，楚厲迷魂逐恨遙。楓樹夜猿愁自斷，女蘿山鬼語相邀」等作，皆是深具詩鬼風格的「長吉體」表現。於是中晚唐詩人的精神血脈一以貫之，終於匯集成一首陣容龐大、嘹亮高亢的變調樂園大合唱。

由於死亡與人世間最大的聯繫，或是死後世界最接近陽光的界限，厥在於分隔陰陽的一坏黃土──一個可供緬懷紀念的具體憑藉。縹緲的魂靈既是抽象而不可捉摸，以憑空想像的成分居多；但是人死所歸的墓塋丘隴，卻如同一切物質一樣具有實質可觸的屬性，既是安頓死者的居處，可免於生死混雜所帶來的種種問題，又無礙於作為死者精神的象徵和死後生命的依附之地。因此，一旦對死亡產生濃厚的興趣，相對地對墳塚的注意力也將因之提高，以墓地為創作主題的現象亦隨之大為增加，如中唐詩人白居易的作品中，就出現了為數不少的專題詠墓詩，除了〈青塚〉、〈真娘墓〉、〈登村東古塚〉、〈過

高將軍墓〉、〈過顏處士墓〉、〈過李白墓〉等詩之外，甚至還以
〈古塚狐〉著力於妖魅惑人的可怖；另外，到了晚唐時代，詩人似乎
更賦予墓塚以一種古蹟的意義，往往以之入詩，發弔古傷時之感慨，
杜牧、曹松、聶夷中、唐彥謙、吳融、羅鄴、羅隱、杜荀鶴、韋莊和
溫庭筠等都有詠墓之作[41]，甚至有針對宮人之墓地進行描繪的，如竇
鞏、王建、權德輿、雍裕之、孟遲、陸龜蒙的同題詩〈宮人斜〉，羊
士諤的〈和李都官郎中經宮人斜〉以及杜牧的〈宮人塚〉等篇章。其
中以羅隱的詠墓詩數量最為驚人，共有〈孟浩然墓〉、〈王濬墓〉、
〈蘇小小墓〉、〈姑蘇真娘墓〉、〈經耒陽杜工部墓〉、〈漂母
墓〉、〈燕昭王墓〉等七首。

這些詠墓詩與前人偶作的類似作品如〈昭君墓〉、〈商山四皓
墓〉、〈漂母墓〉等本質稍有不同，一則是墓主類型有別，以當代時
人之葬處或無主之荒墳為抒發對象的情形大幅增加，相對地，以古代
名墳進行題詠的比例便隨之降低；二則是描寫時側重的角度有異，除
了傳統借古傷今的筆法仍流行不輟，而對死者生前的事蹟功業以及其
死後精神上、道德上抽象的垂範作用有所著墨之外，這些詠墓詩的作
者對死者朽壞的身心和墓地本身淒涼荒敗的景致，也產生了很高的興
趣，因此援筆抒寫之際，亦著力於死者當下形質上、情感上之面貌，
以及墓地周遭之景象的想像與描寫，因而表現出一種對幽暗世界與
殘破心靈的特殊意向。如前述李賀的〈秋來〉、〈感諷五首〉之三和
〈蘇小小墓〉皆屬此類，此外在曹松的〈古塚〉詩也可以看到類似的

---

[41] 李商隱有〈和人題真娘墓〉，杜牧有〈青塚〉、〈宮人冢〉詩，曹松有〈古塚〉詩，聶夷
中有〈過比干墓〉，唐彥謙有〈過浩然先生墓〉、〈過清涼寺王導墓下〉，吳融有〈陳
琳墓〉、〈經符堅墓〉，羅鄴有〈過王濬墓〉，杜荀鶴有〈經賈島墓〉、〈經九華費徵君
墓〉，韋莊有〈劉得仁墓〉、溫庭筠有〈過陳琳墓〉。

筆法：「作穴蛇分蟄，依岡鹿繞行。唯應風雨夕，鬼火出林明。」雖
然陰森凄美之處皆不及李賀，其敘寫角度與心靈偏向卻都如出一轍。

　　同時，既然死亡已大舉入侵詩人的樂園意識之中，則神界裡不朽
的仙人和永恆的光源也開始被宣判了死刑：

- 幾回天上葬神仙，漏聲相將無斷絕。（李賀〈官街
  鼓〉）
- 王母桃花千遍紅，彭祖巫咸幾回死。（李賀〈浩
  歌〉）
- 拜神得壽獻天子，七星貫斷妲娥死。（李賀〈章和
  二年中〉）
- 鶴髮韜眞世不知，日月星辰幾回死。（李紳〈贈毛
  仙翁〉）

除了李賀、李紳之外，魯迅曾指出：中唐文人沈亞之所作的傳奇也是
「以華豔之筆，敘恍惚之情，而好言仙鬼復死」[42]，可見一種奇特的
樂園景觀已然在中晚唐的文學世界裡悄然成形；而李賀之所以在中唐
時代出現並大放異彩，進而與同時及後繼的詩人共同形成一個具有普
遍意義的新視野，不僅具有專屬其個人的特殊要素，也反映了一種爲
時代精神所驅的內在動力。以李賀爲中心觀察點，環繞著此一核心再
加以其他中晚唐詩人的作品從旁輔助，所呈現的現象及意義依然是屬
於群體的，具有時代的共通性；李賀固然是同質心靈中最突出而激亢

---

[42] 魯迅：〈中國小說史略〉，第8篇，《魯迅全集》第9冊（北京：人民文學出版社，1991
年），頁74。

的高音，引領了一個變調樂園的清晰成形，但他也同時被時代整合、融入於某個類型之中，成爲展現類型之整體力量的最大助力。

　　總上文可見，在唐詩樂園意識的變質過程中，李賀是推動瓦解之工作的一位大家，以李賀居中，環繞著以李商隱爲主的同調或後繼者，這些詩人共同反映了一個極其特殊的心靈傾向，亦即在來自時代風氣之傾頹墮落、政治現實之腐敗汙濁，以及個人遭遇之困蹇難伸等外緣條件的綜合影響之下，他們找不到自己生命靈魂安頓的中心，和有關現象界種種經驗與活動的更爲穩定的秩序，因此不但失去了對正義、光明、和諧和超越等正面力量的崇拜，甚且顚覆了對實存世界既有的認知，而在洩露心靈處境的詩歌創作中展現了迴異的內涵。這些內涵不再是人類欲望的向外擴大，也不再是情感本身自足的追求，正恰恰相反，它顯示的是一種傾斜失衡的時空架構，充滿了對虛幻淪亡之感的偏執；而透過時代與自我雙重的剝奪之後，心靈世界的界限不斷地向內退縮，因而漸行漸遠地游離於廣大的現實世界之外，在自我被架空之餘，甚至突破了人類與生俱來的求生本能，以及傳統所加諸人心的禁忌，終究沉入於另一個與光明樂園對立的陰暗世界，突出了死亡和與廣義之死亡有關的意象。於是初盛唐時代所普遍展現的「雖然處處流露出不能擺脫『大化』的無奈，卻掩蓋不住青春的躁動、生命的渴望」[43]，便成爲一去不返的昨日黃花。

---

[43] 引文本是葛曉音對陳子昂〈感遇三十八首〉的觀察，擴大以言整個初盛唐詩歌的基本情調，亦頗爲相合，故引述以爲對照。見葛曉音：《山水田園詩派研究》（瀋陽：遼寧大學出版社，1993年1月），頁129。

第二節　樂園空間的崩毀

　　神話（此處採廣義，包含傳說與神仙信仰）是樂園意識賴以醞釀成形的原始土壤，神話所構築的想像世界，其成立的先決條件必然是以超越人世之束縛與肉身之有限，而建構在凡俗所不到的夐絕難稽之處，展現出一個美好愉悅的空間型態；同時其存在的時間座標也以超出人類理性認知的方式無限延長，具有抽象且難以定義的永恆性質，如神話傳說中的崑崙山、海外蓬萊、廣寒月宮、仙鄉神境和世外桃源等樂園所在之地，都莫不具備這種時空的雙重條件。但到了中晚唐時代，神話樂園的基本要素已在整個時代心靈中腐蝕，面臨全盤崩毀的質疑，此時詩人不再堅持不朽的信念，因此使亙古長存的仙壽人物也無法避免地被葬送於死亡的墳墓之中；而其本為凡俗不到的世外居所，更不能免除世俗力量入侵的命運。基於時間與空間為神話樂園建構上的兩大要素，而前者於上一節已加詳述，因此本節改採另一個角度，從空間的構設模式來看樂園崩毀的方式。

　　如前所言，「空間」的設計本是樂園建構上最關鍵的環節之一，是劃分聖與俗的主要門檻所在；其懸絕遙隔於塵世凡俗之外的空間安排，本為保障樂園之不被侵害的必要條件，因此樂園的崩毀也必然相應地產生於空間設計的異質化上。經過觀察與分析的結果，我們發現此一異質化的表現方式有二：一為樂園的極度架空或遠隔，成為徒勞追尋的所在，使得樂園引導的不是救贖的希望，而是徹底迷失的絕望，於是「迷失感」就成為詩人抒發的主題；再則為樂園的世俗化與人間化，使樂園淪為現實世界中一切汙濁、邪惡、不義等有限性展現的場所，乃至被劃歸為黑暗勢力延伸的範圍。兩種瓦解樂園的方式

雖然殊途同歸、目的一致，但所展示的策略並不相同，故以下便分段
闡述其義。

一、對架空、遠隔之樂園的徒勞追尋

在第五章的論述展開之初，我們曾引述佛萊的看法，認為：
「一切的文學類型，很可能是從『追尋神話』伸延出來的。」事實
上，人類精神世界中一旦孕育出樂園嚮往的心理，同時也就必然伴隨
著樂園追尋的需要，因為樂園空間的迢遠難覓，原本就是樂園賴以自
我保障的先決條件，也是激發追尋之動能的魅力之一。但是如果其懸
隔人世的意義已不只是確保其神聖性質，以引領人心中美好理想的嚮
往與寄託時，此際樂園的存在非但不能成為受難心靈的無形庇護，反
而將以高度的反差對照出現實的不堪，使本已無所託庇的自我更加無
立足之地。於是反映在詩歌創作之中的，就是樂園的空間存在受到了
極化的處理，變成遠較一般遙遠之概念更為渺茫的所在；而在追尋樂
園的歷程上，追尋而失落、探求而迷失的主題已成為最顯要的內容，
也就是由永難抵達樂園的結果面必然面臨的失敗，取代了從追尋樂園
的過程中所產生的淨化與提升，於是身心都全然被架空於樂土之外，
徹底斷絕了救贖的希望。李商隱詩中尤其處處顯露了這種追尋而迷失
的主題，試看以下諸例：

- 神仙有分豈關情，八馬虛追落日行。莫恨名姬中夜
  沒，君王猶自不長生。（〈華嶽下題西王母廟〉）
- 萬里誰能訪十洲，新亭雲構壓中流。（〈奉同諸公
  題河中任中丞新創河亭四韻之作〉）

- 海外徒聞更九州，他生未卜此生休。（〈馬嵬二首〉之二）
- 海迷求藥使，雪隔獻桃人。（〈昭肅皇帝挽歌詞三首〉之三）
- 未諳滄海路，何處玉山岑？（〈搖落〉）
- 雲路招邀迴彩鳳，天河迢遞笑牽牛。（〈韓同年新居餞韓西迎家室戲贈〉）
- 劉郎已恨蓬山遠，更隔蓬山一萬重。（〈無題四首〉之一）
- 風光冉冉東西陌，幾日嬌魂尋不得。……愁將鐵網罥珊瑚，海闊天寬迷處所。（〈燕臺詩四首〉之一）
- 萬里峰巒歸路迷，未判容彩借山雞。（〈鳳〉）
- 曾省驚眠聞雨過，不知迷路為花開。有娀未抵瀛洲遠，青雀如何鴆鳥媒。（〈中元作〉）
- 三星自轉三山遠，紫府城遙碧落寬。（〈當句有對〉）
- 丹邱萬里無消息，幾對梧桐憶鳳凰？（〈丹邱〉）

其中的「神仙」、「長生」、「求藥」為對不死的追尋；「十洲」、「蓬山」、「瀛洲」、「紫府」、「丹邱」則是中國仙道神話裡，有醴泉源源而生、神樹仙果豐饒茂長的不死仙人寓居之地，這樣的樂園想像曾經是前此包括李白在內的許多詩人賴以寄託幻思、而超脫現實的精神聖地，非但有消極的逃避功能，更且發揮了撫慰現實創痛以提

振心靈，並進一步指引一種向上力量的積極作用；然而到了晚唐的李
商隱手中，同樣的樂園卻被處理爲「永恆迷失」的幻滅主題，從諸詩
中所謂「八馬虛追」、「海外徒聞」、「海迷求藥使」、「何處玉山
岑」、「萬里誰能訪十洲」、「丹邱萬里無消息」、「更隔蓬山一萬
重」、「幾日嬌魂尋不得」、「海闊天寬迷處所」、「萬里峰巒歸路
迷」、「有娀未抵瀛洲遠」以及「三山遠」、「天河迢遞」、「紫
府城遙碧落寬」等語，清楚地反映出一種徒勞追尋與迷失不可得的
樂園觀，而學者們提出李商隱詩中所展現的「遠隔心態」與「遠征
情境」④，正是因爲樂園追尋之失敗所導致的結果。於是我們在李商
隱詩中看到的是「極力突顯自己在廣闊天地間渺小受限、力有未逮之
困頓無助，在無限的空間與滄粟微渺的自身之間，存在著巨大的緊張
與壓迫，束縛著詩人呼之不應、喚之不得，在觸及理想物之前，總
是不免遠隔著萬里的橫絕」⑤，而這種架空於樂園之外的困境，便使
得自己「在這廣大宇宙間迷失，成爲宇宙間一個徒有羽翅的飄盪的
點」。⑥

　　這樣一種追尋落空的主題雖以李商隱最稱顯著突出，但卻並非
其個人專屬的生命情調，其他的中晚唐詩人，如白居易、李賀、劉得
仁、薛逢、韋莊、曹唐、陳陶等，也都曾有感於此種樂園所在遭到遠
隔架空，以致渺茫無著的時代處境，而於詩中加以反映：

---

④　「遠隔心態」可參黃永武：〈李商隱的遠隔心態〉，《中國詩學・思想篇》（臺北：巨流圖
　　書公司，1989年11月）。「遠征情境」表現的正是一種「追尋」的原始類型，詳見張淑香：
　　《李義山詩析論》（臺北：藝文印書館，1987年3月），第二部分第2章第7節。
⑤　引自歐麗娟：〈李商隱詩之神話表現〉，《國立編譯館館刊》第24卷第1期（1995年6月），
　　頁8，後收入歐麗娟：《唐詩的多維視野》（臺北：五南圖書出版公司，2017年7月）。
⑥　引自歐麗娟：〈李商隱詩之神話表現〉，《國立編譯館館刊》第24卷第1期，頁10，後收入
　　歐麗娟：《唐詩的多維視野》。

- 煙雲隔玄圃，風波限瀛洲。我豈不欲往，大海路阻修。（白居易〈效陶潛體十六首〉之十一）

- 我有迷魂招不得，雄雞一聲天下白。（李賀〈致酒行〉）

- 天迷迷，地密密。熊虺食人魂，雪霜斷人骨。（李賀〈公無出門〉）

- 自爾歸仙後，經秋又過春。白雲尋不得，紫府去無因。（劉得仁〈憶鶴〉）

- 殿前玉女移香案，雲際金人捧露盤。絳節幾時還入夢，碧桃何處更驂鸞。（薛逢〈漢武宮詞〉）

- 紫府有名同羽化，碧霄無路卻泥蟠。（薛逢〈上吏部崔相公〉）

- 天上人間兩渺茫，不知誰識杜蘭香。來經玉樹三山遠，去隔雲河一水長。（曹唐〈大遊仙詩・玉女杜蘭香下嫁於張碩〉）

- 豈是丹臺歸路遙，紫鸞煙駕不同飄。（曹唐〈大遊仙詩・蕭史攜弄玉上昇〉）

- 鳳去鸞歸不可尋，十洲仙路彩雲深。（韋莊〈悼亡姬〉）

- 採藥向十洲，同行牧羊兒。十洲隔八海，浩渺不可期。空留雙白鶴，巢在長松枝。（陳陶〈懷仙吟二首〉之一）

所謂「煙雲隔玄圃」、「大海路阻修」、「碧桃何處」、「碧霄無路」、「十洲仙路彩雲深」、「來經玉樹三山遠」、「去隔雲河一水長」和「十洲隔八海」等詩句，與李商隱式的遠隔心態明顯地如出一轍；而「天迷迷，地密密」、「迷魂招不得」、「白雲尋不得」、「鳳去鸞歸不可尋」、「天上人間兩渺茫」和「浩渺不可期」等說詞，也與李商隱迷失架空的樂園觀出於同一心法，「迷」字乃成為描述主體失落無著之徬徨失據處境的關鍵語詞。在到達樂園之前，總是橫亙著重重障蔽而窒礙難行、而企及無望，則樂園的存在乃是雖有實無、一如空幻，詩人向上仰望卻無力追攀之餘，又不能安於腳下立定的人間世，於是便只有遠隔在樂園之外，讓自己被架空的靈魂徒勞唱著徬徨的哀歌。

二、樂園空間的現實人間化

但在另一方面，不僅樂園的追尋只是一場徒勞無功、虛幻無益的努力而已，更有甚者，外力的入侵也是導致樂園本身徹底而加速淪落的主因。正是出於現實界（主要乃以腐敗的政治現狀為主）無遠弗屆而具有腐蝕性之滲透力的強大影響，使得原本應超然於現實之上、以作為均衡和彌補的神仙界，竟也無力抗衡現實界破壞力的侵入，而被納入到世間體系中，淪為醜惡勢力的轄區，一筆勾消了樂園構設的神聖超然的性質。以晚唐詩人陸龜蒙的〈新沙〉詩為例：

> 渤澥聲中漲小堤，官家知後海鷗知。蓬萊有路教人到，應亦年年稅紫芝。

一塊藉由大自然滄海桑田的力量而悄然形成的海埔新生地，在初初浮

現之際，即使日日流連於海邊覓食的海鷗亦尙未察覺的時候，便已
逃不過官府貪婪銳利而絕無絲毫放鬆的眼睛，立刻成爲重稅剝削的人
間煉獄，因此詩人提出大膽的假設：如果仙家居住的海外仙山有路可
通，讓人類以及人類身上如附骨之蛆般隨身隱藏的貪婪本性得以跨進
一步，那麼連珍貴罕有、非凡人分內所能享有的長生不老藥（紫色
靈芝）也都無法免於被搾取的下場！這種突破仙凡之隔的構思，使得
千百年來在人們心中一直都逍遙無憂的樂土都急劇淪喪而不幸蒙塵，
成爲自逼出了《詩經・魏風・碩鼠篇》的「無食我黍」以及陶淵明
〈桃花源詩〉的「秋熟靡王稅」之心願以來，同樣的苦難人間的翻
版。杜荀鶴〈時世行〉也曾說：「任是深山最深處，也應無計避征
徭。」而由「深山最深處」到「海外蓬萊」其間僅僅只有一線之隔，
它們指的都是人跡難至的渺遠所在，卻都不能免於橫征暴斂的入侵，可
以證明陸龜蒙〈新沙〉這首詩的特殊構思並非偶然的突發奇想，與其說
是個別詩人一時的妙手偶得，毋寧視之爲整個時代精神的自然表露。

　　與此相類的，是較早的中唐詩人白居易〈東城桂三首〉之三所說
的：

　　　遙知天上桂華孤，試問常娥更要無？月宮幸有閒田
　　　地，何不中央種兩株？

天上桂華形單影孤，其設想已從世運人情之角度著眼，爲神話思考進
入人情化的逆向命題之後的表現；而所謂「月宮幸有閒田地」之認定
以及「何不中央種兩株」之反詰，則流露出一種視天上如人間、降聖
地如俗世的詮釋立場，使得聖凡之際嚴明的藩籬被撤銷而彼此渾淪不
分，正與陸龜蒙的〈新沙〉詩出於同一機杼，展現了異曲同工之妙。
就在此種詮釋樂園空間的心理基礎上，李商隱遂說出「海底翻無水，

仙家卻有村」[47]這種意象奇特、不可以常理思度的詩句，一個群聚眾多神仙而居的村落實與現實世間的墟里人煙無異，唯有透過樂園空間的現實人間化，才能潛入深層的心理因素而得到較佳的解釋。

既然現實世界的因素得以堂皇入侵，而瓦解神聖空間的封閉性，則神話中的樂園也不再是超時間的生命居所，而成為充滿了淒冷荒敗之感的墓穴，其中最深沉的行動和觀照往往都和「死亡」相關；不論是具體形質上骨肉之軀的朽滅，或是抽象層面上精神心靈的絕望，這個承襲自前人而外表依然富麗堂皇的仙境，其中卻瀰漫著廣義的死亡氣息。不但神仙的神聖性被解消（見本章第四節〈人情化——神話思考的反命題〉的剖析），「神仙不死」的信仰遭到徹底的質疑（見上一節的論述），即連樂土園地中豐美恆新、生生不息的景象也隨之減色，與我們在前面數章中所探討的形形色色的樂園型態截然不同，因此聖地中充滿了人世的俗情，永生的快樂滿足被永劫的傷痛愁悲所取代，而原本屬於「春夏基型」的溫暖場面也隨之變換成「秋冬基型」的蕭瑟背景，原本瀰漫在樂園神話中代表了豐收、滿足、逍遙與安適而充滿生機之喜悅的「春夏」氣息，已因為人情化與世俗化的趨勢而不可避免地落入時序的輪迴，籠罩在「秋冬型」的肅殺之氣中。藉由佛萊基型論，我們更充分地掌握到樂園崩毀的種種具體意象[48]，以中晚唐時三位大量運用神話仙說入詩的詩人為例，在李賀的詩裡，神人仙女活動的空間背景往往是陰暗濕冷的，諸如：

---

[47] 唐・李商隱：〈魏侯第東北樓堂郭叔言別聊用書所見成篇〉，清・康熙敕編：《全唐詩》（北京：中華書局：1990年2月），卷540。

[48] 佛萊基型論之論點乃出自其〈The Archetypes of Literature〉一文，收入〔美〕約翰・維克雷編：《神話與文學》（上海：上海文藝出版社，1995年4月）。另外可參黃維樑：〈春的悅豫與秋的陰沉——試用佛萊「基型論」觀點析杜甫的「客至」與「登高」〉，收入中國古典文學研究會主編：《古典文學》第7集上冊（臺北：臺灣學生書局，1985年）。

- 女媧鍊石補天處，石破天驚逗秋雨。……吳質不眠倚桂樹，露腳斜飛濕寒兔。（〈李憑箜篌引〉）

- 老兔寒蟾泣天色，雲樓半開壁斜白。玉輪軋露溼團光，鸞珮相逢桂香陌。（〈夢天〉）

- 天河夜轉漂迴星，銀浦流雲學水聲。玉宮桂樹花未落，仙妾採香垂珮纓。（〈天上謠〉）

- 筠竹千年老不死，長伴神娥蓋湘水。蠻娘吟弄滿寒空，九山靜綠淚花紅。離鸞別鳳煙梧中，巫雲蜀雨遙相通。幽愁秋氣上青楓，涼夜波間吟古龍。（〈湘妃〉）

- 瑤姬一去一千年，丁香筇竹啼老猿。古祠近月蟾桂寒，椒花墜紅濕雲間。（〈巫山高〉）

天泣秋雨、露腳斜飛，雲雨相通、煙霧迷濛，甚至天河中流雲學水之聲亦琳瑯可聞，於是濕了月中寒兔與雲間墜紅之椒花，即連月輪之運行也是「濕團光」這種充滿了水氣迷濛之感的奇特意象，有黏著不開、陰鬱冷凝的困限之情，卻再也無晴朗爽豁、令人思欲縱身高翔的聯翩之想。此外在李商隱的作品裡，我們同樣可以注意到「其神話中人物與情節開展自身之內容意義的環境背景，多具有高寒、清寂、深幽、貴重卻涼冷的質感，不論是瑤池、月宮、銀漢、青天、碧海、紫府之地，或是清漏、錦瑟、碧簫、寶釵、金殿、玉樓、春露、雲波、霜雪、湘淚、水光、雲梯、星石、水精簾與雲母屏等等構設物，多來自冷堅涼硬而不失貴重之質地，傳達一種偏向寒色系的無溫度

感，……精緻而孤冷如冰。」[49]如以下引詩皆爲其例證：

* 恐是仙家好別離，故教迢遞作佳期。由來碧落銀河
  畔，可要金風玉露時。（〈辛未七夕〉）
* 昨夜西池涼露滿，桂花吹斷月中香。（〈昨夜〉）
* 欲就麻姑買滄海，一杯春露冷如冰。（〈謁山〉）
* 雲母屏風燭影深，長河漸落曉星沉。常娥應悔偷靈
  藥，碧海青天夜夜心。（〈常娥〉）

而晚於李商隱的曹唐，其驅遣眾多神仙題材所完成的大規模遊仙組詩
中，也一致地表現出同質的調性，李豐楙指出：「在全部的作品中，
曹唐心目中的仙界，其整體的印象又如何？從他慣於使用的觸覺意象
及部分關鍵字則大有意味：其中出現最多的諸如寒、冷、凍、清、
涼；加以他又特別喜用稀、疏、殘、盡、閉；如果再配合上風、露及
水等意象，不禁讓人覺得洞天的清冷，仙人所居的世界是深閉而幽深
的。」[50]從這些描述可見，樂園內部的異質化已是一種無法遏抑的潮
流，成爲中晚唐詩人一致肯認的普遍的心象表達。如果再加上第四章
所述，曾經作爲追憶中黃金樂園之舞臺的長安勝地，在失樂園之後淪
爲蕭索清寂的殘破荒原，以及前一章我們所分析的，中晚唐時桃源樂
地被引進了暗夜意象及森冷觸感的現象，我們便可以清楚而完整地看
到：樂園空間的崩毀實乃出自於整個時代精神與詩歌心靈的共同趨
勢。崩毀的方式可以是間接的、外在的，用一種追尋落空的迷失來架

---

[49] 見歐麗娟：〈李商隱詩之神話表現〉，《國立編譯館館刊》第24卷第1期，頁6，後收入歐麗
娟：《唐詩的多維視野》。

[50] 詳參李豐楙：〈曹唐〈小遊仙詩〉的神仙世界初探〉，《憂與遊：六朝隋唐遊仙詩論集》
（臺北：臺灣學生書局，1996年3月），頁254。

空對樂園的信仰；也可以是直接的、內部的，從根本處瓦解了樂園存
在的先決條件，策略容或有異，卻殊途同歸地達成了解構樂園的一致
目標。

樂園內部空間之崩毀，可以晚唐司空圖之詩加以總括：「曾聞劫
火到蓬壺，縮盡鰲頭海亦枯。」[51]原來逍遙無憂的蓬萊仙境已無法免
於劫火的焚掠而受難蒙塵，連其四周作爲樂園屏障的浩瀚海水也蒸騰
乾涸，再不能發揮隔離護衛的功能。相較之下，樂園之外部空間又如
何？李賀、趙嘏、李商隱、聶夷中、曹唐等中晚唐詩人有志一同地描
寫了一種步步塵埃、劫灰飛盡的蒼茫景觀：

- 羲和敲日玻璃聲，劫灰飛盡古今平。（李賀〈秦王
  飲酒詩〉）
- 愁是獨尋歸路去，人間步步是塵埃。（趙嘏〈早出
  洞仙觀〉）
- 年華若到經風雨，便是胡僧話劫灰。（李商隱〈寄
  惱韓同年時韓住蕭洞二首〉之一）
- 海隅久已無春色，地底眞成有劫灰。（聶夷中〈聞
  人說海北事有感〉）
- 洞裏有天春寂寂，人間無路月茫茫。（曹唐〈仙子
  洞中有懷劉阮〉）

在趙嘏的詩裡，提出一個兩重世界的鮮明對比：出了洞仙觀之後，展
開的是一條孤獨憂愁的歸向人間之路，而「人間步步是塵埃」一句，

---

⑤ 唐・司空圖：〈狂題十八首〉之十八，清・康熙敕編：《全唐詩》，卷634。

無論所指的是個人困蹇難行的遭遇，還是世間不堪聞問的汙濁，總之樂園之外已是滿地泥濘、舉步維艱，每一個步伐都淪入「塵埃」所代表的虛幻，與曹唐所言的「人間無路月茫茫」同一絕境。對李賀而言，則古今都不過是在迅速流逝的歲月中消亡的同義詞，在「羲和敲日」的永恆對照之下，古今的差別已毫無意義，所謂的「古今平」即是此意；因此眼前世界之不堪寄託，也就不言可喻。至於李商隱更是別具心眼，想像經過了風雨之後，後人之視今也猶如一場殘餘劫灰，所謂「若到虛陽已去，風雨送春之日，則芳華都歇，猶遭厄歷劫，惟存劫火餘灰而已」[52]，則此風雨年華豈非正是歷劫的過程？而歷劫的過程一旦被提前意識到的時候，又能有多少真正無憂忘機的慰足之情？於是心的枯朽如灰也往往成為晚年的杜甫以及眾多中晚唐詩人的自我感受：

- 白髮千莖雪，丹心一寸灰。（杜甫〈鄭駙馬池臺喜遇鄭廣文同飲〉）
- 眼穿當落日，心死著寒灰。（杜甫〈自京竄至鳳翔喜達行在所三首〉之一）
- 寒草根未死，愁人心已枯。（孟郊〈送從叔校書簡南歸〉）
- 噫貧氣已焚，噫死心更灰。（孟郊〈吊盧殷十首〉之三）
- 歲晏仰空宇，心事若寒灰。（韋應物〈秋夜二首〉之二）
- 鬢毛遇病雙如雪，心緒逢秋一似灰。（白居易〈百

---

[52] 引自唐・李商隱著，劉學鍇、余恕誠集解：《李商隱詩歌集解》，頁188。

　　花亭晚望夜歸〉）

- 潯陽遷客為居士，身似浮雲心似灰。（白居易〈贈
　　韋鍊師〉）

- 空餘客方寸，依舊似寒灰。（白居易〈聞雷〉）

- 心灰不及爐中火，鬢雪多於砌下霜。（白居易〈冬
　　至夜〉）

- 君骨久為土，我心長似灰。（元稹〈江陵三夢〉之
　　三）

- 長安有男兒，二十心已朽。（李賀〈贈陳商〉）

- 我當二十不得意，一心愁謝如枯蘭。（李賀〈開愁
　　歌〉）

- 雲門不閉全無事，心外沉然一聚灰。（李山甫〈山
　　中病後作〉）

如此則天地之間希望所繫的最後方寸之地也淪入枯朽的灰燼之中，再
無退路。可見「劫灰」的概念被深刻認知並大量運用，除了強化滄桑
的時間感之外，也同時顯示一種無處依憑的空間感，正與樂園之被架
空而徒勞追尋的心理狀態一致。如此一來，「青苔白石已成塵」[53]的
樂園內部景觀恰與「人間步步是塵埃」的樂園外圍景象連成一氣，因
此嚴格說來，樂園用以區隔裡外的藩籬或圍牆已消泯不存，原本封閉
的空間也敞開大門，與廣大的現實人間化為一體。

　　而相應於如此殘缺的樂園空間，其中宜於開展的情節內容，也

---

[53] 唐‧曹唐：〈劉阮再到天台不復見諸仙子〉，清‧康熙敕編：《全唐詩》，卷640。

非溫暖的愛情、歡樂的團聚和熱鬧的慶典，反而轉以描述有關「生離死別」、「滄桑變化」的主題，以及經營「孤寂」、「幽怨」之類的氛圍，才是崩毀後的樂園舞臺上搬演的壓軸戲碼。這就是第四節所要探討的「人情化」的趨勢，展現出一種與一般神話心理相反的逆向思考。

第三節　聖性的解消

在「聖地」的淪滅之外，存在於聖地中的神人聖物也同樣不能免於變調的命運。

德籍哲學家卡西勒曾於《人論》一書中表明神話所賴以建立的基本構成，乃在於「信仰」的要素：「在神話想像中，總是暗含有一種相信的活動。沒有對它的對象的實在性的相信，神話就會失去它的根基。」[54] 但在中晚唐詩歌中所表現的神話世界，其中的「相信的活動」卻明顯地走上被否定之路。整個中晚唐所展現的神話樂園的崩垮，同時也就是一個又一個的神人、神物不斷地被解除神性的過程；這並不同於對神話世界的直接否定，一開始就以神話世界實際上並不存在的認定而棄之不顧，因為此種作法只是在表層上使神話世界被忽略，卻不足以使之毀壞；神話世界依然存在，只是隱沒不彰。但是在中晚唐樂園崩潰的現象中，卻是先預設了神話樂園的存有並肯定其實在性，第二個步驟再接以瓦解其神性與聖質的工作，如此一來，就在意識層形成了自我否定的局面，於是神話世界的根基才真正從內部遭到了大幅的動搖，甚至於導致了徹底的粉碎。

神人之神性的解消，可以從後文「人情化的重新定位」得見；

---

[54] 見〔德〕恩斯特・卡西爾著，甘陽譯：《人論》，第7章，頁96。

而神話世界中包括鸞鳳青鳥、仙鶴神馬在內的種種神物，其神性的解消也是全面而一致的。以馬為例，武帝時，李廣利伐大宛取回汗血馬，號稱天馬[55]，《史記‧大宛傳》載：大宛「多善馬，馬汗血，其先天馬子也。」《集解》引《漢書音義》曰：「大宛國有高山，其上有馬，不可得，因取五色母馬置其下，與交，生駒汗血，因號曰天馬子。」[56]武帝本人又極為耽迷於成仙以永保權勢富貴，再加上傳說中黃帝駕神馬乘黃以成仙，而周穆王亦駕八馬升天，並歡會西王母於瑤池的故事[57]，馬遂與神仙產生聯繫，成為通天的使者。但李賀、李商隱、曹唐這三位中晚唐詩人卻別出心裁，以世俗化的敘寫角度創作下列諸詩云：

- 武帝愛神仙，燒金得紫煙。廄中皆肉馬，不解上青天。（李賀〈馬詩〉）

- 神仙有分豈關情，八馬虛追落日行。（李商隱〈華嶽下題西王母廟〉）

- 鶴叫風悲竹葉疏，誰來五嶺拜雲車。人間肉馬無輕步，踏破先生一卷書。（曹唐〈小遊仙詩九十八首〉之三六）

李賀、曹唐詩中所謂的「肉馬」也者，乃兼含「肥馬」與「凡馬」

---

[55] 《漢書‧武帝紀》載：太初四年春，「貳師將軍（李）廣利斬大宛王首，獲汗血馬來，作西極天馬之歌。」漢‧班固著，唐‧顏師古注：《漢書》（臺北：鼎文書局，1991年9月），卷6，頁202。

[56] 漢‧司馬遷：《史記》（臺北：鼎文書局，1993年2月），卷123，頁3160。

[57] 《漢書‧禮樂志》應劭注：「訾黃一名乘黃，龍翼而馬身，黃帝乘之成仙。」漢‧班固著，唐‧顏師古注：《漢書》，卷22，頁1060。周穆王事則見《穆天子傳》卷1、《列子》的記載。

之義。肉軀濁重，本非輕舉遠颺之質，故「無輕步」而「不解上青天」，如此一來馬與神仙的關係便被徹底否決，也就斷絕了以馬爲憑藉的升天途徑；甚至連兼具神仙之質的周穆王，其賴以升天的坐騎「八馬」也只落得「虛追落日」的徒勞而已！從這些詩裡我們可以清楚地看到：馬的無能僅僅是否定神仙之路的一個步驟或一個環節，除此之外，李賀所謂的「武帝愛神仙，燒金得紫煙」，完全與晚唐詩人曹唐的詩句如出一轍：「誰知漢武無仙骨，滿竈黃金成白煙。」[58]堅硬貴重的黃金在烈火之中煎熬燒煉，最後卻一無所得地化爲陣陣輕煙而去，帝王執迷奢費的求仙之舉也淪爲一場煙消雲散的夢囈；而馬的神性更終究只是經不起現實考驗的虛構，破除了神話的想像之後，牠的眞正能力是只能永遠在沉重的大地上匍匐前進。

　　另外一種與遊仙或升天更爲密切相關的媒介，乃是仙禽之屬的鶴鳥。凡是描寫仙家道觀或方外之地的清景幽致時，體態輕盈飄逸的鶴往往是點染的意象之一，如陳朝張正見的〈神仙篇〉中有「玄都府裏駕青牛，紫蓋山中乘白鶴」之句，唐代則有盧照鄰〈過東山谷口〉的「野老堪成鶴，山神或化鳩」、宋之問〈緱山廟〉的「王子賓仙去，飄颻笙鶴飛」、孟浩然〈游精思題觀主山房〉的「舞鶴過閒砌，飛猿嘯密林」、王維〈山居即事〉的「鶴巢松樹遍，人訪蓽門稀」、李白〈尋雍尊師隱居〉的「花暖青牛臥，松高白鶴眠」、常建〈宿王昌齡隱居〉的「余亦謝時去，西山鸞鶴群」、劉長卿〈送方外上人〉的「孤雲將野鶴，豈向人間住」等等，其例不可勝數。然而此種逍遙脫略於世外清靜之地的禽鳥，在進入中晚唐詩人的視野時，其溝通仙凡之間的角色或任務也不免遭到了質疑，詩人想像出以下的情節：

---

[58] 此乃唐・張爲：《詩人主客圖》中所輯之零篇散句，見清・康熙敕編：《全唐詩》，卷641，頁7353。

- 有鶴冰在翅，竟久力難飛。（孟郊〈寄盧虔使君〉）

- 梧桐莫更翻清露，孤鶴從來不得眠。（李商隱〈西亭〉）

- 遼鶴（一作「寡鵠」）迷蒼壑，羈凰怨翠梧。（李商隱〈聖女祠〉）

- 鶴不西飛龍不行，露乾雲破洞簫清。（曹唐〈小遊仙詩九十八首〉之三一）

- 海上桃花千樹開，麻姑一去不知來。遼東老鶴應慵惰，教探桑田便不回。（曹唐〈小遊仙詩九十八首〉之四六）

在孟郊筆下，原本應高飛遠舉的仙鶴已因翅翼結冰而力困難飛，與李商隱〈海上謠〉所說的「紫鸞不肯舞，滿翅蓬山雪」可謂異曲同工；在〈西亭〉詩裡，李商隱設想一隻於清露滴寒、枝葉翻飛的梧桐樹上「從來不得眠」的孤鶴，是如何飽受命運困蹇、生事不定的飄轉之苦，而未嘗領受安穩棲宿的幸福，其個人之辛酸況味也深寓其中，因此於〈聖女祠〉詩中有「遼鶴迷蒼壑」這種充滿迷失惶惑、無路可通的意象；對曹唐而言，仙鶴奉派執行探訪桑田的任務卻一去不回，其原因則是因為感染了人類的惰性，所謂「遼東老鶴應慵惰」的推測，完全是將人性的弱點推「人」及「鶴」的結果；此外，曹唐也揭示出仙境敗滅的表徵：露乾、雲破、洞簫清，遊仙所見的景象竟充滿枯瘠殘破的荒涼，則「鶴不西飛龍不行」的斷言，若非是指控鶴與龍之怠惰乃是造成仙境枯殘的主因，便是反過來感慨覆巢之下無完卵，種種「不行」、「不西飛」等否定語詞乃在說明仙境瓦解之後，仙禽神獸

之超越能力也遭到取消的困境。無論如何，鶴之爲仙禽，卻不能自外於孤寂飄蕩、荒嬉怠惰或困頓無力等屬於界限經驗（boundary experience）的範疇，而浸染了人生之無奈與人性之弱點，此又是樂園走調過程中的一個變奏。

在月宮神話中，與嫦娥共享永恆生命的兔與蟾，隨著嫦娥及其他神人遭到人情化重新定位的大環境趨勢，同時也面臨了聖性解消的類似處境。此一現象在李賀詩中最爲集中而明顯，試觀以下諸作：

- 女媧鍊石補天處，石破天驚逗秋雨。……吳質不眠倚桂樹，露腳斜飛濕寒兔。（〈李憑箜篌引〉）
- 老兔寒蟾泣天色，雲樓半開壁斜白。玉輪軋露溼團光，鸞珮相逢桂香陌。（〈夢天〉）
- 瑤姬一去一千年，丁香笟竹啼老猿。古祠近月蟾桂寒，椒花墜紅濕雲間。（〈巫山高〉）

此外李商隱、曹唐、羅隱亦云：

- 桂水寒於江，玉兔秋冷咽。（李商隱〈海上謠〉）
- 兔寒蟾冷桂花白，此夜姮娥應斷腸。（李商隱〈月夕〉）
- 月浪衝天天宇濕，涼蟾落盡疏星入。（李商隱〈燕臺四首・秋〉）
- 墮月兔毛乾觳觫，失雲龍骨瘦牙槎。（曹唐〈病馬五首呈鄭校書章三吳十五先輩〉）
- 背冷金蟾滑，毛寒玉兔頑。姮娥謾偷藥，長寡老中

閒。（羅隱〈秋夕對月〉）

可見在這些中晚唐詩人的心目中，樂園的空間已然不復原有的溫暖和
融的春天氣息，此一吳質、仙妾、瑤姬等神人活動的仙境竟是如此陰
鬱濕冷，連月輪之運行也是「軋露濕團光」這種充滿了水氣迷濛之感
的奇特意象，因而構成了樂園空間崩毀的一個表徵，此點已於上一節
充分論述；隨之而來的相應聯想，便是蟾寒兔老，泣淚、冷咽於秋氣
衰颯之中，如此寒透、濕浸、淚流、毛乾而老侵的神物已不復有聖性
可言，反倒無法抗拒地被一一捲入樂園瓦解的潮流之中，成為現實力
量堂皇入侵之後一個個忍苦含悲的樂園殘片，而無一例外。

　於是麒麟、鸞鳳之屬也結伴揮別過去被賦加的祥瑞、溫暖、聖潔
之性，淪為背負著生命苦楚的卑微存在：

- 崑崙使者無消息，茂陵煙樹生愁色。……麒麟背上
  石文裂，虯龍鱗下紅肢折。（李賀〈崑崙使者〉）

- 石軋銅杯，吟詠枯瘁。蒼鸞擺血，白鳳下肺。（李
  賀〈假龍吟歌〉）

- 翩聯桂花墜秋月，孤鸞驚啼商絲發。（李賀〈李夫
  人〉）

- 離鸞別鳳煙梧中，巫雲蜀雨遙相通。（李賀〈湘
  妃〉）

- 長眉凝綠幾千年，清涼堪老鏡中鸞。（李賀〈貝宮
  夫人〉）

- 鸞步獨無侶，鶴音仍寡儔。（孟郊〈投贈張端
  公〉）

- 紫鸞不肯舞，滿翅蓬山雪。（李商隱〈海上謠〉）
- 鸞鳳期一舉，燕雀不相饒。（李商隱〈送從翁從東川弘農尚書幕〉）
- 天東日出天西下，雌鳳孤飛女龍寡。（李商隱〈燕臺四首‧冬〉）
- 枉教紫鳳無棲處，斲作秋琴彈壞陵。（李商隱〈蜀桐〉）
- 萬里峰巒歸路迷，未判容彩借山雞。（李商隱〈鳳〉）

李賀〈崑崙使者〉中的「麒麟」、「蚪龍」指的是武帝陵墓前用以鎮邪的石獸，而其「背上石文裂」和「鱗下紅肢折」的描寫本在烘托荒塚殘敗之象，藉以諷刺武帝乃至所有人類妄想成仙的無益；但隨著不死之希望的幻滅，麒麟的存在依據也完全粉碎，成為倒臥於古墳之前被無情歲月磨損消蝕的一堆殘石。而前此杜甫在〈曲江二首〉之一中，也曾因苦於有志難伸而強自以人生短暫來自我寬解，感慨道：「江上小堂巢翡翠，苑邊高塚臥麒麟。」由此遂逼出「細推物理須行樂，何用浮榮絆此身」之類故作達觀放曠的論調。其中，杜甫之「苑邊高塚臥麒麟」與李賀此詩之「麒麟背上石文裂」無論在用語或指涉上都十分相近，似乎頗具淵源關係，但細究起來，李賀詩之意象造境皆顯得更為尖銳聳動，由溫和的倒臥激化為強烈的折裂，其力度與破壞性使視覺上充滿突兀刺戟的懼怖感，而加深了麒麟之聖性乃不可依恃的印象。再對麒麟之外的鸞鳳進行觀察：於李賀詩中，離鸞別鳳徒勞遙隔，甚至於驚啼不已、悲老於鏡中；於李商隱詩裡，此種神鳥總是籠罩於迷茫悽愴的感傷之中，或是已「滿翅蓬山雪」而欲振乏力，

或是受到「燕雀不相饒」而舉翅難飛，或是因蜀桐斷斷而無所歸依，或是因「萬里峰巒歸路迷」而流離失所，總之已全然失落樂園的保障。

　　更有甚者，除了超越能力的喪失之外，鸞鳳的容彩外觀甚至與山雞俗物混淆難辨，到了以假亂真、聖俗不分的地步，所謂「未判容彩借山雞」，其淪落可想而知。最慘絕的意象是李賀〈假龍吟歌〉所描寫的，鸞鳳竟須傷肺瀝血地唱出凄哀婉轉之聲，如王琦注云：「《漢武內傳》：藥有蒙山白鳳之肺、靈邱蒼鸞之血。擺，擊也，禽鳥當擺血下肺之時，其聲必凄哀婉轉，此狀其聲亦如之也。」[59]則鸞鳳又不能免於身心的錐裂之痛，而與啼血之杜鵑具有同類之間親密的孿生關係。如此一來，此種《山海經》中以歌舞為樂[60]，且「見則天下和」的瑞鳥[61]，也徹底完成了世俗化的階段任務，展現出在聖性瓦解之後，或是透過無力感、迷失感的融入，或是降格與世俗之山雞、杜鵑類同的顛覆手法，來重新塑造出一種迥異於既有信仰的殘缺形象。

　　所有神物之聖性解消的過程中，最顯著的例子是表現於「龍」的身上。在過去，龍本是興雲致雨、見首不見尾的空中瑞獸或水中神物，對牠所握有的神通與生殺大權——也就是降下農業國家中足以決定廣大人民是豐飽足食、還是飢餒凍餓的霖雨，人們大多是抱以崇拜敬畏和仰望祈求的態度；而「龍種」一詞往往是做為對具有高貴不凡之血統或特異秀出之稟賦的人一種最高的讚美，如杜甫〈哀王孫〉詩

---

[59] 見清·王琦：《李長吉歌詩彙解》外集，唐·李賀著，清·王琦等注：《李賀詩注》，頁173。

[60] 〈海外西經〉、〈大荒南經〉、〈大荒西經〉和〈海內經〉中皆載：「鸞鳥自歌，鳳鳥自舞。」分見袁珂注：《山海經校注》（臺北：里仁書局，1982年8月），頁222、頁372、頁397、頁457。

[61] 引見〈海內經〉，袁珂注：《山海經校注》，頁457。

中云：「高帝子孫盡隆準，龍種自與常人殊。」即是如此。但是這套一直代表著光明、希望、靈異與神聖不可侵犯而被深信不疑的聖靈系統，到了中晚唐時代卻也無法免於被顛覆拆解的潮流，龍的神聖形象與祥瑞清和的象徵意義開始從內部變質。首先我們可以注意到與其他神物一致的「殘冷化」意象，也同樣表現在龍的身上，如：

- 遠隄龍骨冷，拂岸鴨頭香。（李賀〈同沈駙馬賦得御溝水〉）
- 山頭老桂吹古香，雌龍怨吟寒水光。（李賀〈帝子歌〉）
- 幽怨秋氣上青楓，涼夜波間吟古龍。（李賀〈湘妃〉）
- 六龍飛轡長相窘，更忍乘危自著鞭。（司空圖〈狂題十八首〉之十五）

詩中的龍是在「寒水光」、「秋氣涼夜」的背景下「骨冷」或「怨吟」，甚至因「長相窘」而「自著鞭」，淒苦之感溢於言表。但中唐詩人瓦解其聖性的策略中，最特別的是白居易、李賀等人所採取的「庸俗化」手法，白居易詩中出現的龍，即是神性遭到質疑之後的產物：

- 龍門點額意何如？紅尾青鬐卻返初。見說在天行雨苦，為龍未必勝為魚。（〈點額魚〉）
- 黑潭水深色如墨，傳有神龍人不識。潭上架屋官立祠，龍不能神人神之。豐凶水旱與疾疫，鄉里皆言龍所為。家家養豚漉清酒，朝祈暮賽依巫口。神之

來兮風飄飄，紙錢動兮雲傘搖。神之去兮風亦靜，

香火滅兮盃盤冷。肉堆潭岸石，酒潑廟前草；不知

神龍饗幾多，林鼠山狐長醉飽。狐何幸？豚何辜？

年年殺豚將餧狐。狐假龍神食豚盡，九重泉底龍知

無？（〈黑潭龍〉）

兩詩中的龍，一個是「未必勝爲魚」，以在天行雨爲苦的凡庸之輩；
一個是昏聵無知而「不能神」，任憑酒肉祭品爲林鼠山狐恣意取用
以至於醉飽，卻自始至終藏首斂尾於水深色墨的黑潭之中不聲不響，
其神聖性完全是「人不識」卻又「人神之」的愚昧造成的結果，詩人
甚至爲因祭祀的需要而無辜犧牲的豬豚深感不值，可見兩處之龍都不
復其原有之凜然神威與靈妙如驗的神性面貌。固然此兩首作品都非單
純的詠物，而屬別有寓託之作，如「點額」本是考試落第之意，因此
〈點額魚〉一詩的創作，乃是在以「魚躍龍門則化龍」來比喻登科之
後即身價非凡的象徵傳統上，所進行的翻案技巧的表現，而以類似
「高處不勝寒」的手法，來爲落第的不幸取得寬解；而〈黑潭龍〉本
是白居易親自編入因事立題、實踐兼濟之志的「諷諭」詩類，爲詩人
最爲看重的社會寫實之作[62]，其題下自注：「疾貪吏也。」可知詩人
創作的主旨乃在譏刺地方官員淫祠傷財，爲了誕幻的龍神而虛耗民力

---

[62] 其〈與元九書〉云：「自拾遺以來，凡所適、所感，關於美刺興比者；又自武德訖元和，因
　　事立題，題爲新樂府者，共一百五十首，謂之『諷諭詩』。……僕志在兼濟，行在獨善；奉
　　而始終之則爲道，言而發明之則爲詩。謂之『諷諭詩』，兼濟之志也；謂之『閒適詩』，獨
　　善之義也。故覽僕詩，知僕之道焉。……今僕之詩，人所愛者，悉不過雜律詩與〈長恨歌〉
　　以下耳。俗之所重，僕之所輕。」」收入唐·白居易著，顧學頡點校：《白居易集》（北
　　京：中華書局，1985年10月），卷45，頁964-965。

的背德之舉。但就在別有寓託的同時，素材本身的處理已然經過了轉化而改變既有的性質，同時這種轉化或改變不啻展現了對龍之神性的質疑；而質疑的產生，其實也就意味著幻滅的開始。

　　於是龍常常淪落為如牛羊豕之類可供人食用的肉獸，如白居易〈九年十一月二十一日感事而作〉一詩云：「麒麟作脯龍為醢，何似泥中曳尾龜。」李賀的〈將進酒〉詩中也表示欲「烹龍炮鳳玉脂泣」，於〈苦晝短〉一詩中甚至在質疑「神君何在？太一安有？」之後，緊接著說道：

> 天東有若木，下置銜燭龍。吾將斬龍足，嚼龍肉，使
> 之朝不得迴，夜不得伏。自然老者不死，少者不哭。

原始神話中，「燭龍」乃是決定明晦變化之關鍵，是照亮陰暗的光的來源，《山海經・大荒北經》稱：「有神，人面蛇身而赤，直目正乘，其瞑乃晦，其視乃明，不食不寢不息，風雨是謁。是燭九陰，是謂燭龍。」郭璞注云：「照九陰之幽陰也。」[63] 可見自古以來在解釋自然現象的神話系統中，燭龍便被確立為一種舉足輕重的神獸；但是李賀卻以堅定的語氣宣稱他將「斬龍足，嚼龍肉」，使牠喪失了主宰宇宙運行的神聖不可侵犯性，而淪為任人宰割的俎上肉。如此，李賀在另一首〈天上謠〉所描寫的情況也就不足為奇了：

> 秦妃卷簾北窗曉，窗前植桐青鳳小。王子吹笙鵝管
> 長，呼龍耕煙種瑤草。

《海內十洲記》曾載：「方丈洲在東海中心，……上專是群龍所聚。

---

63 袁珂注：《山海經校注》，頁483、頁489。

群仙不欲昇天者，皆往來此洲，受太玄生籙。仙家數十萬，耕田種芝草，課計頃畝，如種稻狀。」[64]此即賀詩之所本；然而李賀所謂「呼龍耕煙種瑤草」則與「仙家數十萬，耕田種芝草」的原始說法有所出入，透過微小卻巧妙的改造，不但補足原有情節的漏洞，使耕種一事涉及的環節更加面面俱到，而且細究起來，在仙界中呼龍務耕乃是理有必然之事，更顯出詩人的匠心慧眼。但是從神話情節的改造結果看來，神龍遭到降格，而與世間牛隻一樣擔負犁耕土地的苦力，淪為舉步艱辛而勞動無期的役獸，卻無異也走上了世俗化而削減其神聖性的異化之路。

另一方面，與「世俗化」的策略相比，龍被取消聖性的另一個方式則更為奇特，其內涵表現恰與中晚唐時，詩人的視野或注意力轉向幽冥陰界的精神趨勢一致化，而將其原有的光明、祥和、正大、希望與神奇的聖潔光環倒轉過來，成為與黑夜、陰暗、幽闃以及慘淡火光跳躍閃動的魅異世界聯想在一起的「神怪」，充滿了詭譎驚悚的迷離氣氛。此一顛覆的手法主要是透過韓愈、李賀之手而完成的，因此在韓、李詩中，神龍的形象並不是傳統中來自朗朗天庭的光明使者，確切言之，反倒不如說牠更接近於陰界魔域的靈異幻象。試看李賀的〈神絃曲〉一詩曰：

> 西山日沒東山昏，旋風吹馬馬踏雲。畫絃素管聲淺繁，花裙綷縩步秋塵。桂葉刷風桂墜子，青狸哭血寒狐死。古壁彩虬金帖尾，雨工騎入秋潭水。百年老鴞成木魅，笑聲碧火巢中起。

[64] 漢・東方朔撰：《海內十洲記》，《景印文淵閣四庫全書》第1042冊（臺北：臺灣商務印書館，1986年7月），頁278。

王琦注云：「〈神絃曲〉者，乃祭祀神祇，絃歌以娛神之曲也。此詩言狸哭狐死、火起鴉巢，是所祈者其誅邪討魅之神歟？」[65]可見邪魅之氣爲全詩之構成主調，奉祀的神祇亦屬陰神之類。在此陰晦悚動的祭祀過程中，古壁上所繪的金尾彩龍成精作祟，而爲雷霆之神——「雨工」的神力所制伏，在被「騎入秋潭水」後便銷聲匿跡；接著鴉魅也被神力所驚，於巢中隨碧色燐火嘯叫著騰起，至此則結束了誅邪討魅的儀式。雖然這是一首頌揚神力的詩作，但整體詩境卻極力渲染淒厲驚悚的邪魅景象，火光閃動中彩金耀目的虯龍完全是和青狸、寒狐、化成木魅的百年老鴉同類的邪祟之物，豔極亦復魅極，更增添其妖異之氣。

　　用此種手法刻劃的龍，於韓愈集中的相關作品更多、也更突顯：

- 天昏地黑蛟龍移，雷驚電激雄雌隨。（〈龍移〉）
- 共傳滇神出水獻，赤龍拔鬚血淋漓。（〈和虞部盧四汀酬翰林錢七徽赤籐杖歌〉）
- 赤龍黑鳥燒口熱，翎鬣倒側相搪撐。婪酣大肚遭一飽，飢腸徹死無由鳴。（〈月蝕詩效玉川子作〉）
- 洞庭連天九疑高，蛟龍出沒猩鼯號。（〈八月十五夜贈張功曹〉）

構成神龍身上及其周邊景象的，主要乃是紅與黑之類充滿危險警示的色調，所謂「天昏地黑」、「赤龍拔鬚血淋漓」、「赤龍黑鳥燒口

[65] 見清·王琦：《李長吉歌詩彙解》，卷4，唐·李賀著，清·王琦等注：《李賀詩注》，頁150。

熱」等描寫，交織渲染出一種強烈聳動而具有刺戟力的視覺效果；伴隨其出沒的，則是雷驚電激和猩鼯哀號等淒厲的音響，此一聽覺效果更加強其整體的陰魅幽詭之形象，與李賀〈神絃曲〉所描寫的「青狸哭血寒狐死」和「笑聲碧火巢中起」也具有異曲同工之妙。因此，所謂的「龍」本質上已迥異於過去的神獸，反而等同於韓愈自承的「鬼物」：

> 須臾靜掃眾峰出，仰見突兀撐青空。紫蓋連延接天
> 柱，石廩騰擲堆祝融。森然魄動下馬拜，松柏一逕趨
> 靈宮。粉牆丹柱動光彩，鬼物圖畫填青紅。（〈謁衡
> 嶽廟遂宿嶽寺題門樓〉）

同樣的光彩閃動，同樣是粉牆丹柱上填繪著青紅的圖畫，設色淒豔，光影魅異，如此「鬼物」豈非正是李賀〈神絃曲〉中「古壁彩虯金帖尾」的同類？雖未明言爲龍，卻是不中亦不遠矣。

學者曾指出這種怪力亂神式的意象塑造乃源自於社會上佛寺壁畫藝術風氣所造成的影響：

> 唐代佛寺所畫的奇蹤，大要不離「神鬼龍獸，魍魎魅
> 魅」，這些怪誕的事物大量地出現在伽藍的佛殿神
> 廊，成爲中國繪畫史上的一代奇蹟。……由於韓愈經
> 常接觸這一類圖畫，在趣味情感上與此忻合無間。這
> 種長時期以來形成的美感經驗，竟能在一定程度上牽
> 制著詩人的藝術創造。……這一些詩，能夠把神龍描
> 繪得這樣富有逼眞感，從當時的文化藝術環境中頗有
> 原因可找。我們知道，唐代寺廟壁畫所描繪的事物，

　　對神龍變相的刻劃尤為精妙。……這就可見，把神龍作為一種藝術形象來刻劃，實由唐代佛教壁畫首開其端。韓愈這樣喜歡在詩中寫龍，毫無疑問是受到了這一風氣的影響。[66]

此一說法將龍的特殊塑造手法與佛教壁畫的刻繪方式聯繫起來，的確指引我們一種文化上外緣因素的啟發；但是，我們在看到了影響已然發生的現象之後，必須進一步追問的是：既然佛教壁畫是「長時期以來形成的美感經驗」，至少在唐朝創建前數百年的宗教文化中，就已經出現「南朝四百八十寺」（杜牧〈江南春絕句〉）的盛況，為何其明顯對詩歌產生影響的時間，卻是遲至中唐的時候才發生，而不是在更早的盛唐、乃至於初唐？而接觸此種壁畫的詩人，之所以能夠「在趣味情感上與此忻合無間」的道理又何在？這兩個問題其實是一體的兩面。就第一個問題而言，陳允吉雖然已指出此一詩史上的現象，謂：「唐代寺廟壁畫的出現，首先影響到杜甫，杜甫詩集中有少數作品，已經顯露出尚怪的端倪，這種現象似與寺廟壁畫不無關係。以後又影響到韓愈、盧仝和李賀，這在他們詩中表現得愈加顯著深刻。」[67]卻仍未明其所以然之故；而此一說法不但印證了我們的觀察，也再度浮顯我們適才所提出的兩個疑問。

　　欲解答這些問題，勢必得回歸於時代心靈的內在轉變，才能取得較令人滿意的解釋。正如本章所論述的主旨，緊接著盛唐樂園的失落之後，杜甫是第一位首當其衝而感受深刻的大詩人，隨之而來的中

---

[66] 引自陳允吉：〈論唐代寺廟壁畫對韓愈詩歌的影響〉，《唐詩中的佛教思想》，頁145-147。

[67] 陳允吉：〈論唐代寺廟壁畫對韓愈詩歌的影響〉，《唐詩中的佛教思想》，頁160。

晚唐則是一個全面面臨著樂園崩潰的時代，由光明、希望、信仰、美好、永恆等正面元素所構成的聖性，已進入整體性的、結構上的轉向或瓦解，因此開放了陰暗、絕望、醜怪、短暫、幻滅等負面元素進入心靈視野的大好機會，由此也才足以解釋「神龍變相」的描寫先於杜甫詩中初露端倪，而後大量地見諸韓愈詩中，並且在其他詩人如李賀、盧仝等身上都同樣可以看到的原因，此點可詳參下一章之論述；同時，同是中唐詩人的白居易所採取的方式雖與神龍變相的塑造法有異，卻無礙於一起被納入此一「解消聖性」的詮釋框架之中，得到適當而相應的一席之地，而中晚唐時代所步向的樂園崩毀之路，便越加清楚而周延了。

　　除了天馬、仙鶴、玉兔、月蟾、麒麟、鸞鳳以及神龍等動物類屬之外，樂園中植物類屬的仙葩仙果如蟠桃、白蓮等，也都不能免於變調的曲式，而無法完全保持其處於原始樂園中時應有的豐碩、芳美與欣欣向榮。晚唐李商隱、陸龜蒙、曹唐諸位詩人一致地描繪出以下的景象：

- 海底覓仙人，香桃如瘦骨。（李商隱〈海上謠〉）
- 蟠桃花老華陽東，軒后登真謝六宮。（曹唐〈仙都即景〉）
- 鼎湖看不見，零落數枝蓮。（曹唐〈仙都即景〉）
- 素蘤多蒙別豔欺，此花端合在瑤池。無情有恨何人覺，月曉風清欲墜時。（陸龜蒙〈白蓮〉）

就仙桃而言，我們在李商隱詩裡看到的是仙境淪入海底，就中所見之物乃是「香桃如瘦骨」，則此桃之乾癟瘦瘠、難以下嚥已不言可喻，而食之可以長生的神力自然大打折扣；至於曹唐遠遊仙都時，即景所

見者雖非如瘦骨般的香桃，卻也是「蟠桃花老」，其凋萎失色之衰容亦可以想見，如此一來，《漢武內傳》所記載的「三千年一生實」[68]以及唐代詩人所相信的「三千年一開花」的說法[69]也面臨了動搖的局面，失去其原本由三千年之時間跨度所暗示的永恆不變的屬性。固然花落結實本是植物類生成繁衍所必經的過程，本不足爲奇；但詩人由世間生命的生滅之道啓發聯想，並選擇從衰落的角度切入的方式，捕捉其枯瘠乾瘦或衰謝老去的一面，則無疑已對樂園中永保青春與永恆的信仰產生了動搖。

就瑤池中的蓮花而言，曹唐於仙都所見者，厥爲「零落數枝」的殘敗景象，不復其亭亭玉立、雍容華貴的丰姿；而陸龜蒙也指出，應在西天瑤池中倚風舒放的白蓮花，卻是「多蒙別豔欺」，其素淨無瑕的聖潔非但未曾將之引入出塵無憂的超然境界，反而爲它贏得「無情有恨」而悄然墜落於月曉風清之時的命運。其中「無情有恨何人覺」一句乃襲自李賀〈昌谷北園新笋四首〉之二的「無情有恨何人見」，兩者之間字句與神韻的近似，在在說明了中晚唐之間精神血緣一脈相通的關係，而李賀詩中所描寫「露壓煙啼千萬枝」的無盡恨怨也自然轉移到白蓮的處境上。於是此一瑤池仙葩便淪入世情翻騰的深淵之中，使其靜定自適、超俗忘情的原始樂園本質也遭到剝除而不復存在。

總上文之探討可見，樂園的崩毀是一個徹底而環環相扣的精神性行動，牽動了每一種園中神物的存在情境，使他們從既有的位置上被連根拔起，並一一逐出樂園之外；而瓦解聖性與神質的步調接連踵至

---

[68] 見宋・李昉等編：《太平廣記》（臺北：文史哲出版社，1981年），卷3，頁15。

[69] 如曹唐〈小遊仙詩九十八首〉之五十三云：「千歲紅桃香破鼻。」其六十四亦曰：「三千年後知誰在，擬種紅桃待放花。」等可見一斑。

的結果，便是加深和擴大樂園崩毀的程度與範圍，越發使樂園成為難以追尋或復返的虛妄空幻。此外，從詩史的角度進行歷時性的觀察，我們依然可以發現到樂園意識在中晚唐之際進入結構性的瓦解過程的現象並不是突發的、無徵兆的，以神龍之聖性解消為例，杜甫已曾透露其中訊息，其〈戲為韋偃雙松圖歌〉云：「白摧朽骨龍虎死，黑入太陰雷雨垂。」風雨如晦、黑幕深處陰雷暴響之際，龍虎死去、白骨已摧折枯朽，用以形容圖上雙松之遒勁蒼森，所謂「皮裂故幹之剝蝕如龍虎骨朽，枝迴故氣之陰森如雷雨下垂」[70]，確然十分聳動有力。但比起韓愈等中晚唐詩人的作品，杜甫的敘述是直接、片段而簡短的點染，未有整體的塑造和長篇的鋪陳，因而缺乏靈異陰魅之意境表現。可見盛唐時已初發而偶見的端倪，到了中晚唐時始得到充分的醞釀而成熟，以致於更全面而明確地構成了普遍的表述系統，宣告一個新視野的轉換已然大功告成。如果說前期所見有關樂園崩潰之意識萌動只是潛在的因子，則此時中晚唐所展現的便是外顯的成型；此點由神物「聖性的解消」之分析可再次得證。

第四節　人情化——神話思考的反命題

　　所謂「神話思考」，是指藉由神話的構設，而有意地傳達、或無意間流露出種種有關情感之需求、彌補現實之缺憾，以及對自然現象之解釋、對歷史人文之安排等等的普遍心理。基本上而言，神話思考的起點是一種欲將人心帶離茫昧黑暗之狀態，並脫離自身所無法控制之困境的強烈欲望，於是在此一基本心理背景下，神話中情節與人物

---

[70] 清・朱鶴齡注語，引自唐，杜甫著，清・楊倫箋注：《杜詩鏡銓》（臺北：漢京文化事業公司，1983年9月），卷7，頁328。

的編造往往便先天地內蘊了一種追求光明、希望以完成心靈救贖，或是執行自我意志的貫徹以超越環境限制等基本要素，持續而頑強地構成了樂園從創設到維護的存在過程中最不可或缺的動力泉源，同時也成為保存樂園之神聖性與超越性的重要保障。

但是我們從中晚唐之際才逐漸擴大與明朗化的樂園崩潰的現象中發現：原本一直護衛著樂園外圍的屏障已被人情俗理所徹底動搖，樂土與聖地再也無法免於人世中一切殘缺、絕望、黑暗、淒冷與死亡等冬季寒流的襲捲，而不復其圓滿、希望、光明、溫暖與生生不息等春天愉悅的氣息；同時，人類種種煩惱之所由生的情感欲求也莫不一一滲透進來，於是「聖」與「凡」所賴以區隔的距離和分界也隨之全盤解消而泯滅。此種透過人情化的逆向思考，而促使神話樂園之幻滅的顯著現象，以某些主題的表現最為突出，前述對死亡意象的關注、樂園空間的崩毀、神物之聖性的解消等皆是此一神話逆向思考的結果；同時我們在第二節結尾時曾經指出：以描述有關生離死別、滄桑變化的主題，以及經營孤寂、幽怨之類的氛圍，才是崩毀後的樂園舞臺上搬演的首要戲碼，這也是人情化表現之大端。

試看壺中天地以及桃花源等樂園空間所開展的故事內容，所謂：

- 十二樓前再拜辭，靈風正滿碧桃枝。壺中若是有天地，又向壺中傷別離。（李商隱〈贈白道者〉）
- 再到天台訪玉真，青苔白石已成塵。笙歌寂寞閒深洞，雲鶴蕭條絕舊鄰。草樹總非前度色，煙霞不似往年春。桃花流水依舊在，不見當時勸酒人。（曹唐〈劉阮再到天台不復見諸仙子〉）

第一首李商隱〈贈白道者〉詩運用的「壺中天地」典故乃出自於《後漢書‧方術傳》：

> 費長房者，汝南人也，曾為市掾。市中有老翁賣藥，懸一壺於肆頭，及市罷，輒跳入壺中。市人莫之見。唯長房於樓上睹之，異焉，因往再拜奉酒脯。翁知長房之意其神也，謂之曰：「子明日可更來。」長房旦日復詣翁，翁乃與俱入壺中，唯見玉堂嚴麗，旨酒甘餚盈衍其中，共飲畢而出。翁約不聽與人言之。後乃就樓上候長房曰：「我神仙之人，以過見責，今事畢當去，子寧能相隨乎？……」[71]

一說「壺中天地」的典故另有出處，乃是《雲笈七籤》所載：

> （施存）學大丹之道，……後遇張申，為雲臺治官，常懸一壺，如五升器大，變化為天地，中有日月，如世間。夜宿其內，自號「壺天」，人謂曰「壺公」。[72]

其實兩條資料之內容構設十分接近，不論是費長房所師之市中老翁，或是施存所遇之治官張申，都有一伸縮自如、其中別有洞天的「壺」，實即道教信仰中的福居仙境。這樣一個謫降之神仙所居的豐贍堂皇的壺中樂園，在盛唐時曾引發李白深致嚮往之意，而謂：「飲

---

[71] 南朝宋‧范曄著，唐‧李賢注：《後漢書》（臺北：鼎文書局，1991年9月），頁2743。

[72] 見宋‧張君房：《雲笈七籤》，卷28〈二十八治〉，引自彭慶生、曲令啓編：《詩詞典故辭典》（太原：書海出版社，1990年12月），頁328。

酒入玉壺，藏身以爲寶。」[73]但到了晚唐李商隱的想像裡，此一壺中天地卻是一再地「傷別離」的場所，所謂「又向壺中傷別離」，則原始情境中共享喜樂而逍遙自適的圓足之意便一筆勾消，完全不復得見。至於曹唐詩所展現的桃花源，是一個水流人去、寂寞蕭條的世界，所謂「青苔白石已成塵」、「草樹總非前度色」、「桃花流水依舊在，不見當時勸酒人」，隨著當時勸酒人的失落不見，此一美好所在中的綠草碧樹相對地黯然失色，青苔白石也已消蝕成塵，比諸「物是人非」的對照更有過之而無不及，乃將人間離別與大自然滄桑變遷兩大主題結合爲一的表現；再加上情色主題的引入，也使得桃源超然於世俗之外的特質益發隱沒不彰。透過此種「重墨濃彩」的筆法，產生了相乘相加的作用，而使樂園的頹圮越發徹底，此點可與前一章第五節〈桃花源的幻滅與瓦解〉之論述相參。

在這樣的背景下，存在於超俗世界中的神仙人物同時受到「人情化」的反向設想，而展現出前面所謂「有關生離死別、滄桑變化和孤寂幽怨」的塵俗形象。如同中唐詩人李賀便以「人情化」的角度重新構思相關素材，於〈金銅仙人辭漢歌〉一詩中，取材漢武帝鑄成以爲求仙之用的金銅仙人，因魏明帝下詔遷徙而被迫辭別長安的歷史記載，進一步點染情節、鋪陳故事，而敷衍成以下的描述：

> 茂陵劉郎秋風客，夜聞馬嘶曉無跡。畫欄桂樹懸秋香，三十六宮土花碧。魏官牽車指千里，東關酸風射眸子。空將漢月出宮門，憶君清淚如鉛水。衰蘭送客咸陽道，天若有情天亦老。攜盤獨出月荒涼，渭城已遠波聲小。

---

[73] 唐・李白：〈擬古詩十二首〉之八。

全詩透過時間上由漢至魏的朝代陵夷、空間上長安由盛而衰的荒涼景致，集中渲染客觀世界的歷史興亡與人事代謝之感，從而烘托出金銅仙人屹立數百年之久的孤獨的堅持，以及伴隨此一「孤獨的堅持」而來的寂寞酸辛和苦戀悲情；更將此種出於「屹立數百年之久的孤獨的堅持」而益發酸辛的苦戀悲情，激盪成波瀾壯闊的唯情宣言，進而聲稱「天若有情天亦老」，遂使天地萬物都不免於縱身情海時所帶來的幸福與創痛。於是詩中不僅僅出現了「衰蘭送客咸陽道」的擬人化情景，更有在荒涼月色之下告別故鄉的金銅仙人「憶君清淚如鉛水」的奇異畫面。而此一畫面其實蘊藏著比美學意義更為深沉的思想意涵：妄想長生不死的漢武帝早已淪為茂陵中的一把塵土，終究只化為秋風中倏忽如寄的過客，而證成其身為「劉郎」所具備的凡夫俗子的本質；相反地，因為求仙的目的而鑄造的「金銅仙人」不但沒有完成漢武帝不死的願望，卻適得其反地以堅固難銷的金屬質地背負著柔軟易變的情感內容，即使歷經數百年的時間變化，都依然深切憶念著他的創造者漢武帝，更在回憶之創痛和離別之感傷蓄積到了飽滿的臨界點之際，融化了金屬的冰冷與無情，而落下溫熱沉重、清澈無瑕的鉛質淚水。以「憶君清淚如鉛水」為中心，整首詩包含了藝術想像上的奇突與科學認知上的矛盾，卻正好展現了李賀特殊的世界觀，也就是藉由漢武帝求仙之舉的失敗而間接否定永恆不朽的世界，又透過「金銅仙人」的人情化表現，而直接肯定一種比諸永恆不朽更為重要的、足以將客觀世界消融的唯情存在；「情」或許是塵俗的，因隸屬於短暫的人生而顯得短暫有限，但卻是原本以「永恆」為其製作目的、以「不朽」之金屬為其材料質地的「金銅仙人」之所以存在的終極意義，如此一來，生命價值的評定與樂園追尋的方向便呈現大幅的翻轉。此一因追求永恆而誕生的金銅仙人，在李賀的詮釋之下，卻注定要以不朽的金屬之軀承載人世的生離死別之情而永無終止，為中晚唐

詩人反向思考神話仙說的「人情化」表現提供了最有力的例證。

　　事實上，此種「人情化」的想像移轉，更集中地表現在某些特定的「神人」身上；而表現的方式，則是迫使超越塵寰之上的神人重新面對他們原已解脫的種種「界限經驗」（boundary experience）[74]，包括生離死別、哀愁懊悔、辛勤勞苦，以及寒冷、孤獨、衰老與死亡等，終其一生不斷地錮限著人們的沉重而又無能為力的負擔，反向回到此岸世界中無法展翅超升之凡夫俗子的命運。先看以下詩例：

- 太陽不忍明，飛御皆惏悷。（韓愈〈嘲酣睡二首〉之一）

- 欲就麻姑買滄海，一杯春露冷如冰。（李商隱〈謁山〉）

- 彤閣鐘鳴碧鷺飛，皇君催熨紫霞衣。丹房玉女心慵甚，貪看投壺不肯歸。（曹唐〈小遊仙詩九十八首〉之七十六）

- 九天王母皺蛾眉，惆悵無言倚桂枝。悔不長留穆天子，任將妻妾住瑤池。（曹唐〈小遊仙詩九十八首〉之九十三）

- 蛾眉新畫覺嬋娟，鬥走將花阿母邊。仙曲教成慵不理，玉階相簇打金錢。（司空圖〈遊仙二首〉之一）

---

[74] 此乃德國存在主義學者雅斯培（Karl Jaspers, 1883-1969）所提出的學說，參沈清松：《解除世界魔咒》（臺北：時報文化公司，1984年8月），頁157。

瑤池王母是神人之中結合了美麗、權勢、永恆與富足的代表，在神話系統中曾經吸引了周穆王、漢武帝等偉大帝王的極度嚮慕[75]，但在曹唐詩裡，卻是以皺眉惆悵而悔恨不已的形象出現，其「無言倚桂枝」所表現的柔弱無助之姿態，何嘗有一丁點昔日的神威霸氣可言？即連得道圓滿的喜樂自亦絲毫不存，正與下文將會看到的嫦娥如出一轍。而前一節我們所看到，以「慵懶怠惰」的詮釋來解消神物之聖性的策略，也同樣發生在神人的身上：李商隱的〈謁山〉詩強烈質疑曾三見東海為桑田的神人麻姑的能力，使其「欲買滄海」的期望和託付竟然只得到「一杯春露冷如冰」這種完全不成比例的結果；曹唐描寫當「皇君催熨紫霞衣」之時，「心慵甚」的玉女卻「貪看投壺不肯歸」，置緊急公務於不理；司空圖想像王母身邊之侍女也是「仙曲教成慵不理」，寧可進行「相簇打金錢」的遊戲；韓愈則認為太陽之遲遲未出，乃是因為「飛御皆惰怠」的結果。由此種種神話人物心理與故事情節的重新構設與安排，則樂園中原有秩序的難以維持也就不難想見。此外，司空圖詩中的仙女們又是「蛾眉新畫」、「鬥走將花」，又是「玉階相簇打金錢」地玩耍，完全與世間小兒女的嬌憨嬉鬧一般無二，以人情加以轉化的痕跡宛然可見。

另一方面，將解釋天文和四季變化等大自然現象的神話傳說，運用於詩中而表現出人情化之思考者，也有以下諸例：

- 青女丁寧結夜霜，羲和辛苦送朝陽。（李商隱〈丹邱〉）
- 姮娥搗藥無時已，玉女投壺未肯休。（李商隱〈寄遠〉）

---

[75] 分參《穆天子傳》卷3、《漢武帝內傳》等記載。

詩中的「青女」乃是主霜雪之神，《淮南子・天文訓》曰：「至秋三月，地氣不藏，乃收其殺，百蟲蟄伏，靜居閉戶。青女乃出，以降霜雪。」東漢高誘注云：「青女，天神，青霄玉女，主霜雪也。」[76]「丁寧」者，本義爲叮囑，因與下句相對爲文，而有仔細之意[77]；「羲和」則是傳說中日車之御者，王逸注《離騷》謂：「羲和，日御也。」[78]此外，「玉女投壺」是解釋天空發出閃電現象的神話，典出《神異經・東荒經》：「東荒山中有大石室，東王公居焉，長一丈，頭髮皓白，……恆與一玉女投壺，每投千二百矯，設有入不出者，天爲之醫噓；矯出而脫誤不接者，天爲之笑。」張華注曰：「言笑者，天口流火焰灼，令天上不雨而有電光，是天笑也。」[79]這些原始資料雖然套上了神話的框架，原本卻都只是對季節特性、太陽運行、月影閃電等自然現象單純的解釋而已。然而，李商隱在這些基本敘述中再加上「丁寧」、「辛苦」、「無時已」和「未肯休」等副詞描寫，便使得自然界大化的運行深深烙印著勞動的沉重感，而神人驅遣宇宙的偉大力量也只徒然淪爲一場無休止的苦役，故馮浩注〈丹邱〉一聯曰：「夜復夜、日復日也。」[80]明確地指出其無日或已的慘況。如此一來，樂園又豈能復存？樂園中悠閒從容的理想生活情境也顯得荒謬無稽，此亦見「人情化移轉」而反向思考的之一端。

　　至於中國民俗文化中屬於熱門題材的牛郎、織女傳說，當然也不

---

[76] 見漢・劉安等撰，漢・高誘注：《淮南子》（臺北：藝文印書館，1974年4月），卷3，頁83。

[77] 參唐・李商隱著，劉學鍇、余恕誠集解：《李商隱詩歌集解》，頁968。

[78] 見戰國・屈原等著，宋・洪興祖注：《楚辭補注》（臺北：長安出版社，1984年9月），頁27。

[79] 參考范之麟、吳庚舜主編：《全唐詩典故辭典》，「天笑」條，頁256。

[80] 見唐・李商隱著，清・馮浩箋注：《玉谿生詩集箋注》，卷3，頁663。

能自外於此一顛覆的潮流，詩人想像道：

- 海客乘槎上紫氛，星娥罷織一相聞。只應不憚牽牛
  妒，聊用支機石贈君。（李商隱〈海客〉）
- 恐是仙家好別離，故教迢遞作佳期。由來碧落銀河
  畔，可要金風玉露時。（李商隱〈辛未七夕〉）

當金風送爽、玉露涼透之時展開的七夕相會，乃是牛郎織女的故事
在沉寂達一年之久的靜默之後，蓄積到頂點而終於爆發出來的戲劇高
潮，所謂「金風玉露一相逢，便勝卻人間無數」[81]的說法，不但表現
出對佳期難得的無限珍惜，而有別於凡夫俗女之蹉跎輕度；在思苦情
悲之中，還蘊涵著一種堅貞不奪的志節，因此成為彌縫人世間破碎流
離之愛情關係的理想典範。但在晚唐詩人筆下，善變的人性與長年獨
守之下微妙的心理反應都一一滲透進來了，如李商隱混用《博物志》
所記「海邊居人乘浮槎至天河」的故事，以及《荊楚歲時記》所載
「張騫乘槎尋河源遇牛郎織女」的傳說，而設想出外客入侵、星娥罷
織的情節，使得原傳說中用以取信海客的贈石之舉，變質為彼此授受
信物的私情表現，而命運撥弄之下無力抗拒的被動的分離，也被詮釋
為「恐是仙家好別離，故教迢遞作佳期」這種充滿主動性的自我選擇
的結果。於是「傳統之愛情構圖便不得不染上三角關係的曖昧性質，
破壞了原有的美好的信心與期待，……不但推翻了原有的無奈之哀感
與信守之莊嚴，反而添加一股辛辣的懷疑與嘲諷」[82]，而對神人之聖

---

[81] 此乃宋詞人秦觀〈鵲橋仙〉中的詞句，見唐圭璋輯：《全宋詞》（臺北：洪氏出版社，1981
年4月），卷1，頁459。

[82] 歐麗娟：〈李商隱詩之神話表現〉，《國立編譯館館刊》第24卷第1期，頁15，後收入歐麗
娟：《唐詩的多維視野》。

性的信仰也完全破滅。

　　再以嫦娥爲例，盛唐時杜甫已隱約開啓人情化移轉的先端，其〈月〉詩云：「斟酌姮娥寡，天寒耐九秋。」而稍早的李白於〈把酒問月〉中亦曾曰：「白兔搗藥秋復春，嫦娥孤棲與誰鄰？」但這只是偶現的、點到爲止的孤例，到中晚唐時代，則大規模地開展起來，嫦娥夜復夜地忍受孤獨、抗拒寒冷，而原始神話思考中所渴慕的「永恆」卻反過來成爲神話人物不得不面對的酷刑：

- 碧空溶溶月華靜，月裏愁人弔孤影。（白居易〈晚秋夜〉）

- 誰能喚得姮娥下，引向堂前子細看？（元稹〈八月十四日夜玩月〉）

- 浪秉畫舸憶蟾蜍，月娥未必嬋娟子。（李商隱〈燕臺四首·冬〉）

- 秋娥點滴不成淚，十二玉樓無故釘。（李商隱〈無愁果有愁曲北齊歌〉）

- 兔寒蟾冷桂花白，此夜姮娥應斷腸。（李商隱〈月夕〉）

- 嫦娥衣薄不禁寒，蟾蜍夜豔秋河月。（李商隱〈河內詩二首〉之一）

- 嫦娥應悔偷靈藥，碧海青天夜夜心。（李商隱〈嫦娥詩〉）

- 鳳女顛狂成久別，月娥孀獨好同遊。（李商隱〈和韓錄事送宮人入道〉）

- 姮娥無粉黛，只是逞嬋娟。（李商隱〈秋月〉）
- 嫦娥老大應惆悵，倚泣蒼蒼桂一輪。（羅隱〈詠
  月〉）
- 背冷金蟾滑，毛寒玉兔頑。姮娥謾偷藥，長寡老中
  閨。（羅隱〈秋夕對月〉）
- 朔風扣群木，嚴霜凋百草。借問月中人，安得長不
  老？（薛耀〈子夜冬歌〉）

原本嫦娥的竊藥升天之舉一方面表現出非凡的機智與勇氣，另一方面
又同時成就了不朽的生命而爲無數世人欣羨仰望。但當神話已止於
圓滿自足之境時，中晚唐的白居易、元稹、李商隱、羅隱和薛耀等詩
中卻一致地繼續延伸，且趨向於以負面的角度展開想像，使嫦娥或者
成爲難耐寂寞因而可以喚來「仔細看」、「好同遊」的女伴，非禮教
的情色意味十分濃厚；或者成爲「應悔偷靈藥」而「衣薄不禁寒」的
「愁人」，且其愁緒亦無人分擔，唯有在「孀獨」的孤寂中獨自「惆
悵」、「倚泣」、「弔孤影」、「點滴不成淚」而「應斷腸」。更有
甚者，在歲月的侵蝕之下，嫦娥再也無法長保永遠的青春美貌，李商
隱所謂的「姮娥無粉黛」、「月娥未必嬋娟子」和薛耀所謂的「安得
長不老」已然提出質疑，而羅隱的「嫦娥老大」與「長寡老中閨」則
不但肯定其年邁衰朽，還指出嫦娥的月中光陰將是在「長寡」的漫長
孤獨裡，度過此一老邁的永恆生命；則「碧海青天夜夜心」的無盡悔
恨也成爲永無解脫之日的心靈煉獄。

　　於是透過「人情化」的反向思考之後，產生了一個神話世界於
創始之初所無法意料的反諷：原本因爲神人取得了永恆無限的生命與
操縱宇宙運作的超凡神力，因此才確保其無法動搖的神聖性，以維繫

來自俗世凡間的信仰；但到了此時，經過了時代思潮中「人情化」的
移轉之後，異質化的神仙世界卻反使永恆的生命不再是豐饒、歡愉之
享受的無限保障，而竟淪爲日日夜夜永遠不得解脫的苦牢，因爲「永
恆」本只是抽象的物理形式，其中所塡充的如果是煩惱懊悔、悲傷痛
苦、寒冷孤寂與職責任務，那麼「永恆」所特有的靜止無變化狀態，
將反過來成爲助長這些「界限經驗」不斷持續的最有效力量，他們無
法藉由「死亡」來終止這種種靈與肉的苦役，因爲「不死」本來就是
神人才能享有的特權。而一旦不死，人類非但無法隨著歲月遷化，
自然地於命終之時形神俱亡而得到解脫，甚至連可以自主的「一了百
了」的選擇權都被一筆勾銷而蕩然無存。於是我們看到在此一由聖而
俗的移轉之中，樂園成爲遠比現實人間更加不幸的地方，「永恆」的
力量使樂園變成束縛更緊的枷鎖，而成爲更加超脫無望的他界煉獄。
因此李商隱〈同學彭道士參寥〉一詩曰：

　　莫羨仙家有上眞，仙家暫謫亦千春。

曹唐〈小遊仙詩九十八首〉之九十五也明白指出：

　　與君一別三千歲，卻厭仙家日月長。

所謂「莫羨仙家有上眞」、「卻厭仙家日月長」之說，都同樣顯示一
種與「永恆屬性」之豔羨追求相反的負面立場與反常心理；而由「上
眞」與「日月長」所代表的「永恆性」一旦遭到了厭棄，人心之中對
樂園的嚮往之情也就岌岌可危，樂園的存在自也勢必淪爲夢幻泡影。

　　在本章的第一節裡，我們看到中晚唐詩歌中死亡意象大量躍增的
現象，這種對人類經驗中唯一無法重複、也無法累積傳遞的經驗所產
生的高度關注，不但使詩人立足的現世籠罩著死亡的陰影與哀歌，而

千百年來一直棲身於彼岸樂園中享有死亡之豁免權的仙界神人，至此也再不能以永恆的姿態長保那靜定不變的生之福祉。隨著世界的傾斜崩陷，漂流的心靈也顛覆了既有的信念，於是死亡的勢力突破了聖凡之間既定的分野，深入樂園的核心，而高奏勝利的凱歌：

- 西風吹老洞庭波，一夜湘君白髮多。（唐溫如〈題龍陽縣青草湖〉）
- 幾回天上葬神仙，漏聲相將無斷絕。（李賀〈官街鼓〉）
- 王母桃花千遍紅，彭祖巫咸幾回死。（李賀〈浩歌〉）
- 拜神得壽獻天子，七星貫斷姮娥死。（李賀〈章和二年中〉）
- 鶴髮韜眞世不知，日月星辰幾回死。（李紳〈贈毛仙翁〉）

西風吹起、洞庭波老，湘水女神也一夜之間滿頭銀絲，季節的衰颯與生命的朽滅結合成一股奔赴時間盡頭的趨勢；於是不但古之壽者彭祖、巫咸有如蜉蝣，即連服食了不死藥的姮娥都步上死亡之途，而天上也舉行過幾回神仙和日月星辰的葬禮。由「死亡主題」的引入與大膽運用，人情化的神話逆向思考也就達到最爲徹底的階段。固然，追求長生久視的欲望並未中斷，因爲中國千百年來凝聚而成的仙壽不死的嚮往，早已普遍化成爲整個民族的「集體潛意識」，有如靈魂的基因或胎記般，透過代代相傳的記憶而成爲規範人心的一大力量，因此同一時代的詩歌作品中仍不缺乏對神仙永生的欽慕，以及幻想仙界縹

緲脫俗、輝煌綿麗的描寫。但是，詩人思深感銳的筆端卻也發出了質疑的聲音，而這種質疑不僅僅只是偶發的、浮掠式的驚鴻一瞥，竟是進一步此呼彼應、相互連結，形成了另一種普遍性的宇宙觀，也塑造了詮釋上的新視野，可以說已達到結構性的轉變程度。

　　這種種對於「原神話」的重塑手法或顛覆行動，若從社會的角度來觀察，原即存在著大環境影響之下的因素可供解釋：

　　其一，從樂園變調的種種情況可見，當詩人們面對傳統的樂園神話時，並非一成不變地接受其「文本」材料，只順勢以某些可堪相應的感思進行藝術加工；恰恰相反，清朝詩評家賀裳《載酒園詩話》卷一便曾指出「晚唐人多好翻案」的時代風氣[83]，這種詩壇上流行的「翻案」作風，顯示的是一種重新形塑既有傳統信念的策略，乃是出自於有心而刻意的創作企圖，一旦在眾人群起仿效之後，便成爲「集體顯意識」的普遍表現，如杜牧、許渾、李商隱等人的詠史詩即常使用翻案技巧，以達到一新耳目的藝術效果。

　　其二，除了詩壇上流行的翻案風氣之外，來自社會大環境的另一個較重要的影響，乃是來自「唐人的俗化」，而「將他們生活經驗中的科考、戀愛或與女冠、女妓的奇特交往，與道教新神話連結爲新的認知關係」，因而「遊仙題材也就成爲一種新的男性論述，支持了他們的狹邪行爲」。[84]例如在白居易的詩裡，就曾出現相應的例證，其〈酬趙秀才贈新登科諸先輩〉一詩謂：「莫羨蓬萊鸞鶴侶，道成羽翼自生身。君看名在丹臺者，盡是人間修道人。」[85]新登科者被視爲「人間修道人」而「羽翼自生身」，朝廷亦成爲仙境的代名詞；另外

---

[83] 收入郭紹虞輯：《清詩話續編》上冊（臺北：木鐸出版社，1983年12月），頁220。

[84] 李豐楙：《憂與遊：六朝隋唐遊仙詩論集》，〈導論〉，頁22。

[85] 唐・白居易著，顧學頡點校：《白居易集》，卷13，頁257。

在〈醉後題李馬二妓〉詩中則稱：「疑是兩般心未決，雨中神女月中仙。」[86]從詩題與詩句的對照來看，神女、月仙的妓女指涉已然十分明確，這些科考狎妓的社會背景與文學創作的比喻手法，都為仙道類神話世界之俗化提供了順勢而然的契機。

不過，雖然這些外緣因素的提出的確為我們廓清了一些文學史的疑難，對某些文學現象之發生也提供了十分貼切的背景，但我們應該更進一步探問的是：詩歌中的翻案技巧何以在此時才大興起來？狎妓、科考等等與詩人關係密切的現實生活和社會內容，為何在此時才有創作上顯著的反映？從六朝開始，道教文化與遊仙題材已在詩歌領域裡沿襲數百年之久，某些生活經驗和社會風俗也持續有一長段的歷史，既然這些特定的現實因素及社會條件沒有本質性的變化，何以至此才發生如此廣泛而大規模的改造運動？而且，這一股改造的潮流還並不限於道教與遊仙的範疇裡發生，幾乎各個神話或傳說領域中的「文本」材料都被此一重塑的潮流襲捲而不能自外？這種種問題都是我們不得不進一步深究的。由此可見，這個「重塑神話」的現象並非僅以某種特殊對象或特殊經驗（如科考、狎妓）即可徹底解釋，亦非原就有局限性的「男性論述」便足以涵蓋。[87]

考量這些問題之後，我們認為：以上兩項社會風氣或創作習慣，其所以能夠在中晚唐時得到深入影響神話與詩的契機，厥在於此際樂園意識已然崩潰的深層心理。因此「翻案」不只是矯俗干名、標新立異的詩歌創作技巧而已，它可被視為一種試圖超越既有之人生視野，使既有之已然世界被重新觀照、重新詮釋的表現，因此是具有主動性的世界觀的運作。如晚唐詩人曹唐也在翻案的文學風氣中，「採

---

[86] 唐‧白居易著，顧學頡點校：《白居易集》，卷15，頁321。

[87] 「男性論述」之說，見李豐楙：《憂與遊：六朝隋唐遊仙詩論集》，〈導論〉，頁22。

用神話詩的手法，精簡地敘事神話事件而寫出〈大、小遊仙詩〉，將原有的神話情節重新改造、翻案，達到類似詩劇的演出效果，……能集中處理人神之間的『情』，特別是運用臨別和初見的關鍵場景，完全表現出原有神話中所未曾處理的人物內心的活動。」[88] 而這樣一種前所未有的特殊改造與翻案所呈示出來的結果，我們發現都一一指向了神話的俗化過程，而神話的俗化過程同時也就是「人情化」的過程，意指經由「人情」的角度來重新思考神話人物之性格與情節之發展的其他可能性。而我們更發現：各個不同的神話內容一致地朝向「神話思考的逆命題」而得到反向的安排與定位，顯現出一種重返殘缺的詮釋，因而與原神話的創作心理產生了以下的歧異：

原神話創作的心理模式：

現實缺憾 ──→ 追求與超越 ──心理彌補作用──→ 神話的圓滿

原神話思考的逆反命題：

既有神話的圓滿 ──→ 人情化之想像移轉 ──────→ 更深的缺憾[89]

就在「人情化之想像移轉」之後所導致的原神話思考的逆反命題中，中晚唐詩人面對了更深的生命缺憾；而俗世之缺憾深層滲透的結果，人心中最為溫暖而美好的樂園嚮往，也就遭到了崩毀、變調的厄運。

---

[88] 李豐楙：《憂與遊：六朝隋唐遊仙詩論集》，〈導論〉，頁22。

[89] 此簡圖參考歐麗娟：〈李商隱詩之神話表現〉，《國立編譯館館刊》第24卷第1期，頁15、頁16，後收入歐麗娟：《唐詩的多維視野》。

第八章

結語：樂園意識轉變的關鍵

　　於前面數章所探討的個別基礎上，此處我們可以再進一步透過歷時性縱向觀察的方式，將唐詩中所呈現的理想世界的主題或類型重新加以整理，如此一來，不但能夠清楚地歸納出唐代詩人之樂園意識與時俱變的軌跡，而分梳出一條理路，將表面上似乎各自為政的主題討論納入到一個較有系統的論述體系之中；同時也可以藉由這樣一種歷時性觀察的文學史角度，提供另一種更宏觀的視野，將前面各章未及點明的現象加以強化。

　　在整個有唐一代樂園意識發展變遷、消長起落的曲線中，首先我們注意到其中存在著某些不為時代所限的樂園主題，透過穩固的基型型態和特定的內容指涉，而貫穿了整個唐朝詩歌的歷史。諸如自古以來即一以貫之的對現實世界的理想規畫，展現出一種既具備改造現實的世俗性，又融合了懷舊與回歸的靜態特質，因而形成了極為奇特的「樂園式的烏托邦」，充滿了遠古理想國的迴光。而將積極安頓社會人群的理想，更進一步推擴及於整個宇宙萬物，便形成了物我一體的自然倫理，在人與萬物都各得其所的期許中，進行益加宏闊的理想世界的建構，同時也在物我毫無嫌猜、彼此泯化交融的忘機時刻，領略到深切的樂園感受。此外還有「由迷而悟」的心理變化，也是超越了歷史斷限的樂園追尋的模式，展示的是人類精神活動的典型樣貌。

　　但是除了這些較不為時代所限的特定主題之外，其他的樂園類型的探討，卻指出一個樂園意識會隨著時間的移換而有機調整的事實。其中消長變化的曲線，可依時代大略勾勒如下：

　　初唐漫長的一百年中，是一個處於傳統既有之格局，而表面上似乎乏善可陳，內部卻在不斷吸收與醞釀的準備時期，在了無新意的表面現象裡，也完成其轉型與過渡的歷史工作，如第六章第三節論桃花源意象之回歸隱逸調性，即是初唐時期的貢獻。

　　緊接著初唐之後的盛唐是各種型態之樂園具體表現與充分實踐的時代，不但是遠古理想國的再現，所謂的「開元全盛日」，體現了儒家在《禮記・禮運》中所提出的大同理想，因而在失落之後，更成爲杜甫及中晚唐詩人追憶中繁華燦爛的永恆原鄉；此外，此時也是田園詩大盛的時期。事實上，並非以田園素材爲創作內涵的就叫做「田園詩」，因爲在眞實的田園生活中，其實還包括了晨興暮歸的辛勤、春耕夏耘的勞苦、日曬雨淋的消蝕與風刀霜劍的侵逼，更嚴重的是來自於節候失時、晴雨無度等自然災害所造成的飢饉凍餒的威脅，再加上貪官暴吏、人謀不臧等人爲因素所帶來的塡屍溝壑的隱憂，因此就其全部實質而言，嚴格說來並不完全等同於任何意義下所謂樂土的複製或再版。職是之故，中國詩歌史上對田園生活的描寫乃與時而變，隨著時代的演進而有不同的內容和角度，葛曉音女士曾勾勒其間流變的軌跡，謂：

　　　　田園生活雖在《詩經》中就有所表現，而且可以算得
　　　　上是詩歌的一種題材，但人們公認的「田園詩派」卻
　　　　以陶淵明爲創始人。這是因爲《詩經》中的田園題材
　　　　以農家苦爲基本內容，而「田園詩」狹義的概念實際
　　　　上是指謳吟農村寧靜悠閒生活的牧歌。這種田園詩由
　　　　陶淵明開創之後，爲初唐王績所接續。主要流行於盛
　　　　唐。中唐以後，以田園生活爲題材的詩歌雖然數量更
　　　　多，但主題又轉爲反映農民生活的疾苦，因此從主
　　　　旨、情調到表現方式都與盛唐以前的田園詩迥異其
　　　　趣，不宜再納入狹義的田園詩的範疇。①

---

① 見葛曉音：《山水田園詩派研究》（瀋陽：遼寧大學出版社，1993年1月），第3章〈從陶淵明到王績〉，頁71。

由此段引文可知，在有關田園題材的運用上，田園開始以理想樂土之面目出現，而以農村生活寧靜悠閒的一面爲詩人所頌讚，形成了後世認定的「田園詩」，這是在陶淵明的手中完成的。更重要的一點是：自陶淵明之後，對做爲美好樂園而被歌詠的田園的描寫，主要是集中於盛唐的詩壇上，此一現象最發人深省的地方，乃在於盛唐詩人集衆人之力形成的牧歌大合唱，不但使「田園——樂園」的意識結構得以充分成熟，由田園通往樂園的感情紐帶更爲強韌鞏固，同時也反映出整個盛唐的時代精神正如席勒對詩歌的看法一樣：「如果理想成了歡樂的對象，也就是它作爲一種現實被表現時，其作品就是牧歌。」②換句話說，田園詩的蓬勃發展，代表了某種理想追求的完成，而樂園的人間化也在此種理想與現實相結合的情境下得到了實現的機會，亦即樂園的探尋不必是出世的、捨離人間的，卻在吾人立足的周遭現實界中便可當下認取，這才是田園牧歌在唐詩裡所揭露的深層含意。

　　就在田園的恬靜美好被盛唐詩人以欣羨的眼光熱烈歌詠，因而賦予了一種明確屬於樂園的價值之際，同一階段同時也是桃花源意象開展出種種高度心靈境界的時期，王維、孟浩然、李白、杜甫等詩人都透過桃花源意象的新詮釋，而使樂園意識得到空前之開展，並蔚爲大觀。

　　但是，隨著安史之亂衝破了盛唐樂園的藩籬，而進入了歷史上與詩歌史上的中晚唐之後，這些正面的樂園意識便產生了兩大變化：

　　第一個變化最爲特別，因爲它引導了一個嶄新而前所未有的樂園主題的誕生，此即是玄宗朝的開元、天寶時期，在安史亂後淪喪而破滅的時候，卻因此一躍而成爲此後詩人一意緬懷的「失樂園」。從

---

② 見〔法〕費倫茨・特克依：〈論屈原二題〉引述，錢林森編：《牧女與蠶娘——法國漢學家論中國古詩》（上海：上海古籍出版社，1990年6月），頁134。

歷史發展的軌跡中觀察，開元、天寶時期有如另一個「永恆回歸」的新座標，當現實中真實的盛世失去之後，反而是心靈的樂園誕生的契機與開端，為「唯一真實的樂園就是失去的樂園」這句話再添注腳；而如此特異的樂園意識不但是唐詩所獨具的，因此在唐詩的研究中十分醒目，同時當此一樂園意識清晰浮顯的時候，也是其他盛唐時被信仰、被深信的樂園內涵瓦解和破滅的開始。於是我們看到了樂園意識彼此也在消長並且互相取代，一個新樂園意識的誕生與其他原有樂園意識的消亡形成了雙向的架構，也就是建構的活動與解構的過程並行不悖，矛盾之中卻又十分合理。

因此，樂園意識在中晚唐時所發生的第二個變化，便是淪入了樂園崩潰的階段。所謂的「樂園的崩潰」，其意義實與「樂園意識的泯除」完全不同，兩者屬於完全不同的表述：後者主要是對超越現實之外的樂園「存而不論」，有無可否皆無所縈懷，因此表現出來的，也就缺乏對遁入彼岸以求超越與蛻變的關心；但樂園的崩潰則完全有別於此，因為其前提是必得先行肯認樂園的存在（雖然樂園的存在乃是一種虛構的真實、想像的真實），然後再接以瓦解或架空的第二步驟，於是在其存在的概念已被確立之餘，又進一步施加瓦解的策略，經此雙重的程序之後，樂園的內涵才真正遭受到徹底的顛覆；而對樂園世界「虛構的真實」進行進一步的解構與否決，便形成了「幻中之幻」的徹底虛無。於是我們就可以清楚地區分其間的絕對差異：如果說「樂園意識的泯除」帶來的是一個空白的「無何有之鄉」，則「樂園的崩潰」所展現的便是一處荒敗殘缺的廢墟，除了第七章專述其整個心靈狀態、意象表現的變調外，透過第四章第五節〈失樂園：「秋冬——悲劇境界」的類型展現〉，以及第六章第五節〈中晚唐階段——世俗化：桃花源的幻滅與瓦解〉等論述的聯繫，更充分顯示出此一時代的精神趨勢。

　　以下便將全書所論唐詩中之樂園意識，其由初唐到晚唐變化代興的情況表列如下：

	初　唐	盛　唐	中晚唐
	以「聖君賢相」為樞紐，帶有遠古理想國之迴光的人文世界的烏托邦		
	從人文世界推及自然倫理，追求物我交融、萬物各得其所的宇宙和諧		
	藉由「尋道」之歷程所激發的內在超越，以及聖地的淨化與啟悟		
桃花源主題	從南朝的仙化主題中逐步脫離，由方外而方內地開展隱逸的調性	個性化原則的充分發揮： 1.孟浩然：老莊境界的提出 2.王維：佛門淨土的指涉與莊禪合一的境界 3.李白：與和諧閒適相結合的名山聖地 4.杜甫：萬物均等、一慈同化的烏托邦	安史之亂	一、世俗化： 1.時間感的帶入，而進入歷史時間的變動不居之狀態 2.情色的引進（桃花源＝遊仙窟）：以兩性關係為內容 二、漠視現象： 如白居易、杜牧、李商隱使桃花源之樂園價值隱沒不彰
			「開元、天寶盛世」作為追憶中曾經具體實存之「失樂園」的新樂園意識出現
			樂園的變調： 如「聖地的崩毀」、「聖物的俗化」、「神人的世情化」所帶來的哀歌表述
日月意象	日升月出的創生性積極健動 清光朗照下的詳和閒適或溫馨有情 （見下文之論述）		日落殘陽的衰遲無奈 月冷光寒中的森魅陰鬱 （見下文之論述）

　　我們綜合各章的探討，還可以透過文學史的歷時性觀察而注意到一個特殊的現象，亦即「開元天寶」新樂園主題的誕生，和整個樂園意識的崩潰，都是在中晚唐時才明顯突出於時代視野之上，但其肇端則在盛唐的杜甫。

　　杜甫之爲開元天寶的新樂園主題的開創者，自是毫無疑義；而樂園意識崩潰的端倪早在杜甫身上也已浮現出來，因此杜甫是唐詩中樂園意識轉變的一大關鍵，許多樂園崩潰的不和諧曲式都可以在杜甫的吟唱歌詠中追溯到變調的起音，而在杜甫身上體現爲「建構開元、天寶之新樂園」與「解構舊有之樂園想像」的綜合性樞紐；其後隨著時代的推移，單一孤立的起音才逐漸擴大爲澎湃廣泛的主調。

　　以月宮神話爲例，以李杜爲主的盛唐時期，此一神話由聖而俗的破解已稍稍肇其端緒，如李白對神話中的嫦娥曾提出隱微的質疑，其〈把酒問月〉一詩道：「白兔擣藥秋復春，嫦娥孤棲與誰鄰？」[3]而杜甫則較之更進一層，〈月〉詩中云：「兔應疑鶴髮，蟾亦戀貂裘。斟酌姮娥寡，天寒耐九秋。」[4]質疑的範圍已稍加擴大。固然此時的萌芽初露與後來中晚唐的波瀾壯闊，其間仍有一長段的距離有待跨越，如學者曾指出：

　　　　李杜對於景物採用白描的手法，一切景物以眞實的面
　　　　目呈現，卻仍見情，造成人與物完全複合的效果，這
　　　　是因爲李杜能以豐盛的生命力逼近一切意象物，……
　　　　使得一切經手的素材，無不轉生。……但這（指嫦娥
　　　　詩）只是借原形的神話很質樸地加以抒情，而且在這

---

[3] 見唐・李白著，清・瞿蛻園注：《李白集校注》（臺北：里仁書局，1981年3月），卷20。

[4] 見唐・杜甫著，清・仇兆鰲注：《杜詩詳注》（臺北：里仁書局，1980年7月），卷17。

　　則作品之後，並沒有具有暗示力的系統意象，因此不
　　能像李義山的嫦娥詩那般幽婉深曲，而這番幽深的意
　　味，得以完全具象化。⑤

　而由盛唐的李杜偶然的「白描手法」，到晚唐的李商隱「具有暗示力
的系統意象」，其間清楚顯示了樂園之崩解由表面到內在、由浮面到
深層的過程。

　　除了月宮神話之外，杜甫進行樂園變調的筆鋒還掃掠過神龍之屬
的聖物，在第七章第三節中，我們曾引述學者的研究曰：「唐代寺廟
壁畫的出現，首先影響到杜甫，杜甫詩集中有少數作品，已經顯露出
尚怪的端倪，這種現象似與寺廟壁畫不無關係。以後又影響到韓愈、
盧仝和李賀，這在他們詩中表現得愈加顯著深刻。」⑥在杜甫作品
中，如〈禹廟〉詩所云：「荒庭垂橘柚，古屋畫龍蛇。雲氣生虛壁，
江深走白沙。」便已開始展現寺廟壁畫的影響；而杜詩中此一「尚
怪」的風格與中晚唐詩神似的現象，其實古代詩評家已稍有察覺，如
清人蔣弱六曾評杜甫〈荊南兵馬使太常卿趙公大食刀歌〉一詩云：

---

⑤ 引自陳器文：〈自月意象的嬗變論李義山的月世界〉，張仁青編：《李商隱詩研究論文集》
　（臺北：天工出版社，1984年9月），頁615-616。此中所謂「李杜能以豐盛的生命力逼近
　一切意象物，……使得一切經手的素材，無不轉生」的特質，先前葉嘉瑩已有此說，其云：
　除了是寫實詩人的巨擘之外，「杜甫同時卻又是一位感情最為深厚熱摯的詩人，他經常把他
　自己的一份強烈的感情，投注於他所寫的一切事物上，使之因詩人的感情與人格的投注，而
　呈現了意象化的意味。」葉嘉瑩：〈從比較現代的觀點看幾首中國舊詩〉，《迦陵談詩》
　（臺北：三民書局，1984年1月），頁280。
⑥ 見陳允吉：〈論唐代寺廟壁畫對韓愈詩歌的影響〉，《唐詩中的佛教思想》（臺北：商鼎文
　化出版社，1993年12月），頁160。

　　如百寶裝成，滿紙光怪，造字造句，在昌黎、長吉之
　　間。⑦

又同朝賀貽孫也認為：

　　少陵詩中如「白摧朽骨龍虎死」等語，似李長吉。⑧

兩處所謂的「在昌黎、長吉之間」、「似李長吉」，正指出杜甫對
於中晚唐詩人而言，所具有開先啟後的地位。其他在中晚唐時大量
湧現的死亡、森冷的意象，在杜甫集中也頗有所見，如〈兵車行〉的
「新鬼煩冤舊鬼哭，天陰雨濕聲啾啾」、〈哀江頭〉的「明眸皓齒今
何在？血污遊魂歸不得」、〈玉華宮〉的「陰房鬼火青，壞道哀湍
瀉」、〈夢李白二首〉之一的「魂來楓林青，魂返關塞黑」、〈祠
南夕望〉的「山鬼迷春竹，湘娥倚暮花」、〈戲為韋偃雙松圖歌〉的
「白摧朽骨龍虎死，黑入太陰雷雨垂」，以及〈詠懷古跡五首〉之三
的「獨留青冢向黃昏。……環珮空歸月夜魂」等等⑨，其陰森聳動可
視為初盛唐時代之僅見，但到了中晚唐時，此種意象便表現得特別集
中而醒目了。

　　有趣的是，在樂園崩解的前後，樂園中所展現的日月基型也隨之
轉變。

---

⑦ 唐・杜甫著，清・楊倫箋注：《杜詩鏡銓》（臺北：漢京文化事業公司，1983年9月），頁
　731。

⑧ 清・賀貽孫：《詩筏》，郭紹虞輯：《清詩話續編》（臺北：木鐸出版社，1983年12月），
　頁143。

⑨ 數詩分見唐・杜甫著，清・仇兆鰲注：《杜詩詳注》，卷2、卷4、卷5、卷7、卷22、卷9、
　卷17。

　　日本漢學家吉川幸次郎在觀察由六朝到唐代的詩歌演變時，曾提出一個饒富趣味的心得，他說：

> 大體上唐詩與六朝詩的不同之處在於，六朝詩還只是追隨感覺而被動的，相對於它，唐詩則更爲能動，更深入到無限定的世界。做爲詩中出現的形象，如夕陽、斜陽、斜照、落日、落照之類形容西下日光的詞語，很容易斷言這是中國任何時代的詩中都普遍存在的形象，但在六朝詩中卻很少見，搜求起來必須花費力氣。但到了唐詩，以杜甫詩爲代表，就大量出現了。甚至達到了成爲程式的程度。……夕日、柳絮，這都是暗示某種不安定的世界的形象，對它們的敏感，到唐詩急遽增高了。這在歷來的文學史上好像還沒有注意過。……杜甫在唐代詩人中正是最能體現這個方向的。[⑩]

這樣一種透過數百年之時間跨度所進行的詩史觀察而提出的看法，自有其敏銳的眼光與細密的研究，才能在單一意象上得到如此新穎獨到的發現，對後學者有所啓發；但也因爲涉及的對象太多、時段太長，因此不免有所參差。事實上，吉川氏所指出「夕陽、斜陽、斜照、落日、落照之類形容西下日光的詞語」，眞正大量出現的時期，精確一點來說，應是以杜甫之後的中晚唐爲最；也就是在中晚唐的詩作中，

---

⑩ 見〔日〕吉川幸次郎著，孫昌武譯：〈杜甫的詩論與詩〉，蕭滌非主編：《唐代文學論叢》總第七輯（西安：陝西人民出版社，1986年1月），頁71。

夕陽意象才眞正稱得上是「達到了成爲程式的程度」。而吉川幸次郎所說「對它們的敏感，到唐詩急遽增高了」，並未明確指出此一唐詩本身分期上的正確歸屬，但他對杜甫的看法，所謂「以杜甫詩爲代表，就大量出現了」，卻頗能符應我們研究唐詩中樂園意識之轉變時，杜甫身居樞紐位置的認識。

　　進一步言之，透過唐代詩歌流變史的觀察，我們可以掌握到一項隨著時代前後而大致區分的差異，那就是詩歌中日月升沉之意象的不同運用，也表現出隨著時代的遞嬗而截然有別的世界觀和時代視野，因爲日月升沉之意象足以決定光明或黑暗，正是與樂園之存在樣貌具有直接關係的重要基型。在由初、盛唐所涵蓋的前半部歷史中，詩歌裡反映的是一種日升月出、光明遍灑的基調，不論是白日青天朗朗的太陽，或是夜間清輝如水的月亮，都展現出希望、明朗、溫暖、力量之類正面的感受，而同屬於光明的象徵。先以初唐詩爲例：

- 海上生明月，天涯共此時。（張九齡〈望月懷遠〉）
- 月生西海上，氣逐邊風壯。（崔融〈關山月〉）
- 微月生西海，幽陽始代昇。（陳子昂〈感遇三十八首〉之一）
- 海日生殘夜，江春入舊年。（王灣〈次北固山下〉）
- 春江潮水連海平，海上明月共潮生。（張若虛〈春江花月夜〉）[11]

---

[11] 五詩分見清・康熙敕編：《全唐詩》（北京：中華書局，1990年2月），卷48、卷68、卷83、卷115、卷117。

以上諸詩，都「展現一宇宙新生之鮮活力量，爲初唐詩人所共感」[12]，無論是日是月，皆以光明的特質爲詩人所把捉，而所謂「海上生明月」、「月生西海上」、「微月生西海」、「海日生殘夜」、「海上明月共潮生」等句，其中皆著一「生」字，尤能傳示出無中生有的創造意義。盛唐時，孟浩然亦曰：「山光忽西落，群壑倏已暝。松月生夜涼，風泉滿清聽。」又說：「山光忽西落，池月漸東上。散髮乘夕涼，開軒臥閒敞。」[13]夜間的明月在太陽下山之後爲大地持續了光明，也創造出白天時在競逐擾動的氛圍中所較難以獲致的閒適心境，而李白夜間秉燭觀山水圖也充滿朗健的情調。

夜間之月已然如此，日間之太陽更不待言，假如初唐是旭日東升的時期，則整個盛唐便是籠罩在如日中天的氣勢中，其例甚多，亦不暇遍舉。但從杜甫的晚年開始，夕陽、落日這種吉川幸次郎稱爲「暗示某種不安定的世界的形象」的確明顯增多了，到了中晚唐階段，更幾乎到了寓目可見的地步，如詩歌風格主要是成就於中唐時期的「五言長城」劉長卿，即因此被稱爲「秋風夕陽的詩人」[14]；晚唐時李商隱、韋莊之好用夕陽意象更是明顯，韋莊甚至因此被評爲「口熟手溜，用慣不覺，亦詩人之病」[15]，其偏好熟用之程度可以想見。而且除了使用次數劇增之外，中晚唐詩人還對此一殘缺而不安定的自然意象發展出一種自覺的、耽溺的美學範疇，於詩中往往自道對此一遲暮的、消亡中的自然意象的敏感與偏好，如錢起、司空曙、白居易、李

---

[12] 引自歐麗娟：《唐詩選注》（臺北：里仁書局，1998年10月），頁35。

[13] 分見〈夏日南亭懷辛大〉、〈宿業師山房待丁公不至〉，唐・孟浩然著，徐鵬校注：《孟浩然集校注》（北京：人民文學出版社，1998年2月），卷1。

[14] 詳見儲仲君：〈秋風夕陽的詩人──劉長卿〉，廣西師範大學出版社主編：《唐代文學研究》第三輯（桂林：廣西師範大學出版社，1992年），頁278-279。

[15] 見清・薛雪：《一瓢詩話》，丁福保輯：《清詩話》（臺北：木鐸出版社，1988年9月），頁698。

商隱都指出：

> ● 竹憐新雨後，山愛夕陽時。（錢起〈谷口書齋記楊
>   補闕〉）
> ● 幽人獨汲時，先樂殘陽影。（司空曙〈石井〉）
> ● 澄清深淺好，最愛夕陽時。（白居易〈閑遊〉）
> ● 夕陽無限好，只是近黃昏。（李商隱〈樂遊原〉）⑯

如此一來，其心靈中所開展的樂園也同時進入了日落西山、暮色蒼茫
的幻滅階段，形成了相應的表述；而當一個偏愛殘缺之美學範疇的時
代來臨時，初唐時旭日東升的朝氣與盛唐時如日中天的熱烈，也就不
可復得了。⑰

　　如同卡西勒曾說：「透過情緒底媒介，抒情詩人使我們得以洞觀
靈魂的深層，靈魂的這些深層向度，是詩人自己以及吾人以往一直無
法理會和無法接近的。」而當我們努力理會與接近唐代詩人靈魂的深
層時，可以發現在詩人的抒情的作品中，「世界似乎在透過一個新的
途徑和以一嶄新的面貌展現於吾人眼前」⑱，這就是我們研究唐詩中
樂園意識之類型與變化之過程時，所深切獲取的心得與感受。

---

⑯ 分見清・康熙敕編：《全唐詩》，卷237、卷292；唐・白居易著，顧學頡點校：《白居易
　集》（北京：中華書局，1985年10月），卷16；唐・李商隱著，清・馮浩箋注：《玉谿生詩
　集箋注》（臺北：里仁書局，1981年2月），卷3。

⑰ 有關初盛唐與中晚唐詩中之日月意象與時俱變的轉化情形，可詳參歐麗娟：〈論唐詩中日、
　月意象之嬗變〉，彰化師範大學中文系主編：《第四屆中國詩學（唐代詩學）會議論文
　集》，頁323-352，收入歐麗娟：《唐詩的多維視野》（臺北：五南圖書出版公司，2017年
　7月）。

⑱ 兩段引文分見〔德〕恩斯特・卡西爾著，關子尹譯：《人文科學的邏輯》（臺北：聯經出版
　事業公司，1994年12月），頁46、頁47。

徵引書目

一、傳統文獻

袁珂注：《山海經校注》，臺北：里仁書局，1982年8月。

春秋・左丘明著，上海師範大學古籍整理組校點：《國語》，臺北：里仁書局，1981年12月。

戰國・不著撰人，宋・陸佃解：《鶡冠子》，《景印文淵閣四庫全書》第848冊，臺北：臺灣商務印書館，1986年7月。

戰國・列子著，晉・張湛注：《列子》，臺北：藝文印書館，1975年9月。

戰國・屈原等著，宋・朱熹集注：《楚辭集注》，臺北：藝文印書館，1974年4月。

戰國・屈原等著，宋・洪興祖注：《楚辭補注》，臺北：長安出版社，1984年9月。

戰國・荀子著，清・王先謙集解：《荀子集解》，臺北：藝文印書館，2000年5月。

戰國・莊子著，清・郭慶藩集釋，王孝魚點校：《莊子集釋》，北京：中華書局，1961年7月。

漢・毛亨傳，漢・鄭玄箋，唐・孔穎達等正義：《詩經》，《十三經注疏》，臺北：藝文印書館，1985年12月。

漢・鄭玄注，唐・賈公彥疏：《周禮》，《十三經注疏》，臺北：藝文印書館，1985年12月。

漢・韓嬰著，屈守元箋疏：《韓詩外傳箋疏》，成都：巴蜀書社，

1996年3月。

漢・司馬遷著：《史記》，臺北：鼎文書局，1993年2月。

漢・東方朔撰：《海內十洲記》，《景印文淵閣四庫全書》第1042冊，臺北：臺灣商務印書館，1986年7月。

漢・劉安等撰，漢・高誘注：《淮南子》，臺北：藝文印書館，1974年4月。

漢・班固，唐・顏師古注：《漢書》，臺北：鼎文書局，1991年9月。

漢・鄭玄注，唐・孔穎達疏：《禮記》，《十三經注疏》，臺北：藝文印書館，1997年8月。

晉・葛洪，王明校釋：《抱朴子內篇校釋》，北京：中華書局，1988年7月。

晉・葛洪：《神仙傳》，《景印文淵閣四庫全書》第1059冊，臺北：臺灣商務印書館，1986年7月。

晉・陶潛著，逯欽立注：《陶淵明集》，臺北：里仁書局，1985年4月。

魏晉・王弼撰：《周易略例》，臺北：臺灣中華書局，1980年。

南朝宋・范曄著，唐・李賢注：《後漢書》，臺北：鼎文書局，1991年9月。

南朝梁・任昉：《述異記》，《景印文淵閣四庫全書》第1047冊，臺北：臺灣商務印書館，1986年7月。

南朝梁・鍾嶸著，陳延傑注：《詩品注》，臺北：里仁書局，1992年9月。

南朝梁・蕭統編，唐・李善注：《文選》，臺北：華正書局，景印胡刻宋本，1986年7月。

南朝梁・蕭統編，唐・李善等注：《增補六臣註文選》，臺北：華正

書局，景印胡刻宋本，1980年9月。

南朝梁‧蕭統等評：《陶淵明詩文彙評》，臺北：世界書局，1974年12月。

唐‧王度等撰，汪辟疆輯：《唐人傳奇小說》，臺北：三人行書局，1984年1月。唐‧房玄齡等撰：《晉書》，臺北：鼎文書局，1992年11月。

唐‧魏徵等撰：《隋書》，臺北：洪氏出版社，1974年7月。

唐‧孟浩然著，徐鵬校注：《孟浩然集校注》，北京：人民文學出版社，1998年2月。

唐‧孟浩然著，趙桂藩注：《孟浩然集注》，北京：旅遊教育出版社，1991年4月。

唐‧王維著，清‧趙殿成箋注：《王摩詰全集箋注》，臺北：世界書局，1996年6月。

唐‧王維著，陳鐵民注：《王維集校注》，北京：中華書局，1997年8月。

唐‧李白著，安旗主編：《李白全集編年注釋》，成都：巴蜀書社，1992年4月。

唐‧李白著，清‧瞿蛻園注：《李白集校注》，臺北：里仁書局，1981年3月。

唐‧高適著，劉開揚箋注：《高適詩集編年箋註》，臺北：漢京文化事業公司，1983年9月。

唐‧杜甫著，宋‧趙次公等注：《景印宋本新刊校定集注杜詩》，臺北：故宮博物院，1985年。

唐‧杜甫著，清‧仇兆鰲注：《杜詩詳注》，臺北：里仁書局，1980年7月。

唐‧杜甫著，清‧楊倫箋注：《杜詩鏡銓》，臺北：漢京文化事業公

司，1983年9月。

唐‧李賀著，清‧王琦等注：《李賀詩注》，臺北：世界書局，
　　1991年6月。

唐‧李賀著，葉蔥奇校注：《李賀詩集》，臺北：里仁書局，1982
　　年10月。

唐‧白居易著，顧學頡點校：《白居易集》，北京：中華書局，
　　1985年10月。

唐‧孟郊著，韓泉欣校注：《孟郊集校注》，杭州：浙江古籍出版
　　社，2012年。

唐‧柳宗元著，王國安箋釋：《柳宗元詩箋釋》，上海：上海古籍出
　　版社，1993年9月。

唐‧韓愈著，馬伯通校注：《韓昌黎文集校注》，上海：古典文學出
　　版社，1957年12月。

唐‧韓愈著，錢仲聯集釋：《韓昌黎詩繫年集釋》，臺北：學海出版
　　社，1985年1月。

唐‧鄭處誨：《明皇雜錄》，《景印文淵閣四庫全書》第1035冊，
　　臺北：臺灣商務印書館，1986年7月。

唐‧康駢：《劇談錄》，《景印文淵閣四庫全書》第1042冊，臺
　　北：臺灣商務印書館，1986年7月。

唐‧張彥遠：《歷代名畫記》，臺北：廣文書局，1971年6月。

唐‧李商隱著，清‧馮浩箋注：《玉谿生詩集箋注》，臺北：里仁書
　　局，1981年2月。

唐‧李商隱著，劉學鍇、余恕誠集解：《李商隱詩歌集解》，北京：
　　中華書局，1992年5月。

唐‧杜牧：《樊川文集》，臺北：漢京文化事業公司，1983年11
　　月。

五代‧王仁裕：《開元天寶遺事》，《景印文淵閣四庫全書》第
　　　1035冊，臺北：臺灣商務印書館，1986年7月。

五代‧劉昫等撰：《舊唐書》，臺北：洪氏出版社，1977年6月。

宋‧李昉等編：《太平廣記》，臺北：文史哲出版社，1981年。

宋‧宋敏求：《長安志》，《景印文淵閣四庫全書》第587冊，臺
　　　北：臺灣商務印書館，1986年7月。

宋‧程顥、程頤：《二程集》，臺北：漢京文化事業公司，1983年9
　　　月。

宋‧蘇軾著，孔凡禮點校：《蘇軾文集》，北京：中華書局，1992
　　　年9月。

宋‧王安石：《臨川先生文集》，臺北：臺灣商務印書館，景印《四
　　　部叢刊》本，1979年。

宋‧程大昌：《雍錄》，《景印文淵閣四庫全書》第587冊，臺北：
　　　臺灣商務印書館，1986年7月。

宋‧洪邁：《容齋隨筆》，上海：上海古籍出版社，1995年3月。

宋‧朱熹：《四書章句集注》，臺北：大安出版社，2013年8月。

宋‧朱熹：《詩集傳》，臺北：藝文印書館，1974年4月。

宋‧祝穆：《方輿勝覽》，北京：中華書局，2003年6月。

宋‧嚴羽，郭紹虞釋：《滄浪詩話校釋》，臺北：里仁書局，1987
　　　年4月。

元‧方回選評，李慶甲校：《瀛奎律髓彙評》，上海：上海古籍出版
　　　社，1986年4月。

明‧胡震亨：《唐音癸籤》，臺北：木鐸出版社，1982年7月。

明‧許學夷：《詩源辯體》，北京：人民文學出版社，1998年2月。

明‧王嗣奭：《杜臆》，臺北：臺灣中華書局，1986年11月。

明‧鍾惺、譚元春編：《唐詩歸》，收入《四庫全書存目叢書》集部

總集類第338冊，臺南：莊嚴文化公司，影印清華大學圖書館藏萬曆四十五年刻本，1997年。

清‧王士禎：《帶經堂詩話》，北京：人民文學出版社，1998年2月。

清‧康熙敕編：《全唐詩》，北京：中華書局，1990年2月。

清‧黃生：《杜詩說》，合肥：黃山書社，1994年5月。

清‧何焯著：《義門讀書記》，北京：中華書局，1991年11月。

清‧吳景旭：《歷代詩話》，《景印文淵閣四庫全書》第1483冊，臺北：臺灣商務印書館，1986年7月。

清‧方東樹：《昭昧詹言》，北京：人民文學出版社，1961年10月。

清‧蘇輿撰：《春秋繁露義證》，北京：中華書局，2010年1月。

清‧洪亮吉撰，李解民點校：《春秋左傳詁》，北京：中華書局，1987年。

清‧吳瞻泰：《杜詩提要》，臺北：大通書局，1974年10月。

丁福保輯：《清詩話》，臺北：木鐸出版社，1988年9月。

丁福保輯：《歷代詩話續編》，北京：中華書局，1983年8月。

郭紹虞輯：《清詩話續編》，臺北：木鐸出版社，1983年12月。

高步瀛選注：《唐宋詩舉要》，臺北：里仁書局，2004年9月。

陳友琴編：《古典文學研究資料彙編‧白居易卷》，北京：中華書局，1962年11月。

陳伯海主編：《唐詩彙評》，杭州：浙江教育出版社，1996年5月。

唐圭璋輯：《全宋詞》，臺北：洪氏出版社，1981年4月。

逯欽立輯校：《先秦漢魏晉南北朝詩》，臺北：木鐸出版社，1983年9月。

明倫出版社編：《陶淵明研究資料彙編》，臺北：明倫出版社，

1970年12月。

欒貴明等編著：《全唐詩索引・李商隱卷》，北京：中華書局，
　　1991年。

二、近人論著

〔日〕入谷仙介著，盧燕平譯：《王維研究（節譯本）》，北京：中
　　華書局，2005年10月。

王仁祥：《先秦兩漢的隱逸》，臺北：國立臺灣大學文學院，1995
　　年5月。

王國維著，滕咸惠校注：《人間詞話新注》，臺北：里仁書局，
　　1987年8月。

王維研究編委會編：《王維研究》（第一輯），北京：中國工人出版
　　社，1992年9月。

中華書局編：《杜甫研究論文集》（一輯、二輯、三輯），北京：中
　　華書局，1962年12月、1963年2月、1963年9月。

〔日〕石川忠久：〈「尋隱者不遇」詩の生成について〉，收入小尾
　　博士古稀記念事集會主編：《小尾博士古稀記念中國學論文
　　集》，東京：汲古閣書院，1983年。任繼愈主編：《中國道
　　教史》，上海：上海人民出版社，1990年6月。

〔日〕吉川幸次郎著，孫昌武譯：〈杜甫的詩論與詩〉，收入蕭滌
　　非主編：《唐代文學論叢》總第七輯，西安：陝西人民出版
　　社，1986年1月。

沈清松：《解除世界魔咒》，臺北：時報文化公司，1984年8月。

李豐楙：《憂與遊：六朝隋唐遊仙詩論集》，臺北：臺灣學生書局，
　　1996年3月。

呂正惠編：《唐詩論文選集》，臺北：長安出版社，1985年4月。

何冠驥：〈中英詩中的時間觀念〉，《中外文學》第10卷第7期，
　　　1981年12月。

余英時：《中國思想傳統的現代詮釋》，臺北：聯經出版事業公司，
　　　1987年3月。

余英時：《歷史與思想》，臺北：聯經出版事業公司，1982年11
　　　月。

李豐楙：《誤入與謫降：六朝隋唐道教文學論集》，臺北：臺灣學生
　　　書局，1996年5月。

〔日〕松浦友久著，陳植鍔、王曉平譯：《唐詩語匯意象論》，北
　　　京：中華書局，1992年5月。

郭銀田：《田園詩人陶潛》，臺北：里仁書局，1996年9月。

施淑女：《九歌天問二招的成立背景與楚辭文學精神的探討》，臺
　　　北：國立臺灣大學文學院，1969年。

范之麟、吳庚舜主編：《全唐詩典故辭典》，武漢：湖北辭書出版
　　　社，1989年1月。

柯慶明：《文學美綜論》，臺北：長安出版社，1986年10月。

俞陛雲：《詩境淺說》，天津：天津人民出版社，2008年9月。

韋政通：〈傳統中國理想人格的分析〉，收入李亦園、楊國樞主編：
　　　《中國人的性格》，臺北：桂冠圖書公司，1992年2月。

夏敬觀等著：《李太白研究》，臺北：里仁書局，1985年5月。

徐復觀：《中國人性論史‧先秦篇》，臺北：臺灣商務印書館，
　　　1969年。

陳允吉：《唐詩中的佛教思想》，臺北：商鼎文化出版社，1993年
　　　12月。

陳炳良：〈紅樓夢中的神話和心理〉，《中外文學》第11卷第12
　　　期，1983年5月。

陳鼓應：《老子注釋及評價》，北京：中華書局，1984年。

陳鵬翔：〈主題學研究與中國文學〉，收入陳鵬翔編：《主題學研究論文集》，臺北：東大圖書公司，1983年11月。

許道勛、趙克堯著：《唐玄宗傳》，北京：人民出版社，1995年5月。

許鵬：《中介的探索》，北京：中國人民大學出版社，1992年。

張仁青編：《李商隱詩研究論文集》，臺北：天工書局，1984年9月。

張亨：〈莊子哲學與神話思想──道家思想溯源〉，《東方文化》第21卷第2期，1983年。

張芝：《道教徒的詩人李白及其痛苦》，臺北：長安出版社，1987年10月。

張春興：《張氏心理學辭典》，臺北：東華書局，1995年11月。

張淑香：《李義山詩析論》，臺北：藝文印書館，1987年3月。

張淑香：〈邂逅神女──解《老殘遊記二編》逸雲說法〉，收入國立臺灣大學中文系編印：《語文、情性、義理──中國文學的多層面探討國際學術會議論文集》，臺北：國立臺灣大學大中文系，1996年7月。

張惠娟：〈樂園神話與烏托邦──兼論中國烏托邦文學的認定問題〉，《中外文學》第15卷第3期，1986年8月。

彭慶生、曲令啓編：《詩詞典故辭典》，太原：書海出版社，1990年12月。

黃永武：《中國詩學‧思想篇》，臺北：巨流圖書公司，1989年11月。

黃維樑：〈春的悅豫與秋的陰沉──試用佛萊「基型論」觀點析杜甫的「客至」與「登高」〉，收入中國古典文學研究會主編：

《古典文學》第7集上冊，臺北：臺灣學生書局，1985年。

程千帆、莫礪鋒、張宏生著：《被開拓的詩世界》，上海：上海古籍
　　出版社，1990年10月。

葉嘉瑩：《迦陵談詩》，臺北：三民書局，1984年1月。

葉維廉：《飲之太和──葉維廉文學論文二集》，臺北：時報文化公
　　司，1980年1月。

葉維廉：《歷史、傳釋與美學》，臺北：東大圖書公司，2002年8
　　月。

葛兆光：〈從出世間到入世間──中國宗教與文學中理想世界主題的
　　轉變〉，收入陳平原、陳國球主編：《文學史》第三輯「文
　　化與文學」，北京：北京大學出版社，1996年6月。

葛曉音：《山水田園詩派研究》，瀋陽：遼寧大學出版社，1993年1
　　月。

〔日〕萩原朔太郎著，徐復觀譯：《詩的原理》，臺北：臺灣學生書
　　局，1989年。

董乃斌：《李商隱的心靈世界》，上海：上海古籍出版社，1992年
　　12月。

廖炳惠：〈嚮往、放逐、匱缺──「桃花源詩并記」的美感結構〉，
　　《中外文學》第10卷第10期，1982年3月。

鄭欽仁主編：《中國文化新論・制度篇：立國的宏規》，臺北：聯經
　　出版事業公司，1982年9月。

鄭樹森編：《現象學與文學批評》，臺北：東大圖書公司，1991年4
　　月。

臺灣中華書局辭海編輯委員會編：《辭海》，臺北：臺灣中華書局，
　　1982年。

趙有聲等著：《生死・享樂・自由》，北京：國際文化出版公司，

1988年。

廣西師範大學出版社主編：《唐代文學研究》（第三輯），桂林：廣西師範大學出版社，1992年。

蔡英俊主編：《中國文化新論・文學篇一：抒情的境界》，臺北：聯經出版事業公司，1982年9月。

蔡英俊主編：《中國文化新論・文學篇二：意象的流變》，臺北：聯經出版事業公司，1982年9月。

歐麗娟：〈李、杜「閒適詩」比較論〉，《國立編譯館館刊》第27卷第2期，1998年12月。收入歐麗娟：《唐詩的多維視野》，臺北：五南圖書出版公司，2017年7月。

歐麗娟：〈李商隱詩之神話表現〉，《國立編譯館館刊》第24卷第1期，1995年6月。收入歐麗娟：《唐詩的多維視野》，臺北：五南圖書出版公司，2017年7月。

歐麗娟：〈論唐詩中日、月意象之嬗變〉，收入彰化師範大學國文系主編：《第四屆中國詩學（唐代詩學）會議論文集》，彰化：彰化師範大學國文系，1998年5月。收入歐麗娟：《唐詩的多維視野》，臺北：五南圖書出版公司，2017年7月。

歐麗娟：《杜詩意象論》，臺北：里仁書局，1997年12月。

歐麗娟：《唐詩選注》，臺北：里仁書局，1998年10月。

魯迅：《中國小說史略》，《魯迅全集》第9冊，北京：人民文學出版社，1991年。

劉孟伉主編：《杜甫年譜》，臺北：學海出版社，1981年9月。

蕭麗華：〈試論王維之宦隱與大乘般若空性的關係——兼論王維詩中「空」的境界美〉，《臺大中文學報》第6期，1994年6月。

繆鉞：《詩詞散論》，臺北：臺灣開明書店，1979年3月。

錢鍾書：《談藝錄》，香港：龍門書店，1965年。

三、外文譯著

〔美〕方葆珍（Paula Varsano）：〈荒野中的樂園：尋隱者不遇〉，南京大學中國語言文學系主編：《魏晉南北朝文學論集》，南京：南京大學出版社，1997年9月。

〔德〕恩斯特‧卡西爾（Ernst Cassirer）著，甘陽譯：《人論》（*An Essay on Man*），上海：上海譯文出版社，1985年12月。

〔德〕恩斯特‧卡西爾（Ernst Cassirer）著，關子尹譯：《人文科學的邏輯》（*Zur Logik der Kulturwissenschaften: Funf Studien*），臺北：聯經出版事業公司，1994年12月。

〔美〕宇文所安（Stephen Owen）著，鄭學勤譯：《追憶——中國古典文學中的往事再現》，上海：上海古籍出版社，1990年10月。

〔法〕西蒙內（Dominique Simonnet）著，方勝雄譯：《生態主張》，臺北：遠流出版公司，1992年9月。

〔美〕坎伯（Joseph Campbell）著，朱侃如譯：《神話》（*The Power of Myth*），臺北：立緒文化事業公司，1995年6月。

〔美〕李達三著，蔡源煌譯：〈神話的文學研究〉，收入古添洪，陳慧樺主編：《從比較神話到文學》，臺北：東大圖書公司，1993年10月。

〔英〕柯林烏（Robin G. Collingwood）著，陳明福譯：《歷史的理念》（*The Idea of History*），臺北：桂冠圖書公司，1992年8月。

〔美〕約翰‧維克雷編，潘國慶等譯：《神話與文學》，上海：上海文藝出版社，1995年4月。

〔美〕韋勒克（René Wellek）、華倫（Austin Waren）合著，王夢鷗、許國衡譯：《文學論──文學研究方法論（*Theory of Literature*）》，臺北：志文出版社，1976年10月。

〔德〕馬爾庫塞（Herbert Marcuse）著，李小兵譯：《審美之維：馬爾庫塞美學論著集》，北京：三聯書店，1992年6月。

〔奧〕康拉德‧勞倫茲（Konrad Lorenz）著，游復熙、季光容譯：《所羅門王的指環》，臺北：東方出版社，1994年10月。

〔法〕普魯斯特（Marcel Proust）著，李恒基等譯：《追憶似水年華》，臺北：聯經出版事業公司，1992年。

〔法〕費倫茨‧特克依（F. Tökei）：〈論屈原二題〉，收入錢林森編：《牧女與蠶娘──法國漢學家論中國古詩》，上海：上海古籍出版社，1990年6月。

〔瑞士〕榮格（Carl G. Jung）著，鴻鈞譯：《榮格分析心理學》，臺北：結構群文化事業有限公司，1990年9月。

〔義〕維科（Giambattista Vico）著，朱光潛譯：《新科學》，北京：商務印書館，1989年6月。

〔美〕衛姆塞特（William Kurtz Wimsatt）、布魯克斯（Cleanth Brooks）合著，顏元叔譯：《西洋文學批評史》，臺北：志文出版社，1982年3月。

〔德〕顧彬（Wolfgang Kubin）著，馬樹德譯：《中國文人的自然觀》（*DER DURCHSICHTIGE BERG-Die Entwicklung der Naturanschauung in der chinesischen Literatur*），上海：上海人民出版社，1990年1月。

G. & C. Merriam Company：《韋氏英文大辭典》（*Webster's Third International Dictionary*），Mass.：G. & C. Merriam Company，1961。

聖經神學辭典編譯委員會譯：《聖經神學辭典》，臺北：光啓出版
　　社，1984年1月。

John Armstrong, *The Paradise Myth* (London: Oxford University
　　Press, 1969)

Maud Bodkin, *Archetypal Patterns In Poetry: Psychological Studies of
　　Imagination* (London: Oxford University Press, 1934)

Mircea Eliade, *The Sacred and the Profane: the Nature of Religion*,
　　translated by Willard R. Trask (New York: Harcourt, Brace
　　& World, Inc., 1959)

Norman J. Girardot, *Myth and Meaning in Early Taoism-The Theme
　　of Chaos (hun-tun)* (Berkeley: University of California Press,
　　1983)

Florence. R. Kluckhohn and Fred L. Strodtbeck et al.: *Variations
　　in Value Orientations: A Theory Tested in Five Cultures* (New
　　York: Row and Peterson, 1961)

國家圖書館出版品預行編目資料

唐詩的樂園意識（修訂版）／ 歐麗娟著. --
初版. -- 臺北市：五南圖書出版股份有限
公司, 2017.11
　　面；　公分
　　ISBN 978-957-11-9496-7（平裝）

1.中國詩　2.詩評

820.9104　　　　　　　　　106021318

1XDS
唐詩的樂園意識（修訂版）

作　　　者 ― 歐麗娟（361.4）

發 行 人 ― 楊榮川

總 經 理 ― 楊士清

總 編 輯 ― 楊秀麗

副總編輯 ― 黃文瓊

責任編輯 ― 吳雨潔

封面設計 ― 吳佳臻

出 版 者 ― 五南圖書出版股份有限公司

地　　　址：106台北市大安區和平東路二段339號4樓

電　　　話：(02)2705-5066　　傳　　　真：(02)2706-6100

網　　　址：https://www.wunan.com.tw

電子郵件：wunan@wunan.com.tw

劃撥帳號：01068953

戶　　　名：五南圖書出版股份有限公司

法律顧問　林勝安律師事務所　林勝安律師

出版日期　2017年11月初版一刷
　　　　　2021年11月初版二刷

定　　　價　新臺幣550元

經典永恆・名著常在

五十週年的獻禮 —— 經典名著文庫

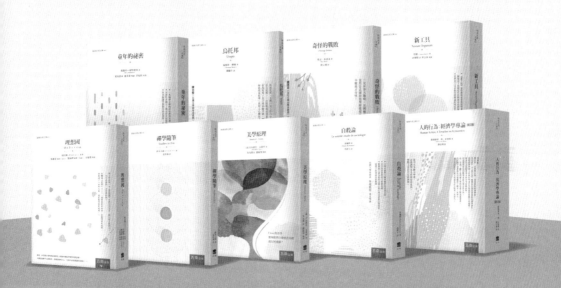

五南，五十年了，半個世紀，人生旅程的一大半，走過來了。

思索著，邁向百年的未來歷程，能為知識界、文化學術界作些什麼？

在速食文化的生態下，有什麼值得讓人雋永品味的？

歷代經典・當今名著，經過時間的洗禮，千錘百鍊，流傳至今，光芒耀人；

不僅使我們能領悟前人的智慧，同時也增深加廣我們思考的深度與視野。

我們決心投入巨資，有計畫的系統梳選，成立「經典名著文庫」，

希望收入古今中外思想性的、充滿睿智與獨見的經典、名著。

這是一項理想性的、永續性的巨大出版工程。

不在意讀者的眾寡，只考慮它的學術價值，力求完整展現先哲思想的軌跡；

為知識界開啟一片智慧之窗，營造一座百花綻放的世界文明公園，

任君遨遊、取菁吸蜜、嘉惠學子！